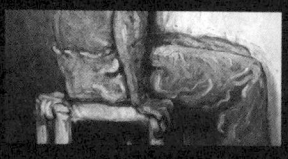

톰 아저씨의 오두막 2

이 도서의 국립중앙도서관 출판예정도서목록(CIP)은 서지정보유통지원시스템 홈페이지(http://seoji.nl.go.kr)와
국가자료공동목록시스템(http://www.nl.go.kr/kolisnet)에서 이용하실 수 있습니다.
(CIP제어번호: CIP2011000195)

세계문학전집
064

Harriet Beecher Stowe : Uncle Tom's Cabin

톰 아저씨의 오두막 2

해리엇 비처 스토 장편소설
이종인 옮김

문학동네

차례 ▌

톰 아저씨의 오두막__제1권

제2권

19장
미스 오필리어의 경험과 의견 2

"톰, 말을 가져올 필요 없어. 가고 싶지 않아." 그녀가 말했다.

"왜 그러시죠, 에바 아가씨?"

"그 일이 마음속으로 스며들고 있어, 톰." 에바가 말했다. "마음속으로 스며들고 있어." 그녀는 진지한 어조로 같은 말을 반복했다. "가고 싶지 않아." 에바는 톰에게서 등을 돌려 집 안으로 들어갔다.

며칠 뒤, 프루 할멈 대신 다른 여자가 러스크빵을 가져왔다. 마침 오필리어가 주방에 있을 때였다.

"세상에!" 다이나가 말했다. "프루한테 무슨 일이 일어난 거야?"

"프루는 이제 오지 않을 거예요." 여자가 알 수 없는 말을 했다.

"왜?" 다이나가 물었다. "죽은 건 아니겠지, 그렇지?"

"잘 몰라요. 지하실에 누워 있었는데……" 여자가 오필리어를 흘낏 쳐다보면서 말했다.

오필리어가 러스크빵을 받은 뒤, 다이나는 여자를 따라 문까지 갔다.

"뭐야, 프루한테 무슨 일이 있는 거야?" 다이나가 물었다.

여자는 말하고 싶어했지만 뭔가 꺼리는 듯하다가 결국에는 나지막하고 비밀스러운 어조로 대답했다.

"저, 아무한테도 말하지 마셔야 해요. 프루는 다시 술에 취해 들어왔고, 그래서 그녀를 지하실에 가두어놓고 하루 종일 내버려뒀어요. 얼마 지나지 않아 사람들이 그녀의 몸에 파리가 들끓는다고, 그러더니 죽었다고 말하는 소리를 들었어요."

다이나는 손을 쳐들고는 뒤를 돌아봤는데, 그녀 가까이에는 유령같이 창백한 얼굴을 한 에반젤린이 서 있었다. 에반젤린의 크고 신비스러운 눈은 공포로 팽창되었고, 입술과 뺨은 핼쑥하여 피가 다 빠져나간 것 같았다.

"하느님, 세상에! 에바 아가씨가 기절하려고 하잖아! 어떻게 하다가 이런 이야기를 아가씨의 귀에 들어가게 했지. 이걸 알면 나리가 단단히 화를 내실 텐데."

"기절하는 거 아니야, 다이나." 에바가 단호하게 말했다. "내가 들으면 왜 안 된다는 거야? 불쌍한 프루의 고통에 비하면, 내가 그런 이야기를 듣고 괴로워하는 건 아무것도 아니야."

"아이고 세상에! 프루 이야기는 아가씨같이 곱고 세심한 어린 숙녀에게는 어울리지 않아요. 이런 우울한 이야기는 아가씨의 마음을 찢어놓을 거예요!"

에바는 다시 한숨을 내쉬고 우울한 얼굴로 계단을 느릿느릿 걸어올라갔다.

오필리어는 프루의 이야기를 캐물었다. 다이나는 그 이야기를 과장되게 부풀려서 수다스럽게 말해주었고, 톰은 덧붙여 지난번 아침에 프루에게서 들었던 그녀의 인생 이력을 말해주었다.

"혐오스러운 일이로군, 정말 끔찍해!" 그녀는 세인트클레어가 소파에 누워서 신문을 읽고 있는 방에 들어오면서 외쳤다.

"저런, 이번에는 또 무슨 말도 안 되는 일이 벌어진 거죠?" 그가 물었다.

"'이번에는'이라니! 왜 그 사람들은 프루를 죽도록 때린 다음 방치한 거지!" 오필리어는 아주 자세하게 그 이야기를 전하면서 가장 충격적인 세부 사항은 더욱 세밀하게 보고했다.

"언젠가 그렇게 되리라고 짐작했어요." 세인트클레어가 신문을 계속 보면서 말했다.

"그렇게 짐작했다고! 그러면서 동생은 아무런 조치도 취하지 않았단 말이야?" 오필리어가 말했다. "왜 경찰관이나 뭐 그런 사람들에게 알려서 이 문제에 개입하도록 하지 않았어?"

"이런 경우에는 소유권이 충분히 흑인들을 보호해준다고 일반적으로 생각하는 거죠. 자기 물건은 자기가 알아서 아끼리라고 보는 겁니다. 하지만 사람들이 자기 소유의 재산을 파괴하기로 마음먹는다면 참으로 난감한 거지요. 그 불쌍한 노예는 도둑에다 술꾼이었던 것 같군요. 그러니 남한테 동정을 받을 가능성은 별로 없어요."

"이건 너무 끔찍해, 정말 무섭다고, 오거스틴! 그렇게 말하면 너도 벌 받는다."

"누님, 나는 그 일을 하지도 않았고 내가 어떻게 할 수도 없었어요. 내가 막을 수 있는 능력이 있었더라면 막았을 겁니다. 저급하고 야만적인 사람들이 그렇게 행동하겠다는데 뭘 할 수 있겠어요? 그들은 절대적인 통제력을 가지고 있어요. 무책임한 폭군이란 말입니다. 끼어들어봤자 아무 소용 없어요. 실제로 그런 일을 규제하는 법도 없고요. 우리가 할 수 있는 일 중에 가장 좋은 건 눈과 귀를 닫고 그냥 모르는 척하는 겁니다. 그게 유일한 방책이에요."

"어떻게 눈과 귀를 닫을 수 있다는 거지? 어떻게 그런 일들을 그냥 모른 척할 수 있다는 거야?"

"착한 누님, 그럼 뭘 기대하십니까? 품성이 떨어지고, 교육을 받지 않고, 게으르고, 사람을 짜증나게 하는 흑인 계급 전체가 어떤 조건이나 상황과 무관하게 그런 사람들의 손에 통째로 들어가 있어요. 생각도 없고 자기 절제도 없는, 심지어 자신의 이익에도 그다지 밝지 않은 그런 사람들 손에 말입니다. 이 세상 대부분의 지역에서 그렇고, 인류의 절반에 해당하는 이야기입니다. 이런 식으로 조직되어 있는 사회에서, 명예롭고 인도적인 감정을 가진 사람이 할 수 있는 게 뭐겠습니까? 될 수 있는 한 눈을 감고 마음을 무감각하게 하는 수밖에는 없어요. 내가 목격한 불쌍하고 비참한 사람들을 모두 사들일 수는 없는 노릇이고, 느닷없이 의협심으로 무장한 기사가 되어 이런 대도시에서 벌어지는 잘못된 일을 모조리 바로잡고 다닐 수도 없는 겁니다. 제가 할 수 있는 최선은 그런 잔인한 방식에 물들지 않으려고 노력하는 것뿐이에요."

세인트클레어의 안색이 잠시 동안 흐려지면서 짜증이 난 것처럼 보이더니 갑자기 즐거운 미소를 지으며 이렇게 말했다.

"자, 누님, 거기서 운명의 여신 같은 그런 표정으로 서 계시지 마세요. 누님은 그저 커튼을 통해 이 복마전을 살짝 들여다보았을 뿐입니다. 이건 세계 전역에서 이런저런 형태로 벌어지고 있는 현상의 한 단면입니다. 인생의 우울한 것들을 모두 파고들어 조사한다면, 우리는 그 어떤 것에도 마음을 쓸 수 없을 겁니다. 그건 다이나 주방의 온갖 잡동사니를 너무 자세히 들여다보는 것과 같은 거죠." 세인트클레어는 소파에 누워 신문을 분주하게 들추는 척했다.

오필리어는 화가 나서 찡그린 표정을 지으며 앉아서 뜨개질거리를 꺼냈다. 뜨개질을 계속하던 그녀는 뭔가 생각하던 끝에 분노가 치밀어오르자 마침내 봇물 터지듯 말을 쏟아내기 시작했다.

"이것 봐, 오거스틴, 나는 너처럼 그런 일들을 그냥 넘길 수가 없어. 네가 그런 제도를 옹호하는 건 정말 혐오스러워. 그게 내 생각이야!"

"이젠 또 뭐죠?" 세인트클레어가 고개를 들고 쳐다보았다. "다시 시작하는 건가요?"

"네가 그런 제도를 옹호하는 게 정말 혐오스럽다고!" 오필리어는 점점 더 흥분하며 말했다.

"내가 옹호한다고요, 누님? 누가 그럽디까, 내가 옹호한다고?" 세인트클레어가 말했다.

"물론 넌 옹호하고 있어. 너희 모두, 너희 남부인들 모두가 말이야. 네가 옹호하지 않는다면 노예는 뭐하러 데리고 있는 거지?"

"누님은 정말 순진하십니다. 이 세상에 어느 누구도 자기가 그르다고 생각하는 일은 절대로 하지 않는다고 보십니까? 누님은 옳지 않다고 생각하는 일은 과거나 현재에 단 한 번도 하지 않으셨습니까?"

"만약 내가 옳지 않은 일을 했다면, 나는 그걸 후회해." 오필리어가 뜨개바늘을 덜걱덜걱 소리가 날 정도로 움직이며 대꾸했다.

"그건 나도 그래요." 세인트클레어가 오렌지 껍질을 벗겨내면서 말했다. "나는 잘못된 일을 늘 후회하고 있죠."

"그럼 뭣 때문에 그렇게 잘못된 걸 계속 유지하는 거지?"

"누님, 잘못된 걸 후회하고 난 뒤에도 계속 그 일을 하신 적은 없었나요?"

"글쎄, 내가 굉장히 유혹을 당했을 때는 그랬겠지." 오필리어가 말했다.

"그렇습니다. 나도 상당한 유혹을 당하고 있어요. 그게 나의 고민이죠." 세인트클레어가 말했다.

"하지만 나는 그러지 말자고 항상 결심해. 그런 유혹을 물리치려고 노력하고 있어."

"네, 나도 그러지 말자고 결심해봤죠. 지난 십 년 동안 했다가 깼다가 그렇게 말이죠. 하지만 완전히 해결하지 못했어요. 누님은 자신의 모든 죄를 완전하게 씻어내셨습니까?"

"이봐, 오거스틴." 오필리어가 진지한 표정을 지으며 뜨개질하던 것을 내려놓고 말했다. "동생이 내 단점을 지적한다면 그것을 겸허히 받아들일 생각이야. 나는 동생이 말하는 게 전부 진실이라는 것을 알아. 나보다 더 절실하게 그걸 느끼는 사람은 없을 거야. 하지만 궁극적으로 동생과 나 사이에는 어떤 결정적 차이가 있는 것 같아. 나는 잘못된 일을 날마다 계속하기보다는 차라리 내 오른손을 끊어버리는 게 더 낫다고 생각해. 만약 내 행동 중에 이런 신념과 어긋나는 게 있다면, 동생이 나를 비난해도 감수하겠어."

"아, 누님," 오거스틴이 소파에서 내려와 바닥에 앉더니 그녀의 무릎을 베고 누우며 말했다. "이 문제를 그렇게 심각하게 받아들이지 마세요! 누님은 내가 얼마나 쓸모없고 뻔뻔스러운 녀석인지 잘 아시잖아요. 나는 단지 누님의 심각한 표정을 보고 싶어서 일부러 누님을 골린 것뿐이에요. 그게 전부예요. 나는 누님이 너무 지나칠 정도로 좋은 사람이라고 생각해요. 물론 그런 지독한 선량함을 생각하면 지루해 죽을 지경이지만 말이에요."

"하지만 이건 진지한 문제야, 오거스틴." 오필리어가 그의 이마를 손으로 가볍게 쓰다듬으면서 말했다.

"우울할 정도로 그렇죠." 그가 말했다. "그리고 나는 그래요, 더운 날에는 심각한 이야기를 가능하면 피하고 싶어요. 모기나 그 밖의 것들 때문에 짜증이 나서 아주 숭고한 도덕적 높이에 도달하기가 참 어렵거든요. 그리고 말이죠," 세인트클레어가 갑자기 몸을 일으키며 말했다. "여기 그럴듯한 이론이 하나 있어요! 왜 북부 사람들이 남부 사람들보다 항상 더 고결한지 알겠습니다. 그 문제를 이제 비로소 간파했습니다."

"아, 오거스틴, 넌 정말 한심스러울 정도로 수다스럽구나!"

"그런가요? 글쎄, 그럴지도 모르겠다는 생각이 드는군요. 하지만 이번만은 진지해보려고 합니다. 먼저 내게 오렌지 바구니를 넘겨주셔야만 하겠군요. 성경 말씀처럼 나를 '포도주와 함께 머무르고 사과로 안락하게' 해주셔야죠. 내가 멋진 이론을 내놓으려 하니까 말입니다." 오거스틴은 이렇게 말하고 오렌지 바구니를 끌어당겼다. "자, 시작합니다. 인류의 역사가 진행되는 동안 어떤 권력자는 스무 명 혹은 서른 명의 버러지 같은 놈들을 노예로 붙잡아둘 필요성이 생겼습니다. 소위 말하는 그의 사회적 지위를 지키기 위해서 말입니다……"

"네가 농담을 계속한다는 생각이 드는데." 오필리어가 말했다.

"누님, 기다려보세요. 슬슬 시작하려고 하니까. 자, 핵심을 말해보자면." 그가 잘생긴 얼굴에 갑작스레 진지하고 심각한 표정을 지으며 말했다. "노예제에 대한 추상적인 질문에 대해서는, 한 가지 의견 외엔 있을 수 없어요. 그 제도에 의해 돈을 벌어들이는 농장주들, 농장주의 비위를 맞추는 성직자들, 그 제도로 지배를 하고 싶어하는 정치가들, 이런 사람들은 자신들의 교묘한 재주를 발휘하여 세계를 놀라게 할 정도로 언어와 윤리를 뒤틀고 구부립니다. 그들은 자연과 성경과 그 밖의 것들을 자기들 목적에 맞게 왜곡합니다. 하지만 그들 자신도 세상 사람들도 그런 궤변을 조금도 믿지 않습니다. 그런 것은 악마로부터 나온 것입니다. 간단히 말하면 그렇습니다. 그것은 악마가 자신의 취향대로 무엇을 할 수 있는지 보여주는 굉장히 훌륭한 사례입니다."

오필리어는 뜨개질을 멈추고 놀란 표정을 지었다. 세인트클레어는 그녀의 놀라움을 은근히 즐기면서 계속 말을 이어갔다.

"누님, 의아하게 생각하시는군요. 하지만 내가 계속 말할 수 있게 해주신다면 죄다 털어놓겠습니다. 이 저주받은 제도, 신과 인간에게 저주받은 이 제도의 본질은 과연 무엇일까요? 이 제도의 모든 장식물을 벗겨내고 그 뿌리와 핵까지 파고들어간다면, 과연 무엇이 있을까요? 자, 한번 보십시오. 흑인은 무지하고 나약한데 나는 지식이 있고 강하기 때문에, 내가 어떻게 해야 할지 알고 또 그렇게 할 수 있기 때문에, 나는 흑인이 가진 모든 것을 빼앗아 독차지하고 내 기분만큼만 그에게 줍니다. 내게 너무 힘들고 너무 지저분하고 너무 마음에 들지 않는 일은 무엇이든지 흑인에게 주어 그것을 하도록 시킵니다. 내가 일하는 것을 싫어하니까 흑인에게 시키는 거죠. 햇빛에 내 피부를 그을리는 게 싫어서 흑인에게 나 대신 태양 아래 서 있게 합니다. 그가 돈을 벌어오지만 내가 그것을 쓰죠. 웅덩이가 나타날 때마다 그가 그 위에 엎드리고, 나는 그 등을 밟고 가기 때문에 구두를 적시지 않고 건너갈 수 있습니다. 그는 자신의 의지가 아닌 내 의지를 따릅니다. 그의 생애 내내 말이죠. 그리고 나는 나 좋을 대로 이런 소리를 지껄이는 겁니다. 흑인 너는 그동안 내 말을 충실히 따랐으니 이제 천국에 갈 기회를 얻었다. 나는 바로 이것이 노예제의 본질이라고 봅니다. 나는 누구에게나 우리 법전에 적혀 있는 노예법을 읽고서 이것 이외에 다른 의미를 찾아낼 수 있으면 어디 한번 해보라고 요구합니다. 사람들은 노예제도에서 비롯되는 악습들에 대해서만 말들이 많습니다. 그건 다 헛소리입니다! 노예제도 그 자체가 모든 악습의 본질인 겁니다! 이 땅이 소돔과 고모라처럼 밑으로 무너져내리지 않는 유일한 이유는, 노예제도가 그 사악한 본질에도 불구하고 비교적 선용(善用)되고 있기 때문입니다. 동정심과 수치심 때문에, 야만스러운 짐승이 아닌 인간으로 태어났기에, 대부분의 사람들은 야만스러운 노예제가 우리에게 부여한 권력 모두를 사용하는 건 경멸하면서 감히 사용하지 않는 겁니다. 오로지 갈 데까지 간 자들, 최악의 짓거리를 하는 자들만이 법이 부여한 한계까지 권력을 사용합니다."

세인트클레어는 흥분했을 때의 버릇 그대로 벌떡 일어나 빠른 걸음걸이로 방 안을 이리저리 걸어다녔다. 그리스의 조각상처럼 고상하고 아름다운 얼굴이 강렬한 감정으로 인해 불타오르는 것처럼 보였다. 커다란 푸른 눈은 번쩍였고 무의식적인 열망으로 인해 자신도 모르게 무언가 평소와는 다른 몸짓을 하고 있었다. 세인트클레어가 이런 격앙된 모습을 보인 적이 없었기 때문에 오필리어는 다소 놀라면서도 묵묵히 앉아 있었다.

"누님께 단언하죠." 그가 갑자기 오필리어 앞에 멈춰 서면서 말했다. "이런 문제에 대해 뭘 선언하거나 강력하게 호소하는 건 별 소용 없는 일이지만, 그래도 단언합니다. 만약 이 나라 전부가 무너져내려 태양 빛으로부터 이 모든 부정과 불행을 숨길 수 있다면, 나도 이 나라와 함께 기꺼이 가라앉겠다고 생각해왔습니다. 배를 타고 남부와 북부를 여행하면서 또 수금을 하기 위해 지방으로 출장을 갔을 때, 내가 만난 야만스럽고 역겹고 비열하고 천한 놈들이, 사기를 치거나 훔치거나 도박을 해서 모은 돈으로 흑인들을 사들여 그들의 절대적인 폭군이 되는 것을 보았습니다. 우리나라의 법이 그런 행위를 어엿하게 허용하고 있습니다. 그런 뻔뻔한 자들이 힘없는 흑인 아이들, 소녀들, 젊은 여자들에게 실질적인 주인의 권리를 행사하는 것을 보고서, 나는 정말이지 이 나라와 인간이란 종족을 금방이라도 저주하고 싶었습니다!"

"오거스틴! 오거스틴!" 오필리어가 말했다. "네가 이미 충분히 말했다고 믿어. 난 여태까지 살아오면서 이와 비슷한 이야기는 그 어디에서도 들어본 적이 없어. 북부에서도 말이야."

"북부라고요!" 세인트클레어는 표정을 갑작스레 바꾸면서 예의 무심한 어조로 말을 이어나갔다. "쳇, 누님이 말하는 북부 사람들은 냉혈한들이라고요. 모든 일에 냉정하죠! 우리 남부인들은 정말로 화가 나면 미친 사람처럼 욕설을 퍼붓습니다. 하지만 북부 사람들은 그렇게 하지 못하잖아요."

"아까 하던 얘기로 돌아가. 그래, 핵심은?" 오필리어가 말했다.

"아, 그래요. 핵심은, 정말로 중요한 것은, 어떻게 하다가 사태가 이런 죄악과 불행의 구렁텅이에 이르게 되었느냐는 겁니다. 자, 어린 시절 누님이 주일에 날 가르치실 때 해주셨던 착한 말씀으로 대답해드리죠. 나의 경우 노예제는 정상적인 대물림에 의해서 나에게 내려왔습니다. 내 하인들은 아버지의 하인들이었고, 게다가 또 어머니의 하인들이기도 했습니다. 이제 그들은 내 소유이며 그들과 그들의 후손은 상당한 숫자에 달했습니다. 자, 우리 아버지는 뉴잉글랜드 출신으로 큰아버지처럼 훌륭한 분이었지요. 올바르고, 정력적이고, 도량이 넓고 굳은 의지를 지닌 옛 로마인 같은 분이었습니다. 큰아버지는 뉴잉글랜드에 정착하셔서 바위와 돌덩이를 지배하고 대자연을 상대로 노력하여 생계를 꾸리셨습니다. 우리 아버지는 루이지애나에 정착하여 사람을 다루고 그들을 닦달하며 생활을 꾸리셨습니다. 어머니는," 세인트클레어가 일어나 방의 구석에 있는 한 초상화로 걸어가 존경심 가득한 표정으로 올려다보며 말했다. "어머니는 신성한 분이셨죠! 누님, 그런 표정으로 보지 마세요! 누님은 내가 진심을 말하는 걸 알고 있지 않습니까? 어머니는 인간으로 태어나셨지만 내가 지켜본 한도 내에선 그 어떤 인간적 약점이나 실수의 흔적도 찾아볼 수 없는 성스러운 분이었습니다. 어머니를 기억하는 사람들은 노예건 자유민이건, 하인이건 친지건, 아니면 친척이건 모두 똑같은 말을 합니다. 아, 누님, 어머니는 오랜 세월 동안 내가 불신앙에 떨어지지 않도록 막아주셨던 분이었습니다. 어머니는 살아 있는 『신약성서』 같은 분이었습니다. 아, 어머니! 어머니!" 세인트클레어는 황홀경에 빠진 사람처럼 양손을 꼭 쥐었다. 그러더니 갑자기 정신을 차리고는 소파에 앉아서 계속 말했다.

"형과 나는 쌍둥이였습니다. 쌍둥이는 서로 닮게 마련이라고 하죠. 하지만 우린 모든 면에서 대조적이었습니다. 형은 타오르는 것 같은 검은 눈에 칠흑 같은 머리카락을 지닌 굳세고 훌륭한 로마인 같은 모습이었고 얼굴은 진한 갈색이었습니다. 나는 푸른 눈에 금발의 그리스인 같은 모습이었고 얼굴 색깔이 흰색이었지요. 형은 활동적이고 빈틈이 없었지만 나는 백일몽에 잠기기를 좋아하는 수동적인 아이였습니다. 형은 친구와 동년배들에겐 후했지만 손아랫사람들에게는 자존심을 내세우고, 지배하려 들고, 고압적이었습니다. 자신과 반대되는 주장을 내세우는 사람은 누구든 아주 무자비하게 찍어눌렀습니다. 형이나 나나 모두 정직했습니다. 형은 자존심과 용기 때문에, 나는 추상적인 이상에 대한 선망 때문에 그랬죠. 우리는 소년들이 일반적으로 그렇듯 서로를 사랑했습니다. 물론 그럴 때도 있고 아닐 때도 있었지만 일반적으론 그랬습니다. 형은 아버지가 애지중지하셨고, 나는 어머니가 아주 좋아하셨습니다.

어느 모로 보나 나는 병적으로 예민하고 날카로운 감수성의 소유자였습니다. 그런 감수성을 형이나 아버지는 전혀 이해하지 못했고, 그래서 전혀 동정하지 않았습니다. 하지만 어머니는 다르셨죠. 형과 언쟁을 하다가 아버지가 용서하지 않겠다는 눈빛을 보내면 나는 어머니의 방으로 달려가 어머니 옆에 앉곤 했습니다. 나는 어머니가 어떤 모습으로 계셨는지 기억합니다. 흰 뺨에 깊고 부드럽고 진중한 눈빛을 지니고, 흰옷을 입고 계셨죠. 언제나 흰옷이었어요. 요한묵시록에서 깨끗하고 흰, 훌륭한 리넨 옷을 차려입은 성인들 얘기를 읽을 때면 어머니를 떠올리곤 했습니다. 어머니는 여러 방면으로 재능이 뛰어났는데, 특히 음악적 재능이 탁월했습니다. 어머니는 오르간에 앉아 천주교의 훌륭하고 오래된 장엄미사곡을 연주하면서 인간이라기보다 천사 같은 목소리로 노래를 부르시곤 했습니다. 나는 어머니의 무릎을 베고선 울고 느끼고 꿈꾸었습니다. 아, 정말로 헤아릴 수 없을 정도로 많은 날들을 그렇게 했었죠! 그 즐거움을 어떻게 말로 표현하겠습니까!

그 당시에는, 노예제도에 대한 문제가 지금처럼 격렬하게 논의되지 않았습니다. 아무도 노예제에 문제가 있다고 보지 않았습니다.

아버지는 원래 귀족적인 분으로 태어나셨습니다. 아버지는 태어나기 전에 영혼들의 상류사회에 계셨음이 틀림없고, 그런 천상(天上) 궁정풍(宮庭風)의 자존심을 그대로 간직하고 태어나셨습니다. 가난한 집안의 자식으로, 어떤 식으로든 귀족 집안과는 무관한데도 태생적으로 그런 성품을 갖고 계셨어요. 형도 아버지의 판박이로 태어났습니다.

그런데 귀족에게는 한 가지 문제점이 있어요. 전 세계의 귀족들은 사회의 특정한 구분선을 넘어버리면 인간적인 동정을 전혀 보여주지 않습니다. 영국에서도 그 선은 어딘가에 있을 것이고, 버마에서도 어딘가에 있을 것이며, 미국에서도 어딘가에 있습니다. 이 모든 국가들의 귀족들은 그 선을 결코 넘어가지 않습니다. 자신들의 계층 내에서 고난과 고통과 부정의 문제를 아주 심각하게 고민하지만, 다른 계층에서의 그런 현상들은 대단치 않은 문제로 치부해버립니다. 아버지의 구분선은 바로 피부색이었습니다. 같은 계층의 사람들 사이에선 아버지처럼 정의롭고 후한 사람도 없을 겁니다. 하지만 아버지는 뮬라토든 쿼드룬이든 옥토룬*이든 흑인 피가 섞인 모든 흑인들을 인간과 동물의 중간적 존재로 인식했고, 이런 전제 위에서 정의 또는 관용의 등급을 매겼습니다. 만약 누군가가 아버지에게 노골적으로 흑인들도 불멸하는 인간의 영혼을 가지고 있는지 물어본다면 아버지는 잠시 망설이다가 그렇다고 대답할 겁니다. 하지만 아버지는 영혼의 문제를 그다지 걱정하는 분은 아니었습니다. 상류 계층의 수장이었던 아버지는 하느님을 경배하기는 했지만 그 이상의 종교적 감정은 없었습니다.

아버지는 오백 명 정도 되는 흑인들을 부렸습니다. 완고하고 정력적이고 꼼꼼한 사업가셨죠. 모든 일은 정립된 체계에 의해 움직였고 한 치의 오차도 없는 정확성을 유지했습니다. 그런데 이 모든 일을, 누님 같은 버몬트 사람들이 지적하는 바대로, 평생을 '회피하는 요령' 외에는 배우지 않으려는 사람들, 즉 게으르고, 한심한 소리나 하

---

* 뮬라토와 백인의 혼혈아로 흑인의 피가 8분의 1 섞인 사람.

고, 기력 없는 노동자들이 해주어야 했습니다. 그러니 아버지의 대농장에선 나와 같은 예민한 아이에겐 끔찍하고 고통스럽게만 보이는 수많은 가혹행위가 있었습니다. 이러한 사정을 누님은 이해하실 겁니다.

아버지는 노련한 감독관을 두고 있었습니다. 키가 크고 덩치도 좋은 원기왕성한 버몬트 불량배였죠. 아, 죄송합니다. 버몬트 사람을 이렇게 말해서. 여하튼 그는 고되고 잔혹한 환경 속에서 정규 수습 과정을 마쳤고 감독관 역할을 수행하는 위치에 올라섰어요. 어머니는 그의 행동을 결코 참아낼 수 없었고 그건 저도 마찬가지였죠. 하지만 그는 아버지에게 특별한 신임을 받아서 전권을 위임받았고, 아버지의 농장 내에서는 절대적인 폭군이었습니다.

나는 그때 조그만 아이였지만 온갖 종류의 인간사에 대해 지금과 같은 애정을 지니고 있었습니다. 인간성을 연구하고 싶은 일종의 열정 같은 것이었죠. 인간성이 어떤 형태로 나타났건 말입니다. 나는 일꾼들의 오두막집을 자주 찾아갔고 농장 노예들과도 잘 어울렸습니다. 그들이 아주 좋아하는 아이였지요. 그러다 보니 온갖 종류의 불평불만이 내 귀에 들어왔고, 나는 그런 것들을 어머니에게 전했습니다. 어머니와 나는 일종의 고충처리위원회가 되었어요. 우리는 수많은 잔혹행위를 방해하고, 억제하고, 수많은 선한 일을 한다는 데 자부심을 느꼈습니다. 종종 일어나는 일이었지만 내 열성은 너무 지나쳤습니다. 감독관 스텁스가 아버지에게 이런 식으로 관대하게 봐주다가는 농장 일꾼들을 다룰 수가 없으니 차라리 사직하겠다고 불평을 늘어놓았거든요. 아버지는 다정하고 관대한 남편이었지만 자신이 필요하다고 생각하는 일에선 결코 물러서지 않는 사람이었습니다. 그래서 아버지는 우리 고충처리위원회와 노예들 사이에서 바위처럼 단호한 태도를 취했습니다. 아버지는 어머니에게 은근하고 공손한 말로, 하지만 굉장히 분명한 어조로 집안의 노예들을 관장하는 문제는 어머니에게 전권을 주겠지만, 농장 노예들의 문제는 간섭해서는 안 된다고 잘라 말했습니다. 아버지는 누구보다도 어머니를 존중했지만 그 문제만은 양보가 없었습니다. 설사 성모 마리아가 그의 일처리 방식을 문제 삼았다고 하더라도 아버지는 똑같이 반응했을 겁니다.

나는 어머니가 가끔 아버지를 설득하려고 애쓰는 것을 엿듣곤 했습니다. 어머니는 아버지의 연민을 불러일으키려고 애쓰셨죠. 그러나 아버지는 어머니의 너무나 애처로운 호소를 정중하지만 무관심하게 들으셨고, 그건 어머니를 낙담시켰습니다. '그 모든 것이 결국 이 문제로 귀결돼.' 아버지가 말씀하셨습니다. '내가 스텁스를 떠나보내든지 아니면 데리고 있든지, 둘 중 하나인 거야. 스텁스는 꼼꼼함과 정직성과 효율성의 화신이고, 농장 일에서는 더할 나위 없는 관리자야. 또 남들 못지않게 인간적인 면도 있어. 인간은 완벽할 수 없는 거야. 만약 그를 데리고 있기로 한다면, 그의 관리 방식을 전적으로 밀어줘야 해. 비록 이따금 바람직하지 않은 일들이 벌어진다 하더라도 말이야. 관리에는 일부 불가피한 가혹함이 따르게 마련이야. 일반적인 규칙들은 특별한 경우에는 당초 의도와는 다르게 압제적일 수도 있는 거야.' 이 마지막 말씀은 대부분의 가혹한 사례에 대하여 아버지가 내놓은 최후의 일격이었습니다. 아버지는 그 말을 하고 난 뒤에는 용무를 완벽하게 처리한 사람처럼 소파에 발을 올려놓고 선잠에 드시거나 신문을 읽거나 하셨습니다.

사실 아버지는 정치가에게 어울리는 그런 재능을 갖고 계셨습니다. 아버지는 폴란드를 오렌지처럼 쉽게 나눌 수 있었고, 아일랜드를 다른 누구 못지않게 차분하고 체계적으로 짓밟을 수도 있었습니다. 마침내 어머니는 절망한 채로 포기하셨습니다. 어머니처럼 고상하고 예민한 성품을 가진 사람이 부정과 잔혹함의 심연에 던져졌을 때 얼마나 완전하게 무력감을 느끼는지 아무도 알지 못할 겁니다. 하지만 우리 주위의 사람들은 그것을 불공정하고 잔혹한 심연이라고 여기지 않았습니다. 그런 지옥 같은 세계에서, 따뜻한 성품을 가진 사람들은 긴 슬픔의 시대를 견뎌내야 했습니다. 그러니 자신의 아이들을 자신의 뜻과 생각대로 가르치는 것 말고 어머니에게 무엇이 남아 있었겠습니까? 교육에 대하여 이런저런 학설이 많지만, 아이들은 자신이 가진 본성에 따라 실질적으로 성장하고 오로지 그 본성에 따라 자라납니다. 요람에 누워 있을 때부터 나의 형 앨프리드는 귀족적인 사람이었습니다. 성장해나가면서 본능적으로 그의 모든 감성과 이성은 그런 선상에 있었고, 어머니의 모든 훈계는 '쇠귀에 경 읽기'였어요. 내 경우에는 그런 것들이 내 안에 깊숙이 자리 잡았습니다. 어머니는 결코 겉으로는 아버지가 말한 어떤 것에도 반대하지 않았으며 또한 직접적으로 아버지와 다른 생각을 내놓은 적도 없습니다. 하지만 어머니는 그 깊고 진지한 성품으로 전력을 다해 하찮은 인간의 영혼도 존엄성과 가치를 지닌나는 생각을 내 마음속에 새겨놓으셨습니다. 어머니는 저녁에 별을 가리키면서 제게 '보렴, 오거스틴! 이 모든 별들이 영원히 사라질 때에도, 우리 농장의 불쌍하고 미천한 영혼들은 계속 살아나갈 거란다. 하느님이 계시는 한!'이라고 말씀하셨습니다. 그럴 때마다 나는 엄숙한 경외심을 가지고 어머니의 얼굴을 바라보곤 했지요.

어머니는 좋은 옛 그림을 몇 점 가지고 계셨는데, 특히 예수님이 장님의 눈을 뜨게 하는 모습을 묘사한 그림이 훌륭했습니다. 그 그림은 내게 강한 인상을 남겼습니다. 어머니는 말씀하셨어요. '애야, 오거스틴, 이 그림을 좀 보려무나. 이 장님은 거지였고, 가난하고 혐오스러웠지. 그렇기 때문에 예수님은 그를 각별히 생각하셔서 멀찌감치 떨어뜨려놓은 채로 치료해주신 것이 아니라 일부러 가까이 부르셔서 치료해주셨지! 예수님은 그 장님을 바로 곁에 불러서 머리에 손을 얹으셨단다! 이걸 기억하렴, 내 아들아.' 만약 내가 어머니의 보살핌 아래 계속 성장해왔다면, 어머니는 나를 지금과는 다르게 종교적인 열정 쪽으로 이끌어주셨을 겁니다. 그래서 어쩌면 성인이나 종교개혁가, 순교자 등이 되었을 겁니다. 하지만, 아아! 나는 열세 살이 되었을 때 어머니를 떠나 유학을 갔고, 그 이후 다시는 어머니를 뵙지 못했습니다!"

세인트클레어는 두 손으로 얼굴을 감싸 쥐고 몇 분 동안 말을 하지 못했다. 잠시 뒤 그는 고개를 들어 말을 이어갔다.

"인간의 미덕이라는 건 얼마나 하찮고 시시한 쓰레기인지요! 그건 대부분의 경우, 타고난 기질에다 경도와 위도라는 지리적 개념이 덧붙여진 하찮은 것입니다. 미덕이라는 것은 크게 보아 우연의 소치일 뿐입니다! 예를 들어 큰아버지는 사실상 모든 것이 자유롭고 평등한 버몬트에 정착하셨죠. 교회에 정기적으로 다니면서 집사를 맡아 보셨고, 나중에는 노예제폐지위원회에도 가입하셨습니다. 그리하여 우리 남부인이라고 하면 이교도보다 조금 나은 정도라고 생각하게 되셨죠.

그렇지만 큰아버지는 체질과 기질 면에서 우리 아버지와 똑같은 분이십니다. 나는 그런 강하고 고압적이고 지배하려는 정신이 아주 다양한 형태로 구현된다는 것을 분명히 보았습니다. 누님도 잘 아시지요? 누님의 버몬트 마을에서 스콰이어 싱클레어가 이웃 사람들에게 우월감을 느끼며 살아가고 계신다는 것을. 큰아버지는 민주적인 시대에 태어나 민주주의 사상을 받아들이셨음에도 불구하고, 오륙백 명의 노예를 거느렸던 우리 아버지만큼이나 귀족적인 정서를 지니셨지요."

오필리어는 그 말에 반박하고 싶은 생각이 들어 뜨개질감을 내려놓으려 했으나 세인트클레어가 그녀를 가로막았다.

"자, 난 누님이 반박하려는 걸 훤히 알고 있습니다. 나는 큰아버지와 우리 아버지가 완전히 똑같다고 말하지는 않았습니다. 한 분은 모든 것을 자연적인 경향에 거슬러 수행하는 환경 속에 계셨고, 다른 한 분은 모든 것을 그에 맞춰서 실천하는 환경 속에 계셨습니다. 그래서 한 분은 고집 세고 단호하고 강인한 전형적인 민주주의자가 되셨고, 다른 한 분은 고집 세고 단호하고 강인한 전형적인 농장의 폭군이 되셨죠. 만약 두 분이 루이지애나 주에서 똑같이 대농장을 소유했다면, 두 분 다 동일한 틀에서 주조되어 나온 두 개의 탄환처럼 똑같으셨겠죠."

"참 불손한 자식이로군!" 오필리어가 말했다.

"두 분께 무례하게 굴려고 했던 건 아닙니다." 세인트클레어가 말했다. "그렇지만 공손한 태도는 내 강점이 아닙니다. 아무튼 내 이야기로 돌아가겠습니다.

아버지가 돌아가시면서 모든 재산을 우리 쌍둥이에게 남겨주셨고,

우리는 그 재산을 합의하여 나누게 되었습니다. 자신과 동등한 위치에 있는 사람과 거래할 때, 앨프리드처럼 고귀한 마음가짐을 가지고 자비롭게 행동하는 사람은 이 세상에 없을 겁니다. 재산 문제를 우린 아주 훌륭하고 원만하게 처리했습니다. 형제답지 않은 말이나 감정은 단 한 번도 나와본 적이 없을 정도였지요. 우리는 함께 대농장을 경영하기로 했습니다. 앨프리드는 외적인 삶과 능력이 나보다 두 배는 더 나아서 아주 열성적인 농장주가 되었고 놀랄 정도로 성공을 거두었습니다.

하지만 나는 두 해 동안 농장 일을 해보고 내가 그 일의 협력자가 될 수 없다는 것을 깨달았습니다. 내가 개인적으로 잘 모르고 또 개인적인 관심의 대상도 아닌 칠백 명의 거대한 노예 집단이 팔려와, 일정한 장소를 제공받아 식사를 하고, 소처럼 많은 일을 하고, 군대 같은 규율 속에서 긴장하며 일을 했습니다. 인생의 즐거움이 될 만한 것을 가능한 한 적게 베풀면서 계속 일을 시켜야 하는 문제, 혹독한 감시자와 감독자들을 두어야 하는 문제, 끊임없이 채찍질을 해줘야 한다는 처음이자 마지막이며 유일한 주장, 이 모든 것들이 내게는 견딜 수 없이 역겹고 혐오스러웠습니다. 게다가 비천한 인간의 영혼도 아주 소중하다는 어머니의 말씀을 상기하면, 그런 것들이 심지어 두렵기까지 했습니다!

노예들이 이 모든 것을 즐기고 있다고, 노예 생활도 할 만하다고 말하는 건 모두 허튼소리죠! 북부 사람들이 우리 남부인들의 죄를 사면해주려는 열정 속에서, 황당무계하게 만들어낸 허튼소리는 정말 참아줄 수가 없습니다. 그건 과거에도 그랬고 지금도 그렇습니다. 우리 모두는 그보다 훨씬 분명하게 진상을 알고 있습니다. 살아 있는 사람 아무한테나 물어보세요. 해가 뜰 때부터 어두워질 때까지, 주인의 계속되는 감시 아래서, 일과 무관한 결정이라고는 하나도 내리지 못하면서, 따분하고 단조롭고 변화 없는 일을 평생 계속하면서 일 년에 바지 두 벌, 신발 한 켤레를 지급받으며, 오로지 일만 하기 위해 숙식을 제공받고 싶으냐고 말입니다. 이런 식으로 일만 하면서 살고서도 그의 인생이 편안하다고 여기는 자가 있다면 어디 노예 생활을 한번 해보라고 하세요. 그들은 입으로만 노예 생활도 괜찮다고 떠들어댈 뿐입니다. 정말 위선적인 말입니다. 나라면 그렇게 지껄이는 대신 차라리 개를 사서 떳떳하게 일을 시키겠습니다."

"난 남부 사람들 모두가 그런 일들을 승인하고 또 그게 옳다고 생각하는 줄 알았어. 성경에 그렇게 되어 있다고 인용까지 하면서 말이지." 오필리어가 말했다.

"말도 안 되는 소리죠! 우린 아직까지 그 정도로 타락하지는 않았습니다. 누구보다도 폭군인 앨프리드도 그런 변명은 하지 않을 겁니다. 아니, 앨프리드는 제일 강한 자의 권리라는 저 오래된 근거에 입각하여 거만하게 말할 겁니다. 미국 대농장주는 영국 귀족 계급과 자본가들이 하층 계급에게 시키는 일을 다른 형태로 시키고 있을 뿐이라고 말입니다. 앨프리드의 말뜻은 이런 겁니다. 그들은 하층 계급의 육체와 뼈, 영혼과 정신을 그들의 유용함과 편리함을 위해 '착취'합니다. 앨프리드는 일관되게 그 두 가지를 옹호하고 있습니다. 명목상이든 실제적이든 대중의 노예화 없이는 더 높은 문명이 존재할 수 없다는 겁니다. 다시 말해, 육체노동을 하고 동물적 기질만 가진 하층 계급이 존재해주어야만 한다는 거죠. 그러면 상류 계층은 그들 덕분에 부와 여가를 얻어 지식을 확대하고 사회의 발전을 추구하며, 그 과정에서 자연스럽게 하층 계급의 지도자가 된다는 겁니다. 앨프리드는 내가 말씀드린 대로 귀족적인 인간으로 태어났으니까 이런 생각을 하는 겁니다. 하지만 나는 그 말을 믿지 않습니다. 나는 민주주의자로 태어났으니까요."

"도대체 어떻게 그 둘이 비교가 될 수 있다는 거지?" 오필리어가 말했다. "영국 노동자들은 팔리거나 교환되거나 가족과 떨어져야 한다거나 매질을 당하지 않는데."

"마치 고용주에게 팔린 것처럼 고용주의 마음대로 할 수 있으니까요. 노예의 주인은 말 안 듣는 노예를 죽도록 매질할 수 있습니다. 자본가들은 고분고분하지 않은 노동자들을 해고하여 굶어 죽게 할 수 있죠. 가족의 안전이라는 측면에서 보자면 어떤 게 더 나쁜 건지 모르겠네요. 아이가 다른 데로 팔려가는 것과 아이가 집에 있으면서 굶어 죽는 것이."

"하지만 노예제도가 다른 제도에 비해 별반 나쁜 게 아니다, 라고 말하는 것으로 노예제도가 정당화될 수는 없어."

"노예제도를 변호하려는 건 아니었습니다. 오히려 우리의 노예제도가 더 뻔뻔스럽고 노골적으로 인간의 권리를 침해한다고 말하려 했습니다. 노예 매매시장을 한번 보세요. 실제 말을 사는 것처럼 사람을 사들이고 있어요. 이빨을 들여다보고, 관절에서 소리가 나는지 들어보고, 신체 능력을 시험해본 뒤에 계약금을 치르죠. 인간의 육체와 정신에 투기꾼과 사육사, 상인, 중개인이 개입합니다. 문명화된 세상의 눈앞에 아주 구체적이고 세련된 형태로 노예제도를 내놓습니다. 아무리 세련된 형태로 노예제도를 포장한다고 해도 결국 본질 면에서는 같습니다. 즉, 한 인간 집단이 자신의 이익과 발전을 위해 다른 인간 집단을 사용한다는 것이죠. 팔려가는 집단의 이익과 발전과는 무관하게 말입니다."

"난 노예제를 그런 관점에선 전혀 생각해보지 않았어." 오필리어가 말했다.

"그런가요? 난 영국 여행도 좀 했고, 영국 하층 계급의 상황을 다룬 뛰어난 문서도 다수 조사했습니다. 그래서 앨프리드가 자신의 노예들은 영국 인구의 대다수보다 더 나은 삶을 산다고 말했을 때 그것을 부정할 수가 없었습니다. 아, 제 말을 듣고서, 그렇게 말하는 앨프리드는 가혹한 주인이네, 라고 추측하지는 말았으면 합니다. 가혹한 주인은 아니니까요. 물론 앨프리드는 자신에게 반항하는 노예들에겐 폭군처럼 무자비했습니다. 자신의 뜻을 거역하는 노예는 마치 수사슴을 쏘는 것처럼 별 거리낌 없이 쏘아 죽였을 거예요. 하지만 앨프리드는 자신의 노예들이 잘 먹고 잘 잔다는 데 대해 일종의 자부심을 가지고 있었습니다.

내가 앨프리드와 함께 농장을 경영했을 때, 노예들의 교육을 위해 뭔가 해야 한다고 주장했습니다. 그래서 앨프리드는 날 만족시켜주기 위해 목사를 데려왔죠. 그 뒤 노예들은 일요일마다 교리문답을 하곤 했습니다. 그럼에도 앨프리드가 속으로는 차라리 개나 말을 위해 목사를 두는 것이 더 낫겠다고 생각한다는 걸 알았습니다. 태어날 때부터 온갖 나쁜 영향에 의해 무감각해지고 동물처럼 변한 인간의 정신이 한 주 내내 기계적 노동을 해서 무뎌질 대로 무뎌졌는데, 고작 일요일의 몇 시간 교육으로 크게 나아질 수는 없는 겁니다. 영국의 제조업 종사자들을 교육시키는 주일학교 교사들이나 우리나라의 농장 교사들은 아마도 같은 결과를 증명할 겁니다. 하지만 우리나라의 흑인들에게는 다소 놀라운 예외 사항이 있어요. 바로 이들이 태생적으로 백인보다 더 종교적 감성이 풍부하다는 사실이죠."

"그런데 동생은 왜 농장 생활을 그만두게 된 거야?" 오필리어가 물었다.

"우리는 그럭저럭 함께 잘해나갔습니다만, 앨프리드는 내가 농장주 자질이 전혀 없다고 판단을 내렸습니다. 앨프리드는 내 의도를 반영하여 모든 것을 고치고 변형하고 개선했는데도 내가 여전히 만족하지 못하자 더이상 이렇게는 안 되겠다고 판단했던 겁니다. 내가 정말로 증오했던 건 이것이었습니다. 결국 돈을 벌자고 그 사람들을 이용하고, 이 모든 무지와 야만, 그리고 악덕을 영구화하는 것, 그게 나는 정말 싫었습니다!

게다가 나는 항상 세세한 부분까지 그들 편을 들었습니다. 내가 게을러서 그런지, 나는 게으른 사람들에게 전적으로 공감을 하곤 했습니다. 그래서 불쌍하고 무기력한 노예들이 솜 바구니 바닥에 돌을 넣어 무게를 속이거나 부대에 진흙을 넣어놓고 맨 위에 솜을 올려놓는 눈속임 따위는 모른 체했습니다. 내가 그들이라면 나도 그렇게 했을 것 같았습니다. 그래서 그런 짓 때문에 그들을 채찍질할 수도 없었고 하지도 않았습니다. 이러다 보니 농장의 규율은 엉망이 되었습니다. 앨프리드와 나는, 수년 전 나와 존경하는 아버지가 그랬던 것처럼 도저히 서로 맞지 않는다고 이해하게 되었습니다. 앨프리드는 나를 여자 같은 감상주의자라며 결코 농장 사업을 할 수 없는 위인이라고 했습니다. 그러더니 농장 일에서는 손 떼고 은행 예금과 뉴올리언스에 있는 저택을 가지고 시라도 쓰면서 살라고 했어요. 농장은 자신이 전적으로 운영하겠다면서 말입니다. 그래서 우린 그렇게 결별하고 나는 여기로 왔습니다."

"하지만 왜 데리고 있는 노예를 해방시키지 않은 거지?"

"그렇게까지 할 수는 없었어요. 나는 돈벌이를 위한 도구로 노예를 데리고 있지는 않았습니다. 그들과 함께 돈을 쓰기 위해 데리고 있는 것은 그다지 나쁘지 않아 보였어요. 일부는 옛날 살던 집에서 데려온 하인들이라 꽤 애착을 느끼고 있습니다. 젊은 하인들은 그들의 아이들이고요. 모두 자기 처지에 꽤나 만족하고 있습니다." 세인트클레어는 잠시 말을 멈추고 뭔가 생각하는 듯 방을 이리저리 오갔다.

"나도 이 세상에서 뭔가 하고 싶다는 계획과 희망을 가졌을 때가 있었습니다. 이렇게 시간이나 죽이고 있을 게 아니라 말이죠. 내가 태어난 이 땅을 이런 얼룩과 오명으로부터 벗어나게 하자는, 일종의 해방자가 되자는 막연하고 모호한 열망을 가지고 있었습니다. 젊은 사람들은 그런 열병과도 같은 무언가를 가지고 있죠. 언젠가는 그렇게 하자고 생각했습니다. 그런데……"

"왜 그러지 않았지? 일을 시작했으면 도중에 뒤돌아보며 관두지는 말았어야지."

"내가 기대한 것처럼 되어주질 않았습니다. 솔로몬이 그랬던 것처럼 산다는 것에 대한 절망감이 엄습했습니다. 아무튼 농장 일에서 손을 뗀 것은 우리 형제의 지혜를 일깨우는 소중한 사건이었습니다. 나는 그 후 사회에서 행동가나 개혁가가 되는 대신 떠돌이가 되어, 지금까지 그렇게 떠다니고 있습니다. 만날 때마다 앨프리드는 잔소리를 합니다. 앨프리드가 나보다 낫다고 인정합니다. 실제로 뭔가를 하고 있으니까요. 앨프리드의 인생은 그 자신의 의견이 반영된 논리적인 결과이고, 내 인생은 애초의 계획이나 생각과는 전혀 무관한 결과, 그저 경멸스럽기만 한 인생인 거죠."

"오거스틴, 그렇게 시간만 죽이며 망설이는 것에 만족하는 거니?"

"만족하냐고요! 경멸한다고 말씀드리지 않았습니까? 여하튼 본론으로 돌아오면, 우린 해방에 관한 이야기를 하고 있었죠. 노예제도에 관한 내 생각이 별나다고는 생각하지 않습니다. 마음속으로 꼭 나와 같이 생각하는 사람들이 많다고 봐요. 나라가 노예제도 때문에 신음하고 있습니다. 그건 노예에게도 나쁜 것이지만, 굳이 어느 쪽에 더 나쁘냐 하면 오히려 주인 쪽에 더 나쁜 거예요. 부도덕하고 부주의하고 타락한 대규모 인간 계층이 존재한다는 사실이 노예들뿐만 아니라 우리 자신들에게도 악이라는 것은 굳이 돋보기를 들이대지 않아도 알 수 있는 사실입니다. 영국의 자본가와 귀족들은 우리처럼 생각하지 못합니다. 우리처럼 자신들이 타락시키는 계층과 섞여서 살지 않기 때문이죠. 우리의 집에는 그들이 있습니다. 그들은 우리 아이들과 어울립니다. 또 우리가 할 수 있는 것보다 더 빨리 아이들의 마음에 영향을 줍니다. 아이들은 항상 그들과 달라붙어 동화되기 때문이죠. 만약 에바가 지금과 같이 비범할 정도로 선한 아이가 아니었다면 이미 도덕적으로 엉망진창이 됐을 겁니다. 흑인들과 같이 살면서 그들로부터 영향을 받지 않는다고요? 차라리 천연두가 노예들 사이에서만 퍼지고 우리 아이들에게는 퍼지지 않는다고 생각하는 게 더 나을 겁니다. 마찬가지로 노예가 교육을 받지 못하고 도덕을 모르게 되는 것은 놔두면서도 우리 아이들은 그런 사태로부터 영향을 받지 않을 거라고 생각하는 것도 우스꽝스러운 겁니다. 아직까지 우리 법은 흑인에 대한 실효성 있는 정규 교육 체계를 아주 교묘하고도 효과적으로 금지하고 있습니다. 왜냐하면 한 세대의 흑인들을 교육시켜놓으면 이 노예제도라는 괴물은 완전 폭파되어 그 파편 조각들이 하늘 높이 날아오를 테니까요. 공부하여 머리가 깨인 그들은 어떻게 반응할까요? 우리가 자유를 주지 않는다면, 그들이 자유를 쟁취하겠다고 나올 겁니다."

"그러면 이 제도의 마지막이 어떻게 될 거라고 생각하지?" 오필리어가 물었다.

"모르겠군요. 하지만 한 가지는 확실합니다. 전 세계의 군중들 사이에서 움직임이 있고, 조만간 '최후의 심판일'이 올 겁니다. 동일한 현상이 유럽과 영국, 그리고 이 나라에서 벌어질 겁니다. 어머니는 천년왕국이 도래할 거라고 말씀하셨고, 예수님이 다시 오실 때는 모든 사람이 자유롭고 행복해진다고도 하셨습니다. 어머니는 또 내가 어렸을 때 '왕국이여 오소서'라고 기도하라고 가르쳐주셨습니다. 가끔 나는 마른 뼈들* 사이에서 터져나오는 이 모든 한숨과 신음, 괴로움이 어머니가 말씀하셨던 그것의 도래를 예고한다고 생각합니다. 하지만

---

* 고통 받는 사람들을 일컫는 성서적 표현. 구약 「에제키엘서」에 나옴.

그리스도의 재림을 자신 있게 기다릴 수 있는 사람이 지상에 누가 있겠습니까?"

"오거스틴, 나는 때때로 네가 그 천년왕국에서 멀리 떨어져 있지 않다는 생각이 드는구나." 오필리어는 그녀의 뜨개질감을 내려놓고 걱정스러운 표정으로 사촌 동생을 바라보았다.

"좋게 말씀해주시니 감사하군요. 하지만 나는 오락가락하는 사람일 뿐이에요. 이론상으론 천국의 문에 다다랐지만 실제로는 지상의 먼지 속에 있으니 말입니다. 그런데 차를 마시러 오라는 종소리가 울리는군요. 자, 가시죠. 정말 내 생애 처음으로 이런 진지하고 솔직한 얘기를 해본 것 같군요."

차를 마시는 테이블에서 마리는 프루 이야기를 꺼냈다. "저는 형님이 우리 모두가 야만인이라고 생각할 것 같은데요."

"야만적인 일이지. 하지만 모두가 야만인이라고 생각하지는 않아." 오필리어가 말했다.

"저는 말이죠, 알고 있었어요. 그런 부류의 노예들과는 함께 사는 게 불가능하다는 걸. 그들은 너무 악질이라 그냥 죽는 게 나아요. 그런 일에 대해선 티끌만큼도 동정해줄 수 없어요. 그들이 처신을 잘했더라면 그런 일은 일어나지 않죠."

"하지만 엄마, 그 불쌍한 사람은 불행했어. 그래서 술을 마시게 된 거야." 에바가 말했다.

"아니, 그게 무슨 당치도 않은 소리니? 그게 무슨 변명이 된다는 거니? 나도 굉장히 자주 불행하단다." 마리는 생각에 잠긴 것처럼 말했다. "나는 프루가 겪은 것보다 훨씬 더한 시련을 겪고 있단다. 그건 시련의 문제가 아니라 단지 그런 노예들이 너무 악질이기 때문이야. 아무리 엄격하게 단련해도 길들일 수 없는 노예들이 일부 있단다. 아버지가 데리고 있던 노예 하나가 기억나는군. 그는 너무 게을러서 일을 내던지고 달아나 늪에 누워서 빈둥거리고 물건이나 훔치고 온갖 나쁜 짓은 다 했었지. 몇 번이고 붙잡혀서 채찍질을 당했지만 거기서 더 나아지지 않았어. 그 버릇을 버리지 못하더니 마지막으로 달아났을 땐 늪에서 죽어버렸단다. 그에게는 아무런 이유도 없었지. 아버지는 노예들에게 항상 다정하게 대해줬는데도 말이야."

"난 한 번 그런 녀석을 길들인 적이 있소." 세인트클레어가 말했다. "모든 감독들이 손을 써보려고 했지만 헛수고였던 녀석을 말이야."

"당신이? 당신이 그런 일을 했을 때가 있다니 의외네요." 마리가 말했다.

"힘이 세고 장대한 녀석이었지. 아프리카 태생이었어. 보기 드물 정도로 자유에 대한 야만적인 본능을 가진 자였지. 딱 아프리카 사자 같은 녀석이었어. 사람들은 스키피오라고 불렀어. 아무도 녀석을 어떻게 할 수가 없었지. 감독들 사이에서 이리저리 팔리다가 앨프리드가 녀석을 사들였어. 자기라면 다룰 수 있다고 생각했던 거지. 근데 어느 날 그 녀석은 감독을 때려눕히고 늪으로 도망쳤지. 난 그때 앨프리드의 농장에 잠깐 다니러 가 있었어. 파트너 관계를 청산한 뒤였거든. 앨프리드는 있는 대로 화가 나 있었어. 하지만 나는 그건 앨프리드의 과오라고 말하고 내기를 걸었지. 내가 녀석을 길들일 수 있다고 말이야. 마침내 내기에 합의하고 내가 녀석을 붙잡으면 과연 길들일 수 있는지 실험하기로 했지. 예닐곱 명의 인원으로 수색대를 구성해서 다들 총을 가지고 개를 앞세운 채 인간 사냥에 나섰어. 사냥의 습관 때문이겠지만, 사람들은 사슴을 사냥할 때만큼이나 인간 사냥에도 커다란 흥분을 느꼈고 또 자극을 받았지. 실은 나도 조금은 흥분했어. 나는 녀석이 잡힐 경우에 일종의 조정자 역할을 하기 위해 그 수색대에 꼈을 뿐이지만.

개들이 울부짖었고, 우리는 말을 타고 달렸어. 마침내 녀석을 은신처에서 몰아낼 수 있었지. 녀석은 수사슴처럼 달리고 뛰어오르더군. 얼마 동안은 우리를 뒤에 달고서 잘도 도망 다녔지만, 결국에는 빽빽한 덤불 사이에 갇혔지. 궁지에 몰린 녀석은 반항했고, 용감하게 개들과 싸웠어. 녀석은 개들과 뒤엉켜서 맨주먹으로 세 마리를 때려 죽였지. 그때 누군가 총을 쏴서 녀석을 쓰러뜨리자 녀석은 거의 내 발 앞에서 상처 입은 채 피 흘리며 쓰러졌지. 불쌍한 그 녀석이 나를 올려다봤는데, 두 눈에 용기와 절망이 동시에 서려 있었어. 나는 몰려오는 개들과 수색대를 물리치고 녀석을 내 포로라고 주장했지. 마침내 잡았다며 흥분하던 수색대가 녀석을 쏘려고 했는데 그렇게 주장하여 그걸 막았지. 여하튼 난 약속의 이행을 요구했고, 앨프리드는 녀석을 내게 팔았어. 그래서 나는 녀석을 길들였고, 이 주 만에 흡족할 정도로 순종하고 다루기 쉬운 놈으로 변모시켰지."

"도대체 어떻게 했는데요?" 마리가 물었다.

"뭐, 아주 단순한 방법이었어. 내 방으로 녀석을 데려와서 좋은 침대에 눕히고는, 상처에 붕대를 감아주고 직접 간호했지. 회복해서 일어날 수 있을 때까지 말이야. 회복되는 동안 녀석을 위해 준비해두었던 해방문서를 건네주면서 네 마음대로 어디든 가도 된다고 말했지."

"그래서 가버렸나?" 오필리어가 물었다.

"아뇨. 그 멍청한 놈이 문서를 두 조각으로 찢어버리면서 떠나는 것을 완강히 거부했어요. 나는 녀석처럼 믿을 수 있고 진실한, 또 용감하고 훌륭한 흑인을 본 적이 없습니다. 나중에는 기독교를 받아들여 아이처럼 온순해졌죠. 호숫가에 있는 내 별장 관리를 맡겼는데 아주 일을 잘했습니다. 몇 해 전 콜레라가 퍼지던 초창기에 녀석을 잃었어요. 사실, 녀석은 나 때문에 자기 생명을 내놨습니다. 내가 아파서 거의 죽기 직전까지 가자 사람들은 무서워서 모두 도망쳤는데, 스키피오가 나를 위해 거인처럼 일해주었습니다. 실질적으로 나를 다시 살아나게 해준 거죠. 하지만 불쌍한 녀석! 녀석은 바로 그 뒤에 콜레라에 걸렸고, 구제할 길이 없었습니다. 그 녀석을 잃었을 때 나는 엄청난 상실감을 느꼈습니다."

에바는 아버지가 이야기를 하는 동안 점점 아버지에게 다가갔고, 그 조그만 입술을 벌리고 눈을 크게 뜨며 흥미진진한 이야기에 귀를 기울였다.

세인트클레어가 이야기를 끝내자, 에바가 갑자기 아버지의 목에 팔을 감고 눈물을 흘리며 경련하듯이 흐느꼈다.

"에바, 내 아기! 왜 그러니?" 세인트클레어가 격렬한 감정으로 전율하는 아이의 조그만 몸을 내려다보며 말했다. "아이가 듣는 데서 이런 이야기를 하면 겁을 먹을 텐네, 살못했군."

"아냐, 아빠. 겁먹지 않아요." 에바는 곧 이런 아이들 특유의 강인함으로 감정을 억제하는 자제력을 보여주었다. "근데 이런 일이 내 가슴에 와닿아."

"왜 그렇지, 에바?"

"말할 수 없어요, 아빠. 아주 많은 생각이 머릿속을 스쳐 지나갔어요. 아마도 언젠가 말해드릴 수 있을 거예요."

"그래, 얼마든지 생각하도록 해. 하지만 울어서 네 아빠를 걱정하게 해서는 안 돼." 세인트클레어가 말했다. "자, 봐라, 내가 너를 위해 준비한 훌륭한 복숭아다!"

에바는 그것을 받아들고 미소를 지었다. 그렇지만 여전히 에바의 입가에는 불안한 경련이 물결쳤다.

"자, 금붕어를 보자꾸나." 세인트클레어가 딸의 손을 잡고 베란다로 나가며 말했다. 잠시 뒤, 비단 커튼을 통해 즐거운 웃음소리가 들렸다. 부녀는 서로 장미를 던지며 안뜰의 오솔길 사이에서 술래잡기를 했다.

높으신 분들의 모험 이야기를 하다 보니 우리의 겸손한 친구 톰 얘기가 소홀해질 위험이 있다. 만약 독자들이 마구간의 조그만 다락방까지 동행한다면 그에게 일어난 일을 조금은 알게 될 것이다. 톰의 방에는 침대, 의자, 톰의 성경과 찬송가집이 놓인 작은 탁자 등이 잘 정돈되어 있었다. 톰은 지금 그 탁자에 앉아 앞에다 석판을 놓고 대단히 근심스러운 얼굴로 무언가에 열중해 있다.

실은 고향 집에 대한 그리움이 너무나 컸던 톰은 에바에게 부탁하여 편지지 한 장을 얻어놓았다. 그러고는 조지 도련님의 교육 덕분으로 얻게 된 얼마 안 되는 글쓰기 지식을 동원하여 편지를 써보자는 과감한 생각을 했다. 그는 석판에서 분주하게 편지의 초안을 작성했다.

톰은 일부 글자의 모양은 완전히 잊어버린 데다, 기억하고 있는 것도 정확히 어떻게 써야 할지 몰라서 굉장한 어려움에 봉착했다. 그가 숨을 죽이며 진지하게 글을 쓰고 있을 동안, 에바는 새처럼 톰이 앉아 있는 의자 뒤에 내려앉아 어깨 너머로 들여다보았다.

"톰 아저씨! 정말 재밌는 것을 하고 있네?"

"불쌍한 늙은 마누라와 어린아이들에게 편지를 써보려고 합니다, 에바 아가씨." 톰이 손등으로 눈가를 비비며 말했다. "근데 쓸 수 있을 것 같지 않아 걱정됩니다."

"톰! 내가 도울 수 있을 것 같아. 글 쓰는 걸 약간은 배웠거든. 작년에는 알파벳을 다 쓸 수 있었는데, 잊어버렸으면 어떡하지."

그렇게 에바는 그 조그만 금발 머리를 톰의 머리 쪽으로 가까이 들이댔고, 둘은 진중하면서도 불안하게 의논을 하기 시작했다. 둘 모두 진지했고, 비슷한 수준으로 글자를 몰랐다. 단어마다 길고 긴 상의와 조언을 거치고 나자 그 글은 정말 꽤나 잘 쓴 것처럼 보였고, 둘은 굉장히 의기양양해졌다.

"좋아, 톰 아저씨. 정말로 훌륭한 것 같아." 에바가 편지를 흡족하게 바라보며 말했다. "아저씨의 아내와 불쌍한 아이들이 얼마나 기뻐할까! 아저씨가 가족과 헤어져야 했다는 건 정말 좋지 않은 일이야! 아빠께 말씀드려 언젠가는 아저씨를 돌려보내주도록 할게."

"예진 마님이 돈을 순비하는 대로 돈을 부쳐서 저와 가족이 다시 만나게 해주겠다고 말씀하셨습니다." 톰이 말했다. "마님은 그렇게 해주실 겁니다. 조지 도련님도 절 데리러 오겠다고 하셨어요. 그리고 그 증표로 이 은화를 주셨답니다." 말을 마친 뒤 톰은 옷 속에서 소중한 은화를 꺼내 보였다.

"그래, 분명 와줄 거야. 그렇게 되면 나도 기쁠 거야!" 에바가 말했다.

"그래서 제가 어떻게 있는지, 얼마나 잘 지내는지 가족들에게 알려주기 위해 편지를 쓰고 싶었던 겁니다. 특히 불쌍한 마누라 클로이에게 말이죠. 불쌍한 마누라는 너무 슬퍼했으니까요."

"이봐, 톰!" 문이 열리면서 세인트클레어의 목소리가 들렸고, 톰과 에바는 깜짝 놀랐다.

"여기서 뭐 하는 거지?" 세인트클레어가 둘에게 다가가 석판을 보며 말했다.

"아, 이건 톰의 편지예요. 쓰는 걸 도와주고 있었어요." 에바가 말했다. "훌륭하지 않아요?"

"실망시키려는 건 아니지만, 톰, 편지를 쓰고 싶다면 나한테 가져왔더라면 좋았을걸. 내가 대신 써주지. 말을 좀 타고 나서 말이야."

"톰이 써야 돼요. 굉장히 중요하니까." 에바가 말했다. "톰의 예전 마님이 톰을 되살 돈을 부쳐줄 거라고 했대요, 아빠. 옛 마님이 그랬대요."

세인트클레어는 속으로, 아마도 착한 성품의 주인이 팔려가는 노예의 공포를 덜어주기 위해 지킬 마음도 없으면서 어쩔 수 없이 해준 약속이 아니었을까, 하고 생각했다. 하지만 그런 생각을 입 밖에 내지는 않고 그저 톰에게 승마용 말을 가져오라고 했다.

톰의 편지는 그날 저녁에 정식으로 작성되어 안전하게 우체국에 접수되었다.

오필리어는 여전히 가정 관리에서 자신의 일을 열심히 해나갔다. 다이나부터 제일 어린 꼬맹이 흑인에 이르기까지 집안의 모든 사람에게서 널리 동의되는 것이 있다면 그것은 미스 오필리어가 '괴상한' 사람이라는 것이었다. 이는 남부 노예들이 자신의 윗사람이 너무나 황당무계하여 그들과 도저히 맞지 않을 때 사용하는 말이었다.

노예들 중에서 좀더 높은 축인 아돌프나 제인, 로자까지도 오필리어가 귀부인이 아니라는 데 동감했다. 귀부인들은 결코 오필리어처럼 쉴 새 없이 일을 하지 않았다. 그녀에겐 전혀 귀부인다운 오만함이 없었다. 그들은 그녀가 세인트클레어의 친척이라는 사실에 놀라움을 금치 못했다. 심지어 마리조차도 오필리어의 늘 바쁜 모습을 보면 심신이 피곤해진다고 할 정도였다. 사실 오필리어의 근면함은 너무나 철저하여 불평의 사유가 되기도 했다. 그녀는 뭔가 급한 일에 쫓겨 필사적으로 힘을 내는 사람처럼 한낮부터 어두워질 때까지 바느질을 했고, 밤이 되면 그 일은 잠시 접어두고 이미 준비가 된 뜨개질감으로 눈을 돌려 그것 역시 줄기차게 해나갔다. 사람들은 그런 그녀를 쳐다보는 게 그 자체로 하나의 고역이었다.

20장
톱시

　어느 날 아침, 오필리어가 집안일을 돌보느라고 바쁠 때 계단 밑에서 세인트클레어가 그녀를 부르는 소리가 들렸다.

　"내려와보세요, 누님. 보여드릴 것이 있습니다."

　"뭔데?" 오필리어가 바느질감을 손에 들고 내려오면서 말했다.

　"누님이 하시는 일에 도움이 되라고 들여온 게 있습니다. 여길 봐주세요." 세인트클레어는 여덟이나 아홉 살 정도 되어 보이는 조그만 흑인 소녀를 앞으로 내밀었다.

　그 아이는 흑인들 중에서도 검은 피부를 지닌 축에 속했다. 유리구슬처럼 번뜩이는 아이의 둥글고 빛나는 눈은 방 안의 물건들을 빠르고 정신없이 힐끔거렸다. 새 주인의 거실에 있는 굉장한 물건들에 경탄하며 절반쯤 벌어진 아이의 입은 희고 빛나는 이빨을 내보였다. 작은 다발로 땋아놓은 아이의 양털 같은 머리는 산지사방으로 삐져나와 있었다. 아이의 얼굴에는 기민함과 교활함이 기이하게 뒤섞여 있었고, 마치 베일처럼 몹시 서글픈 진지함과 엄숙함의 표정이 묘하게 드리워져 있었다. 아이는 자루용 천으로 만든 불결하고 남루한 단벌옷을 입고는 태연하게 손을 깍지 낀 채 오필리어 앞에 섰다. 대체로 보아, 아이의 외양에는 기묘하면서도 소악마 같은 분위기가 있었다. 오필리어는 그 분위기가 '너무나 이교적'이라고 말했다. 아이의 그런 괴상한 분위기는 이 착한 부인에게 완전히 당혹감을 안겨주었다. 그녀는 세인트클레어를 돌아보며 물었다.

"오거스틴, 도대체 이 애를 왜 데려온 거지?"

"누님이 한번 맡아서 교육해보라고요. 이 아이를 인간이 가야 할 길로 인도해보시라고요. 나는 이 애가 흑인 아이의 흥미로운 표본이라고 생각합니다. 자, 톱시." 세인트클레어가 개를 부를 때처럼 휘파람을 불어 그 애를 앞으로 나오게 했다. "노래를 불러봐. 그리고 춤을 좀 보여주렴."

검고 빛나는 눈에 장난기가 넘쳐흘렀다. 아이는 맑고 강렬한 목소리로 오래전부터 흑인들이 불러 내려온 노래를 부르기 시작했다. 동시에 아이는 손과 발로 박자를 맞추고, 빙글빙글 돌고, 박수를 치고, 무릎을 서로 부딪치며 야성적이면서도 환상적인 리듬감을 살려냈다. 아이는 흑인 송족의 고유한 음악임을 금방 알아볼 수 있게 목구멍에서 기묘한 후두음을 냈다. 그 애는 마침내 공중제비를 한두 번 돌더니 증기 기관의 기적 소리처럼 기묘하게 늘어지는 끝맺음 소리를 내며 카펫 위로 사뿐히 착지하여 양손을 포개고 섰다. 아이의 얼굴에는 온순하고 엄숙하면서도 대단히 신성한 표정이 어렸으나, 눈가로 비스듬히 교활한 시선을 던지는 순간에는 그런 표정이 사라졌다.

오필리어는 놀라서 거의 마비된 사람처럼 묵묵히 서 있었다.

세인트클레어는 장난이 심한 사람들이 으레 그렇듯이 오필리어의 깜짝 놀라는 모습을 즐기는 듯했다. 그는 아이에게 말했다.

"톱시, 이분이 네 새 마님이시다. 너를 이분께 맡길 테니 얌전하게 굴어야 한다."

"예, 주인님." 톱시가 신성하다고 할 정도로 엄숙한 표정을 지으며 대답했다. 하지만 장난기 넘치는 영악한 눈은 여전히 반짝거리고 있었다.

"착하게 굴어야 해, 톱시. 잘 알았지?" 세인트클레어가 말했다.

"물론이죠, 주인님." 톱시가 다시 눈을 반짝이며 대답했다. 두 손은 여전히 포개고 있었다.

"오거스틴, 대체 무슨 짓이지?" 오필리어가 말했다. "동생 집안에는 이런 조그맣고 성가신 애들이 지나치게 많아. 발에 차일 정도야. 아침에 일어나보면 문 뒤에서 자는 녀석, 테이블 밑에서 검은 머리를 불쑥 들이미는 녀석, 흙을 터는 깔개에 누워 있는 녀석, 온통 이런 흑인 애들이야. 또 난간이란 난간마다 얼굴을 내밀고 찌푸리거나 씩 웃는 녀석도 있고, 주방 바닥에 넘어져 있는 녀석도 있어! 도대체 뭘 바라고 이 애를 데려온 거야?"

"누님이 한번 교육을 해보시라고요. 금방 말씀드리지 않았습니까? 항상 교육에 대해서 설교를 하셨잖아요. 그래서 아주 신선한 견본 하나를 누님에게 소개한 겁니다. 누님에게 맡겨서 인간의 길을 한번 가르쳐보자는 거지요."

"난 이 애를 원하지 않아. 저런 애들이라면 너무 많아 지겨울 지경이야."

"그런 것이 기독교인들이로군요! 기독교 신자들은 선교회 조직을 만들고, 이교도들 사이에서 평생 선교를 하라며 불쌍한 선교사들을 해외로 내보내죠. 그런데 기독교인들 중에서, 이교도를 자신의 집으로 데려가 개종시키려고 노력하는 사람이 있습니까? 아마도 없을 겁니다. 막상 그렇게 해보라고 하면, 이교도들은 더럽고 불쾌하고, 또 너무나 많이 신경을 써야 한다면서 뒤로 빼죠."

"오거스틴, 내가 이 문제를 그런 관점에서 말하지 않았다는 걸 알 거야." 오필리어가 다소 부드러워진 말투로 대답했다. "그래, 그게 진정한 선교 사업인지도 모르지." 오필리어는 조금은 부드러워진 시선으로 아이를 바라보았다.

세인트클레어는 정곡을 찔러 그녀의 심금을 울린 것이었다. 오필리어의 양심은 항상 살아 움직이고 있었다. "그런데, 정말 이 애를 사들여야 할 필요가 있었을까? 동생 집에는 이미 내 모든 시간과 정성을 기울여야 할 정도로 이런 애들이 많아."

"그러면 누님," 세인트클레어가 그녀의 옆으로 다가서면서 말했다. "아무짝에도 소용없는 내 발언에 대해 사과를 드려야겠군요. 사람 좋은 누님이 이미 애들의 교육에 많은 시간을 쏟고 있는데 또 교육 운운하니 무의미하지요. 아무튼 그 애를 데리고 온 경위는 이래요. 내가 매일 지나치는 싸구려 식당을 운영하는 주정뱅이 부부가 이 애를 데리고 있었습니다. 이 애가 비명을 내지르고, 그 부부가 애를 두들겨 패고 욕하는 것에 나는 좀 질렸습니다. 물론 이 아이가 영리하고 재밌어 보여서 잘 키우면 물건이 되겠다 싶긴 했어요. 그래서 일부러 사와서 누님께 드리려 한 겁니다. 한번 맡아보세요. 훌륭한 정통파 뉴잉글랜드식 교육을 해보세요. 그것이 아이를 어떤 재목으로 만들어내는지 한번 보자고요. 아시겠지만 난 그런 방면으로는 재능이 없습니다. 그래서 누님에게 부탁하는 겁니다."

"그래, 좋아. 내가 최선을 다해보지." 오필리어가 말했다. 그런 뒤 그녀는 마치 검은 거미에게 선의의 목적을 가지고 다가가는 것처럼 자신의 새 하녀에게 접근했다.

"이 애는 끔찍할 정도로 지저분하구나. 게다가 반쯤은 벗은 거나 다름없군." 오필리어가 말했다.

"자, 그럼 아래층으로 데리고 가서 씻기고 옷을 입히세요."

오필리어는 톱시를 주방으로 데려갔다.

"세인트클레어 주인님에게 새로운 검둥이가 무슨 필요람!" 다이나가 새로 데려온 아이를 별로 달갑지 않은 눈치로 살펴보며 말했다. "내 주변에는 오지 못하게 할 거야, 암!"

"흥, 저리 가! 도대체 주인님은 왜 저런 천한 검둥이를 또 데려왔을까. 견딜 수가 없네!" 로자와 제인이 극단적인 혐오감을 드러내며 말했다.

"잘난 체하기는! 잘난 체해봐야 너나 쟤나 다 같은 검둥이야, 로자." 다이나가 말했다. '같은 검둥이'라는 말에는 평소 로자와 다이나 사이의 감정적 앙금이 깃들어 있었다. "넌 네가 백인이라고 생각하는 모양인데, 넌 어느 쪽도 아냐. 검둥이도 백인도 아니라고. 기면 기고

50

아니면 아닌 거지, 그게 뭐야, 어중간하게."

오필리어는 주방에는 새로 온 아이를 씻기고 입히는 일을 해줄 사람이 아무도 없다는 것을 알았다. 그녀 스스로 그 일을 해야 했다. 옆에서 제인이 입을 부루퉁하게 내민 채 마지못해 도와주었다.

무시당하고 학대당한 아이의 몸단장에 대해 세세하게 이야기하는 것은 독자들의 귀에 그다지 달갑지 않으리라. 사실, 이 세상에는 많은 사람들이 끔찍한 상태에서 살다가 죽어간다. 다른 사람들은 그 상태에 대한 이야기를 듣는 것만으로도 엄청난 충격을 느낄 것이다. 아무튼 오필리어는 아주 대단하고 실용적인 결단력과 영웅적인 완벽함을 발휘하며 역겨운 몸 씻겨주기 작업을 끝마쳤다. 하지만 아주 우아하게 그 일을 완수했다고 할 수는 없다. 그녀가 아무리 고결한 원칙을 갖고 있다 하더라도 그 일을 즐기지는 못했고, 단지 있는 힘을 다해 인내했을 뿐이었다. 오필리어는 아이의 등과 어깨에 난 엄청난 채찍질 자국과 피부가 찢어졌다가 딱딱하게 굳은 자국을 보았다. 그것은 아이가 여태까지 견뎌온 열악한 환경의 지울 수 없는 흔적이었다. 오필리어는 그 순간 아이가 가엾다는 생각을 했다.

"보세요!" 제인이 그 상처 딱지들을 가리키며 말했다. "말 안 듣는 애라는 증거라고요. 이 애 때문에 골치깨나 썩을 것 같은데요. 이런 검둥이 꼬맹이는 신물이 나요! 정말 역겨워요! 주인님이 왜 얘를 사왔는지 모르겠어요!"

그 '꼬맹이'는 이 모든 말을, 습관이 된 듯한 가라앉고 우울한 표정을 지으며 듣고 있었다. 동시에 아이는 눈을 깜빡거리며 예리하고 은밀한 시선으로 제인의 귀에 걸린 귀고리를 훑어보았다. 마침내 단정하고 온전한 복장을 갖추고 머리를 짧게 다듬자 오필리어는 다소 만족해하면서 이제 훨씬 기독교인처럼 보인다고 말했다. 그리고 속으로 톱시의 교육에 관한 구상을 가다듬기 시작했다.

오필리어는 톱시를 앞에 놓고 질문을 하기 시작했다.

"몇 살이니, 톱시?"

"잘 몰라요, 마님." 아이가 치아가 모두 드러날 정도로 웃으며 말했다.

"몇 살인지 모른단 말이야? 아무도 네게 말해주지 않았니? 엄마는 누구니?"

"엄마는 없어요!" 아이가 다시 웃으며 말했다.

"엄마가 없다고? 무슨 말이니? 어디서 태어났니?"

"태어나지도 않았어요!" 톱시가 웃으면서 계속 고집스럽게 말했다. 그 모습은 정말 소악마 같아서, 만약 오필리어가 신경 과민한 사람이었다면 톱시를 지옥에서 온 새까만 도깨비라고 생각했을 것이다. 하지만 오필리어는 분명하고도 딱 부러지는 성격이라 그에 아랑곳하지 않고 다소 엄격하게 말했다.

"얘야, 그렇게 대답하면 안 돼. 난 너와 장난치려는 게 아니야. 어디서 태어났고, 부모님이 누군지 어서 말을 해봐."

"태어나지 않았단 말이에요." 아이는 같은 말을 되풀이했다. 이번에는 좀더 단호했다. "아버지도 없고 어머니도 없고 아무것도 없어요. 어떤 투기꾼이 다른 애들 여럿과 함께 길렀어요. 수 할멈이 우릴 돌봐줬었죠."

아이는 아주 진지했다. 옆에 있던 제인이 잠깐 웃더니 대화에 끼어들었다.

"마님, 이런 애들은 아주 많아요. 투기꾼들이 이런 애들을 어릴 때 싸게 사서 어느 정도 크면 시장에 내다 팔거든요."

"전의 주인집에서는 얼마나 살았니?"

"모르겠어요, 마님."

"일 년 정도 되니?"

"모르겠어요, 마님."

"세상에, 마님, 이런 덜떨어진 검둥이들은 그런 걸 말할 수가 없어요. 시간 감각이 아예 없다니까요." 제인이 말했다. "저런 애들은 일 년이란 게 뭔지도 몰라요. 자기 나이도 모른다니까요."

"하느님에 대해서 들어본 적이 있니, 톱시?"

아이는 어리둥절한 표정이었지만 평소처럼 씩 웃고 있었다.

"누가 널 만들었는지 아니?"

"아무도 만들지 않았어요, 제가 알고 있는 한." 아이가 짧게 웃으며 대답했다.

그런 생각이 상당히 즐거웠던 모양인지 아이는 눈을 반짝이고선 이렇게 덧붙였다.

"서는 저 스스로 자란 것 같아요. 누군가가 절 만들었다고 생각하지 않아요."

"바ㄴ질은 할 줄 아니?" 오필리어는 질문을 좀더 확실한 대상으로 돌려야겠다고 생각했다.

"아뇨, 마님."

"그러면 뭘 할 수 있니? 예전 주인집에서는 무슨 일을 했지?"

"물을 떠오거나 접시를 닦거나 칼을 갈거나 손님 시중을 들거나 했죠."

"주인 내외는 네게 잘 대해주었니?"

"그랬다고 생각해요." 아이가 교활하게 오필리어를 슬쩍 한 번 쳐다보며 말했다.

오필리어는 그 답답한 대화를 중단하고 일어섰다. 세인트클레어는 그녀가 앉아 있던 의자 등에 기대어 서 있었다.

"누님은 개간되지 않은 처녀지를 발견하신 겁니다. 누님의 평소 생각을 저 머리에 집어넣어보세요. 이 처녀지에서 뽑아낼 생각은 그다지 많지 않을 겁니다."

오필리어의 교육관은 다른 가치관들과 마찬가지로 아주 확고하고 명확했다. 그것은 한 세기 전 뉴잉글랜드 지방에서 유행하던 교육관으로, 현재는 철도가 없는 외지고 한적한 일부 지방에서만 보존되고 있는 정도였다. 그것은 몇 마디로 간단하게 요약될 수 있다. 상대방과 대화하는 방법을 가르칠 것, 교리문답과 바느질과 글 읽는 법을 가르칠 것, 거짓말을 했을 때 매질할 것 등이었다. 물론 오늘날의 교육계에 쏟아지고 있는 지식의 홍수 속에서 이런 교육관은 완전히 낡은 것으로 치부되지만, 우리의 할머니들은 그것으로 훌륭한 선남선녀를 길러냈다. 그것은 우리 대부분이 기억할 수 있고 증언할 수 있는 사실이다. 여하튼 오필리어는 그 외의 다른 교육관은 알지 못했다. 그녀는 최대한의 근면성을 발휘하면서 자신에게 맡겨진 이 이교도 아이의 마음에 그러한 교육관을 적용하려 했다.

가족들 사이에서 톱시는 오필리어의 하녀로 여겨졌다. 주방에서는 아이를 호의적으로 보지 않았으므로 오필리어는 아이의 행동과 교육의 영역을 주로 자신의 방에 국한하기로 했다. 그녀는 지금까지 집안의 하녀들이 도와주겠다는 것을 거절하고 자신의 침대를 정돈하는 일이나 방을 쓸고 먼지를 털어내는 일을 직접 해오고 있었다. 이제 독자 여러분도 동의할 만한 자기희생을 감수하면서 오필리어는 그것을 톱시에게 시켰다. 모든 것을 자신이 직접 하는 것을 좋아하는 그녀에게 그것은 운명적인 교육의 고통이었다. 아, 고통스러운 나날이여! 이와 같은 체험을 한 적이 있는 사람이라면 오필리어의 자기희생이 어느 정도였는지 잘 알 것이다.

오필리어는 첫날 톱시를 자신의 방으로 데려와 침대 정돈하는 방법과 요령을 하나의 교과 과정처럼 엄숙하게 가르치기 시작했다.

그런데 톱시는 어떤 모습일까. 아이는 몸을 잘 씻었고 평소 자랑스럽게 생각해왔던 땋은 꽁지머리를 모두 쳐버렸다. 그런 다음 깨끗한 실내복과 빳빳하게 풀 먹인 앞치마를 입은 채로 공손하게 오필리어의 앞에 서 있다. 톱시의 표정은 장례식에나 어울릴 정도로 엄숙하다.

"자, 톱시, 내가 침대를 어떻게 정돈하는지 보여줄게. 난 침대 정돈을 아주 까다롭게 한단다. 정확한 요령을 배우도록 해라."

"예, 마님." 톱시가 깊은 한숨을 내쉬면서 슬프면서도 진지한 표정을 지었다.

"톱시, 여길 보렴. 이게 시트의 가장자리이고 또 오른편이야. 그리고 저건 왼쪽이야. 기억할 수 있겠니?"

"예, 마님." 톱시가 또다시 한숨을 내쉬었다.

"시트의 밑부분은 베개 부근까지 가져와서 이렇게 매트 밑에 꼼꼼하고 매끄럽게 밀어넣어야 해. 알겠니?"

"예, 마님." 톱시가 한껏 주의를 기울이며 대답했다.

"시트의 윗부분은 이런 식으로 가져와서 발 근처에 견고하고 매끄럽게 밀어넣어야 해. 발 근처의 이 좁은 가장자리에다."

"예, 마님." 여기서 오필리어가 보지 못한 상황을 하나 묘사해보기로 하자. 이 착한 마님이 열성적으로 자신의 숙련된 솜씨를 보여주며 등을 돌렸을 때, 어린 제자는 장갑 한 켤레와 리본을 낚아채 교묘하게 소매 속으로 밀어넣은 뒤, 마치 아무 일 없었다는 듯이 두 손을 얌전하게 포개고 서 있었던 것이다.

"이제 톱시 네가 하는 것을 보자꾸나." 오필리어가 침대 시트를 빼내고 앉으며 말했다.

톱시는 대단히 진지하고 능숙하게, 또 완벽하게 침대 정돈을 해내 오필리어를 만족시켰다. 시트를 매끄럽게 처리하고, 구겨진 곳을 빠짐없이 두들기면서 모든 과정에서 진지하게 행동하여 착한 마님을 거의 감동시켰다. 하지만 불행하게도 거의 정돈이 끝나갈 무렵 톱시의 소매 한쪽에서 리본 조각이 펄럭이며 빠져나왔고, 그것은 즉시 오필리어의 눈에 띄었다. 그녀는 재빨리 그것을 집어들었다. "이게 뭐냐? 이런 못되고 사악한 것, 너 이걸 훔쳤구나!"

그 리본은 분명 톱시의 소매에서 흘러나왔지만, 아이는 조금도 당황하지 않았다. 톱시는 깜짝 놀라면서 그게 왜 거기 있냐는 듯한 순진한 표정을 지으며 쳐다보았다.

"세상에! 필리 마님의 리본이 아닌가요, 맞죠? 이게 왜 내 소매에 들어가 있지?"

"톱시, 이 나쁜 것. 거짓말하지 마. 네가 리본을 훔친 게 아니냐!"

"마님, 맹세코 아닙니다. 조금 전까지는 본 적도 없는 물건인걸요."

"톱시, 거짓말하는 게 아주 나쁜 일이란 걸 알지?"

"저는 거짓말은 절대 안 해요, 필리 마님." 톱시가 고결하다고 할 정도로 진지한 표정을 지으며 대답했다. "제가 지금까지 말한 것은 진실입니다. 정말이에요."

"톱시, 네가 그렇게 거짓말을 한다면 매질을 할 수밖에."

"오, 마님, 하루 종일 매질을 하셔도 달리 말할 수 없어요." 톱시가 울기 시작했다. "전 그걸 보지 못했습니다. 저절로 소매에 들어갔을 거예요. 필리 마님이 침대에 두셨던 것이 시트에 휩쓸려 제 소매로 들어갔을 겁니다."

오필리어는 그 뻔뻔한 거짓말에 너무도 화가 나서 아이를 잡고서 마구 흔들었다.

"그 말, 어디 한 번만 더 해봐!"

이러는 통에 다른 소매에서 장갑이 흘러나와 바닥으로 떨어졌다.

"자, 봐라!" 오필리어가 말했다. "이래도 리본을 훔치지 않았다고 할 셈이냐?"

톱시는 장갑은 훔쳤다고 자백했지만 리본에 대해서는 여전히 완강하게 부인했다.

"자, 톱시," 오필리어가 말했다. "모든 것을 자백한다면 이번에는 매질을 하지 않으마."

이런 맹세를 듣고 톱시는 리본과 장갑을 모두 훔쳤다고 고백했고, 잘못을 후회하며 뉘우치는 슬픈 표정을 지었다.

"자, 이제 말해보렴. 네가 이 집에 오고 나서 다른 것들도 훔쳤지? 어제 내내 네가 돌아다니게 놔뒀으니까 말이야. 자, 훔친 것이 있다면 다 말해봐. 매질하지 않을 테니."

"오, 마님! 에바 아가씨가 목에 건 붉은 목걸이를 훔쳤습니다."

"그랬구나, 이 못된 것! 다른 건?"

"로자의 귀고리도 훔쳤습니다. 붉은색 귀고리요."

"둘 다 지금 가져오너라."

"아, 마님! 그럴 수 없습니다. 태워버렸으니까요!"

"태워버렸다고! 무슨 소리를 하는 거냐! 가져오너라. 안 그러면 매질을 할 거야."

톱시는 눈물을 흘리고 신음 소리를 내면서 그럴 수 없다고 큰 소리로 항변했다. "태워버렸어요, 태워버렸다고요."

"뭣 때문에 태웠지?" 오필리어가 물었다.

"제가 못됐으니까요. 어떻게 해도 저는 너무 나쁜 애예요. 전 어쩔 수가 없어요."

바로 그때 에바가 아무것도 모르는 채 방으로 들어왔다. 에바의 목에는 톱시가 말한 산호 목걸이가 걸려 있었다.

"아니, 에바, 목걸이는 어디서 난 거냐?" 오필리어가 물었다.

"어디서 나다뇨? 하루 종일 하고 다녔는걸요." 에바가 말했다.

"어제도 가지고 있었니?"

"그럼요, 고모. 근데 재미있는 건 내가 그걸 밤새 걸고 있었다는 거예요. 잘 때 끄르는 것을 잊어버렸다니까요."

오필리어는 어리둥절하다 못해 완전히 당황했다. 게다가 그 순간에 로자도 새로 다리미질한 리넨 바구니를 머리에 이고 방으로 들어왔는데, 귀에서 산호 귀고리가 찰랑거렸다.

"이 애를 정말 어떻게 해야 할지 모르겠구나!" 오필리어가 절망하며 말했다. "도대체 너는 왜 그런 것을 훔쳤다고 말했지, 톱시?"

"마님이 자백해야 한다고 하셨으니까요. 자백할 게 그것밖에는 생각나지 않았어요." 톱시가 눈을 비비며 말했다.

"하지만 네가 하지 않은 것을 자백하라는 건 아니었어. 그것도 다른 거짓말과 마찬가지로 거짓말이 되는 거야."

"세상에, 그것도 거짓말이 되나요?" 톱시가 정말 몰랐다는 듯이 놀라며 말했다.

"흥, 저런 소악마가 진실을 말할 리가 없죠." 로자가 화를 내며 톱시를 노려보았다. "제가 세인트클레어 주인님이었다면 피가 터질 때까지 매질을 할 거예요. 알아차릴 때까지 매질을 할 거라니까요!"

"안 돼, 로자." 에바가 때때로 그러는 것처럼 강한 명령조로 말했다. "그런 말 하면 안 돼, 로자. 그런 말은 듣고 싶지 않아."

"세상에! 에바 아가씨는 사람이 너무 착해요. 검둥이들을 어떻게 상대해야 되는지 아무것도 모르신단 말이에요. 그들을 깨우치려면 가혹하게 채찍질하는 거 말고는 방법이 없어요."

"로자!" 에바가 말했다. "더이상 그 비슷한 말도 하지 마!" 에바의 눈이 차갑게 번뜩였고 뺨은 창백해졌다.

로자는 순간 겁을 먹었다.

"에바 아가씨는 세인트클레어님의 피를 받았어, 분명해. 어떤 때 자기 아빠와 똑같은 눈빛으로 엄하게 말씀해." 로자는 그렇게 말하고 방을 나갔다.

에바는 톱시를 쳐다보며 서 있었다.

사회 계층의 양극단을 대표하는 두 아이가 한방에 서 있었다. 한 아이는 금발 머리, 깊은 눈, 고상한 이마, 위엄 있는 걸음걸이가 몸에 밴 아름답고 세련된 아이였고, 다른 아이는 새까맣고, 날카롭고, 불가사의하고, 굽실거리지만 닳고 닳은 영악한 아이였다. 둘 모두 자신들의 종족을 대표하고 있었다. 한쪽은 교양과 명령, 교육의 삶, 그리고 육체적으로나 도덕적으로 우월한 삶을 살아가도록 태어난 색슨인이었고, 다른 한쪽은 억압과 굴복, 무지, 노역, 악덕의 삶을 살아가도록 태어난 아프리카인이었다.

어쩌면 이와 비슷한 생각들이 에바의 머릿속에서 흘러가고 있었을지도 모른다. 하지만 아이의 생각은 모호하고 막연한 본능 같은 것이었고, 에바의 고귀한 성격 안에서 그런 많은 느낌이 교차한다고 해도 그녀는 그것을 표현할 만한 힘이 없었다. 오필리어가 톱시의 못되고 사악한 행동을 상세히 설명할 때 에바는 당황하면서 슬퍼 보였지만, 그래도 이런 다정한 말을 건넸다.

"불쌍한 톱시, 무엇 때문에 물건을 훔친 거야? 넌 이제 보살핌을 받으면서 잘 지낼 수 있어. 네가 물건을 훔치게 하느니 차라리 내 것을 모두 너에게 주겠어."

그것은 톱시가 살아오면서 처음으로 들어본 상냥한 말이었다. 에바의 다정한 목소리와 태도가 야만스럽고 날이 선 마음에 와닿으면서, 눈물 같은 무언가 번뜩이는 것이 예리하고 둥글고 반짝이는 눈에 나타났다. 하지만 곧 짧은 웃음과 함께 습관적인 이죽거림이 톱시의 얼굴에 떠올랐다. 욕설 말고는 그 어떤 것도 들어보지 못한 귀에 지나치게 친절한 말은 의심스러울 뿐이었다. 톱시는 에바의 말이 그저 우습고 설명할 수 없는 무언가로 생각되었고, 그래서 그 말을 믿지 않았다.

앞으로 톱시를 어떻게 상대해야 할까? 오필리어는 톱시를 교육시키는 문제가 전보다 더 난감하게 느껴졌다. 그녀가 신봉하는 교육관은 안 통하는 것처럼 보였다. 천천히 시간을 들여가며 이 문제를 궁리해봐야겠다고 생각했다. 시간을 얻기 위한 방법으로, 어두운 장 안에 아이를 가두어놓으면 스스로 반성해서 어떤 도덕적 교훈을 깨칠지 모른다고 생각했다. 오필리어는 그런 생각으로 더 좋은 대안이 마련될 때까지 톱시를 일단 어두운 장 안에 가두어놓기로 했다.

"알 수가 없군." 오필리어가 세인트클레어에게 말했다. "매질을 하지 않고 저 아이를 관리할 수 있을지 말이야."

"그럼 매질을 하세요. 속 시원할 때까지 말입니다. 원하시는 건 뭐든지 다 하세요. 누님께 전권을 드리죠."

"아이는 매질을 해야 해." 오필리어가 말했다. "그렇게 하지 않고 아이를 키웠다는 소리를 들어본 적이 없어."

"그럼요. 최선이라고 생각하시는 걸 실천하시면 됩니다. 참고로 한 가지 정보를 드리자면요, 나는 이 애가 부지깽이로 맞거나 삽이나 집게로 맞고 쓰러지는 것도 봤습니다. 뭐든 손에 잡히는 걸로 마구 때리더군요. 그런 유의 징벌에 익숙한 아이에게 누님이 매질을 하려면 굉장히 공을 들이셔야 할 겁니다. 그보다 더 강력한 인상을 남기려면 말이죠."

"그럼 어떻게 해야 한다는 거지?" 오필리어가 물었다.

"심각한 질문을 해주셨군요." 세인트클레어가 말했다. "누님이 직접 그에 대한 답을 얻으시기 바랍니다. 채찍으로만 관리될 수 있는 인간에게 무엇을 해야 되는지 말입니다. 채찍을 휘두르는 건 실패합니다. 이곳 남부에서는 그런 실패는 아주 흔하게 발견되는 현상이죠."

"모르겠어, 정말로. 이런 애는 본 적이 없어."

"그런 아이들은 여기 남부에선 아주 흔합니다. 다 큰 남자와 여자도 흔하고요. 어떻게 관리해야 할까요?"

"모르겠어. 내가 말할 수 있는 범위 밖이야." 오필리어가 말했다.

"나도 그렇습니다." 세인트클레어가 말했다. "때때로 신문에 보도되는 잔혹하고 난폭한 사건들, 예를 들면 프루 할멈의 경우 같은 사건은 왜 발생하는 걸까요? 대부분의 경우 주인이나 노예 양쪽에서 그런 과정을 점차적으로 강화하고 있어요. 주인은 점점 잔인해지고, 노예는 점점 무감각해지는 거죠. 매질과 욕설은 아편 같아서 약발이 떨어지면 강도를 높여야 합니다. 나는 주인이 되면서 이걸 아주 빨리 깨달았습니다. 그래서 아예 매질을 시작하지 않기로 결심했죠. 일단 시작하면 멈출 수가 없으니까. 나는 최소한 내 도덕적인 본성은 지키자고 결심했습니다. 그 결과 우리 노예들은 버릇없이 자란 애들같이 되어버렸어요. 하지만 양쪽이 다 같이 야만스러워지는 것보다 이게 서로에게 더 낫다고 생각합니다. 누님께서는 교육과 관련하여 우리의 책임을 많이 언급하셨죠. 그래서 누님에게 저 앨 데려왔어요. 수많은 흑인 아이들의 표본인 저 아이를 상대로 교육의 책임을 직접 실천해보시라고요."

"그런 아이를 만드는 건 남부의 노예제도야." 오필리어가 말했다.

"알아요. 하지만 그들은 이미 만들어졌고 존재합니다. 이제 그들에게 어떻게 해줘야 하죠?"

"글쎄, 네가 실천해보라는 교육적 실험은 별로 고마운 생각이 안 드는군. 하지만 그게 하나의 의무로 보이니 인내하면서 최선을 다할 수밖에." 그렇게 말한 후 오필리어는 훌륭하다고 할 정도의 열성과 정력으로 이 새로운 문제에 접근했다. 그녀는 시간을 정해 톱시에게 읽기와 바느질을 가르쳤다.

톱시는 읽기를 대단히 빨리 배웠다. 마법처럼 글자를 익히더니 얼마 지나지 않아 쉬운 글은 읽을 수 있게 되었다. 하지만 바느질은 그보다 훨씬 어려웠다. 고양이처럼 나긋나긋하고 원숭이처럼 활동적인 성격의 톱시는 바느질을 하며 방 안에 죽치고 앉아 있는 것을 싫어했다. 바늘을 부러뜨리고 창밖으로 몰래 내던지거나 벽의 틈새에다 처박기도 했다. 실을 엉키게 하거나 끊어버리고, 또 더럽히기도 했다. 때로는 실패를 통째로 던져버리기도 했다. 톱시의 움직임은 거의 숙련된 마술사의 동작처럼 재빨랐고 표정 관리도 대단히 훌륭했다. 오필리어는 그렇게 많은 바느질 사고가 연달아 일어날 수 없다는 걸 알았지만, 톱시를 현행범으로 잡지는 못했다. 다른 일을 하지 않고 내내 톱시만 감시할 수는 없었기 때문이다.

톱시는 곧 집안에서 유명한 존재가 되었다. 춤추고, 재주넘고, 기어오르고, 노래하고, 휘파람 불고, 생각나는 대로 모든 소리를 모방하는 등 익살스러움과 흉내에 관한 한 그녀의 재능은 무궁무진했다. 톱시가 그렇게 놀이를 할 때면 집안의 모든 아이들이 경탄하고 찬양하는 얼굴로, 입을 쩍 벌린 채 그녀 앞에 모여들었다. 에바 아가씨도 예외가 아니었다. 그녀는 톱시의 야성적인 마력에 매료된 듯했다. 때로 비둘기가 번뜩이는 뱀에 매혹되는 것처럼 말이다. 오필리어는 에바가 톱시 무리에 자주 어울리는 것을 보고 불안한 나머지 세인트클레어에게 말려달라고 호소했다.

"에이! 그냥 놔두세요." 세인트클레어가 말했다. "톱시는 좋은 영향을 미칠 겁니다."

"하지만 아주 불량한 애야. 못된 짓을 가르칠 수도 있어. 그게 걱정 안 돼?"

"톱시는 에바에게 못된 짓을 가르칠 수 없어요. 몇몇 애들에게는 가르칠 수도 있겠지만 에바의 마음속에선 악한 것이 저절로 사라져요. 마치 이슬이 양배추 잎에서 저절로 굴러떨어지듯이. 그런 건 단 한 방울도 에바에게 스며들지 않아요."

"너무 확신하지 마." 오필리어가 말했다. "내 아이라면 절대로 톱시와 놀게 내버려두지 않을 거야."

"누님의 아이라면 그래야겠죠." 세인트클레어가 말했다. "하지만 에바는 괜찮아요. 오염될 것 같았으면 몇 년 전에 벌써 그렇게 됐을 겁니다."

스스로 지위가 높다고 생각하는 하인들이 처음에는 톱시를 경멸했다. 하지만 그들은 곧 그런 생각을 바꿔야 했다. 누구든지 톱시에게 분노나 적개심을 드러내면 얼마 안 있어 반드시 어떤 불편한 사건과 마주치게 된다는 것을 아주 빠른 시일 내에 알게 됐기 때문이었다. 귀고리 한 쌍이나 다른 소중하게 여기는 자질구레한 장신구가 사라진다든지, 갑자기 옷을 완전히 망쳐버리게 된다든지, 뜻밖의 장애물에 발

부리가 걸려 뜨거운 물통 위로 넘어진다든지, 멋지게 옷을 떨쳐입었을 때 알 수 없는 이유로 더러운 구정물을 머리에 뒤집어쓴다든지 하는 일이 벌어졌던 것이다. 그 모든 사건에 대해 완벽한 조사가 진행되었지만 못된 짓거리의 주모자는 발견되지 않았다. 범인으로 톱시가 지목되어 몇 번이고 집안 내의 재판에 불려왔지만, 완전히 결백하고 매사 진지했으므로 재판에서는 항상 톱시의 주장이 정당한 것으로 결론이 났다. 누가 그런 짓을 했는지 다들 마음속으로는 분명하게 알았지만, 그런 심증을 뒷받침해주는 직접적인 증거는 전혀 발견되지 않았다. 정의를 숭상하는 오필리어는 구체적 물증 없이 가정 내 재판에서 임의로 결론을 내리지는 않았다.

못된 짓은 항상 너무나 적절한 때를 맞춰 벌어져서 그런 짓을 한 가해자를 더 보호해주기도 했다. 가령 두 하녀 로자와 제인에 대한 보복은 항상 그 둘이 마님의 눈 밖에 나서 불평을 하더라도 어떤 동정도 사지 못할 때(자주 그런 상태이긴 했지만)를 맞춰서 이루어졌다. 요컨대 톱시는 자신을 건드리지 않는 게 좋을 것이라는 메시지를 온 집안의 하인들에게 전했고, 그에 따라 누구의 간섭도 받지 않는 자유로운 몸이 되었다.

톱시는 손으로 하는 일은 무엇이든 영리하고도 정력적으로 해냈고 놀랄 정도로 빠르게 습득했다. 몇 번 배웠을 뿐이지만, 톱시는 오필리어의 방을 이 까다로운 숙녀가 흠 잡을 수 없을 정도로 완벽하게 정돈하는 법을 습득했다. 톱시가 마음만 먹으면 누구도 그녀만큼 매끄럽게 시트를 펴고, 정확하게 베개를 놓고, 깨끗하게 먼지를 쓸어내고, 깔끔하게 방을 정돈할 수가 없었다. 하지만 그런 마음을 그리 자주 먹지 않는다는 게 문제였다. 오필리어가 세심하고 끈덕지게 사나흘 정도 감시한 후 톱시가 마침내 자신의 방식에 길들여졌다고 확신하고, 더이상 감시하지 않아도 잘할 것이라고 판단하여 자리를 떠 다른 일을 분주하게 할라치면, 톱시는 정돈된 방을 한두 시간 만에 완전히 난장판으로 만들어놓곤 했다. 침대 정돈은 뒷전이고 베갯잇을 벗겨내 그 양털 같은 머리를 베개에 들이받으며 노는 것이었다. 그런 버릇없는 행동은 때때로 베개에서 깃털이 사방팔방으로 튀어나와 마치 기괴한 장식을 한 베개처럼 변할 때까지 계속되었다. 톱시는 침대 기둥에 기어올라가 꼭대기에서 거꾸로 매달려 있기도 했고, 시트를 온 방에 흩뿌려놓기도 했다. 또 덧베개에 오필리어의 잠옷을 입혀놓고 그것으로 다양한 연극적 장면을 연출하기도 했다. 노래도 하고, 휘파람도 불고, 거울 앞에 서서 그 속에 비친 자신의 모습을 노려보며 오만 가지 인상을 쓰기도 했다. 그러니까 오필리어의 말대로, '난리 법석을 떠는 것'이었다.

오필리어가 이런 광경을 직접 목격하기도 했다. 그때 톱시는 오필리어의 진홍색 최고급 크레이프 숄을 꺼내서 터번을 한답시고 머리에 두르고는 아주 당당하게 거울 앞에서 연극 연습을 하고 있었다. 오필리어가 서랍에 열쇠를 그냥 두고 나가는 전례 없는 실수를 저질렀던 것이다.

"톱시!" 마침내 인내심이 바닥난 오필리어가 소리쳤다. "넌 무엇 때문에 그렇게 행동하는 거냐?"

"몰라요, 마님. 제가 너무나 나쁘기 때문인가 봐요!"

"너를 도대체 어떻게 해야 할지 모르겠구나, 톱시."

"마님, 절 때리셔야만 해요. 예전 마님은 절 때리셨죠. 맞지 않으면 전 일을 안 했어요."

"얘야, 톱시, 난 매질하고 싶지 않아. 넌 잘할 수 있어. 너만 그럴 생각이 있다면 말이야. 그렇게 하지 않는 이유가 뭐냐?"

"마님, 전 맞는 데 익숙해요. 그렇게 하시는 게 제게는 좋을 것 같아요."

오필리어는 톱시가 말한 방법을 사용했다. 톱시는 비명을 지르고 신음 소리를 내고 애원하면서 끔찍한 소란을 일으켰다. 하지만 삼십 분 후에는 자신을 숭배하다시피 하는 '꼬맹이' 무리에 둘러싸인 채 발코니의 돌출된 부분에 앉아, 그 매질에 대해 논평하며 완전히 경멸감을 표시했다.

"하! 필리 마님의 매질이란! 모기 한 마리도 못 죽일 정도더군. 옛날 내 주인은 핏방울이 튀어나오도록 때렸는데 그걸 한 번 봤어야 해. 그 주인이야말로 매질이 뭔지 확실히 알고 있었지!"

톱시는 항상 자신의 사악함과 장난질을 대단한 힘의 근원으로 여겼고, 그것을 다른 흑인 아이들과 특별히 구분되는 자산으로 생각했다.

"자, 이 검둥이들아," 그녀는 자신에게 거 기울이는 꼬맹이들에게 말했다. "네 녀석들은 모두 죄인이란 거 알고 있냐? 너희만 그런 게 아니야. 모두가 죄인이란 말이야. 백인들도 역시 죄인이야. 필리 마님이 그렇게 말했어. 하지만 나는 검둥이들이 제일 죄인이라고 생각해. 자, 하지만 너희는 아무도 내 상대가 될 수는 없어. 나는 끔찍할 정도로 사악해서 아무도 나한테 시비를 걸 수가 없다고. 내가 얼마나 악질이었냐면 말이야, 옛날 마님이 나만 보면 욕설을 퍼부었다니까. 아마

이 세상에서 내가 제일 나쁜 년일걸." 말을 마친 톱시는 공중제비를 돌아 기운차고 씩씩하게 높은 곳으로 기어올라가서 자신이 남들과는 명백하게 다르다는 것을 뽐냈다.

오필리어는 일요일마다 열의를 다해 톱시에게 교리문답을 가르치느라 분주했다. 톱시는 보기 드물 정도의 기억력을 가지고 문장을 암기해내서 오필리어를 고무시켰다.

"교리문답이 그 애한테 좋은 영향을 줄 거라고 생각하세요?" 세인트클레어가 물었다.

"그럼, 언제나 좋은 영향을 주지. 교리문답은 아이들이 반드시 배워야만 하는 거잖아. 알면서 그래." 오필리어가 말했다.

"이해하든 말든?" 세인트클레어가 물었다.

"뭐, 애들 때는 이해를 못 하지. 하지만 나중에 크면 저절로 이해가 될 테니까."

"나는 아직도 이해가 안 되는데요." 세인트클레어가 말했다. "어렸을 때 누님이 내게 교리문답을 아주 철저히 주입시켰다는 건 알지만."

"그래, 넌 항상 잘 외웠지, 오거스틴. 네게 굉장히 기대를 했었어." 오필리어가 말했다.

"그럼, 지금은 안 그런다는 건가요?"

"어렸을 때처럼 착한 사람이 되길 바라고 있어, 오거스틴."

"나도 그래요. 정말입니다." 세인트클레어가 말했다. "누님, 계속해서 톱시에게 교리문답을 가르치세요. 효과가 있겠죠."

이렇게 이야기가 오가는 동안 공손하게 양손을 포개고 검은 조각상처럼 서 있던 톱시는, 오필리어가 신호를 보내자 암송을 계속했다.

"우리의 최초의 조상은 자기들 마음대로 자유를 행사했기 때문에 자신들이 창조된 나라에서 추락했느니라."

톱시의 눈이 반짝이더니 뭔가 알고 싶어하는 눈치를 보였다.

"무슨 일이니, 톱시?" 오필리어가 물었다.

"저, 마님, 그 나라가 켄터키인가요?"

"무슨 나라 말이냐, 톱시?"

"우리 조상들이 추락한 나라 말이에요. 옛 주인님이 우리가 어떻게 해서 켄터키에서 내려오게 됐는지 말씀하시는 것을 들었어요."

세인트클레어가 웃음을 터뜨렸다.

"누님은 그 문장의 의미를 설명해주셔야겠어요. 아니면 이 아이가 제 마음대로 의미를 지어낼 테니까. 그 문장에 이민(移民)을 연상시키는 구석이 있나 보군요."

"자, 오거스틴, 조용히 해봐." 오필리어가 말했다. "네가 그런 식으로 웃음을 터뜨리면 내가 어떻게 교육을 시킬 수 있겠니?"

"다시는 방해하지 않겠습니다. 맹세하죠." 세인트클레어는 신문을 들고 응접실로 간 뒤 톱시가 암기를 끝낼 때까지 앉아 있었다. 톱시는 훌륭하게 암송을 마쳤지만, 때때로 몇 가지 중요한 단어를 기묘하게 바꾸어 말했고 그런 실수를 계속했다. 아무리 그것을 고치려고 해도 결과는 매번 마찬가지였다. 세인트클레어는 안 그러겠다고 약속해놓고도 톱시의 고의적 실수가 재미있어서 오필리어의 항의를 무릅쓰고 심심할 때마다 아이를 불러 잘못된 구절을 반복하게 했다.

"자꾸 그렇게 장난치면 내가 이 애한테 할 수 있는 건 아무것도 없어." 오필리어가 항의했다.

"그렇군요. 굉장히 좋지 않네요. 다시는 하지 않겠습니다. 하지만 그런 훌륭한 구절을 우스꽝스럽고 저급한 이미지로 바꿔 읽는 건 정말 재미있는데요."

"그건 애가 잘못된 길로 들어서기를 재촉하는 거나 마찬가지야."

"무슨 상관입니까? 그 단어나 다른 단어나 그 애한테는 마찬가지인데요."

"동생은 나한테 저 아이를 올바르게 키워달라고 부탁했어. 그렇다면 저 아이가 분별 있는 사람이 되도록 지원해주어야 해. 동생이 저 아이에게 끼칠지도 모르는 악영향에 대해서는 조심하고 말이야."

"아이고, 생각만 해도 끔찍하군요. 하지만 그러도록 하겠습니다. 톱시 말대로 '난 정말 사악한가 봐요!'"

이런 식으로 톱시의 교육은 일이 년 동안 계속되었고, 오필리어는 만성적인 질병에 걸린 것처럼 날마다 골머리를 앓았다. 하지만 곧 그녀도 고통에 익숙해졌다. 마치 신경통이나 심각한 두통을 앓는 사람들이 그 고통에 적응하는 것처럼.

세인트클레어는 사람들이 앵무새나 포인터의 재주를 보고 즐거워하는 것처럼 톱시에게서 그런 부류의 즐거움을 얻곤 했다. 톱시는 자신의 잘못이 다른 사람들과 마찰을 일으킬 때면 항상 세인트클레어의 의자 뒤로 피신했다. 그러면 그는 어떻게 해서든지 아이를 대신하여 사건을 무마시켜주었다. 톱시는 세인트클레어로부터 잔돈을 많이 얻었는데, 그 동전을 가지고 땅콩이나 과자를 사와서 아낌없이 선심을 쓰며 집안의 모든 아이들에게 나누어주었다. 톱시에 대해서 공평하게 말해보자면, 그녀는 마음씨 좋고 너그러웠으며, 오직 자기방어를 할 때만 적개심을 드러냈다. 톱시도 이렇게 군무(群舞)를 추는 무용수들[*] 가운데 한 사람으로 당당하게 소개가 되었으니, 이제 앞으로 자기 차례가 되면 다른 인물과 함께 모습을 드러내게 될 것이다.

---

* 원문에서는 '코르 드 발레(corps de ballet)'로 표현했다. 발레단 가운데 독무(獨舞)를 추는 솔리스트를 돋보이게 하는, 군무를 추는 무용수들을 일컫는 말이다.

21장
켄터키

우리 독자들은 아마도 켄터키 농장의 톰 아저씨네 오두막으로 돌아가 그곳 사람들 사이에 어떤 일이 일어났는지 보고 싶을 것이다.

여름날의 늦은 오후, 커다란 응접실의 문과 창은 상쾌한 미풍을 들이기 위해 활짝 열려 있었다. 셸비 씨는 응접실을 향해 문이 열려 있는 큰 홀에 앉아 있었다. 그 홀은 집을 관통하여 반대편의 베란다까지 연결되어 있었다. 그는 느긋하게 의자에 등을 기대고 앉아 다른 의자에 발을 올려놓고 식후의 시가를 즐기고 있었다. 셸비 부인은 문가에 앉아 꼼꼼한 바느질 작업을 하느라 분주하면서도, 뭔가 마음속에 말할 것이 있어 기회를 엿보고 있었다.

"클로이가 톰에게서 온 편지 받은 것 알고 계세요?" 셸비 부인이 말했다.

"아, 그랬소? 톰이 그곳에서 친구들을 사귄 것 같구려. 그 늙은 친구는 어떻게 지낸다고 합디까?"

"톰은 아주 훌륭한 집안에 팔린 것 같아요." 셸비 부인이 말했다. "친절한 대접을 받고, 일도 그다지 힘든 것 같지 않아요."

"그래요! 기쁘군, 아주 잘된 일이야." 셸비 씨가 진심으로 말했다. "그렇다면 톰은 그 남쪽 집안에 잘 적응하여 여기로 올 생각은 거의 하지 않을 것 같군."

"그 반대예요. 톰이 아주 걱정을 하면서 자신을 다시 사들일 돈이 언제 마련되느냐고 물었대요." 셸비 부인이 말했다.

"글쎄, 그건 잘 모르겠소." 셸비 씨가 말했다. "사업이 한번 비틀어지기 시작하면 끝도 안 보이는 법이오. 수렁을 하나 뛰어넘으면 다른 수렁이 나타나는 거야. 내내 수렁이 있어. 다른 사람의 돈을 빌려다 이 돈을 갚고, 또 다른 사람의 돈을 빌려다 저 돈을 갚고, 그러다 보면 이 빌어먹을 약속어음들이 시가를 피우고 숨도 돌리기 전에 만기가 된단 말이오. 지불을 독촉하는 편지나 전갈이 정신없이 밀어닥치지. 그럼 그걸 막느라 이리 뛰고 저리 뛰고 정말 정신이 하나도 없다니까."

"여보, 그런 일들을 결말짓기 위해서는 뭔가 조치를 취해야 된다고 생각해요. 가지고 있는 말을 전부 팔고 농장 중 하나를 팔아서 깨끗이 빚을 청산하는 건 어때요?"

"에밀리, 그게 무슨 우스운 소리요! 당신은 켄터키에서 제일 멋진 여성이지만, 자신이 사업에는 무지하다는 걸 여전히 알지 못하는구려. 하기야 여자들은 사업을 하지도 않고 또 할 수도 없지만 말이오."

"최소한 당신 사업을 내게 조금이라도 알려줄 수는 없나요? 가령 채무 리스트나 채권 리스트 같은 거 말이에요. 그런 것이 있다면 제가 당신을 도와 절약할 수도 있잖아요." 셸비 부인이 말했다.

"아, 에밀리! 날 귀찮게 하지 마시오. 그걸 정확하게 말할 수도 없어. 앞으로 어떻게 굴러갈지 대충 알고 있을 뿐이오. 내 사업은 클로이가 파이에서 껍질을 떼어내는 것처럼 쉽고 간단한 게 아니오. 사업에 대해선 당신은 아무것도 모른다니까."

셸비 씨는 자신의 생각을 고집하는 것 외에는 다른 방법을 몰랐기에 갑자기 목소리를 높였다. 그것은 신사가 자신의 아내와 사업 얘기를 하다가 불리해지면 사용하는 아주 편리하고 효과 높은 방법이기도 했다.

셸비 부인은 한숨을 내쉬며 입을 다물었다. 비록 남편이 그녀를 일개 여성으로 치부했지만, 명석하고 정력적이고 실용적인 정신을 소유한 그녀는 모든 면에서 남편보다 훨씬 우월한 능력을 가지고 있어, 그녀 자신이 제안한 대로 사업의 관리를 맡겨도 그다지 황당무계한 일은 아니었을 것이다. 그녀는 톰과 클로이에게 한 약속을 꼭 이행할 생각이었으나 주변 여건이 그처럼 어렵다는 것을 알고 깊은 한숨을 내쉬었다.

"우리가 어떤 식으로든 그 돈을 마련할 방법을 생각해볼 수 없을까요? 불쌍한 클로이! 정신이 죄다 거기 팔려 있단 말이에요!"

"그렇다면 미안하오. 내가 괜히 앞질러서 약속을 한 것 같아. 이젠 그 약속의 이행을 확신할 수 없게 되었소. 어쨌든 클로이에게 사정을 이야기해서 마음을 돌리게 하는 것이 최선이라 생각하오. 톰은 다른 아내를 얻을 것이오, 일이 년 안에 말이야. 클로이도 다른 누군가를 알아보는 게 좋을 거요."

"여보, 전 우리 농장 사람들에게 그들의 결혼 또한 우리의 결혼처럼 신성한 것이라고 가르쳤어요. 클로이에게 그런 충고를 하는 건 생각도 하기 싫어요."

"여보, 당신이 저들이 처한 상황이나 미래와 무관한 도덕성을 가르치는 건 딱한 일이야. 난 늘 그렇게 생각했소."

"성경의 도덕일 뿐이에요."

"알아, 알아. 에밀리, 난 당신의 종교관을 말하려는 게 아니오. 단지 그런 상황에 있는 사람들에게 그런 도덕성이 별로 안 맞는다는 것뿐이오."

"나의 종교관이 그들이 처해 있는 실제 상황과 다르게 가르치는 건 인정해요." 셸비 부인이 말했다. "바로 그 때문에 이 노예제도를 진심으로 혐오하고 있어요. 하지만 여보, 나는 이 힘없는 사람들하고 한 약속을 저버릴 수가 없어요. 다른 방법으로 돈을 마련할 수 없다면, 내가 음악 교습을 시작하면 어떨까요? 충분한 보수를 받을 테니까 나혼자 힘으로 그 돈을 마련할 수 있어요."

"그런 식으로 자기를 모욕해야겠소, 에밀리? 나는 절대 동의할 수없소."

"모욕이라고요! 힘없는 사람들의 믿음을 저버리는 것만큼 모욕적인 일이 어디 있겠어요? 그건 안 돼요, 정말로!"

"당신은 매사 영웅적이고 도덕적이지." 셸비 씨가 말했다. "하지만 그런 황당한 일을 벌이기 전에 한 번 더 깊이 생각해보도록 해요."

그때 베란다 끝에서 클로이가 나타나는 바람에 대화는 여기서 중단되었다.

"죄송합니다만, 마님." 클로이가 말했다.

"아, 클로이. 무슨 일이지?" 셸비 부인이 일어나 발코니 끝으로 가면서 말했다.

"마님이 와서 포이트리를 봐주셨으면 해서요."

클로이는 종종 닭이나 오리 등 가금류(家禽類)를 가리키는 단어인 폴트리(poultry)를 포이트리(poetry)라고 발음했다. 집안의 젊은 사람들이 고쳐주고 조언도 해주었지만 그녀는 항상 자기 식으로 말했다.

"그거 참!" 클로이가 말했다. "포이트리라고 해도 좋기만 하구먼, 도무지 알 수가 없군." 그러면서 클로이는 가금류를 계속 포이트리라고 불렀다.

셸비 부인은 일렬로 엎어놓은 닭과 오리를 바라보면서 미소를 지었다. 클로이는 뭔가 생각하는 듯 아주 진지한 표정으로 가금류를 바라보며 서 있었다.

"마님께 어떤 것들로 파이를 만들어드릴까 생각하는 중이에요."

"나는 상관없어, 클로이. 좋을 대로 만들어줘."

클로이는 멍하니 서서 닭들을 뒤집었다. 닭 요리가 그녀의 관심사가 아닌 게 너무나 분명했다. 마침내 클로이는 흑인 종족이 망설임 끝에 뭔가를 제안할 때 종종 그러는 것처럼 짧게 웃은 뒤 말을 꺼냈다.

"저, 마님! 나리와 마님은 돈 문제로 걱정하고 계신데 왜 손에 들고 있는 것은 사용하지 않으시는 거죠?" 클로이는 말을 마친 뒤 다시 웃었다.

"클로이, 무슨 말인지 잘 모르겠는데." 셸비 부인은 클로이의 태도로 미루어 자신과 남편 사이의 대화를 엿들었다는 짐작이 들었다.

"저, 마님!" 클로이가 다시 웃으며 말했다. "다른 사람들은 검둥이를 빌려주고 돈을 받는다고 하네요! 그런 녀석들을 집에서 먹여주면서까지 데리고 있을 필요는 없죠."

"클로이, 구체적으로 누구를 외부로 내보내겠다는 거지?"

"마님, 제가 언제 그런 제안을 했나요? 단지 샘이 그러는데 루이빌에 있는 주과점이라는 데서 케이크와 페이스트리를 잘 만드는 사람을 구한다고 해서요. 한 주에 사 달러를 준답니다."

"그래서, 클로이."

"그래서, 저, 제 생각에는 말이죠, 마님. 샐리가 이제 주방에서 뭔가 할 때가 된 것 같아요. 샐리는 제 밑에서 도와주기만 했는데 이젠 저만큼 잘한다고 생각합니다. 만약 마님이 절 거기로 보내주신다면 돈을 모으는 데 도움이 될 거예요. 제가 만든 케이크나 파이가 거기서도 통할 거라고 생각해요. 그 주과점에서요."

"제과점에서, 클로이."

"저런, 세상에! 마님, 별 차이가 아닌데도 말이란 게 여간 까다롭지 않네요! 전 아무리 애를 써도 똑바로 말하지 못하겠어요!"

"하지만 클로이, 아이들과 떨어져서 살 수 있겠어?"

"아, 마님! 사내 녀석들은 자기 몫을 할 수 있을 만큼 다 자랐어요. 충분히 잘해낼 겁니다. 그리고 샐리, 그 아이가 갓난쟁이를 돌봐줄 거예요. 딸애는 아주 씩씩해서 샐리가 특별히 돌봐줄 것도 없어요."

"루이빌은 굉장히 멀어."

"저런! 하지만 뭘 두려워하겠어요? 강 아래쪽에 있다고 하니 제 남편 있는 곳과는 조금 가깝겠죠?" 클로이는 마지막 말을 질문조로 하고선 셀비 부인을 쳐다보았다.

"아니, 클로이. 수백 킬로미터는 떨어진 곳이야." 셀비 부인이 말했다.

클로이는 낙담한 표정이었다.

"신경 쓰지 마. 거기로 가면 남편과 좀더 가까워질 수 있겠지. 그래, 가도 좋아, 클로이. 품삯은 하나도 빠뜨리지 않고 남편을 돌아오게 하는 데 보탤 테니까."

밝은 태양이 어두운 구름을 은빛으로 바꾸어놓았을 때처럼 클로이의 어두운 표정이 즉시 밝아졌다. 정말로 빛나는 환한 표정이었다.

"세상에! 마님이 이렇게 좋은 분이 아니셨으면 어떡했을까! 저는 그 일만 계속 생각하고 있었어요. 옷도 필요 없고, 신발도 필요 없고, 아무것도 필요 없어요. 다 모아둘 거예요. 일 년은 몇 주죠, 마님?"

"오십이 주지." 셀비 부인이 말했다.

"세상에! 그런가요? 매 주마다 사 달러니까, 그럼 얼마가 되는 거죠?"

"이백팔 달러네."

"세상에!" 클로이는 놀라움과 기쁨이 뒤섞인 어조로 말했다. "제가 일을 그만두고 나오려면 얼마나 있어야 할까요, 마님?"

"사오 년 걸리겠네. 클로이, 하지만 혼자서 다 벌어야 할 필요는 없어. 내가 거기다 얼마간 보태도록 할게."

"마님이 교습을 하신다거나 하는 소리는 듣기 싫어요. 그건 주인님의 말씀이 옳아요. 그건 절대 안 될 말이에요. 제가 양손으로 일할 수 있는 한, 우리 가정의 누구도 외부 일을 하지는 않았으면 해요."

"걱정하지 마, 클로이. 나도 우리 집안의 명예를 지키도록 할게." 셸비 부인이 미소를 지으며 말했다. "그런데 언제 떠나려고 하지?"

"뭐, 아무 때나 좋지만 샘이 망아지 몇 마리를 데리고 강으로 간다고 하네요. 같이 가자고 해서 짐을 챙기고 있어요. 마님이 허락하신다면, 내일 아침에 샘과 함께 가려고요. 마님께서 제 통행증과 추천장을 써주셨으면 해요."

"그래, 클로이. 바깥양반이 반대하지만 않는다면 그렇게 할게. 이참에 말해봐야겠네."

셸비 부인이 계단을 오르자 클로이도 밝은 표정으로 오두막집으로 돌아와 준비를 하기 시작했다.

"세상에, 조지 도련님! 도련님은 제가 내일 아침에 루이빌로 가는 거 모르고 계시죠!" 조지가 오두막으로 들어오니 클로이는 아이의 옷을 챙기느라 분주하게 돌아치고 있었다. "이 녀석 물건을 봐주고 정돈해두려고요. 여하튼 전 가요, 조지 도련님. 한 주에 사 달러를 벌러. 마님은 그 돈을 모조리 모아놓으실 거고, 그게 다 모이면 우리 늙은 영감을 되찾아오실 거라고요!"

"그래! 놀랄 만한 일이로군. 정말이야! 어떻게 가려는 거지?" 조지가 물었다.

"내일 샘이랑 같이 가요. 여하튼 지금은, 조지 도련님, 여기 앉아서 우리 늙은 영감에게 이 일에 대해서 편지 좀 써주시지 않겠어요?"

"그래야지. 톰 아저씨가 우리 소식을 들으면 기뻐할 거야. 종이랑 잉크를 가지러 집에 다녀올게. 클로이 아줌마, 새 망아지부터 모든 것을 적도록 할게."

　"예, 조지 도련님. 그동안 저는 닭 요리하고 이것저것 만들어드리죠. 이젠 이 늙은 아줌마가 도련님 식사를 더이상 챙겨드리지 못할 것 같으니까."

22장
풀은 마르고 꽃은 시든다

우리의 인생은 하루씩 하루씩 지나간다. 이는 우리 친구 톰에게도 마찬가지여서, 어느덧 날이 가고 달이 가서 이 년이 흘렀다. 소중한 사람들과 떨어져 있고 저 위쪽에 있는 고향 집을 종종 그리워하기는 했지만, 그래도 그는 명확하게 의식할 정도로 절망적인 상태는 아니었다. 팽팽하게 조여진 사람의 감정이라는 하프는, 부서져서 현이 모두 떨어져나가지 않는 한 그 조화로움이 완전히 망가지지는 않는다. 과거의 궁핍하고 시련을 겪던 때를 되돌아보면, 그 괴로웠던 시간도 이제는 변해버린 다른 무언가로 기억되면서 그 자체에서 어떤 기분전환과 위안을 얻게 되기도 한다. 따라서 우리는 완전히 행복하지는 않았더라도 반대로 완전히 절망적이지도 않았던 것이다.

톰은 자신이 가진 하나밖에 없는 책에서 '어떠한 처지에서도 자족하는 법을 배운 사람*에 대한 이야기를 읽고 있었다. 톰은 그것을 훌륭하고 온당한 교리라고 생각했다. 그 책을 읽으면서 얻게 된 안정되고 사려 깊은 생활 습관과 일치하는 것이기도 했다.

앞 장에서 톰이 집으로 편지를 보냈다고 했는데, 마침내 조지 도련님이 답장을 보내왔다. 훌륭하고 둥글고 학생다운 필체는 톰이 읽기에 가장 적당한 것이었다. 독자들은 이미 그 내용을 알고 있겠지만, 답장에는 켄터키 옛집에 대한 다양하고 새로운 이야기가 담겨 있었다. 조지의 편지에는 클로이 아줌마가 어떻게 해서 루이빌의 제과점에 일을 하러 가게 되었는지, 그곳에서 페이스트리를 만들면서 얼마나 돈을 벌게 되는지 등이 적혀 있었다. 톰은 이런 돈이 자신을 돌아오게 하기 위한 자금으로 적립된다는 사실을 알게 되었다. 또한 모스와 피트는 잘 자라고 있으며, 갓난쟁이는 샐리와 집안사람들이 돌봐주는 덕에 집 안 곳곳을 아장아장 걸어다니고 있다는 말도 적혀 있었다.

톰의 오두막은 당분간 폐쇄되었다. 하지만 조지는 톰이 다시 돌아왔을 때 오두막에 들어갈 장식품이나 부가적으로 들어갈 물건들을 상세하게 잘 설명해놓았다.

편지의 나머지 부분에서는 조지가 학교에서 배우는 과목들을 언급했는데, 그 과목들의 첫 글자는 커다란 대문자로 적혀 있었다. 또 톰이 떠난 이후 태어난 망아지 네 마리의 이름을 적어놓고, 그 어미 말들도 건강하다고 전했다. 편지의 형식은 간결하기 이를 데 없었지만 톰은 근래 보았던 글 중 가장 훌륭한 문장이라고 생각했다. 몇 번이고

---

* 「빌립보서」 4:11.

읽어도 질리지 않았고, 심지어 그 편지를 액자에 넣어 방에 걸어놓는 것을 에바와 의논하기까지 했으나 결국에는 포기했다. 액자에 넣어두면 편지의 양면을 동시에 볼 수 없기 때문이었다.

톰과 에바 사이의 우정은 에바가 성장해가면서 더 깊어졌다. 에바가, 그녀의 믿음직한 시종의 온화하고 감수성 풍부한 마음속에서 어떤 위치를 차지하는지는 말로 설명하기 힘들다. 톰은 에바를 연약한 세속의 어린아이로 여기며 사랑했지만 동시에 신성한 천상의 존재로 여기며 숭앙하다시피 했다. 톰은 이탈리아 항해사*가 바다를 항해하며 어린 예수 상을 바라보았던 것처럼 존경과 애정이 뒤섞인 감정으로 에바를 쳐다보았다. 에바의 우아한 환상을 만족시켜주고, 다채로운 무지개와도 같이 유년 시절을 감싸는 오만 가지 사소한 요구를 들어주는 것이 톰의 낙이었다. 아침에 시장에 나가면, 톰은 에바에게 가져다줄 진귀한 꽃다발을 찾아내기 위해 화훼 진열대를 열심히 둘러보았고, 훌륭한 복숭아나 오렌지를 발견하면 호주머니 속에 넣어두었다가 집에 돌아와 에바에게 주곤 했다. 톰을 가장 즐겁게 해주는 광경은, 에바가 문틈으로 고개를 내밀고 쾌활한 표정으로 자신을 바라보다가 가까이 다가와서 "저, 톰 아저씨, 오늘은 날 위해 무엇을 가져왔어?"라고 아이다운 질문을 할 때였다.

에바도 톰 못지않게 열성적으로 답례를 베풀었다. 비록 아이였지만, 그녀는 글을 아주 낭랑하게 읽을 줄 알았다. 음악을 이해하는 훌륭한 귀, 날카로운 시적 상상력, 웅장한 것과 고상한 것에 본능적으로

---

* 신대륙을 발견한 콜럼버스를 가리킴.

공감하는 감성을 갖춘 에바는 성경을 아주 낭랑하게 읽었다. 톰은 이렇게 성경을 잘 읽는 아이는 본 적이 없다고 생각했다. 처음에 에바는 자신의 공손한 친구를 위해 성경을 읽어주기 시작했지만, 곧 그녀 자신이 그 책에 감동되어 덩굴손처럼 성경 쪽으로 뻗어나갔다. 에바는 성경 읽기를 정말 좋아했다. 성경은 그녀의 내부에, 열정적이고 상상력이 풍부한 아이들에게 딱 들어맞는 기이한 갈망과 강력한 정서를 불러일으켰던 것이다.

에바가 가장 좋아하는 부분은 요한묵시록과 예언서들이었다. 그중에서도 특히 모호하고 불가사의한 이미지와 강렬한 언어가 나타나는 부분들이 그녀의 마음을 사로잡았다. 에바는 이런 대목에서 강한 인상을 받고 그 의미를 알아내기 위해 열심히 궁리했으나 잘 알 수가 없었다. 에바와 그녀의 단순 소박한 친구, 즉 나이 든 아이와 어린아이는 그것들에 대해 거의 같은 느낌을 받았다. 그들이 알 수 있는 것이라곤, 그 대목이 장차 계시될 영광에 대해서 말한다는 것뿐이었다. 그 영광은 아직 다가오지 않은 경이로운 것이고, 그들의 영혼이 그 영광의 경이 속에서 한없는 기쁨을 누리게 될 터이지만, 왜 그런 기쁨을 누리게 되는지 자세한 이유는 알 수가 없었다. 현실 세계에서는 그렇지 못하지만, 정신적인 세계에서는 그 이해되지 않는 영광이 항상 무익한 것만은 아니었다. 영원한 과거와 영원한 미래라는 두 모호한 영원 사이에서, 언제나 떨고 있는 방랑자인 영혼은 그 영광을 의식할 때만 비로소 깨어나기 때문이다. 영광의 빛은 에바 주위의 작은 공간에서만 빛났고, 그녀는 그 미지의 영광을 언제나 동경했다. 영감의 흐릿한 기둥에서 흘러나와 에바에게 다가온 신비한 목소리와 움직임은 그

어린 에바가 나무 그늘 아래서 톰에게 성경을 읽어주고 있다.

녀의 종교적 심성에 저마다 반향을 일으키면서 답변을 제공해주었다. 이런 신비스러운 이미지는 알 수 없는 상형문자가 새겨진 수많은 부적이나 보석과 같았다. 그녀는 그것들을 가슴속에 담아두고 베일 저너머에 있는 다른 세상으로 건너갈 때 읽어보기로 했다.

이 당시에 세인트클레어 가족은 모두 당분간 폰차트레인 호수에 있는 별장으로 피서를 와 있었다. 지독한 여름 더위 때문에, 피서를 떠날 여유가 있는 사람들은 그 무덥고 건강에 해로운 도시를 떠나 호숫가나 해변으로 가서 시원한 바닷바람으로 더위를 식히려 했다.

세인트클레어의 별장은 동인도식 오두막집으로, 빙 둘러 대나무로 만든 얕은 베란다가 있었고, 사방이 정원과 공원으로 통했다. 거실은 그림 같은 열대의 식물들과 꽃들의 향기로 가득 찬 큰 정원으로 이어졌는데, 거기서는 구불구불한 길이 바로 호숫가까지 연결되었다. 호수는 은빛 물결이 햇빛을 받아 넘실거렸고, 시시각각 변하는 풍경은 시간이 갈수록 더 아름다워졌다.

모든 지평선을 영광의 불꽃으로 타오르게 하는 격렬한 황금빛 일몰은 호수에 다른 하늘을 만들어놓았다. 호수는 흰 돛을 단 배가 여기저기 정령(精靈)처럼 미끄러져 간 부분을 제외하고는 장밋빛이나 황금빛 줄무늬로 반짝거렸다. 조그만 황금빛 별들이 타오르는 듯한 노을 속에서 반짝이며 물 위에 떨어진 자신들의 그림자를 내려다보았다.

톰과 에바는 정원 끝에 있는 나무 그늘 아래 이끼 덮인 작은 의자에 앉아 있었다. 일요일 저녁이었고, 에바는 성경을 무릎 위에 올려놓았다. 그녀는 "나는 또 불이 섞인 수정바다 같은 것을 보았습니다"*라는 구절을 읽었다.

"톰," 에바가 갑자기 읽기를 중단하고 호수를 가리켰다. "저기에 그게 있어."

"무얼 말씀하시는 거죠, 에바 아가씨?"

"안 보여, 저기?" 에바는 넘실거리며 하늘의 황금빛 노을을 비추는 수정 같은 바다를 가리켰다. "불이 섞인 수정바다야."

"정말로 그렇군요, 아가씨." 톰이 그렇게 말하고 나서 노래를 부르기 시작했다.

아, 내게 아침의 날개가 있다면
나는 가나안의 땅으로 날아가리라.

---

* 「요한묵시록」 15:2.

빛나는 천사는 나를 집으로 데려다주리라,
　　새로운 예루살렘으로.

"새 예루살렘은 어디에 있다고 생각해, 톰 아저씨?" 에바가 물었다.
"아, 물론 하늘 위에 있죠, 아가씨."
"그렇다면 난 그곳을 볼 수 있어." 에바가 말했다. "저 구름을 봐!
거대한 진주로 만든 문처럼 보여. 그 너머, 아주 멀리, 멀리도 볼 수
있어. 모두 황금으로 되어 있다니까. 톰, 〈빛나는 성령들〉을 불러줘."
톰은 잘 알려진 감리교 찬송가를 부르기 시작했다.

　　나는 빛나는 성령들을 볼 수 있네.
　　그곳에서 영광을 음미하는
　　그들은 얼룩 하나 없는 흰옷을 두르고
　　승리의 종려나무를 들고 있나니.

"톰 아저씨, 난 그들을 본 적이 있어." 에바가 말했다.
톰은 그것을 전혀 의심하지 않았다. 최소한 그에게는 놀라운 일이
아니었다. 설령 에바가 자신이 천국에 다녀왔다고 말한다고 해도, 그
는 전적으로 믿어주었으리라.
"그들은 꿈속에서 때때로 나를 찾아오거든, 그 성령들이." 에바의
눈이 점점 꿈꾸는 것처럼 변하더니 낮은 목소리로 노래를 부르기 시
작했다.

그들은 얼룩 하나 없는 흰옷을 두르고
승리의 종려나무를 들고 있나니.

"톰 아저씨," 에바가 말했다. "거기에 가게 될 거야."

"어디 말씀인가요, 아가씨?"

에바는 그 작은 손을 들어 하늘을 가리켰다. 저녁노을이 에바의 금발을 빛나게 하고, 세상의 것 같지 않은 광채로 그녀의 뺨을 물들였다. 에바의 눈은 진지하게 하늘을 향하고 있었다.

"거기로 갈 거야. 빛나는 성령들이 있는 곳으로. 톰, 가게 될 거야. 머지않아."

이 충직한 하인은 갑자기 심장이 찢어지는 느낌이 들었다. 톰은 최근 여섯 달 동안 자기가 얼마나 자주 그것을 눈치챘었는지 생각했다. 에바의 작은 손은 점점 더 가늘어졌고, 피부는 점점 더 창백해졌으며 호흡도 예전보다 더 가빠졌다. 전에는 몇 시간을 뛰어놀아도 아무렇지도 않았으나 이제는 정원에서 조금만 놀아도 곧 지치고 피곤해했다. 또 미스 오필리어가 에바의 기침을 걱정하면서 어떤 약도 듣지 않는다고 말하는 것도 들었다. 심지어 지금도 에바의 뺨과 작은 손은 소모열로 불타오르는 것 같았다. 하지만 에바가 암시했던 말은 지금까지 귀에 와닿지 않다가 그 순간 홀연히 톰에게 의미를 드러냈다.

에바 같은 아이가 있었나? 물론 있었다. 하지만 그들의 이름은 항상 묘비에 적혀 있고, 그들의 상냥한 미소나 천국의 것과 같은 눈, 그들의 말과 행동은 땅속에 묻힌 보물들 사이에 있다. 살아 있는 사람의 장점과 미덕은 이미 저세상으로 건너간 사람들의 특별한 매력에 비해

보면 아무것도 아니라는 전설은 많은 가정에서 두고두고 이야기되고 있다. 그것은 마치 천국에서 특별한 천사의 무리를 지상에 내려보내 얼마 동안 머무르게 하면서 제멋대로 구는 사람들의 사랑을 받게 하고, 그다음에는 천사들이 지상에서 승천할 때 그 사랑을 가지고 올라가도록 한 것 같았다. 아이의 눈에 깊고 영적인 빛이 서려 있는 것을 볼 때, 그 아이의 말이 또래의 다른 아이들에 비해 더 온유하고 현명하다는 것을 발견할 때, 그 아이를 계속 데리고 있으려 해서는 안 된다. 왜냐하면 그 아이의 이마에는 천국의 증표가 찍혀 있고, 그 눈에서는 불멸의 빛이 뿜어져나오기 때문이다.

그렇다고 해도, 사랑스러운 에바! 네가 머무르는 곳을 밝게 빛내주는 아름다운 별! 너는 곧 가버리겠지만, 널 사랑하는 사람들은 그것을 깨닫지 못하는 것이다.

톰과 에바 사이의 대화는 오필리어가 급하게 부르는 바람에 중단되었다.

"에바, 에바! 저런, 애야! 이슬이 떨어지고 있어. 밖에 오래 있으면 안 된다!"

에바와 톰은 급히 집 안으로 들어갔다.

오필리어는 나이가 들어 경험이 많은 데다 아이를 돌보는 일과 간호 업무에 숙달되어 있었다. 그녀는 뉴잉글랜드 지방 출신이었고, 그래서 한 가닥 생명이 끊어지는 것처럼 보이기도 전에 돌이킬 수 없는 죽음의 낙인을 찍어버리고 수많은 소중하고 사랑스러운 아이들을 앗아가버리는, 조용하고 교활한 질병의 은밀하고 음험한 첫번째 발걸음을 아주 잘 알고 있었다.

그녀는 에바의 가볍고 메마른 기침과 날이 갈수록 창백해지는 뺨을 예사롭지 않게 보았다. 에바의 눈의 광채와 열기로 약간 들뜬 쾌활함도 그녀를 속여넘기지는 못했다.

오필리어는 세인트클레어에게 자신이 느끼는 두려움을 말했다. 하지만 그는 오필리어의 제안을 퉁명스럽고 심술궂은 태도로 물리쳤다. 평소의 쾌활하고 사람 좋은 태도와는 전혀 다른 반응이었다.

"그런 공연한 걱정 좀 하지 마세요, 누님. 정말 짜증나는군요!" 세인트클레어가 말했다. "그 아이가 잘만 자라고 있는 게 보이지 않으세요? 아이들은 빠르게 성장할 때면 항상 힘이 부치는 법이에요."

"하지만 에바는 기침을 너무 자주 한다니까!"

"아, 기침 얘기 좀 그만하세요! 그건 아무것도 아니에요. 아마 가벼운 감기겠지요."

"하지만 엘리자 제인도 그랬고, 엘렌과 마리아 샌더스도 처음에는 그런 증상을 보이다가 결국 죽었단 말이야."

"아! 제발 그런 도깨비 같은 이야기는 집어치우세요. 누님처럼 나이 든 사람들은 지나치게 신중해서 큰일이에요. 애가 기침이나 재채기만 해도 무슨 큰일이라도 벌어진 것처럼 야단법석이에요. 그저 애를 잘 돌봐주고, 밤공기를 쐬지 않게 하고, 지나치게 놀게 하지만 않으면 돼요. 곧 괜찮아질 겁니다."

세인트클레어는 겉으로는 그렇게 말했지만 실은 점점 신경이 쓰이고 초조해졌다. 그는 날마다 에바를 세심하게 지켜보았지만, "정말 괜찮아", "저 기침은 별 의미 없는 걸 거야", "위장에 좀 문제가 있나 보지 뭐. 애들은 자주 그러잖아"라는 말을 반복하며 자신의 불안한 마음을 달래려 했다. 그는 이전보다 더 자주 딸을 곁에 두었고, 전보다 더 자주 승마에 데리고 나갔으며, 며칠 간격으로 특효약이나 강장제를 들고 오면서 이렇게 중얼거렸다. "에바가 이게 필요해서가 아냐. 이렇게 해두면 손해날 일은 없으니까."

하지만 여기서 밝혀야 할 것이 하나 있다. 무엇보다 그의 가슴을 깊이 후벼 파는 것은 아이의 생각과 감정이 매일 지나치게 성숙해지고 있다는 사실이었다. 여전히 아이다운 변덕과 우아함을 유지하긴 했지만, 에바는 종종 무의식적으로 심오한 생각과 기이하고 신비스러운 지혜의 말을 해서, 세인트클레어는 그것이 하늘에서 온 영감이 아닐까 하고 생각했다. 그럴 때마다 그는 갑작스레 두려움을 느껴 딸을 꼭 껴안곤 했다. 마치 그런 행동이 딸을 구할 수 있는 것처럼. 그럴 때마다 세인트클레어의 마음속에선 아이를 굳게 지키고 결코 떠나보내지 않겠다는 광기 같은 결심이 솟구쳤다.

에바는 사랑과 온유함이 넘치는 행동에 전적으로 몰두하는 것처럼 보였다. 아이는 항상 충동적으로 관대했지만, 이제 와서는 모두가 알아볼 수 있을 정도로 감동적이면서도 여성스러운 배려를 베풀었다. 에바는 여전히 톱시를 위시하여 나양한 피부색의 흑인 아이들과 노는 것을 좋아했지만, 이제는 놀이에 참가하기보다 지켜보기만 했다. 때때로 에바는 삼십 분 정도 앉아서 톱시의 기괴한 장난을 구경하며 웃었다. 하지만 그럴 때도 어떤 서늘한 그림자가 그녀의 얼굴을 스쳐 지나갔다. 그녀의 눈은 점점 흐릿해지면서 생각은 저 멀리로 달아났다.

"엄마," 어느 날 갑자기 에바가 마리에게 물었다. "우리는 왜 하인들한테 글 읽기를 가르쳐주지 않죠?"

"무슨 소리니, 얘야! 사람들은 그런 짓 안 해."

"왜 안 해요?" 에바가 물었다.

"그건 하인들한테 필요 없어서 그런 거야. 읽을 줄 안다고 해서 일을 더 잘하는 것도 아니잖니. 하인들은 일만 하려고 태어난 거란다."

"하지만 엄마, 그 사람들은 성경을 읽어야 해요. 하느님의 뜻을 알아야 해."

"하인들한테는 필요한 곳만 읽어주면 된단다."

"엄마, 저는요, 성경은 모두가 스스로 읽어야 한다고 생각해요. 옆에 성경을 읽어줄 사람이 없어서 직접 읽어야 할 때가 정말 많아요."

"에바, 너 정말 이상한 애로구나." 마리가 말했다.

"오필리어 고모는 톱시한테 읽는 법을 가르쳐줬어요." 에바가 계속 말했다.

"그래, 그게 얼마나 나쁜 결과를 갖고 왔는지 넌 잘 알잖니. 톱시는 내가 본 애들 중에 제일 몹쓸 것이라니까!"

"불쌍한 매미!" 에바가 말했다. "매미는 성경을 너무 좋아해요. 또 자기가 읽을 수 있기를 바라고요! 내가 읽어줄 수 없을 때 매미는 어떻게 하죠?"

마리는 그때 서랍을 뒤집어엎느라 정신이 없었지만 그래도 대답을 했다.

"물론 머지않아서 너도 하인들한테 둘러싸여 성경 읽어주는 것은 제쳐두고 다른 일을 생각하게 될 거다. 성경 읽어주는 것이 그리 부적절하다는 뜻은 아니야. 나도 건강할 때는 그런 일을 했단다. 하지만 네가 옷을 잘 차려입고 사람들과 어울려야 하는 때가 오면 그럴 시간도 없을 거야. 여길 보렴!" 마리가 계속 말했다. "이 보석은 네가 사교계에 나설 때 주려고 해. 내가 첫 무도회에 하고 갔던 그 보석이야. 에바, 그땐 엄마가 아름답다고 다들 난리가 났었단다."

에바는 보석 상자를 받아들고 그 안에서 다이아몬드 목걸이를 꺼냈다. 사려 깊은 에바의 눈은 목걸이를 바라보고 있었지만 생각은 다른 곳에 가 있었다.

"이걸 보고서도 어떻게 그리도 우울할 수가 있니, 얘야!" 마리가 말했다.

"이거 굉장히 비싼 거죠, 엄마?"

"비싸고말고. 외할아버지가 프랑스에서 주문해서 사주신 거야. 굉장히 값나가는 거란다."

"이 목걸이 가지고 싶어요." 에바가 말했다. "그러면 내가 좋아하는 일을 할 수 있으니까!"

"목걸이로 뭘 하려고?"

"팔 거예요. 자유주에 땅을 사서 우리 집 하인들을 전부 데려가서 선생님을 고용할 거예요. 그런 다음 읽고 쓰는 걸 가르칠 거예요."

어머니가 거칠게 웃는 바람에 에바의 밀은 도중에 끊기고 말았다

"기숙학교라도 세우겠다는 거냐? 피아노를 가르치거나 벨벳 위에 그림 그리는 건 인 기르치고?"

"스스로 성경을 읽을 수 있고, 편지를 쓸 수 있고, 자기한테 온 편지를 읽을 수 있게 가르칠 거예요." 에바가 단호하게 말했다. "알아요, 엄마. 그런 게 그 사람들한테는 너무 어렵다는 걸요. 톰도 그렇고 매미도 그래요. 그 사람들 대부분이 그래요. 그렇지만 그건 오해라고

봐요."

"제발, 에바. 넌 그냥 어린애잖니! 이런 일에 대해서 아는 게 아무 것도 없잖아." 마리가 말했다. "게다가 네가 말하는 것들은 죄다 내 머리를 아프게 해."

마리는 자기 마음에 흡족하지 않은 대화를 하면 항상 머리가 아팠고, 그것을 대화를 끝내는 핑계로 삼았다.

에바는 슬그머니 방을 빠져나갔다. 하지만 그때 이후 에바는 매미에게 꾸준히 글 읽기를 가르쳐주었다.

23장
헨리크

이 무렵 세인트클레어의 쌍둥이 형 앨프리드가 세인트클레어의 가족들과 한 이틀 정도 머무르기 위해 자신의 열두 살 난 장남을 대동하고 호숫가에 도착했다.

이 쌍둥이 형제가 그려내는 광경만큼 특이하고 아름다운 것도 없었나. 사인은 그들에게 유사힘을 부여하면서 동시에 모든 면에서 대조가 되도록 만들었다. 그럼에도 어떤 신비스러운 유대감이 그들을 다른 평범한 형제들보다 더 다정한 우애로 결속시켰다.

형제는 팔짱을 끼고 오솔길을 이리저리 거닐거나 정원을 산책하곤 했다. 푸른 눈에 금발의 오거스틴은 공기처럼 유연한 몸과 쾌활한 성품을 지녔고, 검은 눈에 도도한 로마인풍의 앨프리드는 사지가 탄탄하고 태도가 단호한 인물이었다. 그들은 항상 상대방의 의견과 행동을 꼬집었으나 결코 서로의 영역을 간섭하려 들지는 않았다. 사실 그렇게 완전히 상반되는 측면들이 마치 자석의 양극이 서로를 끌어당기듯 그들을 결속시켜주는 것 같았다.

앨프리드의 장남 헨리크는 검은 눈을 가진 기품 있고 고상한 소년이었다. 이 활기 넘치는 소년은 처음 에반젤린을 소개받는 순간부터 사촌 동생의 우아한 매력에 완전히 빠져들었다.

에바는 눈처럼 흰 조그만 애완용 조랑말을 가지고 있었다. 그 조랑말은 요람처럼 다루기 쉬웠고 제 주인만큼이나 얌전했다. 톰은 에바의 조랑말을 베란다 뒤편으로 내왔고, 동시에 열세 살 정도 된 뮬라토 소년이 작고 검은 아라비아 말을 끌고 나왔다. 그 말은 헨리크를 위해 엄청난 돈을 들여 얼마 전에 수입해온 것이었다.

헨리크는 자신의 새 소유물에 소년 특유의 자부심을 갖고 있었다. 그는 마부의 손에서 고삐를 받아든 뒤 말을 유심히 살펴보고서는 얼굴을 찌푸렸다.

"이게 뭐지, 도도? 이 게으른 놈! 아침에 말을 닦지 않았구나!"

"도련님, 말을 닦았습니다." 도도가 순종적인 어조로 말했다. "그런데 말이 멋대로 굴다가 먼지를 뒤집어썼습니다."

"건방진 놈, 입 닥치지 못해!" 헨리크가 난폭하게 승마용 채찍을 들어올리며 말했다. "어디서 감히 말대꾸야?"

마부는 헨리크 정도의 신장에 맑은 눈을 가진 잘생긴 소년이었다. 곱슬머리가 상기된 훤칠한 이마에 착 들러붙어 있었다. 뺨에 홍조가 떠오르고 눈이 밝게 빛나는 것으로 보아 백인의 피가 흐른다는 것을 알 수 있었다. 소년은 뭔가 열심히 말하고 싶어했다.

"헨리크 도련님, 저는……" 그 소년이 입을 열어 말을 하려 했다.

헨리크는 마부 소년의 얼굴을 승마용 채찍으로 후려치더니 그의 한쪽 팔을 붙잡아 무릎을 꿇게 하고서 숨이 찰 때까지 때렸다.

"이 건방진 놈, 내가 지적할 때 말대꾸하면 안 된다는 걸 왜 몰라? 말을 데려가서 깨끗하게 씻겨 와. 네 주제를 좀 알란 말이야!"

"젊은 도련님," 톰이 말했다. "저 애가 말하려던 게 뭔지 저는 알 것 같습니다. 마구간에서 말을 끌고 나올 때 말이 갑자기 기운을 쓰더니 난리를 쳤을 겁니다. 그래서 먼지를 뒤집어썼을 거예요. 아까 저 아이가 말을 닦고 있는 것을 제가 보았습니다."

"묻지도 않았는데 웬 수다야!" 헨리크는 거칠게 말한 뒤 몸을 돌려 승마복을 입은 에바에게로 다가갔다.

"사랑하는 내 사촌, 멍청한 놈 때문에 기다리게 해서 미안해." 헨리크가 말했다. "일단 말을 다시 가지고 올 때까지 여기 앉아 기다리자. 무슨 일이야, 에바? 그렇게 굳은 얼굴을 하고."

"저 불쌍한 도도한테 어떻게 그리도 잔인하고 못되게 말할 수 있어?" 에바가 말했다.

"잔인하고 못됐다고!" 소년은 진심으로 놀라며 밀했다. "무슨 말이야, 사랑하는 에바?"

"그런 짓을 하면서 날 사랑하는 에바라고 부르는 거 싫어."

"사랑하는 내 사촌, 넌 도도를 잘 몰라. 이게 녀석을 다루는 유일한 방법이라고. 녀석은 틈만 나면 거짓말과 변명을 늘어놓아. 그걸 막는 유일한 방법은 즉시 혼을 내주는 거야. 입을 열지 못하게 말이야. 그게 우리 아빠가 하인을 부리는 방법이야."

"하지만 톰 아저씨가 사고였다고 말했잖아. 아저씨는 거짓말 따위는 하지 않는단 말이야."

"그렇다면 그 녀석은 정말 보기 드문 검둥이로구나!" 헨리크가 말했다. "도도는 입만 뗐다 하면 거짓말을 해."

"그렇게 모질게 다루니까 무서워서 거짓말을 하게 되는 거야."

"아, 에바, 너 정말로 도도에게 호감을 갖고 있구나. 부러울 정도야."

"맞을 만한 행동을 하지도 않은 애를 오빠가 때리니까 그러는 거야."

"한 번 맞고 나면 안 맞게 돼. 상당 기간 알아서 행동하니까. 게다가 몇 대 맞는다고 해서 문제가 될 것도 없어. 금방 잊어버리는 놈이거든. 어쨌든 네 앞에서는 그 애를 때리지 않을게. 그게 마음에 걸린다면 말이야."

에바는 흡족하지 않았다. 잘생긴 사촌 오빠에게 자신의 감정을 이해시키려 하는 건 헛된 일이라는 생각이 들었다.

도도는 곧 말을 데리고 나타났다.

"도도, 이번엔 아주 잘했어." 헨리크가 한결 부드러워진 어조로 말했다. "자, 이리 와서 에바 아가씨의 말을 잡아. 내가 에바를 안장에 앉힐 동안."

도도가 에바의 조랑말 옆에 다가와 섰다. 근심이 가득한 얼굴에 울기라도 했는지 눈에는 약간의 눈물 흔적이 남아 있었다.

기사도 정신만큼은 뛰어나다고 자부하는 헨리크는 곧 예쁜 사촌 동생을 안장에 앉히고 고삐를 모아 손에 쥐여주었다.

하지만 에바는 헨리크가 고삐를 놓자 도도가 서 있는 쪽으로 몸을 굽혀 말했다. "잘했어, 도도. 고마워!"

도도는 놀라서 에바의 상냥한 얼굴을 올려다보았다. 뺨에는 피가 몰려와 홍조를 띠었으며 눈에서는 눈물이 솟아나려고 했다.

"이봐, 도도." 헨리크가 거만하게 말했다.

도도는 뛰어가 주인이 안장에 오를 동안 말을 붙잡았다.

"잔돈을 줄 테니 사탕이나 사먹으라고, 도도." 헨리크가 말했다.

헨리크는 에바를 쫓아 말을 천천히 달리게 했다. 도도는 두 사람을 바라보았다. 한 명은 그에게 돈을 주었고, 다른 한 명은 그가 너무나 바라던 상냥한 말을 해주었다. 도도는 어머니와 헤어져 헨리크의 농장으로 온 지 몇 달도 채 되지 않았다. 그의 주인은 도도의 잘생긴 얼굴이 자신의 훌륭한 말과 어울린다고 생각하여 그를 노예상인으로부터 사들였다. 그는 이제 어린 주인의 철권통치 아래 길들여지고 있는 참이었다.

정원의 다른 곳에 있던 세인트클레어 형제는 헨리크가 도도를 때리는 모습을 보았다.

순간 오거스틴의 뺨이 붉어졌지만 그는 평소의 냉소적이고도 무심한 태도로 바라보기만 했다.

"저게 아마도 우리가 공화주의식 교육이라고 부르는 것이겠지, 앨프리드?"

"헨리크는 화가 나면 무지막지한 녀석이 되지." 앨프리드가 별 관심 없다는 투로 말했다.

"형은 이런 게 저 애한테 유익한 실습이라고 생각하겠지?" 오거스틴이 냉소적으로 말했다.

"다른 생각을 갖고 있더라도 어쩔 수 없는 노릇이야. 헨리크는 조그만 폭풍우 같은 아이지. 제 어미와 나도 오래전에 포기했어. 하지만 도도 또한 반항심이 강한 놈이야. 아무리 매질을 해도 듣지를 않아."

"그러고도 헨리크에게 공화국의 첫번째 교리인 '모든 인간은 자유롭고 평등하게 태어났다!'를 가르친단 말이지."

"하!" 앨프리드가 말했다. "프랑스적 감상과 헛소리가 담긴 토머스 제퍼슨의 한심한 구절이로군. 이날까지 우리들 사이에서 그런 말이 돌아다닌다니 정말로 우스워."

"우습다는 건 나도 동의해." 세인트클레어가 의미심장하게 말했다.

"왜냐하면 우리는 지나칠 정도로 잘 알고 있기 때문이지." 앨프리드가 말했다. "모든 인간이 자유롭고 평등하게 태어나지 않았다는 것을 말이야. 인간은 저마다 사정이 다르게 태어나지. 내 생각에 공화국의 원칙이라는 건 절반은 허튼소리야. 평등한 권리를 누려야 하는 건 지적이고 부유하고 세련된 사람들뿐이야. 하층민들이 아니라."

"하층민들을 그런 사상으로부터 계속 떼어놓을 수 있다면 그렇게 말할 수 있겠지." 오거스틴이 말했다. "하지만 프랑스에서 하층민들은 자유롭고 평등한 세상을 한 번 얻었잖아."

"내가 보기에 하층민들은 지속적으로 확고하게 눌러두어야 마땅해. 내가 하는 것처럼." 앨프리드는 마치 누군가를 짓밟고 서 있는 것처럼 발을 구르며 말했다.

"그런 하층민들이 봉기하면 확고하게 짓밟던 발길도 미끄러져 나 자빠질 텐데. 산토도밍고 사례*도 있잖아." 세인트클레어가 말했다.

---

* 산토도밍고는 아이티의 옛 이름. 15세기에 스페인이 식민지 수도로 건설한 후 프랑스 통치 아래 있었으나, 흑인 주민들이 독립을 선언하고 섬 동쪽에 도미니카 공화국을 세우

"하!" 앨프리드가 말했다. "우리 미국에서는 그런 일에 단단히 대비할 거야. 지금 떠돌고 있는 흑인 교육과 그들의 지위 향상에 대한 이야기는 단호히 거부해야 돼. 하층민들은 교육시킬 필요가 없어."

"그건 희망 사항일 뿐이지." 오거스틴이 말했다. "그들도 교육을 받게 될 거야. 단지 어떤 교육을 시킬 것인가, 하는 것이 문제지. 우리의 체제는 그들에게 야만성과 잔인함을 가르치는 교육이야. 인간답게 만드는 연결고리라곤 전부 끊어버리고 그들을 야수처럼 만들고 있어. 만약 그들이 지배력을 행사하게 된다면, 그동안 배워온 야만성과 잔인함을 그대로 발휘할 거야."

"하층민들이 지배권을 가지게 되는 일은 결코 없어!" 앨프리드가 말했다.

"과연 그럴까?" 세인트클레어가 말했다. "증기 기관을 세게 틀고 배기판을 단단히 막아놓은 다음 그 위에 한번 앉아봐. 그럼 결과가 어떻게 될까?"

"글쎄, 어디 한번 지켜보자고. 난 배기판 위에 앉아 있는 걸 두려워하지 않아. 보일러가 강력하고 기계가 잘 작동하기 때문에."

"루이 16세 시대의 귀족들도 딱 그렇게 생각했지. 오스트리아와 비오 9세도 지금 그렇게 생각하고 있어. 그러다가 어느 즐거운 아침에 보일러가 폭발하면 공중으로 날아올라 서로 만나게 되는 거지."**

면서 그 수도가 되었다.
** 루이 16세(1754~93)는 1774~92년까지 프랑스의 왕을 지냈으나 재위 중에 프랑스 대혁명이 일어나 단두대의 이슬로 사라졌다. 오스트리아 제국은 1848년 빈, 이탈리아, 보헤미아, 헝가리 등의 반란으로 인해 크게 동요되었다. 비오 9세(1792~1878)는 1846~78까지 교황을 지낸 인물로, 1848년 이탈리아 민족주의자들이 반란을 일으키

"시간이 말해주겠지." 앨프리드가 웃으며 말했다.

"우리 시대에 신성한 율법의 힘에 의해 어떤 일이 발생한다면 그건 어떤 일일까? 아마도 대중들이 들고일어나 하층 계급이 상층 계급이 되는 거겠지." 오거스틴이 말했다.

"과격한 공화주의자들이나 지껄이는 허튼소리로군. 오거스틴! 정치 유세나 한번 해보는 게 어때. 넌 정말 유명한 연설가가 될 거야! 네가 말하는 지저분한 대중들이 지배하는 새 시대가 언제 올지 모르지만 나는 그 전에 이 세상을 떠나겠지."

"지저분하든 어떻든 그 사람들이 형 같은 사람들을 지배하게 될 거야. 때가 오면 말이야." 오거스틴이 말했다. "형 같은 사람들이 만들어놓은 그런 제도를 가지고 통치할 거라고. 프랑스 귀족들이 일반 대중을 과격한 공화주의자로 만들어놓았지. 그러다가 급진 공화파 정권의 지배를 실컷 받았고 말이야. 아이티 사람들도……"

"아, 제발, 오거스틴! 그 혐오스럽고 지긋지긋한 아이티 얘기는 그만해. 아이티인들은 앵글로색슨족이 아냐. 그랬다면 이야기는 달라졌겠지. 앵글로색슨족은 세계를 지배하는 인종이야. 앞으로도 그럴 것이고."

"지금 우리 노예들에게도 앵글로색슨의 피가 흘러들어가 있잖아, 그것도 아주 많이." 오거스틴이 말했다. "그들 중엔 색슨족의 빈틈없는 견고함과 통찰력에다가 아프리카인 특유의 정열을 물려받은 사람들이 아주 많아. 산토도밍고 같은 상황이 발생하면, 앵글로색슨의 피

자 잠시 이탈리아에서 축출되었으나 1850년 되돌아왔고, 1870년 통일 이탈리아 왕국의 인정을 거부하다가 바티칸 궁에 강제 유배되었다.

를 받은 사람들이 그런 저항의 날을 이끌게 될 거야. 백인을 아버지로 둔 이들, 우리의 교만을 핏속에 간직한 그들이 언제까지나 매매되고 교환되는 물건으로 남아 있지는 않을 거란 말이야. 그들은 언젠가 들고일어나 제 어머니의 인종을 일으켜 세우려 할 거야."

"말도 안 되는 헛소리!"

"이런 경우에 맞는 옛말이 있지. '홍수 이전의 사람들은 노아가 방주에 들어가던 날까지도 먹고 마시고 장가들고 시집가고 하다가 홍수를 만나 모두 휩쓸려 갔다. 그들은 이렇게 아무것도 모르고 있다가 홍수를 만났는데, 사람의 아들이 올 때에도 그러할 것이다.'*" 오거스틴이 말했다.

"쭉 살펴보니 오거스틴, 넌 감리교 순회 목사 같은 재능을 가지고 있군." 앨프리드가 웃으며 말했다. "우리는 걱정 안 해도 돼. 재산을 소유하고 있기 때문에 9할의 승산이 있다고. 우린 권력을 가지고 있어. 이 피지배 종족은 이미 쓰러졌어." 앨프리드가 뭔가를 꽉 밟는 몸짓을 하며 말했다. "앞으로도 계속 그런 상태로 남아 있을 거라고! 우리에겐 이런 화약을 다룰 수 있는 힘이 충분해."

"형의 아들 헨리ㄱ같이 교육 받은 애들이라면 화약고의 훌륭한 수호자가 되겠군." 오거스틴이 말했다. "너무도 냉정하고 태연하게 말이야! 그러나 이런 격언도 있어. '스스로를 다룰 수 없는 자는 남도 다룰 수 없다.'"

"그게 좀 골칫거리야." 앨프리드가 생각에 잠긴 채로 말했다. "우리

---

* 「마태복음」 24:38.

체제가 어린아이들 교육에는 좋지 않다는 게 분명해. 아이들의 열정이 너무 쉽게 배출되도록 허용하고 있어. 이 더운 기후에선 그렇지 않아도 감정이 뜨거운데 말이야. 그래서 헨리크가 좀 골칫거리야. 저 애는 관대하고 따뜻한 성정을 지녔지만 흥분했을 땐 폭탄 그 자체지. 교육을 위해서 애를 북부로 보낼 생각이야. 북부는 더 순종적인 분위기이고, 하층민과는 될 수 있는 한 적게, 동급의 사람들과는 더 많이 어울릴 수 있는 분위기니까."

"아이들을 교육시키는 건 인류의 중요한 사업이지." 오거스틴이 말했다. "우리의 체제가 교육 분야는 별로 효율적이지 못해. 이건 정말 심각하게 고려해야 할 사항이야."

"어느 부분에서는 비효율적이지만 또 다른 부분에서는 효율적일 수도 있지." 앨프리드가 말했다. "우리 체제는 사내아이들을 사내답고 용감하게 만들지. 천한 종족에겐 악덕인 것도 우리 아이들에겐 미덕이 될 수 있는 거야. 난 헨리크가 진실의 아름다움을 꿰뚫어 보는 예리한 감각을 가지고 있다고 봐. 이미 노예제의 보편적 상징을 거짓말과 눈속임으로 파악하고 있잖아."

"그걸 기독교적 관점이라고 할 수 있을까?" 오거스틴이 말했다.

"기독교적이든 아니든 사실은 사실이야. 자꾸 기독교 운운하는데, 굳이 말하자면 다른 것들에 비해 그리 기독교적이지 못할 것도 없어." 앨프리드가 말했다.

"아마도 그렇겠지." 세인트클레어가 말했다.

"어쨌든 말이야, 더 이야기해봐야 소용없어, 오거스틴. 이건 너하고 오백 번도 넘게 논의한 지긋지긋한 이야기야. 어때, 백개먼 게임이나 한 판 하지 않겠어?"

형제는 베란다 계단을 올라 가벼운 대나무 탁자로 가서 백개면 판을 사이에 두고 앉았다. 말을 두면서 앨프리드가 말했다.

"오거스틴, 내가 너처럼 생각한다면 말이야, 뭔가 구체적으로 실행했을 거야."

"그렇겠지. 형은 행동하는 사람이니까. 근데 뭘 하지?"

"예를 들면, 네 노예들을 향상시키는 거지." 앨프리드가 반쯤은 경멸하는 미소를 지으며 말했다.

"노예들에게 현재의 사회 구조를 그대로 두고서 지위를 향상시키라고 하는 건, 에트나 산*을 머리 위에 올려놓고 일어나보라고 하는 거나 마찬가지야. 개인이 사회 전체의 행동에 저항할 수 있는 것이라곤 아무것도 없어. 교육이 뭔가 성과를 거두려면 반드시 국가적 차원의 것이 되어야 해. 충분한 국민적 동의가 있어야만 하나의 커다란 흐름을 형성할 수 있어."

"자, 먼저 두도록 해." 앨프리드가 말했다. 형제는 곧 게임에 빠져들었고, 베란다 아래에서 말발굽 소리가 들릴 때까지 더이상 아무 말도 하지 않았다.

"아이들이 오는군." 오거스틴이 일어나며 말했다. "저길 봐, 앨프리드! 저렇게 아름다운 광경을 본 적이 있어?" 그것은 정말 아름다운 광경이었다. 선이 뚜렷한 이마와 검고 윤이 나는 곱슬머리의 헨리크는 붉은 뺨을 환하게 펴며 화사하게 웃었다. 그 아이는 말을 몰아 되돌아

---

* 이탈리아 시칠리아 섬 동쪽의 화산.

오면서 예쁜 여동생 쪽으로 몸을 기울였다. 에바는 푸른 승마복에 같은 색의 모자를 쓰고 있었다. 운동을 해서 그런지 뺨에는 홍조가 완연했고, 투명할 정도로 흰 피부는 특별히 더 하얗게 보였다. 금발은 더욱 아름다운 황금색으로 빛났다.

"훌륭해! 정말 눈부시게 예쁘군!" 앨프리드가 말했다. "오거스틴, 저 애는 앞으로 남자애들 마음깨나 아프게 할 거야."

"아마도 그렇겠지. 정말로 그럴 거야. 나도 그렇게 생각해." 세인트클레어가 갑자기 쓸쓸한 어조로 말하며 에바를 말에서 내려주기 위해 급히 달려갔다.

"에바! 우리 딸! 피곤하지는 않니?" 세인트클레어가 딸을 껴안으면서 물었다.

"아뇨, 아빠." 에바가 대답했다. 하지만 딸의 짧고 거친 숨소리는 아빠를 불안하게 만들었다.

"어째서 그렇게 말을 빨리 달린 거니, 애야? 너한테 좋지 않다는 걸 알잖니."

"아빠, 기분이 너무 좋았고 빨리 달리는 게 너무 즐거웠어요. 그래서 잊어버렸어요."

세인트클레어는 에바를 양팔로 안아 응접실로 데려간 뒤 소파에 눕혔다.

"헨리크, 에바와 있을 때는 신경을 좀 써야 한다." 세인트클레어가 말했다. "이 애와 승마를 할 때는 절대로 빨리 달려선 안 돼."

"제가 에바를 돌보고 있을게요." 헨리크가 소파 옆에 앉아 에바의 손을 잡으며 말했다.

에바는 곧 기분이 나아졌다. 아버지와 큰아버지는 다시 게임을 시작했고, 그래서 아이들만 남게 되었다.

"그거 아니, 에바? 난 아버지가 여기 고작 이틀만 머무를 거라고 하셔서 굉장히 아쉬워. 널 오랫동안 볼 수 없게 되잖아! 내가 너와 함께 있을 수 있다면, 좋은 사람이 되려고 노력하고, 도도에게 화를 내지도 않을 텐데. 어쨌든 난 성미가 좀 급한 편이야. 도도에게 정말로 나쁘게 굴려던 것은 아니었어. 때때로 그 애한테 잔돈도 챙겨준다고. 그 애가 잘 입고 있는 걸 너도 봤잖아. 이런 여러 가지 점들로 볼 때 난 도도가 굉장히 잘 지내고 있다고 생각해."

"만약 주위에 오빠를 사랑하는 사람이 아무도 없다면 오빠는 잘 지내고 있다고 생각할까?"

"내가? 물론 아니겠지."

"오빠는 도도를 친구들로부터 떼어놨고 이제 도도는 자기를 사랑해줄 수 있는 사람이 아무도 없어. 그래서는 그 누구도 좋은 사람이 될 수 없어."

"흠, 하지만 어쩔 수가 없잖아. 그 애 어미를 데려올 수도 없고, 내가 그 애를 사랑할 수도 없고, 내가 아는 한 다른 사람들도 마찬가지일 테니까."

"왜 오빠는 사랑할 수 없지?" 에바가 물었다.

"도도를 사랑하라고! 에바, 날 놀리면 안 돼! 녀석을 아주 좋아하게 될지는 모르겠지만. 너도 네 하인들을 사랑하지는 않잖아."

"난 사랑해."

"참 이상하군!"

"성경 말씀에 모든 사람을 사랑해야 한다고 하지 않았어?"

"아, 성경! 물론 성경에선 그런 말들을 아주 많이 하고 있지. 하지만 아무도 실천하겠다고 생각하지는 않아, 에바. 아무도 그러지 않는다고."

에바는 아무 말도 하지 않았다. 그녀의 눈은 잠시 동안 미동도 하지 않고 무언가를 생각하는 것 같았다.

"그래도 오빠," 에바가 말했다. "불쌍한 도도를 사랑해줘. 상냥하게 대해줘. 날 봐서라도 말이야!"

"너를 위해서라면 무엇이든 사랑할 수 있어, 에바. 넌 정말 내가 여태껏 봐왔던 사람들 중에서 가장 사랑스러운 것 같아!" 헨리크는 그 잘생긴 얼굴을 붉히며 진지하게 말했다. 에바는 평온한 얼굴로 그 말을 받아들이며 대답했다. "그렇게 생각해주니 기뻐, 헨리크 오빠! 그것을 꼭 기억해줬으면 좋겠어."

저녁식사를 알리는 종이 울리며 둘의 대화는 중단되었다.

24장
전조

그로부터 이틀 뒤 앨프리드와 오거스틴은 헤어졌다. 사촌 오빠와 함께 놀면서 자신의 체력 이상으로 심한 운동을 해 무리가 되었던 에바는 빠르게 몸이 쇠약해졌다. 세인트클레어는 마침내 의원을 부르기로 결심했다. 그 자체로 그다지 달갑지 않은 진실을 인정하는 것이었기 때문에 의원 초빙은 그가 항상 피해왔던 것이었다.

그러나 최근 하루 이틀 동안 에바가 너무 몸이 불편해 집에만 있어야 했기 때문에 의원을 부르는 수밖에 없었다.

마리는 딸의 건강과 체력이 점점 약해지고 있다는 것을 전혀 알지 못했다. 자신이 현재 앓고 있다고 믿는 두세 가지 새로운 질병을 연구하는 데 완전히 정신이 팔려 있었기 때문이다. 마리의 첫번째 신조는 아무도 그녀만큼 고통을 받았거나 받을 수 없다는 것이었고, 따라서 자기 주변의 사람이 아플 수 있다는 이야기가 나오면 크게 화를 내며 그것을 막아버렸다. 다른 사람이 아프다면 게으름의 소치이거나 기력이 좀 부족한 것뿐이라고 생각했으며, 만약 다른 사람들이 자신처럼 고통스럽다면 그때는 자신의 질병과 그들의 질병이 천지 차이라는 걸 금방 파악하리라고 확신했다.

오필리어는 여러 번 마리에게 에바의 일을 얘기하며 어머니다운 관심과 걱정을 이끌어내려 했으나 헛수고였다.

"아니, 형님, 저 애가 뭐가 아프다는 건지 모르겠네요." 마리가 말했다. "잘만 뛰어놀고 있잖아요."

"애가 기침을 하잖아."

"기침이라고요! 기침 얘기라면 꺼낼 것도 없어요. 난 평생 기침을 달고 살았으니까. 제가 에바 나이였을 땐 주변에서 폐결핵에 걸린 게 아니냐고 했어요. 밤마다 매미가 내 옆에 앉아 있었다고요. 아, 에바의 기침은 그에 비하면 아무것도 아니에요."

"애가 점점 약해지고 있어. 숨도 가빠지고."

"그래요? 저도 그랬어요. 수년 동안 말이에요. 그저 신경성일 뿐이에요."

"밤마다 땀을 엄청 흘려!"

"저도 십 년 동안이나 그랬어요. 밤마다 옷이 땀에 젖어 아침이면 손으로 쥐어짜야 할 정도였어요. 잠옷은 마를 날이 없었고 시트는 매미가 말리기 위해 내다 걸어야 할 정도였죠! 에바는 그렇게 땀을 흘린 적은 없잖아요."

오필리어는 잠시 말문이 막혔다. 하지만 이제 에바가 너무나 눈에

띄게 기진한 모습을 보이고 의원이 불려오는 것을 보자, 마리는 전혀 다른 태도를 취했다.

"알고 있었어." 마리가 말했다. "알고 있었다고. 내가 이 세상에서 제일 비참한 어머니가 되리라는 걸. 내 건강도 초라한데 하나뿐인 귀여운 딸아이마저 눈앞에 무덤이 어른거린단니!" 마리는 이런 새로운 비극적 상황에 힘을 얻어 전보다도 더 정력적으로 밤마다 매미를 불러내 소란을 피우고 잔소리를 하기 시작했다.

"여보, 그렇게 말하지 마요." 세인트클레어가 말했다. "그렇게 쉽게 포기해서는 안 돼."

"당신은 어머니의 감정을 몰라요. 결코 절 이해할 수 없어요! 지금도 그렇잖아요."

"하지만 마치 일이 끝나버린 것처럼 말하지 않았소. 제발 그러지 않았으면 좋겠소."

"나는 당신처럼 무관심하게 이 일을 받아들일 수가 없어요. 외동딸이 이런 걱정스러운 상태라는 걸 당신이 깨닫지 못한다면 나라도 해야죠. 난 예전부터 모든 일을 참아왔지만 이건 너무 심한 불행이에요."

"에바가 몸이 많이 약해진 건 사실이야." 세인트클레어가 말했다. "잘 알고 있어. 너무나 빨리 자랐기에 힘을 다 써버렸다는 걸. 지금 상태가 위중하다는 것도 알아. 하지만 지금 당장은 더운 날씨에다 사촌이 찾아와 즐거워서 무리한 것 때문에 기력이 좀 빠진 것뿐이야. 의사가 호전될 여지가 있다고 했어."

"뭐, 당신이 밝은 쪽만 보고 싶다면 그렇게 하세요. 이 세상을 살아가려면 그저 무감각한 사람이 최고야. 그게 행운이라고. 나도 당신처럼 둔감할 수 있다면 얼마나 좋을까요. 하지만 난 너무나 불행해요! 당신 같은 사람들처럼 편안하게 지낼 수만 있다면!"

'당신 같은 사람들'도 그녀와 같은 편안함을 소원해야 할 이유는 충분했다. 마리가 자신이 느끼는 심각한 고통의 이유와 근거가 이 새로운 비극이라면서 주변 사람 모두를 괴롭혀댔으니 말이다. 마리가 볼 때 주변 사람들의 언행은, 그녀의 엄청난 슬픔을 무시하는 무정하고 무관심한 사람들이 무척 많다는 강력한 증거였다. 불쌍한 에바에게도 이런 이야기가 흘러들어가자, 에바는 어머니에 대한 동정심과 자신이 어머니를 너무나 고통스럽게 했다는 슬픔 때문에 눈이 짓무를 정도로 눈물을 흘렸다.

한두 주가 지나자 증상이 상당히 호전되었다. 하지만 그것은 무덤으로 가기 직전에도 근심스러운 마음을 종종 속이는 냉혹한 질병의 눈속임이었다. 에바는 다시 정원과 발코니를 거닐게 되었고, 놀기도 하고 웃기도 했다. 세인트클레어는 너무나 기쁜 나머지 에바가 다른 아이들처럼 곧 씩씩해질 것이라고 공공연히 말했다. 미스 오필리어와 의사만이 이런 현혹적인 소강상태를 그다지 고무적으로 바라보지 않았다. 그들과 같은 느낌을 갖는 사람이 하나 있었는데 바로 에바였다. 에바는 그것을 마음속에서 직감했다. 때때로 그렇게나 차분하고 명확한 어조로 지상의 시간은 짧다고 영혼 속에서 말을 걸어오는 이 존재는 무엇인가? 약해져가는 본성의 비밀스러운 본능일까, 아니면 불멸의 때가 다가오자 충동적으로 영혼이 흥분하는 것일까? 그것이 무엇이었든 에바의 마음속에는 천국이 다가왔다는 차분하면서도 즐겁고 예언적인 확신이 깃들어 있었다. 그것은 석양빛처럼 차분하고 가을날의 맑은 고요함처럼 감미로워 에바의 마음을 평온하게 했다. 단지 괴로운 것이 있다면 자신을 너무나 사랑하는 사람들에게 바로 자신이 슬픔을 안겨준다는 사실이었다.

에바는 주위 사람들의 극진한 보살핌을 받았고 또 사랑과 풍요로움 속에서 밝은 인생을 영위해왔지만, 자신이 죽어간다는 사실을 조금도 슬퍼하지 않았다.

에바와 그녀의 순박한 친구가 함께 자주 읽었던 성경에서 에바는 어린아이를 사랑하는 그분을 보고 느낄 수 있었다. 에바가 그분을 바라보고 즐거워할 때면, 그분은 먼 거리에서 어른거리는 이미지가 아니라 바로 옆에 계셔서 모든 것을 포용하는 살아 있는 현실이었다. 그분의 사랑은 그녀의 어린 마음을 천상의 부드러움으로 감싸주었다. 에바는 자기가 이제 그분에게, 그분의 집으로 갈 거라고 말했다.

그러나 뒤에 남겨두고 떠나야 하는 사람들을 생각하니 부드러운 슬픔이 그녀의 가슴을 감싸왔다. 특히 아버지가 안타까웠다. 단 한 번도 의식적으로 생각해본 적은 없지만 아버지의 마음속엔 자신이 누구보다도 많은 자리를 차지하고 있음을 본능적으로 알았던 것이다. 사랑의 마음이 가득한 아이였던 에바는 어머니도 사랑했다. 자신의 어머니가 보여주는 모든 이기적인 모습은 그저 에바를 슬프고 당혹스럽게 했을 뿐이었다. 하지만 어머니가 틀린 일은 하지 않는다는 아이다운 무조건적인 신뢰를 갖고 있었다. 결코 이해할 수 없는 뭔가가 어머니에게 있었지만, 어머니가 진정으로 자신을 사랑하는 사람이라고 생각하면서 그런 이해되지 않는 부분도 좋은 마음으로 넘겼다.

에바는 사랑스럽고 충직한 하인들에 대해서도 같은 감정을 품고 있었다. 그녀는 하인들에게 햇빛과도 같은 존재였다. 아이들은 주변의 상황을 일반화하여 파악하는 능력이 부족하지만, 에바는 드물게 성숙한 아이여서 사태의 핵심을 꿰뚫어 보았다. 직접 목격한 노예제도의 해악들은 차례로 에바의 사려 깊고 숙고하는 마음속에 들어와 박혔다. 에바는 하인들을 위해 뭔가 해주고 싶다는 막연한 열망을 가지고 있었다. 자신의 하인들뿐만 아니라 그런 처지에 있는 모든 사람을 축복하고 구제하고 싶다는 열망이었다. 그녀의 연약하고 작은 몸과는 슬픈 대조를 이루는 열망이었다.

"톰 아저씨," 어느 날 에바가 톰에게 성경을 읽어주면서 말했다. "난 왜 예수님이 우리를 위해 스스로 죽는 걸 바라셨는지 이해할 수 있을 것 같아."

"어떻게요, 에바 아가씨?"

"나도 그런 느낌이 들었거든."

"그런 느낌이 뭔가요, 아가씨? 이해를 못 하겠습니다."

"쉽게 말해줄 수가 없네. 하지만 아저씨를 만난 그 배에서 그 불쌍한 사람들을 봤어. 누구는 어머니를 잃어버렸고, 누구는 남편을, 누구는 조그만 자신의 아이를 생각하며 울고 있었어. 내가 불쌍한 프루에 대한 이야기를 들었을 때—아, 끔찍하기도 하지!—그리고 다른 많은 비슷한 일이 벌어졌을 때, 내 죽음으로 이런 모든 비극을 막을 수 있다면 기꺼이 죽을 수 있다고 생각했어. 정말 그렇게만 된다면 그들을 위해 죽을 거야, 톰. 내가 할 수 있다면 말이야." 에바가 진지하게 톰의 손에 자신의 조그만 손을 얹으면서 말했다.

톰은 경외감을 가지고 에바를 바라보았다. 아버지가 부르는 소리를 듣고서 에바가 달려가자 그는 에바의 뒤를 눈으로 좇으면서 수도 없이 눈가를 닦아냈다.

"에바 아가씨를 여기 머무르게 하려는 건 소용없는 일이야." 그가 잠시 뒤 매미를 만나서 말했다. "아가씨의 이마에는 이미 하느님의 징표가 새겨져 있어."

"그래, 그런 것 같아." 매미가 손을 들어올리며 말했다. "전에 말했잖아. 아가씨는 여기서 살 그런 사람이 결코 아니라고. 아가씨의 눈에는 뭔가 깊은 것이 깃들어 있어. 이걸 수도 없이 마님한테 이야기했다니까. 이제 그게 다가오고 있어. 우리 모두가 그걸 알 수 있지. 아아, 사랑스러운 축복받은 어린 양!"

에바는 베란다 계단을 걸어올라가 아버지에게로 갔다. 늦은 오후였다. 에바가 흰옷을 입고 다가오자 석양은 그녀의 뒤에 후광을 만들어주었다. 에바의 금발과 붉은 뺨, 그리고 눈은 혈관 속의 미열로 인해 부자연스러울 정도로 빛나고 있었다.

세인트클레어는 에바를 위해 사온 작은 조각상을 보여주려고 그녀를 부른 것이었다. 하지만 막상 딸이 나타나자 세인트클레어는 그 모습을 보고 돌연 마음이 아파왔다. 에바의 아름다움은 너무나 강렬하고 너무나 연약해서 거의 바라보기가 안쓰러운 그런 아름다움이었다. 세인트클레어는 지기도 모르게 딸을 껴안으면서 순간적으로 하려던 말을 잊어버렸다.

"우리 에바, 요즘에는 한결 낫지? 그렇지 않으냐?"

"아빠," 에바가 뭔가 굳은 결심을 한 것처럼 말했다. "아빠한테 오래전부터 말씀드리고 싶었던 게 있어요. 몸이 더 허약해지기 전에 지금 말씀드리고 싶어요."

세인트클레어는 에바가 자신의 무릎에 가볍게 내려앉자 몹시 걱정이 되었다. 에바는 아버지의 가슴에 머리를 기대면서 말하기 시작했다.

"더이상 절 여기 남아 있게 하려는 건 소용없는 일이에요, 아빠. 이제 아빠 곁을 떠나야 할 시간이 다가오고 있어요. 떠나게 되면 다시는 돌아오지 못하겠죠!" 에바는 흐느끼며 말했다.

"아, 나의 귀여운 에바!" 세인트클레어는 목소리가 떨렸지만 일부러 쾌활하게 말했다. "네가 신경이 좀 예민하고 우울해져서 그렇게 생각하는 거란다. 그런 우울한 생각을 해서는 안 돼. 이걸 좀 보렴. 널 위해 조각상을 사왔단다!"

"아니에요, 아빠." 에바가 조각상을 정중히 물리치며 말했다. "스스로를 속이려고 하지 마세요! 전 더 나아질 수 없다는 걸 너무나 잘 알아요. 머지않아 아빠 곁을 떠나게 될 거예요. 전 신경이 예민하지도 우울하지도 않아요. 아빠하고 친구들만 아니라면, 전 정말로 행복한 마음으로 떠날 거예요. 아빠, 그곳에 가고 싶어요. 정말로요!"

"아, 얘야, 무엇이 네 작은 가슴을 그렇게 슬프게 만드는 거니? 널 행복하게 해줄 수 있는 모든 것을 가졌잖니. 너는 언제든지 그런 것들을 가질 수 있어."

"저는 천국에서 살고 싶어요. 단지 친구들 때문에 여기를 떠나지 못하는 거예요. 여기엔 절 슬프게 하고 무섭게 하는 것이 너무나 많아요. 차라리 천국에 가고 싶어요. 하지만 아빠와 헤어지고 싶지 않아요. 가슴이 너무나 아파!"

"널 그렇게 슬프고 무섭게 만드는 게 무엇이니, 에바?"

"지금 벌어지고 있는 일들이 그래요. 불쌍한 우리 하인들을 보면 슬퍼요. 그 사람들은 절 끔찍이 사랑하고 있고, 모두 저한테 친절하게 잘해줘요. 아빠, 그 사람들이 전부 자유로워졌으면 좋겠어요."

"에바, 우리 아가, 그 사람들은 지금도 충분히 잘 지낸다고 생각하지 않니?"

"하지만 아빠, 아빠한테 무슨 일이라도 생긴다면 저 사람들은 어떻게 되는 거죠? 아빠 같은 사람은 그다지 많지 않아요. 앨프리드 큰아버지도 아빠 같지 않고, 엄마도 그렇죠. 불쌍한 프루의 주인들도 생각해보세요! 사람들은 무엇 때문에 그런 끔찍한 일을 하고, 또 할 수 있는 거죠?" 에바는 진저리를 쳤다.

"우리 아가, 넌 너무 예민하구나. 네게 그런 이야기가 흘러들어가게 했다니 정말 미안하다."

"아빠, 그게 나를 괴롭혀요. 아빠는 제가 행복하게 살기를 바라고 고통은 느끼지 않기를 바라시죠. 심지어 슬픈 이야기는 하나도 듣지 못하게 하려는 거죠. 다른 불쌍한 사람들이 평생 고통과 슬픔 속에서 살아가고 있는데도 말이에요. 난 그게 이기적이라고 생각해요. 전 그런 것들을 알아야만 하고 가슴속 깊이 느껴야만 해요! 그런 것들은 항상 제 마음속으로 파고들어요. 그것도 아주 깊게. 내내 그 사람들에 대해서 생각해왔어요. 아빠, 모든 노예들을 자유롭게 할 수 있는 방법이 없을까요?"

"그건 어려운 문제야, 아가. 이런 제도가 너무 나쁘다는 건 의심의 여지가 없어. 많은 사람들이 그렇게 생각하고 있어. 나처럼 말이다. 아빠도 이 땅에 단 한 사람의 노예도 없기를 진심으로 바란단다. 하지만 아빠도 그렇게 되기 위해 어떤 일을 해야 하는지 정말 모르겠구나!"

"아빠는 정말 좋은 분이세요. 고상하고 친절하고 항상 기분 좋은 이야기만 해주시죠. 아빠, 이곳저곳 돌아다니시면서 이런 잘못된 일을 고쳐야 한다고 사람들을 설득해주시지 않을래요? 제가 죽으면요, 아빠, 나를 생각해서, 그리고 날 위해서 그런 일을 해주세요. 내가 할 수 있다면 그렇게 하겠지만."

"네가 죽는다니, 에바야!" 세인트클레어가 격정적으로 말했다. "오, 애야, 제발 그런 말은 하지 마라! 넌 이 세상에서 나의 전부란다."

"불쌍한 프루의 아이도 프루에게는 이 세상 전부였어요. 아이가 죽어가며 우는 소리를 들어야만 했을 때, 프루는 정말 견딜 수 없었을 거예요! 아빠, 이 불쌍한 사람들은 아빠가 절 사랑하는 것만큼이나 자기 아이들을 사랑했어요. 아아, 그들을 위해 뭐라도 해줄 수 있다면! 불쌍한 매미도 자기 아이들을 사랑해요. 매미가 아이들 얘기를 하면서 우는 것을 봤어요. 이건 끔찍한 일이에요, 아빠. 내내 이런 일들이 벌어지고 있어요!"

"자, 자, 아가야." 세인트클레어가 에바를 달래면서 말했다. "너 자신을 너무 괴롭히지는 말아다오. 그리고 죽는다는 말은 하지 말거라. 네가 바라는 거라면 뭐든지 다 해주마."

"약속해요, 아빠. 톰을 곧 자유롭게 해준다고. 내가," 에바가 잠시 말을 멈춘 뒤 다시 망설이는 어조로 말했다. "내가 죽으면 말이에요!"

"그래, 아가야, 뭐든지 해줄게. 네가 바라는 건 무엇이든 다."

"아, 아빠." 아이가 자신의 뺨을 아버지의 뺨에 부비며 말했다. "우리가 함께 갈 수 있다면 얼마나 좋을까!"

"어디에 말이냐, 아가?" 세인트클레어가 물었다.

"우리 구세주의 집으로 말이에요. 그곳은 너무나 즐겁고 평화로운 곳이에요. 정말 사랑이 가득한 곳이죠!" 아이는 그곳이 자주 가본 장소인 것처럼 자연스럽게 말했다. "가보고 싶지 않아요, 아빠?"

세인트클레어는 아이를 꼭 끌어안았지만 아무런 말도 하지 않았다.

"아빠 내게 올 거예요." 아이는 무의식중에 종종 사용하던 조용하고 확신에 찬 목소리로 말했다.

"네 뒤를 따르마. 널 절대로 잊지 않을게."

장엄한 저녁의 그림자가 그들 주위로 점점 깊게 드리워졌다. 세인트클레어는 조용히 앉아 자신의 가슴에 그 작고 연약한 에바의 몸을 끌어안고 있었다. 세인트클레어는 더이상 그 깊은 눈을 들여다보지 않았지만, 아이의 목소리가 마치 영혼의 목소리처럼 들려왔다. 마치 심판의 환상을 보는 것처럼, 그의 눈앞에는 잠시 동안 과거의 삶 전체가 뚜렷하게 떠올랐다. 어머니의 기도와 찬송가, 어렸을 때 품었던 선(善)에 대한 동경과 열망 등이 파노라마처럼 그의 눈앞에 펼쳐졌다. 그런 동경과 열망을 품었던 시절과 지금 사이에는 세속적인 것과 회의로 가득 찬 세월, 소위 사람들이 근사하다고 말하는 일상적 삶이 가로놓여 있었다. 우리는 단 한 순간에도 많은 것을, 대단히 많은 것을 생각할 수 있다. 세인트클레어는 그 순간 많은 것을 보고 느꼈지만 아무런 말도 하지 않았다. 주위가 더 어두워지자 그는 아이를 침실로 데려갔다. 에바가 자리에 들 준비가 되자 그는 하녀들을 내보내고 아이를 안은 채 어르면서 잠들 때까지 자장가를 불러주었다.

25장
어린 에반젤리스트

일요일 오후였다. 세인트클레어는 베란다의 대나무 소파에 누워 시가를 피우며 안락함을 즐기고 있었다. 마리는 모기의 침입을 막기 위해 투명한 망사 차양을 쳐놓은 베란다 쪽 창문의 반대편 소파에 기대어 누워 있었다. 손에는 우아하게 장정된 기도서를 들고 있었다. 일요일이었기 때문에 건성으로 기도서를 들고 있을 뿐, 제 딴에는 그 책을 읽는 중이라고 생각했지만 실은 손에 펼쳐놓은 채로 졸다 깨다를 반복하고 있었다.

오필리어는 인근을 샅샅이 조사하여 말을 타고 갈 수 있는 거리에 작은 감리교 집회가 있다는 것을 알아내고, 톰을 마부로 삼아 그 집회에 갔다. 에바는 그들을 따라갔다.

"저, 여보," 마리가 잠깐 졸다가 깨어나며 말했다. "시내에 사람을 보내서 예전부터 날 봐주던 포시 선생을 불러와야겠어요. 이게 심장병인 게 틀림없어요."

"흠, 왜 굳이 그 사람까지 불러야 되지? 에바를 봐주는 선생도 능숙해 보이던데."

"심각한 경우에는 그런 사람을 믿지 못해요." 마리가 말했다. "내가지금 그런 심각한 경우인 것 같아요! 요 며칠 그런 생각이 쭉 들었어요. 너무 고통스럽고 기분이 이상해요."

"오, 마리, 당신은 그저 우울증일 뿐이야. 심장병 같지는 않아."

"그렇게 생각해요?" 마리가 말했다. "그렇게 말할 거라고 예상은했어요. 에바가 기침이라도 하면 그렇게 걱정을 하고 별것 아닌 일에도 신경을 쓰면서, 내가 아프다고 하면 거들떠보지도 않는군요."

"심장병으로 고통 받는 게 그렇게 당신이 원하는 거라면 나도 당신이 심장병이라고 생각할게." 세인트클레어가 말했다. "그런 줄은 몰랐군."

"그런 식으로 생각하다가 나중에 크게 미안해질걸요. 하지만 그때는 이미 늦게 되겠지요." 마리가 말했다. "당신 생각이야 어떻든, 나는 에바를 걱정하고 신경 쓰다가 오래전부터 의심해온 병을 키우고 말았어요."

뭘 신경 썼다는 건지 잘 이해가 되지 않는군. 세인트클레어는 속으로 그렇게 중얼거린 다음 마리의 지적대로 무정하기 짝이 없는 사람처럼 계속 시가를 피워댔다. 곧 베란다 앞까지 마차가 달려와 서더니에바와 오필리어가 내렸다.

오필리어는 평소 그랬던 것처럼 보닛과 숄을 벗기 위해 곧장 방으로 갔다. 세인트클레어가 딸을 부르자 에바는 곧 달려와 아버지의 무릎에 앉아 집회에서 들은 것을 말해주기 시작했다.

아버지와 딸은 베란다로 통하는 오필리어의 방에서 터져나오는 커다란 비난의 소리를 들었다. 이어 그녀가 누군가에게 격분한 어조로 꾸짖는 소리도 들렸다.

"톱시 이것이 또 무슨 말썽을 일으켰나 보군." 세인트클레어가 말했다. "저 정도 난리라면 톱시의 소행이 틀림없어."

그러자 얼마 되지 않아 오필리어가 단단히 화를 내며 범인을 끌고 나왔다.

"이리 오지 못해!" 그녀가 말했다. "네 주인에게 다 말해야겠어!"

"이번엔 무슨 일이죠?" 오거스틴이 물었다.

"간단하게 말하지. 난 더이상 이 아이를 맡고 싶지 않아! 참을 수 있는 한계를 넘어섰어. 피와 살을 가진 사람이라면 이런 건 감당하지 못할 거야! 내 방에 가둬두고 찬송가를 공부하라고 했어. 근데 이 애가 한 짓이라니! 내가 열쇠 둔 곳을 몰래 알아내어 내 서랍에서 보닛 장식을 꺼내 산산조각 내서 인형 옷을 만들었지 뭐야! 이렇게 나쁜 애는 평생 본 적이 없어!"

"그러니까 말씀드렸잖아요, 형님." 마리가 말했다. "이런 종자는 엄하게 다루지 않으면 길들일 수가 없다고." 마리는 세인트클레어를 나무라는 듯이 바라보았다. "내 마음대로 할 수 있다면 매질하는 곳에 보내서 채찍질을 하라고 할 거예요. 일어서지 못할 때까지!"

"그래?" 세인트클레어가 말했다. "여성들의 아름다운 통치 방식이 고작 그거요? 마음대로 할 수 있게 해주면 말이나 하인을 반죽음으로 몰아넣는 여자들은 많고도 많을 거요. 반드시 남자들만 그렇게 한다는 보장은 없지."

"여보, 당신의 그 우유부단한 방식은 여기선 안 통해요!" 마리가 말했다. "형님은 그래도 의식이 있는 여성이어서 어떻게 대처해야 할지 이제 아신 거예요. 나처럼 환히 알게 되신 거라고요."

오필리어는 완벽한 가정 관리자답게 필요한 곳에서 적절하게 분노를 터뜨릴 줄 알았다. 오늘의 분노는 아이의 교활함과 영악함 때문에 터져나온 것이었다. 사실, 많은 숙녀 독자들이 오필리어의 입장이었다 해도 그 같은 분노를 느꼈을 것이다. 그러나 마리의 냉담한 말을 듣자 오필리어는 정신이 번쩍 들면서 흥분을 가라앉혔다.

"아이를 매질하는 곳에 보내야 한다는 얘기는 아니야." 오필리어가 말했다. "단지 오거스틴, 난 어떻게 해야 할지 모르겠어. 저 애를 가르치고 또 가르쳤고, 지칠 때까지 말해주었어. 매질을 해보기도 하고 내가 생각한 모든 방법으로 벌을 주기도 했어. 하지만 여전히 저 애는 처음 여기 왔을 때 그대로야."

"톱시, 이 소악마, 이리로 좀 와보렴!" 세인트클레어가 아이를 자기 앞으로 불렀다.

톱시가 앞으로 걸어나왔다. 아이의 둥글고 날카로운 눈은 평소 보여주던 기묘한 익살스러움과 공포심이 뒤섞인 채 번뜩이면서 깜빡거리고 있었다.

"왜 그런 짓을 한 거지?" 아이의 그런 기묘한 표정을 늘 재미있게 여기는 세인트클레어가 물었다.

"제가 못됐기 때문이에요." 톱시가 태연하게 대답했다. "필리 마님이 그렇게 말씀하셨어요."

"오필리어 마님이 널 위해 해준 것이 얼마나 많은지 모른단 말이냐? 마님은 할 수 있는 것은 다 했다고 하시잖아."

"네, 그래요, 주인님! 예전 마님도 그렇게 말씀하시곤 했어요. 예전 마님은 절 훨씬 더 세게 때리셨고, 머리카락을 잡아 뽑았고, 제 머리를 문기둥에 처박기도 하셨죠. 하지만 제겐 별로 소용없었어요! 제 머리를 다 뽑아버린다고 해도 별 소용없을 거예요. 저는 너무나 못됐거든요! 저는 그저 검둥이일 뿐이에요, 그뿐이라고요!"

"그래, 저래서 내가 포기하겠다는 거야." 오필리어가 말했다. "더이상 휘말리고 싶지 않아."

"그렇군요, 누님, 그런데 하나 묻고 싶은 게 있어요." 세인트클레어가 말했다.

"뭐지?"

"누님이 말씀하시는 복음이 누님의 완벽한 지도와 통제 아래에 있는 이 어린아이 하나도 구해내지 못한다면, 저런 아이가 수천 명 있는 곳에 불쌍한 선교사 한두 명을 보내봐야 무슨 소용이 있겠습니까? 이 아이는 그런 수천 명의 이교도들을 정확하게 대표하는 좋은 표본입니다."

미스 오필리어는 즉답을 하지 않았다. 그 순간 이 상황을 조용하게 지켜보고 서 있기만 하던 에바가 톱시에게 자신을 따라오라고 조용히 신호를 주었다. 베란다 구석에는 세인트클레어가 서재처럼 사용하는 조그만 유리방이 있었는데, 에바와 톱시는 그곳으로 들어갔다.

"에바가 뭘 하려고 하지?" 세인트클레어가 말했다. "한번 가봐야겠군."

세인트클레어는 발소리를 죽이고 다가가 유리문을 가리고 있는 커튼을 들어올리고 방 안을 살폈다. 잠시 뒤 그는 자신의 입술에 손가락을 갖다 대며 오필리어에게 와서 보라고 조용히 손짓했다. 두 아이는 바닥에 앉아 서로 마주보고 있었다. 톱시는 평소처럼 무관심하고 냉소적인 표정이었다. 반면 맞은편의 에바는 뭔가 감정이 복받친 얼굴로 그 큰 눈에 눈물을 머금고 있었다.

"무엇 때문에 넌 그렇게 나쁜 아이가 되었지, 톱시? 왜 착해지려고 노력하지 않지? 넌 그 누구도 사랑하지 않는 거니, 톱시?"

"사랑 같은 거 잘 몰라요. 빨아 먹는 사탕은 사랑하죠. 그뿐이에요." 톱시가 말했다.

"그렇지만 아빠와 엄마는 사랑하지?"

"아빠나 엄마는 없어요. 말했잖아요, 아가씨."

"그래, 그랬지." 에바가 슬프게 말했다. "그렇지만 형제나 자매나 고모나 또……"

"없어요. 아무도 없다니까요."

"하지만 톱시, 네가 착해지려고만 한다면 넌 아마도……"

"아무리 착해진다고 해도 난 그저 검둥이일 뿐이에요." 톱시가 말했다. "살이 벗겨져서 백인이 된다면 그땐 한번 해볼게요."

"하지만 사람들은 네가 흑인이라도 널 사랑할 수 있어, 톱시. 네가 착하게 군다면 오필리어 고모도 널 사랑하실 거야."

톱시는 짧고 무뚝뚝하게 웃었다. 불신을 드러내는 그녀의 통상적인 반응이었다.

"그렇게 생각하지 않아?" 에바가 물었다.

"아뇨, 필리 마님은 그럴 수 없어요. 왜냐하면 나는 검둥이니까요! 마님은 내가 마치 두꺼비나 되는 것처럼 만지는 걸 싫어하시죠! 아무도 검둥이를 사랑하지 않아요. 검둥이는 아무것도 할 수 없어요! 그렇지만 신경 안 써요." 톱시가 휘파람을 불기 시작했다.

"아, 톱시, 불쌍한 아이. 내가 널 사랑하잖아!" 에바가 갑자기 감정이 복받쳐서 그 얇고 흰 손을 톱시의 어깨에 올려놓으며 말했다. "내가 널 사랑해. 왜냐하면 넌 아버지도 어머니도 친구도 없는 불쌍한 아이이고 학대받은 아이잖아. 그래서 널 사랑해. 난 네가 착한 아이가 되면 좋겠어. 톱시, 난 몸이 굉장히 좋지 않아. 얼마 살지 못할 거야. 네가 이렇게 못된 아이로 있는 게 정말 슬퍼. 네가 좋은 아이가 되려고 노력했으면 좋겠어. 날 위해서 말이야. 내가 너와 함께 있을 날도 이제 얼마 남지 않았어."

흑인 아이의 날카롭고 예리한 눈이 눈물로 흐릿해지더니, 이어 굵고 맑은 눈물이 차례로 작고 흰 손 위로 무수히 떨어져내렸다. 그렇다. 바로 그 순간에 진정한 믿음과 신성한 사랑의 빛이 톱시의 이교도적인 영혼을 관통한 것이다. 톱시는 에바의 두 무릎 사이에 얼굴을 파묻고 흐느껴 울었다. 그동안 아름다운 아이는 울고 있는 아이의 등 위로 허리를 숙였는데, 그것은 마치 어떤 밝은 빛의 천사가 죄인을 구원하기 위해 내려오는 광경을 연상시켰다.

"불쌍한 톱시!" 에바가 말했다. "예수님이 모든 사람들을 똑같이 사랑하고 계시다는 걸 몰랐니? 내가 너를 사랑하는 것처럼 예수님은 널 사랑하셔. 예수님은 나보다 더 많이 널 사랑하셔. 그분은 너무나 좋으신 분이기 때문이지. 예수님은 네가 착한 아이가 되도록 도와주실 거야. 그러면 넌 마침내 천국으로 갈 수 있고 영원히 천사가 되는 거야. 거기에는 백인이든 흑인이든 아무런 구분이 없어. 이 생각만 해, 톱시! 너도 톰 아저씨가 노래 부르는 저 빛나는 성령들 중 하나가 될 수 있다는 걸."

"아아, 에바 아가씨, 에바 아가씨!" 톱시가 말했다. "해볼게요. 해볼 거예요. 예전에는 이런 건 신경도 쓰지 않았어요."

세인트클레어는 이 순간에 커튼을 내렸다. "돌아가신 어머니가 생각나는군요." 그가 오필리어에게 말했다. "어머니가 제게 말했던 것은 진실이었습니다. 장님의 눈을 뜨게 하려면 예수님이 그러셨던 것처럼 우리는 먼저 행동해야 합니다. 그들을 멀찍이 떼어놓고 쳐다볼 게 아니라 가까이 불러 그들의 머리에 손을 얹어주어야 해요."

"난 항상 흑인들에 대해서 편견을 가지고 있었어." 오필리어가 말했다. "내가 저 애를 만진다거나 저 애가 날 만지는 걸 정말 끔찍하게 여긴 게 사실이야. 하지만 저 애가 그걸 알고 있으리라고는 생각도 못했어."

"어떤 아이든 그런 건 금방 알아차리죠." 세인트클레어가 말했다. "그걸 감출 수는 없습니다. 그런 혐오감이 마음속에 남아 있는 이상, 아이를 이롭게 하려는 시도나 아이에게 제공하는 물질적인 호의는 조금도 감사하는 마음을 불러일으키지 못해요. 괴상한 일이지만, 그게 사실입니다. 정말 그래요."

"어떻게 해야 내 생각을 고칠 수 있을지 모르겠어. 흑인들은 그다지 내 마음에 들지 않아. 이 아이는 특히 그래. 어떻게 하면 그런 느낌을 피할 수 있을까?" 오필리어가 말했다.

"에바는 그런 느낌이 없는 것 같군요."

"그래, 저 애는 사랑하는 마음이 너무나 많아! 그리스도를 너무나 닮았어." 오필리어가 말했다. "나도 저 애처럼 되었으면 좋겠군. 저 애에게 배워야 할 것 같아."

"그러신다 해도, 어린아이가 늙은 제자를 가르친 첫번째 사례는 아닐 겁니다." 세인트클레어가 말했다.

26장
죽음

인생의 이른 아침에, 무덤의 베일에 가려
우리의 눈에서 사라진 사람들을 위해 울지 마라.*

쾌적한 에바의 침실은 다른 방들처럼 넓은 베란다로 연결되어 있었다. 방은 한쪽으로는 부모님 방으로, 다른 한쪽으로는 미스 오필리어의 방으로 통했다. 세인트클레어는 자신의 감각과 취향을 한껏 발휘하여 에바의 방을 딸애의 성격에 맞는 방식으로 꾸몄다. 창문에는 장미색과 흰색의 모슬린 커튼을 달았고, 바닥에는 프랑스 파리에서 주문해온 매트를 깔았다. 이 매트는 세인트클레어가 직접 고안한 무늬

---

* 아일랜드 시인 토머스 무어(1779~1852)의 『성가집』 가운데 「그들을 위해 울지 마라」라는 시의 제1연 1행과 2행. 제1연은 다음과 같다.

인생의 이른 아침에, 무덤의 베일에 가려
우리의 눈에서 사라진 사람들을 위해 울지 마라.
머지않아 죄악이 정신의 어린 꽃봉오리를 시들게 하거나
진흙이 천상을 위해 태어난 것을 더럽힐지니.

를 넣었는데, 가장자리는 장미꽃 봉오리와 잎으로, 가운데는 만개한 장미로 장식했다. 침대와 의자, 안락의자는 눈에 띨 정도로 우아하고 고급스럽게 디자인한 대나무 가구였다. 침대의 머리맡에는 설화석고 받침대가 있었는데, 그 위에는 날개를 내리고 은매화 왕관을 든 아름다운 천사의 조각상이 올려져 있었다. 거기서부터 침대 위로 은색 줄무늬가 들어간 장미색의 가벼운 망사 커튼이 드리워져 무더운 기후의 불청객인 모기의 침입을 막아냈다. 아름다운 대나무 안락의자에는 장미색 능직 쿠션을 넉넉하게 놓아두었고, 그 위로는 침대 커튼과 비슷한 망사 커튼이 조각상의 손 부분에서부터 내려오고 있었다. 가볍고 고급스러운 대나무 탁자는 방 중앙에 자리를 잡았고, 그 위에는 흰색 파로스 산 꽃병이 놓여 있었다. 꽃병은 봉오리를 피워올린 백합 모양이었고, 언제나 꽃이 꽂혀 있었다. 에바의 책과 잡다한 장신구들이 놓여 있는 탁자에는 설화석고로 만든 우아한 서판이 있었는데, 이것은 세인트클레어가 에바의 글씨 연습을 위해 마련해준 것이었다. 대리석 벽난로의 외벽 위에는 어린아이들을 맞이하는 아름다운 예수님의 모습을 새긴 조각상이 놓여 있었다. 톰은 그 양쪽의 대리석 꽃병에다 매일 아침 꽃을 가져와 꽂았고 그 일을 아주 자랑스럽게 여겼다. 벽에는 다양한 몸짓을 하는 아이들 그림 두세 폭이 걸려 있었다. 간단히 말하자면, 에바의 방 전체에는 어린이들, 아름다움, 평화의 이미지가 가득했다. 아침이 되어 햇빛이 창문으로 비쳐들면 에바의 두 눈은 항상 마음을 위로해주고 아름다운 생각을 일깨워주는 그림들과 마주치게 되어 있었다.

잠시 동안 에바에게 힘을 주었던 기만적인 원기는 빠르게 사라졌다. 베란다에서 들려오던 에바의 경쾌한 발걸음 소리는 갈수록 드물게 들렸고, 창문을 열어놓고 옆에 있는 안락의자에 기대어 그 크고 깊은 눈으로 호수의 물결이 밀려오는 광경을 쳐다보는 에바의 모습은 점점 자주 목격되었다.

어느 날 오후, 에바는 안락의자에 기대어 성경을 반쯤 펴놓고 그 작고 투명한 손가락을 책갈피에 내려놓고 있었다. 그때 어머니의 날카로운 목소리가 베란다 쪽에서 들려왔다.

"이건 또 뭐지, 이 못된 년! 무슨 말썽을 또 일으키려고! 너, 꽃을 잡아 뽑고 있었지, 그렇지?" 이어 에바는 뺨 때리는 소리를 들었다.

"아, 마님! 이 꽃들은 에바 아가씨에게 드릴 겁니다." 에바는 그 목소리로 톱시임을 알아보았다.

"에바에게 줄 거라고! 그거 참 좋은 핑계구나! 에바가 네 꽃을 받을 거 같아? 이 쓸모없는 검둥이 년! 꽃을 가지고 당장 사라져!"

그 순간 에바가 안락의자에서 일어나 베란다로 나왔다.

"그러지 마세요, 엄마! 저 꽃 좋아해요. 그 꽃 나한테 줘. 가지고 싶어!"

"에바, 네 방은 이미 꽃으로 가득 찼잖아."

"아무리 많아도 부족해요." 에바가 말했다. "톱시, 이리로 가지고 오렴."

고개를 수그리고 우울하게 서 있던 톱시가 올라와 에바에게 꽃을 건넸다. 톱시는 평소의 소악마 같은 대담하고 영악한 태도와는 아주 다르게, 다소 주저하고 부끄러워하는 모습을 보였다.

"정말 예쁘네!" 에바가 꽃다발을 받으며 말했다.

그 꽃다발은 조금 독특했다. 선명한 진홍빛의 제라늄과 잎사귀가 반짝거리는 흰 동백꽃으로 꾸몄는데, 색깔의 대조뿐만 아니라 잎사귀도 적잖이 신경 써서 정돈한 것이었다.

"톱시, 꽃을 아주 예쁘게 꾸몄구나. 자, 이 꽃병은 아직 꽃을 꽂지 않은 거야. 매일 이 꽃병에 꽃을 꽂아줘." 톱시는 에바가 그렇게 말하자 얼굴이 환하게 펴졌다.

"너도 참 이상하구나!" 마리가 말했다. "도대체 그렇게까지 하는 이유가 뭐니?"

"괜찮아요, 엄마. 톱시가 이렇게 꽃을 꽂아주는 게 더 좋잖아요, 안 그래요?"

"난 아무래도 상관없어. 네가 좋다면 그렇게 해라. 톱시, 너 아가씨 말 잘 들었지? 명심해야 돼."

톱시는 간단히 목례를 하고 시선을 내렸다. 에바는 톱시가 몸을 돌려 방을 나갈 때 그 검은 뺨에서 눈물이 굴러떨어지는 것을 보았다.

"엄마, 불쌍한 톱시는 저를 위해서 뭔가 해주고 싶었던 거예요." 에바가 마리에게 말했다.

"무슨 소리니! 장난질을 좋아해서 그런 것뿐이야. 꽃을 꺾으면 안 된다는 걸 알면서 일부러 그런 거야. 여하튼 그 애가 꽃을 꺾어서 네게 주는 게 좋다면 그렇게 해라."

"엄마, 전 톱시가 예전과는 달라졌다고 생각해요. 착한 아이가 되려고 애쓰고 있어요."

"정말로 착한 애가 되려면 상당히 시간이 걸릴걸." 마리가 무관심한 듯 웃으며 말했다.

"하지만 엄마, 톱시가 너무 불쌍하지 않아요? 모든 사람이 그동안 저 애에게 모질게 대했어요."

"여기 온 다음부턴 그렇지 않아. 그동안 말을 거는 사람이 없고 훈계도 해주지 않고 또 모진 징벌이 가해졌다면, 그건 저 애가 너무 못됐기 때문이야. 저 애는 앞으로도 계속 저럴 거야. 애초에 사람이 되기는 틀렸어!"

"하지만 엄마, 저 애는 나와는 너무나 다르게 자랐어요. 나는 친구들도 많고, 기분 좋고 행복하게 해주는 것들이 많은 집에서 자랐어요. 하지만 톱시는 여기 올 때까지 오로지 학대만 당했어요!"

"글쎄다." 마리가 하품을 하며 말했다. "애야, 너무 덥지 않니?"

"엄마, 그 애가 기독교인이 되면 우리처럼 천사가 될 수 있으리라 생각하지 않으세요?"

"톱시가? 무슨 우스꽝스러운 생각이냐? 너 말고는 아무도 그렇게 생각하지 않을 거다. 아냐, 못된 톱시는 그렇게 생각할지도 모르지."

"하지만 엄마, 하느님이 그 애의 아버지가 아니에요? 우리처럼 말이에요. 예수님이 그 애의 구세주잖아요."

"그럴지도 모르지. 하느님이 민물을 창조하셨으니까. 근데 내 약병이 어디 있지?" 마리가 말했다.

"불쌍해! 아, 너무 불쌍해!" 에바가 먼 호수를 바라보며 반쯤은 혼잣말처럼 중얼거렸다.

"뭐가 불쌍하다는 거니?" 마리가 물었다.

"빛나는 천사가 되어 천사들과 함께 살 수 있는 존재가 이 지상에서 계속 가라앉기만 하다니. 아무도 도와주지 않는다니 말이에요! 아,

불쌍하기도 하지!"

"그건 어쩔 수 없는 일이야. 네가 아무리 걱정해도 소용이 없어. 엄마도 그런 건 어떻게 해볼 수가 없어. 우리가 이런 유리한 조건에 있는 걸 감사해야 돼."

"그렇게 하기 힘들어요." 에바가 말했다. "아무것도 가지지 못한 불쌍한 사람들을 생각하면 너무 슬퍼요."

"참 이상하구나." 마리가 말했다. "내가 믿는 종교는 나의 유리한 조건들에 감사하라고 가르쳤는데."

"엄마," 에바가 말했다. "머리카락을 자르고 싶어요. 아주 많이."

"왜?" 마리가 말했다.

"엄마, 친구들한테 주고 싶어요. 내가 스스로 줄 수 있을 때 말이에요. 고모를 불러서 잘라달라고 말씀드려주시지 않겠어요?"

마리는 소리를 질러 다른 방에 있는 오필리어를 불렀다.

오필리어가 들어오자 아이는 베개에서 반쯤 일어나 길게 기른 금발 곱슬머리를 흔들면서 장난스럽게 말했다. "고모, 양털을 잘라주세요!"

"무슨 일이니?" 에바에게 줄 과일을 사러 나갔다 이제 막 돌아온 세인트클레어가 방으로 들어오며 물었다.

"아빠, 고모한테 머리를 깎아달라고 했어요. 머리카락이 너무 많아서 머리가 뜨거울 지경이에요. 사람들에게 내 머리카락을 나눠주고 싶어요."

오필리어가 가위를 들고 다시 들어왔다.

"신경 써주세요. 모양이 망가지지 않도록!" 세인트클레어가 말했다. "보이지 않는 밑부분만 깎아주세요. 에바의 곱슬머리는 내 자랑거리니까."

"아빠!" 에바가 슬픈 듯이 말했다.

"에바, 사촌 오빠 헨리크를 만나러 큰아버지네 농장에 갈 때까지 금발을 잘 유지해야 돼." 세인트클레어가 일부러 명랑한 어조로 말했다.

"아빠, 난 거기 가지 못할 거예요. 그보다 더 좋은 곳으로 갈 거예요. 정말이에요! 아빠, 날이 갈수록 몸이 약해져요. 잘 알고 계시잖아요."

"왜 그런 끔찍한 이야기를 자꾸 하니? 내가 그걸 믿을 것 같니?" 세인트클레어가 말했다.

"정말이라서 그래요, 아빠. 제 말을 믿으면 저와 같은 느낌을 갖게 되실 거예요."

세인트클레어는 입을 다물고 아이의 머리에서 길고 아름다운 곱슬머리가 차례로 잘려나와 무릎으로 떨어지는 것을 우울하게 지켜보았다. 에바는 잘린 머리카락을 들어보고, 진지하게 쳐다보기도 하면서 제 가는 손가락에 감아보기도 했다. 그러면서 때때로 근심스러운 눈빛으로 아버지를 쳐다보았다.

"내가 예감한 대로잖아요!" 마리가 말했다. "이 일이 내 건강을 날마다 좀먹고 날 무덤으로 끌고 가는데도 아무도 신경 써주지 않아. 오랫동안 이럴 줄 알았어. 여보, 당신은 얼마 안 가서 내가 옳았다는 걸 알게 될 거예요."

"그렇게 되면 당신에게는 굉장한 위안이 되겠구려!" 세인트클레어가 씁쓸하고 냉소적인 어조로 대답했다.

마리는 소파에 드러눕더니 아마포 손수건으로 얼굴을 가렸다.

에바의 맑고 푸른 눈이 아버지와 어머니를 번갈아가며 진지하게 바라보았다. 그것은 속세의 질곡에서 절반쯤 풀려난, 차분하고 이해심 많은 영혼의 눈빛이었다. 에바는 아버지와 어머니의 차이점을 잘 알아보고, 느끼고, 이해했다.

에바가 손짓하자 아버지가 그녀 옆에 와서 앉았다.

"아빠, 저는 날마다 힘이 없어져가요. 이제 곧 떠나야 해요. 내가 말하고 싶고 또 하고 싶은 일이 몇 가지 있어요. 아니 반드시 해야만 해요. 제가 이런 얘기를 하는 게 싫으시죠? 하지만 때가 오고 있고, 더 이상 미룰 수가 없어요. 제발 제 얘기를 들어주세요."

"그래, 기꺼이 들어주마." 세인트클레어가 한 손으로는 눈을 가리고 한 손으로는 에바의 손을 잡으며 말했다.

"우리 집 사람들을 전부 보고 싶어요. 그들에게 말해주고 싶은 게 있어요." 에바가 말했다.

"그렇게 하려무나." 세인트클레어가 애써 눈물을 참으며 말했다.

오필리어가 사람을 보냈고, 곧 모든 하인들이 에바의 방에 모였다.

에바는 베개를 베고 누워 있었다. 머리카락이 그녀의 얼굴 주위로 흘러내렸다. 진홍빛 뺨이 창백한 안색과 수척한 이목구비, 여윈 팔다리와 극명한 대조를 이루고 있었다. 영혼이 담긴 그녀의 커다란 눈이 사람들을 일일이 진지하게 쳐다보았다.

하인들은 모두 갑작스러운 정신적 충격을 받았다. 에바 아가씨의 영혼과도 같은 얼굴, 또 그녀의 옆에 놓인 머리칼, 외면하는 주인님의 얼굴, 주인마님의 흐느낌. 이런 것들이 예민하고 감수성 풍부한 인종의 감정을 크게 흔들어놓았다. 방으로 들어오자 그들은 서로의 얼굴을 쳐다보며 한숨을 내쉬고 고개를 흔들었다. 장례식에 온 것처럼 슬픈 침묵이 흘렀다.

에바가 몸을 일으켜 오랫동안 진지하게 모두를 둘러보았다. 모두 슬프고 염려하는 표정이었다. 하녀들은 대부분 앞치마로 얼굴을 가렸다.

"나의 사랑하는 친구들, 여러분을 여기 부른 건 내가 당신들을 모두 사랑하기 때문이야." 에바가 말했다. "여러분에게 말하고 싶은 것이 있는데, 그걸 앞으로 기억해줬으면 해…… 나는 이제 여러분과 헤어지려고 해. 여러분은 앞으로 몇 주 뒤면 더이상 나를 보지 못하게 될 거야……"

여기서 에바의 가냘픈 목소리는 갑자기 터져나오는 신음과 흐느낌, 한탄 소리에 완전히 파묻혀 더이상 들리지 않게 되었다. 에바는 잠시 기다린 뒤, 모두가 흐느끼는 소리를 자제하는 가운데 가느다란 목소리로 다시 말했다.

"날 사랑한다면 그렇게 내 말을 중단시켜서는 안 돼. 내가 말하는 것을 끝까지 들어줘. 나는 여러분의 영혼에 대해서 말하려고 해. 내가 염려되는 건 여러분이 너무나 무관심하다는 거야. 여러분은 오로지 이 세상만 생각하고 있어. 여러분 모두가 예수님이 계신 아름다운 세상이 있다는 것을 기억해줬으면 좋겠어. 나는 그곳으로 갈 거고, 여러분도 그곳에 갈 수 있어. 그곳은 나뿐만 아니라 여러분 모두를 위해서 있는 곳이야. 하지만 여러분이 그곳에 가길 바란다면 게으르고 무관심하고 생각 없는 삶을 살아선 안 돼. 기독교인이 되어야 해. 여러분은 스스로 천사가 될 수 있고 영원히 천사로 남을 수 있다는 것을 기억해야 돼…… 여러분이 기독교인이 되길 바란다면, 예수님이 도와주실 거야. 예수님에게 기도해. 그리고 성경을 읽어야……"

아이는 잠깐 말을 멈추고 하인들을 애처로운 표정으로 바라보더니 슬픈 목소리로 말했다.

"아! 읽을 수가 없지, 불쌍한 사람들!" 에바는 베개에 얼굴을 파묻고 흐느꼈다. 하인들은 바닥에 무릎을 꿇고 숨이 넘어갈 듯 흐느껴 울었다. 에바는 그 울음소리에 정신을 차렸다.

"그건 신경 쓰지 마." 에바가 얼굴을 들면서 눈물 젖은 얼굴로 밝은 미소를 지어 보였다. "난 여러분 모두를 위해 기도했어. 예수님이 여러분을 도와주시리라는 걸 알아. 여러분이 성경을 읽지 못한다고 하더라도 말이야. 최선을 다하려고 노력해봐. 매일 기도해. 하느님에게 도와달라고 부탁드리고, 기회 있을 때마다 다른 사람에게 성경을 읽어달라고 해. 그러면 여러분을 천국에서 다시 만날 수 있을 거라고 생각해."

"아멘." 감리교회에 다니는 톰과 매미, 그리고 늙은 하인 몇몇이 나직하게 응답했다. 그보다 어리고 생각이 모자란 하인들은 감정이 북받쳐서 무릎에 머리를 파묻고 크게 흐느꼈다.

"모두가 날 사랑하고 있다는 거 알아." 에바가 말했다.

"그럼요, 그럼요! 우린 아가씨를 사랑합니다! 하느님, 아가씨를 축복하소서!" 모두가 자기도 모르게 합창하듯 말했다.

"그래, 모두가 날 사랑한다는 거 알고 있어! 여러분 중에 내게 친절하지 않았던 사람은 하나도 없었어. 그래서 날 기억할 수 있는 기념품을 나눠주려고 해. 내 곱슬머리를 여러분 모두에게 나눠줄게. 이 머리카락을 볼 때마다 내가 여러분을 사랑했고 천국에서 여러분을 다시 만나기를 기대하며 기다리고 있다는 걸 생각해줘."

하인들은 눈물을 흘리고 흐느끼면서 어린 에바 주변에 모여 그녀의 마지막 사랑의 증표를 받아들었다. 하지만 이 광경을 실감나게 서술하기란 거의 불가능하다. 하인들은 무릎을 꿇고 흐느끼면서 기도하고 에바의 옷자락에 키스했다. 나이 든 하인들은 감수성이 풍부한 인종답게 기도와 축복 속에서 사랑의 말을 건넸다.

하인들이 하나하나 선물을 받아가자 오필리어는 이런 모든 자극이 에바에게 악영향을 미칠 거라고 염려하여 선물을 받은 하인들은 즉시 방을 나가라고 손짓했다.

마침내 톰과 매미를 제외한 모든 하인이 방에서 나갔다.

"톰 아저씨, 여기 아저씨에게 줄 아름다운 머리카락이 있어." 에바가 말했다. "아, 너무 기뻐, 톰 아저씨. 아저씨를 다시 천국에서 보게 될 것을 생각하니. 꼭 그렇게 될 거야. 그리고 착하고 자상한 매미!" 에바가 늙은 유모를 다정하게 껴안으며 말했다. "매미도 천국에 오게 될 거야."

"오, 에바 아가씨, 전 아가씨 없이 어떻게 살아야 할지 모르겠어요! 모든 것이 순식간에 시라지는 것 같아요!" 매미가 슬픔을 견디지 못하고 말했다.

오필리어는 조용히 톰과 매미를 방에서 내보냈다. 이젠 모두 나갔겠거니 생각했지만 뒤돌아서자 톱시가 방 안에 남아 있었다.

"너 대체 어디서 들어온 게냐?" 오필리어가 퉁명스럽게 말했다.

"여기 쭉 있었어요." 톱시가 눈물을 닦으며 말했다. "오, 에바 아가씨, 전 나쁜 애였어요. 그렇지만 제게도 머리카락을 주실 거죠?"

"그럼, 불쌍한 톱시! 물론 줄게. 여기 있어. 이 머리카락을 볼 때마다 내가 널 사랑했고, 네가 착한 애가 되길 바랐다는 걸 기억해!"

"아, 에바 아가씨, 전 노력하고 있어요!" 톱시가 진지하게 말했다. "하지만, 아, 착한 아이가 되는 건 너무 어려워요! 그렇게 될 것 같지 않아요!"

"예수님이 알고 계셔, 톱시. 그분은 널 불쌍하게 생각하고 계셔. 널 도와주실 거야."

톱시는 앞치마로 눈을 닦으며 오필리어의 지시에 따라 조용히 방을 나갔다. 톱시는 에바의 머리카락을 가슴에 소중하게 품고 있었다.

모두가 나가자 오필리어는 문을 닫았다. 이 훌륭한 부인은 에바가 하인들에게 작별 인사를 하는 동안 너무나 많은 눈물을 흘렸다. 하지만 그녀가 가장 신경을 쓰는 부분은 그것이 에바에게 나쁜 영향을 미치지 않을까 하는 것이었다.

세인트클레어는 양손으로 눈을 감싼 채 미동도 하지 않고 앉아 있었다. 모두가 방에서 나가고 난 뒤에도 여전히 부동자세였다.

"아빠!" 에바가 조용히 아버지의 손에 자신의 손을 얹으며 말했다.

세인트클레어는 깜짝 놀라 몸을 부르르 떨었지만 대답은 하지 않았다.

"아빠!" 에바가 다시 말했다.

"난 용납할 수 없어." 세인트클레어가 일어나며 말했다. "난 이걸 받아들일 수가 없어! 하느님은 내게 너무 지독한 형벌을 내리시는 거야!" 세인트클레어가 비통한 목소리로 말했다.

"오거스틴! 하느님이 자신의 피조물에 대하여 그분 마음대로 처리

할 권리가 있지 않겠니?" 오필리어가 물었다.

"물론 그런 권리를 갖고 계시겠죠. 하지만 내게는 조금도 위안이 되지 않는군요." 그는 완강하면서도 차갑고 결연한 태도를 취하며 돌아앉았다.

"아빠! 너무 슬퍼요!" 에바가 일어나 세인트클레어의 품에 안기며 말했다. "그렇게 생각하시면 안 돼요!" 품 안의 아이가 너무나 슬프게 흐느끼자 모두가 깜짝 놀랐다. 세인트클레어는 갑자기 정신이 번쩍 들면서 자신의 생각을 바꾸었다.

"울지 마, 에바! 우리 귀여운 아가! 자, 자! 아빠가 잘못했다. 아빠가 너무 나빴어. 아빠의 감정이나 언행은 신경 쓰지 마. 네가 괴로워하는 게 너무 싫어. 그렇게 울지 마. 아빠는 이제 그런 생각을 하지 않으마. 그런 말을 하다니 아빠가 너무 나빴어."

곧 에바는 지친 비둘기처럼 아버지의 품 안에 안겼고, 아버지는 딸을 향해 몸을 굽히며 최대한 부드러운 말만 하면서 위로하기 시작했다.

마리는 병적으로 흥분한 상태로 벌떡 일어나더니 자기 방으로 가버렸다.

"아빠한테는 머리카락을 주지 않았구나, 에바." 세인트클레어가 슬픈 미소를 지으며 말했다.

"이 머리카락 모두가 아빠 거예요." 에바가 웃으며 말했다. "아빠와 엄마 거예요. 고모에게도 원하시는 만큼 드리세요. 불쌍한 우리 집 사람들한테 직접 머리카락을 준 건, 내가 떠나면 나를 잊을지도 모르니까 그런 거예요. 내 머리카락을 보고 나를 기억해달라고 하기 위해서였어요…… 아빠, 아빠는 기독교인이죠, 그렇죠?" 에바가 약간 자신 없는 목소리로 물었다.

"왜 그걸 묻는 거지?"

"모르겠어요. 아빤 참 좋은 분인데, 어째서 그렇게 하실 수 없는지 모르겠어요."

"기독교인이 된다는 게 무엇이니, 에바?"

"예수님을 누구보다도 사랑하는 거예요." 에바가 말했다.

"넌 그러고 있니?"

"물론이에요."

"그분을 보지도 않고서?" 세인트클레어가 물었다.

"그런 건 중요하지 않아요." 에바가 대답했다. "전 그분을 믿어요. 며칠 후면 전 그분을 직접 보게 될 거예요." 그 말을 하고 나서 에바의 얼굴은 환희로 밝게 빛났다.

세인트클레어는 더이상 말을 하지 않았다. 에바의 환한 얼굴은 예전에 어머니에게서 보고 느꼈던 바로 그것이었다. 하지만 그의 마음은 그런 환희에 공명하지 않았고 아무런 반향도 일어나지 않았다.

그 후 에바는 급속히 쇠약해졌다. 죽음이 다가오고 있다는 것은 이제 분명해졌다. 아무리 좋게 생각하려 해도 더이상 회복의 희망을 품을 수 없게 되었다. 에바의 아름다운 방은 완연한 병실이 되었다. 오필리어는 밤낮으로 간호했고, 하인들은 모두 그녀의 간호 실력에 감탄했다. 오필리어의 숙련된 손과 눈은 깔끔하고 쾌적한 병실 환경을 조성했고, 몸에 나쁜 모든 것은 일절 배제하는 철저한 실천력을 보여주었다. 또한 그녀의 완벽한 시간관념과 명석하고 논리적인 정신, 의

사의 처방전과 지시를 정확하게 기억하고 이행하는 능력은 의사에게도 큰 도움이 되었다. 그녀는 무신경하고 자유로운 남부인과는 너무나 대조적인 태도로 모든 일을 꼼꼼하고 치밀하게 처리했다. 예전에 그녀의 그런 태도를 경멸하던 사람들도 이제는 그녀가 정말로 필요한 사람이라고 생각할 수밖에 없었다.

톰은 에바의 방에 자주 들렀다. 에바는 신경이 예민해져 고통을 받았고 그때마다 누군가 안아줘야만 안정이 되었다. 에바의 작은 몸을 안고 방을 이리저리 거닐거나 베란다로 나가는 것은 톰에게 가장 큰 기쁨이었다. 몸 상태는 아침에 가장 좋았다. 호수에서 상쾌한 미풍이 불어오면 톰은 가끔 에바를 안고 정원의 오렌지나무 아래를 걷거나 예전에 같이 성경을 읽던 낡은 의자에 앉아 좋아하는 찬송가를 불러주었다.

세인트클레어도 종종 그렇게 에바를 안고 나갔다. 하지만 그의 몸은 톰에 비해 가냘팠고, 그가 지칠 때면 에바는 이렇게 말했다.

"아빠, 톰에게 시키세요. 톰은 아주 좋아할 거예요. 톰이 지금 할 수 있는 일이라곤 그것밖에 없잖아요. 톰은 뭔가 해주고 싶어해요!"

"나도 네게 해주고 싶단다, 에바!" 세인트클레어가 말했다.

"아빠, 아빠는 이게 아니어도 뭐든지 해줄 수 있잖아요. 제게는 전부나 다름없는 분이시고요. 책도 읽어주고 밤마다 제 곁에 있어주시죠. 톰은 이 일밖에 못 해요. 노래를 불러주는 것하고요. 그리고 아빠보다는 톰이 이 일을 더 쉽게 하잖아요. 아주 편안하게 안아주거든요!"

뭔가 해주고 싶다는 바람을 가진 사람은 톰만이 아니었다. 집안의 모든 하인들이 같은 심정이었고, 그들이 할 수 있는 한도 내에서는 뭐든지 해주려고 했다.

불쌍한 매미도 에바를 가엾게 여겨 뭔가 해주고 싶었지만 마리가 밤낮을 가리지 않고 시도 때도 없이 불러대기 때문에 그럴 기회가 없었다. 마리는 지금 편안히 쉴 수 있는 상태가 아닌데, 그렇다고 다른 사람을 쉬게 내버려두는 것은 자기 원칙에 위배되는 일이라고 단언하는 사람이었다. 매미는 마님의 발을 닦아주고, 머리를 감겨주고, 손수건을 찾아주고, 에바의 방에 무슨 소리가 나는지 확인하고, 너무 밝거나 어두우면 거기에 맞춰 커튼을 내리고 올리느라 밤중에 스무 번도 넘게 깨어나야만 했다. 낮 동안에 에바를 좀 돌봐주려 하면 마리는 아주 교묘하게 머리를 짜내어 집안의 다른 일이나 자기 신변의 일을 시켜서 도무지 짬이 나지 않게 했다. 그래서 매미는 마님 몰래 에바에게 가서 잠깐 보기만 하는 것이 고작이었다.

"이제 나 자신을 더 잘 돌봐야 할 것 같아요. 그게 의무처럼 느껴진다니까요." 마리가 말했다. "내가 원래 몸이 약한데, 저 아이를 돌보는 일이 전부 내게 맡겨졌으니 말이에요."

"그렇지." 세인트클레어가 말했다. "근데 누님 덕분에 당신은 그 일이 면제된 걸로 아는데."

"참 남자들이란! 어떻게 그런 무심한 말을 할 수 있는 거죠? 어떤 어머니가 아이가 저 상태인데 돌보는 일을 그만둘 수가 있단 말이에요. 어쩌면 사람들이 이렇게 모질까. 하나같이 내 기분은 알아주지 않는군요! 전 당신처럼 그런 일을 내팽개칠 수가 없단 말이에요."

세인트클레어는 미소 지었다. 독자들은 이런 상황에서 웃을 수밖에 없는 그를 이해해주어야 한다. 어린 영혼의 작별 여행은 너무나 밝고 평온해서 마치 작은 범선이 상쾌하고 기분 좋은 미풍의 도움으로 천국의 해안에 도달하는 것 같았다. 그러니 죽음이 다가오고 있음을 깨닫는 것은 불가능한 일이었다. 에바는 고통을 느끼지 않았다. 그저 평온하게, 거의 느끼지 못하면서 서서히 쇠약해져갔다. 에바는 너무나 아름답고 사랑스럽고 신실하고 또 행복했다. 사람이라면 에바 주변을 둘러싼 순수함과 평화로움의 후광을 느끼지 않을 수가 없었다. 세인트클레어는 이상할 정도로 차분한 상태였다. 희망은 아니었다. 당연히 그건 아니었다. 체념도 아니었다. 그저 미래는 생각하고 싶지도 않을 정도로 너무나 아름답게 보이는 현재의 평온한 안식이었다. 그것은 마치 나무에 선명한 발열 같은 단풍이 들고, 미련이 남아 있는 듯 개울 옆에 마지막 꽃이 피어 있을 때, 우리가 가을의 산뜻하고 온화한 숲에서 느끼게 되는 영혼의 고요함과도 같았다. 곧 그들이 사라질 것을 알고 있기 때문에 우리는 더욱더 그 고요함에 매달리게 된다.

에바의 생각과 전조를 가장 잘 아는 친구는 바로 믿음직하게 그녀를 안고 다니는 톰이었다. 에바는 아빠가 듣고 괴로워할 말은 톰에게 했다. 에바는 영혼이 자신을 감싸고 있는 진흙을 영원히 떠나기 전에 육체의 신흙을 묶고 있던 영혼의 끈이 시시히 풀리고 있다는, 아주 신비한 암시를 주었다.

마침내 톰은 자기 방에서 자지 않고 부름이 있으면 곧바로 깨어나 달려가기 위해 베란다 밖에서 밤을 새우기로 했다.

"톰, 어째서 개처럼 아무 곳에서나 자려는 거지?" 오필리어가 말했다. "네가 기독교인답게 잠은 침대에서 잘 줄 아는 분별 있는 사람이라고 생각했는데."

"그렇습니다, 필리 마님." 톰이 신비한 어조로 말했다. "그렇지만 지금은……"

"그래, 지금은 뭐란 말인가?"

"말을 크게 해서는 안 됩니다. 주인님이 신경이 날카로우니까요. 필리 마님, 신랑이 다가오는 것을 지켜봐야 할 사람이 있어야 한다고 생각합니다."

"무슨 말이지, 톰?"

"성경 말씀에 이렇게 되어 있습니다. '한밤중에, 저기 신랑이 온다. 어서들 마중 나가라! 하는 소리가 크게 들렸다'*라고 말입니다. 매일 밤 제가 기다리고 있는 것이 바로 그것입니다, 마님. 그 소리가 들리지 않는 곳에서는 잠들기 싫습니다."

"왜 그런 생각을 하지?"

"에바 아가씨가 제게 말씀하셨습니다. 하느님이 사람의 영혼에 전령을 보낸다고. 그러니 전 그 전령을 기다려야 합니다. 그래야 축복받은 아이가 천국으로 들어갈 때 문이 활짝 열리고, 저는 그곳의 영광스러운 모습을 조금이나마 볼 수 있을 겁니다, 마님."

"톰, 에바가 오늘 다른 때보다 특히 더 몸이 안 좋다고 말하던가?"

"아닙니다. 하지만 아가씨가 오늘 아침에 제게 말씀하셨습니다. 점점 더 그곳에 가까이 다가가고 있다고. 천상의 전령이 말해주고 있다는 것입니다, 마님. 그 전령은 천사들이고 '새벽이 오기 전에 커다란 나팔 소리를 울릴 겁니다'." 톰이 즐겨 부르는 찬송가를 인용하며 말

---

* 「마태복음」 25:6.

했다.

이런 오필리어와 톰의 대화는 어느 날 밤 열시와 열한시 사이에 취침 준비를 모두 마친 오필리어가 바깥문을 닫으려고 하다가 베란다 밖에 누워 있는 톰을 발견하면서 시작되었다.

오필리어는 신경이 과민하거나 감정이 쉽게 동요되는 사람은 아니었다. 그렇지만 톰의 엄숙하고도 진심 어린 태도는 오필리어에게 깊은 인상을 주었다. 에바는 그날 오후에는 유별나게 밝고 쾌활했다. 침대에서 일어나 모든 자질구레한 장신구와 귀중품을 둘러보고는 그것들을 나눠줄 친구들을 선정하기도 했다. 에바의 태도는 이전보다 더 활발했고 목소리도 더 자연스러웠다. 이런 모습은 몇 주 동안 볼 수 없었던 것이었다. 세인트클레어가 오후에 방에 들어와 보고서 병에 걸린 이후 가장 예전의 에바 모습과 가깝다고 말하기도 했다. 잠자리에 든 에바에게 키스를 하고 난 뒤 그는 오필리어에게 말했다. "누님, 결국 저 아이가 우리 곁에 남아줄 것 같습니다. 훨씬 용태가 좋아지고 있어요." 그는 지난 몇 주 동안과는 전혀 다른 가벼운 마음으로 방을 나섰다.

하지만 이상하고 신비스러운 한밤중에 덧없는 현재와 영원한 미래 사이의 베일이 걷히고 마침내 천상의 전령이 오고야 말았다!

에바의 방에서 희미한 소리가 나자 재빨리 대응에 나선 최초의 인물은 오필리어였다. 그녀는 자신의 어린 조카 곁에서 밤을 새우기로 결심하고 그 방에서 지키고 있었는데, 자정 무렵에 경험 많은 간호사들이 의미심장하게 말하는 '이상 징후'의 용태를 감지했다. 곧 바깥문이 열리더니 밖에서 지키고 있던 톰이 재빨리 일어섰다.

"의사를 불러와, 톰! 지체하지 말고." 오필리어는 곧 방을 가로질러 가 세인트클레어의 방문을 두들겼다.

"세인트클레어, 어서 와봐." 오필리어가 말했다.

그 말은 관 위에 떨어지는 흙처럼 세인트클레어의 마음에 떨어졌다. 왜 그런 느낌이 들었을까? 그는 즉시 일어나 에바의 방으로 가서 몸을 굽혀 잠든 딸을 내려다보았다.

무엇을 보았기에 그의 심장은 갑자기 멈추어 섰을까? 왜 부녀는 서로 한마디도 하지 않았을까? 가장 사랑하는 사람의 얼굴에서 그 형언할 수 없는, 희망도 없는, 명백한 죽음의 표정(이제 나는 당신을 떠나갑니다, 라고 말하는 표정)을 본 사람은 아무 말도 할 수가 없는 것이다.

그렇지만 아이의 얼굴에는 무서운 인상이라고는 하나도 없었으며, 오로지 고귀하고 숭고하기까지 한 표정만이 남아 있었다. 그것은 감춰져왔던 영혼의 존재를 드러내주고, 아이의 영혼이 이제 불멸의 삶을 시작하고 있음을 알려주었다.

세인트클레어와 오필리어는 조용히 서서 에바를 내려다보았다. 실내는 깊은 정적에 빠져들어 째깍거리는 시계 소리조차도 너무나 크게 들릴 정도였다. 얼마 되지 않아 톰이 의사와 함께 돌아왔다. 의사는 황급히 들어와 에바를 살펴본 뒤 다른 이들처럼 조용히 서 있기만 했다.

"언제 이런 징후가 나타났습니까?" 의사가 나지막한 목소리로 오필리어에게 물었다.

"자정 무렵에요." 오필리어가 대답했다.

의사가 들어오는 바람에 깨어난 마리가 허겁지겁 에바의 방에 나타났다.

"여보! 형님! 아, 세상에!" 마리가 다급하게 말했다.

"조용!" 세인트클레어가 목쉰 소리로 말했다. "에바가 지금 떠나려 하고 있소."

매미는 이 말을 듣고 하인들을 깨우러 달려갔다. 곧 집안 전체가 깨어나면서 램프가 켜지고 달려오는 발소리가 들렸다. 하인들은 걱정스러운 얼굴로 베란다에 들이닥쳤고, 눈물 어린 눈으로 유리창을 통해 실내의 상황을 지켜보았다. 하지만 세인트클레어는 아무 소리도 듣지 못했고 아무 말도 하지 못했다. 그저 어린 딸의 얼굴만 내려다볼 뿐이었다.

"아, 저 아이가 잠에서 깨어나 한 번만 더 내게 말을 걸어준다면!" 세인트클레어는 에바의 얼굴 위로 허리를 굽히며 귀에다 속삭였다. "에바, 우리 아가!"

커다란 푸른 눈이 서서히 떠졌다. 미소가 에바의 얼굴에 번지면서 머리를 들고 뭔가 말하려고 애를 썼다.

"날 알아보겠니, 에바?"

"아빠." 아이가 마지막 안간힘을 다해 아버지의 목에 매달리려고 애쓰면서 말했다. 하지만 곧 팔의 힘이 풀리고 말았다. 세인트클레어가 고개를 들자 에바의 얼굴에 죽음의 고통으로 인한 경련이 일어났다. 에바는 숨을 내쉬려고 안간힘을 쓰면서 그 작은 팔을 들어올리려 했다.

"아, 하느님, 이건 정말 너무하십니다!" 세인트클레어가 고뇌에 찬 표정으로 고개를 돌리며 무의식적으로 톰의 손을 꽉 쥐었다. 그는 자신이 무엇을 하고 있는지도 알지 못했다. "아, 톰, 난 죽을 것만 같아!"

톰은 주인의 손을 자신의 손으로 잡아주었다. 검은 뺨에서는 눈물이 흘러내리고 있었고, 그의 눈은 도움을 필요로 할 때면 늘 올려다보던 하늘을 향하고 있었다.

"제발, 딸애의 고통이 빨리 끝났으면!" 세인트클레어가 말했다. "내 가슴이 너무나 아프구나!"

"오, 주님, 찬미받으소서! 주인님, 끝났습니다. 끝났습니다!" 톰이 말했다. "아가씨를 보십시오."

아이는 기진맥진한 것처럼 베개에서 숨을 헐떡이고 있었다. 크고 맑은 눈은 계속 위쪽을 바라보고 있었다. 아, 저 눈은 하늘을 쳐다보며 무엇을 말하고 있는 것인가? 이 지상은 지나갔고 지상의 고통 또한 지나가버렸다. 얼굴에 나타난 빛나고 의기양양한 표정은 너무나 장엄하고 신비스러워서 슬픔의 흐느낌 소리마저 제압했다. 사람들은 숨소리조차 들리지 않을 정도로 정숙하게 에바의 주변에 몰려들었다.

"에바." 세인트클레어가 부드럽게 말했다.

에바는 듣지 못했다.

"아, 에바. 네가 본 것을 우리에게 말해주렴! 무엇을 보았니?" 세인트클레어가 재차 말했다.

밝고 영광스러운 미소가 에바의 얼굴에 퍼지면서 띄엄띄엄 말했다. "아! 사랑…… 기쁨…… 평화!" 에바는 마지막 숨을 몰아쉬고는 죽음에서 영생으로 건너갔다.

"잘 가렴, 사랑스러운 내 아가! 네 앞에 빛나는 영원의 문이 열렸구

나. 우리는 네 온유한 얼굴을 더이상은 보지 못하겠지. 네가 천국에 들어가는 것을 지켜보고서도 아침에 잠을 깨면 차고 흐린 하늘밖에 보지 못하는 자들은 슬퍼할지어다! 아아, 넌 영영 내 곁을 떠나가고 말았구나!"

27장
'이것이 지상의 마지막 순간'*

에바의 방에 있던 조각상과 그림에는 흰 천이 덮였고, 방에서는 조용한 숨소리와 발소리만이 들려올 뿐이었다. 블라인드가 내려져 다소 어두워진 방으로 창문을 통해 햇빛이 은은하게 흘러들고 있었다.

침대는 흰 천으로 덮였고, 날개를 늘어뜨린 천사상 아래에는 영원히 깨지 않는 잠에 빠진 어린아이가 누워 있었다.

에바는 생전에 즐겨 입던 수수한 흰옷을 입은 채 누워 있었다. 커튼 사이로 들어오는 장밋빛 햇살이 죽음의 얼음 같은 냉기에 희미한 온기를 부여했다. 에바의 짙은 속눈썹은 조용히 내려와 있었고, 머리는 마치 잠든 것처럼 자연스럽게 한쪽으로 약간 기울어져 있었다. 어린

---

* 미국의 제6대 대통령 존 Q. 애덤스의 유언. "이것이 지상의 마지막 순간! 나는 만족한다."

얼굴에는 황홀함과 평온함이 뒤섞인 고귀한 천상의 표정이 가득했다. 그것은 일시적인 휴식이나 지상의 휴식이 아닌, '하느님이 사랑하는 자들에게 주는' 길고도 신성한 휴식이었다.

사랑스러운 에바, 너와 같은 이에겐 죽음이라곤 없다! 어둠이나 죽음의 그림자도 없다. 오로지 황금빛 여명에 스러지는 샛별처럼 빛나는 사라짐이 있을 뿐이다. 너의 승리는 투쟁 없이 얻어낸 승리이며, 다툼 없이 얻어낸 왕관이다.

세인트클레어는 팔짱을 끼고 침대를 바라보면서 그런 생각을 했다. 하지만 그가 무슨 생각을 했는지 누가 알 수 있겠는가? 생명이 꺼져가는 방에서 사람들이 "아가씨가 우리 곁을 떠나셨네"라고 말한 이후로 그에게는 모든 것이 황량한 안개였고, 무겁고도 '어두운 고뇌'였다. 세인트클레어는 주변에서 들려오는 소리를 들었고 질문에는 대답도 했다. 언제 장례식을 치르고 어디에 매장할 것인가 등의 질문에는 짜증 섞인 어조로 그런 건 신경 쓰지 않는다고 대답했다.

아돌프와 로자가 에바의 방을 정돈했다. 평소 경박하고 변덕스럽고 아이 같던 그들이었지만 그날만큼은 유순하게 정성을 다하고 있었다. 오필리어가 정리정돈의 세부 사항을 꼼꼼히 감독하는 동안, 그들은 에바의 방에 온화하고 시적인 분위기를 더하여 뉴잉글랜드식 장례식에서 종종 발견되는 근엄하고 처량한 분위기를 크게 완화해놓았다.

선반에는 아직 꽃이 그대로 있었다. 아름답고 향기로운 흰색의 꽃들이 우아한 잎을 드리우고 있었다. 에바의 작은 탁자는 흰 천으로 덮여 있었는데, 그 위의 꽃병에는 평소 에바가 좋아했던 흰 모스로즈 봉오리가 꽂혀 있었다. 커튼의 주름은 아돌프와 로자가 그들 종족의 특징인 섬세함을 살려 솜씨 있게 다시 잘 펴놓았다. 세인트클레어가 에바의 방에서 뭔가 생각하며 우두커니 서 있을 때도 로자는 흰 꽃이 담긴 바구니를 들고 조용히 방으로 들어왔다. 로자는 세인트클레어를 발견하고 예의를 갖추며 물러나려 했으나, 주인이 별로 신경 쓰지 않는다는 것을 알고는 앞으로 나아가 에바의 시신 주변에 흰 꽃을 놓았다. 로자가 자그마한 손에 아름다운 흰색 재스민 꽃을 쥐여주고 다른 꽃으로 침상 주변을 훌륭하게 장식하는 것을 세인트클레어는 마치 몽유병 환자처럼 바라보았다.

다시 문이 열리더니, 이번에는 울어서 눈이 짓무른 톱시가 앞치마 밑에 뭔가를 쥐고 나타났다. 로자는 재빨리 나가라는 손짓을 했으나 톱시는 이미 방 안으로 들어섰다.

"들어오지 마." 로자가 날카로운 목소리로 말했다. "넌 여기 올 필요 없어!"

"들어가게 해주세요! 꽃을 가져왔단 말이에요. 이렇게 예쁜 꽃을요!" 톱시가 절반쯤 핀 월계화 봉오리를 들어 보이며 말했다. "이것 하나만 거기 놓을 수 있게 해주세요."

"가라니까!" 로자가 더욱 단호하게 말했다.

"그 앨 놔둬!" 세인트클레어가 갑자기 언성을 높이며 말했다. "어서 들여보내."

로자가 급히 물러서자 톱시는 가져온 꽃을 시신의 발끝에 놓았다. 그러고는 갑자기 침대 옆 바닥에 쓰러져 미친 듯이 통곡하고 눈물을 흘리며 구슬프게 흐느꼈다.

오필리어가 서둘러 방에 들어와 톱시를 일으켜 진정시키려 했으나 헛수고였다.

"아, 에바 아가씨! 에바 아가씨! 저도 죽고만 싶어요, 저도요!"

톱시의 통곡에는 사람의 폐부를 찌르는 슬픔이 담겨 있었다. 세인 트클레어의 희고 대리석 같은 얼굴이 크게 상기되더니, 에바가 눈앞에서 세상을 뜬 이래 처음으로 눈물을 흘렸다.

"일어나렴, 애야." 오필리어가 한결 부드러워진 목소리로 말했다. "그렇게 울지 마. 아가씨는 천국으로 가셨다. 천사가 되셨어."

"그렇지만 볼 수가 없잖아요!" 톱시가 말했다. "다신 보지 못하잖아요!" 톱시가 다시 흐느꼈다.

방 안의 사람들은 잠시 침묵을 지키며 서 있었다.

"아가씨는 절 사랑한다고 하셨어요." 톱시가 말했다. "정말로 그랬단 말이에요! 아, 세상에! 이젠 나를 사랑해줄 사람은 아무도 없어. 아무도!"

"정말로 그렇구나." 세인트클레어가 그렇게 말하고 오필리어에게 고개를 돌리며 말했다. "하지만 누님께서 이 불쌍한 아이를 위로해줄 수 있지 않을까요?"

"나 같은 건 태어나지 않았더라면 좋았을걸." 톱시가 말했다. "태어나봐야 아무런 쓸모도 없는데."

오필리어는 부드러우면서도 단호하게 톱시를 일으켜 세워 자신의 방으로 데려갔다. 그렇게 하는 동안 오필리어의 눈에서도 눈물이 흘러내렸다.

"톱시, 이 불쌍한 것." 오필리어가 톱시를 방 안으로 들이면서 말했다. "포기하지 마! 내가 널 사랑해줄게. 비록 저 사랑스러운 아이만큼은 못 하겠지만 사랑해줄게. 난 저 아이한테서 예수님의 사랑을 조금은 배운 것 같아. 내가 널 사랑해줄 수 있어. 앞으로 그렇게 할 거야. 내가 너를 도와 훌륭한 기독교인으로 자랄 수 있게 해주마."

오필리어의 목소리는 자신이 하고 있는 말 이상의 것을 의미했으며, 그녀의 뺨에서 흘러내리는 눈물이 그것을 증명해주고 있었다. 이때부터 오필리어는 이 학대받은 아이에게 마음으로부터의 신망을 얻게 되었고, 이후 그것을 잃지 않았다.

'아, 에바, 지상에 머무르는 짧은 시간 동안 넌 너무나 좋은 일을 많이 했구나.' 세인트클레어가 생각했다. '너보다 훨씬 더 오래 살았지만 나는 도대체 뭘 했단 말이냐?'

잠시 동안 에바의 방에는 그녀를 조문하러 오는 이들의 조용한 속삭임과 발걸음이 가득했다. 그런 뒤 작은 관이 들어왔고, 이어 장례식이 거행되었다. 마차들이 들어오고, 장례식에 참석하는 사람들이 들어와 앉았다. 그들은 흰 스카프와 리본, 상장을 달았으며, 집안 식솔들은 검은색 크레이프 상장을 달았다. 성경 말씀을 읽는 소리가 들리더니 기도가 시작되었다. 세인트클레어는 눈물이 메말라버린 사람처럼 한숨을 쉬고, 걷고, 움직였다. 그는 마지막까지 관 속의 금발머리에서 시선을 떼지 않았다. 세인트클레어는 그 위에 천이 덮이고 관 뚜껑이 닫히는 소리를 들었다. 그는 다른 사람들의 앞에 서서 정원 끝에 마련된 조그만 공간으로 내려갔다. 에바와 톰이 자주 만나 이야기하고, 찬송가를 부르고, 성경을 읽던 이끼 낀 의자 옆에 작은 구덩이가 파여 있었다. 세인트클레어는 빈 무덤 옆에 서서 멍하니 아래를 내려다보았다. 그는 작은 관이 무덤 속으로 내려지는 것을 보았다. "나는 부활이요 생명이니 나를 믿는 사람은 죽더라도 살리라"*라는 장엄한 말씀도 어렴풋이 들려왔다. 흙이 무덤 속을 점점 채워갔지만, 그는 지금 눈앞에서 사라져가는 것이 자신의 딸 에바라는 사실이 도저히 실감나지 않았다.

그것은 에바가 아니다! 주 예수가 재림하는 날 다시 나타나게 될 밝고 영원한 에바의 연약한 씨앗에 지나지 않는다!

이제 모두가 떠났다. 가족들도 이제 에바가 더이상 존재하지 않는 곳으로 돌아갔다. 마리의 방은 어둠침침했다. 그녀는 침대에 누워 주체할 수 없는 슬픔에 흐느끼며 신음 소리를 냈다. 그리고 시도 때도 없이 하인들을 불러댔다. 물론 하인들은 울고 있을 여가가 없었다. 마리가 볼 때 그들의 슬픔은 말이 되지 않는 것이었다. 그런 슬픔은 오로지 마리의 것이었고, 이 세상 누구도 그녀처럼 슬퍼하지도 않고, 또 그렇게 슬퍼할 수도 없다고 확신했다.

"세인트클레어는 눈물 한 방울 흘리지 않는구나." 마리가 말했다. "에바가 불쌍하지도 않은가 보지. 에바가 얼마나 고통스러웠을지 모를 리가 없는데 저렇게도 무정하고 무감각할까. 참으로 대단하구나."

사람들은 평소 눈과 귀의 노예가 되어 생활해나간다. 그래서 하인들 대부분이 진심으로 마님이 이번 일에서 가장 슬퍼하는 사람이라고 생각하게 되었다. 특히 마리가 히스테리로 경련을 일으켜 의사를 불러오고 마침내 죽을 것 같다고 말했을 때, 하인들은 이리저리 뛰고 달리며 뜨거운 물을 담은 병을 가져오고 플란넬 천을 덥혀서 사지를 마

---

* 「요한복음」 11:25.

사지해주는 등 난리가 벌어졌고, 그런 야단법석은 일대 장관을 이루었다.

그러나 톰은 가슴속에 뭔가 짚이는 것이 있어 더욱 주인에게 신경을 썼다. 주인이 뭔가 생각하면서 슬프게 어디론가 걸어갈 때면 그 뒤를 조용히 따랐다. 톰은 세인트클레어가 에바의 방에서 창백한 얼굴로 조용히 앉아, 비록 한 글자도 보는 것 같지는 않지만 에바의 작은 성경을 펼쳐보고 있을 때, 그 조용하고 한 곳을 응시하는 건조한 눈에서 마리의 신음 소리와 한탄보다 더 큰 슬픔을 보았다.

며칠 뒤 세인트클레어 가족은 호숫가 별장을 떠나 도시로 돌아왔다. 오거스틴이 슬픔 때문에 제대로 쉬지 못해 기분 전환 겸 다른 곳으로 가기를 간절히 바랐기 때문이었다. 그래서 그들은 작은 무덤이 있는 호수 옆의 별장과 정원을 떠나 뉴올리언스로 돌아왔다. 세인트클레어는 시내를 바쁘게 출입하며 마음속의 공백을 분주한 일상과 환경 변화로 메워보려고 애썼다. 거리에서 그를 본 사람들이나 카페에서 만난 사람들은 모자에 달린 상장이 아니었다면 그가 딸을 잃었다는 사실도 눈치채지 못할 정도였다. 그는 미소를 띤 채 사람들과 이야기하고, 신문을 읽고, 정치에 대해 깊이 생각해보기도 하고, 사업에 관련된 일에 참석하는 등 일상적 행위를 반복했다. 그렇지만 이런 미소를 띠고 있는 외관이 어둡고 조용한 무덤 같은 마음의 텅 빈 껍질임을 누가 알겠는가?

"남편은 참 특이한 사람이에요." 마리가 오필리어에게 불평을 늘어놓았다. "세인트클레어가 이 세상에서 사랑하는 뭔가가 있다면, 그건 바로 우리 귀여운 딸 에바라고 늘 생각해왔어요. 하지만 남편은 그 애를 너무나 쉽게 잊어버린 것 같아요. 그 사람이 에바 이야기를 하는 걸 본 적이 없어요. 그보다는 좀더 깊은 감정을 내보여야 하는 거 아니에요?"

"물은 깊을수록 조용히 흐른다고 하잖아." 오필리어가 선언하듯 말했다.

"하지만 나는 그런 거 믿지 않아요. 말뿐이라고요. 사람이 뭔가 감정을 가지고 있다면 겉으로 드러나게 되어 있잖아요, 반드시. 그렇지만 감정을 가진다는 건 아주 불행한 일이에요. 차라리 내가 세인트클레어 같은 사람이라면 얼마나 좋을까요. 내 감정이 너무나 나를 괴롭혀요!"

"마님, 주인님께서는 점점 그림자처럼 야위어가고 있어요. 아무것도 드시지 않는대요." 매미가 말했다. "주인님께서 에바 아가씨를 잊어버렸을 리 없어요. 그럼요, 아무도 아가씨를 잊어버릴 수는 없죠. 그 귀엽고 작고 축복받은 아가씨를 말이에요!" 매미가 눈물을 닦아냈다.

"아무튼 그 사람은 날 신경 써준 적이 없어." 마리가 말했다. "위로하는 말 같은 건 단 한 번도 해본 적이 없다니까. 아이의 어머니가 다른 사람들보다 더 고통 받는다는 사실을 저 사람은 알아야 해."

"마음은 그 자신의 쓸쓸한 고통을 잘 알고 있지." 오필리어가 엄숙하게 말했다.

"그게 제가 생각하던 거예요. 난 내 감정을 잘 알아요. 그런데 이런 내 심정을 아무도 몰라봐요. 에바가 그나마 알아줬지만, 이제 떠나버렸잖아요!" 마리는 소파에 드러누워 서글프게 흐느끼기 시작했다.

불행하게도 마리는 뭔가를 잃어야만 그것의 가치를 알아차리는 사람이었다. 무엇이든 가지고 있을 때는 그 결점만 찾으려 했지만, 그것이 완전히 사라지고 나면 그녀는 끝도 없이 그 가치를 칭송했다.

응접실에서 이런 대화를 나누는 동안 세인트클레어의 서재에서는 다른 대화가 오가고 있었다.

톰은 내내 주인을 걱정하여 따라다녔고, 몇 시간 전에 주인이 서재로 들어간 것을 본 뒤 나오기를 기다렸으나 나오지 않자 마음을 굳게 먹고 마치 용건이 있는 것처럼 조용히 서재로 들어섰다. 세인트클레어는 서재 안쪽에 있는 소파에 엎드려 있었다. 에바의 성경을 앞에 펼쳐놓은 채였다. 톰은 걸어가 소파 옆에 섰다. 톰이 망설이고 있을 때, 세인트클레어가 갑자기 몸을 일으켰다. 슬픔으로 가득한 톰의 정직한 얼굴과 연민을 담고 애원하는 표정은 세인트클레어의 마음에 강한 인상을 주었다. 세인트클레어는 톰의 손에 자신의 손을 포개고, 그 위에 이마를 가져다 댔다.

"아, 톰, 온 세상이 달걀 껍데기처럼 텅 빈 것 같아."

"알고 있습니다, 나리. 알고말고요." 톰이 말했다. "하지만, 아아, 만약 나리께서 하늘을, 사랑스러운 에바 아가씨가 있는 하늘, 우리 주 예수가 계신 하늘을 바라보실 수만 있다면!"

"아, 톰! 올려다보았지. 하지만 아무것도 보이지 않아. 나도 볼 수 있었으면 좋겠어."

톰이 깊게 한숨을 내쉬었다.

"아이들이나 아니면 너처럼 불쌍하고 정직한 사람들만 우리가 보지 못하는 것을 보는 것 같아." 세인트클레어가 말했다. "어째서 그럴까?"

"'하늘과 땅의 주인이신 아버지, 안다는 사람들과 똑똑하다는 사람들에게는 이 모든 것을 감추시고 오히려 철부지 어린아이들에게 나타내 보이시니 감사합니다.'" 톰이 낮게 말했다. "'그렇습니다. 아버지! 이것이 아버지께서 원하신 뜻이었습니다.'"*

"톰, 난 믿지 않아. 믿을 수가 없어. 나는 늘 의심하게 돼." 세인트클레어가 말했다. "성경을 믿고 싶어, 그렇지만 잘 안 돼."

"주인님, 그 좋으신 분께 기도를 올리십시오. '저는 믿습니다. 그러나 제 믿음이 부족하다면 도와주십시오.'"**

"누가 모든 것을 다 알고 있다는 거지?" 세인트클레어가 꿈꾸는 듯한 시선으로 두리번거리며 혼잣말을 했다. "아름다운 사랑이나 믿음이라는 것도 모두 실제로는 믿을 게 못 되는, 조금만 입김이 불어도 사라지고 마는 그런 인간 감정의 속절없는 양태가 아닐까? 에바도, 천국도, 예수도, 그저 아무것도 없는 게 아닐까?"

"아, 나리, 분명 있습니다! 전 알고 있습니다. 전 확신합니다." 톰이 무릎을 꿇으며 말했다. "제발, 나리, 믿어주십시오!"

"예수가 있다는 것을 어떻게 알 수 있다는 거지, 톰? 단 한 번도 보지 못했잖아?"

"제 영혼으로 그분을 느낍니다, 나리. 지금도 그분을 느끼고 있습니다! 아, 나리, 제가 팔려서 늙은 마누라와 아이들과 헤어지게 되었을 때, 전 모든 것이 완전히 끝나는 줄 알았습니다. 마치 아무것도 제게 남지 않은 것 같았습니다. 그런데 그 좋은 분께서 제 옆에 오셔서

---

* 「마태복음」11:25~26.
** 「마가복음」9:24.

'톰, 두려워 마라'라고 말씀해주셨습니다. 그분은 불쌍한 사람의 영혼에 빛과 즐거움을 가져다주십니다. 모든 것을 평화롭게 해주십니다. 그래서 저는 이렇게 행복하고, 모두를 사랑하고, 기꺼이 주님의 뜻을 좇고 그에 따라 행동하며, 주님이 저를 두고 싶으신 곳에서 살아갑니다. 저는 이런 것이 저로부터 나온 것이 아니라는 것을 압니다. 저는 불쌍한, 불평 많은 인간이니까요. 이런 것은 주님으로부터 나온 것입니다. 저는 나리를 위해 주님께서 기꺼이 그렇게 해주실 거라고 믿습니다."

톰은 연신 눈물을 흘리며 목이 메어 말했다. 세인트클레어는 자신의 머리를 톰의 어깨에 내려놓고 그 강하고 믿음직스러운 검은 손을 꽉 쥐었다.

"톰, 너는 날 사랑하는구나." 세인트클레어가 말했다.

"나리가 기독교인이 된다면, 그 축복받은 날에 기꺼이 내 목숨을 바치겠습니다."

"아, 이 불쌍하고 어리석은 친구!" 세인트클레어가 반쯤 일어서면서 말했다. "나는 너와 같은 선량하고 정직한 사람의 사랑을 받을 자격이 없어."

"아, 나리, 저보다 더 나리를 사랑하는 분이 계십니다. 거룩하신 예수 그리스도가 그분입니다."

"그것을 어떻게 알지, 톰?" 세인트클레어가 말했다.

"제 영혼으로 느낍니다. 아, 나리! '예수님의 사랑은 인간의 지식을 넘어서는' 겁니다."

"희한하군!" 세인트클레어가 몸을 돌리며 말했다. "천팔백 년 전에

162

죽은 사람의 이야기가 아직도 이렇게 큰 영향을 미칠 수 있다니. 하지만 그는 인간이 아니었지. 인간은 아무도 그렇게 오랫동안 영향력을 행사하지 못했으니까! 아, 내가 어머니의 가르침을 그대로 믿고, 어릴 때 그랬던 것처럼 기도할 수 있다면!"

"나리께서 괜찮으시다면," 톰이 말했다. "에바 아가씨는 이 책을 너무나 아름답게 읽어주시곤 했습니다. 저는 나리께서 그만큼 훌륭하게 읽어주시리라 생각합니다. 에바 아가씨가 떠나신 뒤에는 거의 성경 낭독을 듣지 못했습니다."

성경의 펼쳐진 부분은 나자로의 부활이 적혀 있는 요한복음 11장이었다. 세인트클레어는 그것을 큰 소리로 읽어갔다. 그러면서 슬픈 이야기로 촉발된 감정의 동요를 억누르기 위해 종종 읽기를 멈추기도 했다. 톰은 양손을 포갠 채 그의 앞에 무릎을 꿇었다. 그 온화한 얼굴에는 사랑과 믿음, 숭배의 표정이 어려 있었다.

"톰," 세인트클레어가 말했다. "이 부활 얘기가 네겐 진실이란 말이지!"

"제겐 완전히 그렇게 보입니다, 나리." 톰이 말했다.

"톰, 나도 너와 같은 눈을 가졌으면!"

"나리가 그런 눈을 가지실 수 있게 주님께 빌겠습니다!"

"하지만 톰, 내가 너보다 훨씬 더 많은 지식을 가지고 있어. 그런 내가 성경을 믿지 않는다고 말하면 어떨까?"

"아, 나리!" 톰은 그러면 안 된다는 듯한 몸짓을 하며 양손을 들어 올렸다.

"내 말이 너의 신앙심을 흔들어놓지는 못하지, 톰?"

"조금도요." 톰이 말했다.

"톰, 넌 내가 아주 많은 지식을 갖고 있다는 것을 모를 리 없을 텐데."

"아, 나리, 방금 그분께서는 지혜롭고 슬기로운 자들로부터는 모습을 감추고 철부지들에게 나타난다는 것을 읽지 않으셨습니까? 나리는 진심으로 그런 말을 하신 건 아니죠?" 톰이 걱정하면서 말했다.

"그래, 톰, 진심이 아니었어. 완전 불신자는 아니야. 종교를 믿을 만한 이유는 있다고 생각해. 그런데도 난 여전히 믿지 않아. 이게 못돼먹은 나의 고약한 버릇이야, 톰."

"나리께서 그저 기도만 하실 수 있다면!"

"내가 기도를 하지 않는 것을 어떻게 알지, 톰?"

"기도를 하십니까?"

"내가 기도를 올릴 때 누군가가 그곳에 있어서 들어준다면 기도를 할 거야. 하지만 그건 허공에다 대고 말하는 것이거든. 그러면 톰, 이제 네가 기도를 한번 올려봐. 어떻게 하는지 내게 보여줘."

톰의 가슴속이 경건한 감정으로 가득 찼고, 그는 그것을 기도로 쏟아냈다. 오랫동안 갇혀 있던 물이 밖으로 터져나오듯 줄줄 흘러나왔다. 한 가지는 분명했다. 사람들이 믿건 말건, 톰은 자신의 기도를 들어줄 누군가가 거기 확실히 있다고 생각했다. 사실, 세인트클레어는 톰의 신앙과 감정의 조류에 실려 자신이 상상해오던 천국의 문에 거의 다다른 것처럼 느꼈다. 그의 기도가 자신을 에바에게 더 가까이 데려다주는 것 같았다.

"고마워." 톰이 일어섰을 때 세인트클레어가 말했다. "네 기도를 들으니 기분이 좋아졌어, 톰. 그렇지만 이젠 나가봐. 혼자 있고 싶어. 그 문제는 다른 날 좀더 이야기를 해보자고."

톰은 조용히 방에서 나왔다.

28장
재회

세인트클레어의 저택에서 몇 주라는 시간이 흘렀다. 삶의 물결은 조그만 범선을 흘려보낸 뒤에 일상의 흐름으로 되돌아왔다. 얼마나 거만하고 얼마나 냉정하게, 현실의 힘겹고 무심하고 지루한 과정이 사람의 감정을 무시한 채 흘러가는가! 우리는 생활하면서 여전히 먹고 마시고, 잠을 자고, 다시 깨어나야만 한다. 또한 여전히 거래를 하고, 사고팔고, 물어보고, 답변을 해주어야 한다. 간단히 말해, 비록 그런 것들에 대한 흥미가 모두 사라져도 여전히 천 가지나 되는 일상의 그림자들을 뒤쫓아야만 하는 것이다. 결국 인생의 핵심 관심사가 사라진 뒤에도 생활의 냉정하고 기계적인 습관은 그대로 남아 예전처럼 부지런히 작동하는 것이다.

세인트클레어의 인생에서 모든 관심과 희망은 무의식적으로 에바를 중심으로 회전해왔다. 그가 재산을 관리한 것, 시간을 계획하고 분배한 것은 모두 에바를 위해서였다. 에바를 위해 이런저런 것을 해주던 생활, 즉 에바를 위해 무언가를 사고 개량하고 변형하고 정돈하고 배치하는 것이 그의 오래된 습관이었다. 그러나 에바가 사라지자 그는 아무것도 생각할 게 없고 또 할 것도 없는 것 같았다.

물론 또 다른 삶도 있었다. 일단 종교적인 삶을 믿게 되면, 시간의 무의미한 기호(記號)들은 엄숙하면서도 유의미한 상징들이 되고, 그것들은 신비하면서도 오묘한 가치체계로 전환된다. 세인트클레어는 이것을 잘 알고 있었다. 그는 지쳐 있을 때면 종종 하늘에서 들려오는 자신을 부르는 가냘프고 아이 같은 목소리를 들었고, 작은 손이 그에게 삶의 방향을 가리키는 것도 보았다. 하지만 슬픔으로 인해 아주 무기력해져 있던 그는 과감하게 떨치고 일어날 수 없었다. 그는 자신의 양식과 본능만으로도, 많은 평범하고 독실한 기독교인들보다 더 분명하게 종교적 명제를 사색하는 능력을 갖고 있었다. 도덕적인 명제들의 미묘한 음영과 관련성을 알아보는 재능은 오히려 그 음영과 관련성을 무시하고 살아가는 사람들의 특성인 듯하다. 가령 토머스 무어, 바이런, 괴테 등은 종교에 의지하여 평생을 살아나간 사람들보다도 더 멋지게 종교적인 감성을 묘사하곤 했다. 이렇게 종교적 감성을 묘사하기만 하고 실천하지는 않은 사람들과는 달리 오로지 종교에 의지하여 살아간 사람들은, 그러한 종교를 무시하는 건 끔찍한 배교일 뿐만 아니라 치명적인 죄라고 생각한다.

세인트클레어는 자신의 삶이 어떤 종교적 의무의 지배를 받는다고 허세를 부린 적은 단 한 번도 없었다. 그의 세련된 성격은 기독교의 필수적 요구 사항이 어떤 것인지 본능적으로 파악했다. 하지만 그런 요구 사항을 모두 실천하겠다고 결심할 경우 그것이 자신의 양심에 어떤 갈등을 불러일으킬지 뻔히 알고 있었기 때문에 기독교를 회피하게 되었다. 인간의 본성이란 모순 덩어리이고 특히 이상적인 문제와 관련해서는 더욱 그런 경향을 보인다. 어떤 일을 하려다가 중간에 그만두기보다는 아예 하지 않는 것이 더 낫다고 생각하는 게 인간의 본성이다.

그러나 세인트클레어는 많은 면에서 다른 사람이 되었다. 그는 에바가 남긴 성경을 아주 진지하게 읽었다. 그는 하인들과의 관계를 더 진지하고 실제적으로 생각해보았고, 그 결과 과거와 현재의 방향에 커다란 불만을 품게 되었다. 그가 뉴올리언스로 돌아오자마자 착수한 일 중 하나는 톰의 해방에 필요한 법적 절차를 밟는 것이었으며, 이제 필요한 요식행위만 거치면 톰의 해방은 실현되는 단계에 이르렀다. 그러는 동안 그는 톰과 매일 더 많은 시간을 보냈다. 이 넓은 세상에서, 톰만큼이나 에바를 생각나게 해주는 존재는 없었다. 그는 계속 톰을 주변에 두었으며, 비록 그 자신의 깊은 감정은 본인도 잘 모를 정도로 까다롭고 접근 불가능한 것이었지만, 톰에게는 머릿속에 떠오르는 생각을 그때그때 말해주었다. 톰이 성실하게 젊은 주인을 따라다니며 호감과 헌신을 표하는 것을 본 사람들은 그런 반응이 당연한 것이라고 생각했다.

"톰." 세인트클레어가 톰의 해방을 위한 법적인 정규 절차에 착수한 다음날 말했다. "널 자유민으로 만들어줄 생각이야. 짐을 싸고 켄터키로 떠날 준비를 하도록 해."

톰의 얼굴에 갑자기 기쁨의 화색이 돌더니, 하늘로 양손을 들어올려 "주를 찬미하라!"라고 큰 목소리로 말했다. 세인트클레어는 그것을 보고 조금 기분이 나빠졌다. 톰이 그렇게나 자신을 떠나가는 걸 좋아한다는 것이 그다지 마음에 들지 않았다.

"그렇게 기뻐할 정도로 이곳의 생활이 나쁘지는 않았던 것 같은데, 톰." 세인트클레어가 차갑게 말했다.

"그런 건 아닙니다, 나리! 자유민이 될 수 있기 때문입니다! 제가 기뻐한 것은 그것입니다."

"톰, 자유민이 되는 것보다 풍족하게 생활하는 게 더 낫지 않아?"

"아닙니다, 정말로 그렇지 않습니다, 세인트클레어 주인님." 톰이 목소리에 힘을 주며 말했다. "정말로 그렇지 않습니다!"

"톰, 네가 자유민이 되어 열심히 일한다고 해도, 내가 너에게 해주었던 옷이나 생활 수준은 유지하지 못할 거야."

"잘 알고 있습니다. 주인님은 여태까지 제게 너무나 잘해주셨습니다. 하지만 주인님, 저에게는 허름한 옷, 허름한 집, 허름한 다른 모든 것이 차라리 낫습니다. 아무리 좋은 것이라도 다른 사람의 것을 사용하기보다 제 것을 쓰는 게 더 좋습니다. 저는 그렇게 생각합니다, 주인님. 그게 자연의 이치라고 생각합니다."

"그렇군, 톰, 앞으로 한 달 정도 후면 넌 나를 떠나게 될 거야." 세인트클레어가 다소 퉁명스럽게 말했다. "뭐, 한 달 안에 떠나는 것도 좋지. 꼭 나쁘다고만 할 순 없어." 세인트클레어가 갑자기 쾌활한 어조로 전환하면서 자리에서 일어나 걷기 시작했다.

"나리께서 어려움에 빠져 있는 동안에는 가지 않습니다." 톰이 말했다. "나리께서 저를 필요로 하시는 한 여기 머무를 겁니다. 제가 도움을 드릴 수 있는 한 말입니다."

"내가 어려움에 빠져 있는 동안에는 가지 않겠다고, 톰?" 세인트클레어가 창문 밖을 슬프게 쳐다보며 말했다. "나의 이 문제가 언제나 끝나게 될까?"

"나리께서 기독교인이 되면 끝납니다." 톰이 말했다.

"그날이 올 때까지 정말로 여기 머무를 생각인가?" 창문을 내다보던 세인트클레어가 몸을 돌려 가볍게 미소 지으며 톰의 어깨에 손을 올려놓았다. "아, 톰, 이 온순하고 어리석은 친구! 그날까지 내 곁에 두지는 않을 거야. 집으로 가서 너의 아내와 아이들을 만나야지. 내 안부도 전해주고."

"그날이 올 거라고 믿는 것이 신앙입니다." 톰이 진지하게, 눈물 어린 눈으로 말했다. "하느님께서는 나리한테 베풀어주실 일을 가지고 계십니다."

"어떤 일?" 세인트클레어가 말했다. "톰, 그게 어떤 종류의 일인지 어디 한번 들어보자고. 어서 말해봐."

"심지어 저 같은 불쌍한 자에게도 주님께서는 일을 주셨습니다. 나리는 유식하고 부유하고 친구도 많습니다. 그러니 주님을 위해 하실 일이 얼마나 많겠습니까!"

"톰, 주님께서는 우리가 주님을 위해 아주 많은 일을 해주기를 바라는 것 같군." 세인트클레어가 미소 지으며 말했다.

"우리가 미약한 이웃을 위해 일을 할 때 그게 곧 주님을 위해 일을 하는 게 됩니다." 톰이 말했다.

"훌륭한 신학이로군, 톰. 단언하건대 B박사의 설교보다 훨씬 낫군." 세인트클레어가 말했다.

누군가 방문했다는 소식이 들어오면서 그들의 대화는 중단되었다.

마리 세인트클레어는 에바를 잃은 것을 다른 어떤 일보다도 심각하게 생각했다. 마리는 자신이 불행할 때 다른 사람들도 몽땅 불행하게 만드는 엄청난 재능을 가진 여성이었다. 그러니 마리를 직접 시중드는 하인들은 에바 아가씨를 잃은 것을 크게 아쉬워할 이유가 있었다. 에바의 은근한 방식과 온유한 개입은 마리의 폭군 같고 이기적이고 부당한 요구로부터 종종 방패 역할을 해주곤 했다. 특히 남편과 자식들로부터 떨어져 살아가던 늙고 불쌍한 매미는 자신을 위로해주던 에바라는 아름다운 존재가 사라지자 엄청난 상실감을 느꼈다. 그녀는 하루 종일 울었다. 슬픔이 너무 지나친 나머지 마님을 돌보는 정성과 주의가 평상시에 못 미치게 되었고, 그 때문에 자신의 무방비한 머리 위로 안주인 마리의 독설이 폭풍처럼 몰아치는 나날을 보냈다.

오필리어도 상심하고 있었지만, 그녀의 선량하고 정직한 마음은 영생에 이르는 열매를 맺게 되었다. 그녀는 전보다 더 온화하고 더 상냥해졌다. 예전처럼 근면하게 자신이 맡은 일을 수행했지만, 전에는 보기 드물었던 원만하고 평온한 분위기가 감돌았다. 그녀 스스로 조용히 생각하고 반성한 것이 헛되지 않았던 것이다. 그녀는 톱시를 가르치는 일도 더욱 성실하게 해나갔다. 주로 성경을 가르쳤으며, 톱시와의 신체 접촉을 피하거나 혐오감을 어설프게 감추는 일도 더는 없었다. 그렇게 할 수 있었던 것은 마음속에 정말로 혐오감이 없었기 때문이었다. 오필리어는 난생처음으로 에바에게 배운 대로 온화한 눈빛으로 톱시를 바라보았고, 톱시를 불멸의 영혼을 가진 존재로 보게 되었다. 그리고 하느님이 자신을 영광과 선으로 이끌기 위해 톱시를 보내주셨다고 생각하게 되었다. 톱시는 단번에 성녀가 될 수는 없었지만, 에바의 삶과 죽음이 그녀에게도 변화를 가져왔다. 냉담하고 무관심한 모습은 완전히 사라졌고, 감수성과 희망, 소망, 선량해지려는 노력 등이 엿보였다. 톱시의 노력은 종종 방해를 받거나 중단되기도 하는 불규칙적인 것이긴 했지만, 그때마다 다시 새롭게 시작되었다.

어느 날 톱시를 불러오라고 오필리어가 사람을 보냈는데, 톱시가 황급히 뭔가를 자기 가슴 안에 집어넣으며 달려갔다.

"뭘 한 거지, 이 말썽쟁이야? 너 뭔가 훔쳤구나, 확실해." 톱시를 부르러 온 거만한 로자가 그렇게 말하면서 톱시의 팔을 거칠게 잡았다.

"저리 가, 로자!" 톱시가 로자를 밀어내며 말했다. "네가 신경 쓸 게 아냐!"

"신경 쓸 게 아니라고!" 로자가 말했다. "네가 뭔가 숨기는 걸 봤단 말이야. 또 속을 줄 알고." 로자는 톱시의 팔을 붙잡고 그녀의 가슴에 손을 집어넣으려고 했다. 그러자 톱시는 격분하여 로자를 걷어차면서 제 권리를 지키기 위해 용맹스럽게 싸웠다. 이런 소란이 벌어지자 오필리어와 세인트클레어가 달려왔다.

"이것이 뭔가를 훔쳤어요!" 로자가 말했다.

"아무것도 훔치지 않았어요!" 톱시가 큰 소리로 외치면서 격하게 흐느꼈다.

"무엇이든 이리 내봐!" 오필리어가 단호하게 말했다.

톱시는 잠시 망설였지만, 오필리어가 재차 말하자 가슴에서 제 낡은 스타킹 조각으로 싸놓은 작은 꾸러미를 꺼냈다.

오필리어가 풀어보니 작은 책이 한 권 나왔다. 그것은 에바가 톱시에게 준 것으로, 하루에 하나씩 읽는 일 년 치의 성경 구절이 적혀 있는 책이었다. 책 안에는 에바가 감동적인 마지막 작별 인사를 하며 주었던 에바의 곱슬머리도 들어 있었다.

세인트클레어는 그것을 보고 깊은 감명을 받았다. 그 작은 책은 장례식 때 입은 옷에서 떼어낸 검은색의 긴 크레이프 상장으로 둘러싸 놓았다.

"책에 왜 이걸 둘렀지?" 세인트클레어가 상장을 들어 보이며 물었다.

"그건, 그건, 그게 에바 아가씨이기 때문이에요. 아, 가져가지 마세요, 제발!" 톱시가 말했다. 그러곤 바닥에 주저앉아 앞치마로 얼굴을 감싸고 목청껏 울기 시작했다.

그 광경은 애처로운 것과 우스꽝스러운 것이 뒤섞여 기묘한 조화를 이루었다. 작고 낡은 스타킹, 검은 상장, 성경 구절을 써놓은 책, 아름답고 부드러운 곱슬머리, 그리고 톱시의 깊은 슬픔.

세인트클레어는 미소를 지으며 말했지만 그의 눈에도 눈물이 고여 있었다.

"자, 자, 울지 마. 여기 있다!" 세인트클레어는 물건들을 모아 톱시의 무릎에 넌서주고는 오필리어와 함께 응접실로 나왔다.

"정말이지 나는 누님이 저 아이를 통해서 뭔가 이룰 것 같다는 생각이 드는군요." 세인트클레어가 엄지로 어깨 너머 뒤편을 가리키며 말했다. "진정으로 슬퍼하는 마음을 가지고 있다면 선한 일을 할 수도 있어요. 저 아이를 꼭 훌륭한 인물로 키워보세요."

"정말 좋아졌어." 오필리어가 말했다. "큰 기대를 걸고 있지. 그런데 오거스틴," 오필리어가 세인트클레어의 팔에 손을 얹으며 말했다. "한 가지 묻고 싶은 게 있어. 저 아이는 누구의 것이지? 소유주가 누구야? 너니, 아니면 나니?"

"이미 누님께 드렸잖아요." 오거스틴이 말했다.

"하지만 법적으로는 아니잖아. 법적으로 내 것이 되게 하고 싶은데." 오필리어가 말했다.

"세상에, 누님," 오거스틴이 말했다. "노예제폐지위원회에서 어떻게 생각하겠습니까? 누님이 노예 소유주가 된다면 그런 타락 행위를 저지른 날을 단식의 날로 지정할지도 몰라요."

"말도 안 되는 소리! 난 그저 저 애를 자유주로 데리고 가서 해방시켜주려는 거야. 그 때문에 소유권을 요구하는 거야. 그렇게 해야 내가 여태까지 해놓은 일이 물거품이 되지 않을 테니까."

"아, 누님, '선을 이루기 위해 악을 행한다'는 건 너무 끔찍하지 않습니까! 별로 권장하고 싶지 않군요."

"농담하지 말고 생각 좀 해봐." 오필리어가 말했다. "저 애를 내가 노예제의 모든 위험과 불운에서 구제해주지 않으면 지금까지 기독교인으로 만들려 했던 시도가 물거품이 되어버려. 세인트클레어, 네가 정말로 저 애를 내게 줄 생각이라면 기증 서류나 법적인 서류를 만들어주었으면 해."

"그래요, 그래요, 그러도록 하죠." 세인트클레어는 소파에 앉아 신문을 펼치더니 읽기 시작했다.

"그런데 지금 해줬으면 좋겠어." 오필리어가 말했다.

"왜 그렇게 서두르세요?"

"왜냐면 지금 아니면 시간이 없을 것 같아서 그래." 오필리어가 말했다. "자, 여기 종이하고 펜과 잉크가 있어. 쓰기만 하면 돼."

세인트클레어는 고상한 마음의 소유자들이 대부분 그러하듯이 지금 즉시 행동에 나서는 것을 아주 싫어했다. 그는 사촌 누나의 노골적인 요구가 상당히 불편하게 느껴졌다.

"대체 무슨 일입니까?" 세인트클레어가 말했다. "내 말을 못 믿으십니까? 누가 보면 유대인들한테 조르는 기술이라도 배운 줄 알겠습니다. 이렇게 독촉하시다니!"

"확실히 해두고 싶어서 그래." 오필리어가 말했다. "네가 죽거나 파산할 수도 있는 노릇이잖아. 그렇게 되면 내가 아무리 항의해도 톱시는 경매장으로 끌려갈 거라고."

"이런, 정말로 신중하시군요. 양키의 손에 걸렸으니 별수 없지요. 해달라는 대로 해줄 수밖에." 세인트클레어는 재빨리 기증 문서를 작성했다. 그는 법률 양식에는 정통했으므로 쉽게 서류를 작성할 수 있었다. 증여 문서에 대문자로 자신의 이름을 기입하고 마지막에 멋진 서명 장식으로 마무리를 지었다.

"자, 이제 문서가 완성되었네요. 됐습니까, 버몬트 누님?" 세인트클레어가 서류를 오필리어에게 건네주며 말했다.

"좋아." 오필리어가 미소를 지으며 말했다. "그렇지만 증인이 되어줄 사람이 필요하지 않을까?"

"아, 귀찮아라! 자, 여기 대령했습니다." 세인트클레어가 마리의 방문을 열면서 말했다. "마리, 누님께서 당신 서명을 원하셔. 여기 그냥 이름만 적으면 돼."

"이게 뭐예요?" 마리가 서류를 살펴보면서 말했다. "우습군요! 형님께서 그 끔찍한 애한테 아주 열심이라고 생각은 했었지만." 마리가 무심하게 서명하면서 말했다. "여하튼 형님이 그런 물건을 좋아하신다면 마음대로 가져가세요."

"자, 여기 있습니다. 이제 그 애는 몸과 마음이 모두 누님 것입니다." 세인트클레어가 서류를 넘기며 말했다.

"전이나 지금이나 내 것은 아니지." 오필리어가 말했다. "하느님 말고는 저 애를 내게 주실 권리가 없어. 여하튼 이젠 저 애를 법적으로 보호할 수 있게 되었군."

"그러니까 법이라는 허구에 의해 누님의 것이 되었군요." 세인트클레어가 응접실로 돌아와 소파에 앉아 신문을 읽으면서 말했다.

마리와 함께 있는 경우가 별로 없는 오필리어는, 먼저 서류를 잘 치워놓은 다음 세인트클레어를 따라 응접실로 들어왔다.

"오거스틴," 오필리어가 옆에 앉아 뜨개질을 하다가 갑작스레 말을 꺼냈다. "네가 죽을 경우에 대비해서 하인들을 위해 뭔가 준비를 하고는 있니?"

"아뇨." 세인트클레어가 신문을 계속 읽으며 대답했다.

"그렇다면 네가 지금 그들에게 베풀고 있는 관대함이 나중에 그들에게 커다란 고통이 될지도 몰라."

세인트클레어는 혼자 있을 때 종종 그 일을 생각해보곤 했지만 오필리어의 질문에는 무관심한 듯 대답했다.

"그런가요, 나도 장래를 대비해서 준비는 해두려고 합니다."

"언제?"

"조만간에 해야죠."

"그 전에 네가 먼저 죽게 된다면?"

"누님, 대체 무슨 일입니까?" 세인트클레어가 신문을 내려놓고 사촌 누나를 바라보며 말했다. "누님이 그렇게 열성적으로 사후 걱정을 해야 할 정도로 내가 황열병이나 콜레라 증세 같은 걸 보이기라도 하나요?"

"삶의 한가운데서도 우리는 죽음 안에 있는 거지." 오필리어가 말했다.

세인트클레어는 그다지 마음에 들지 않는 대화를 끝내기 위해 소파에서 일어나 신문을 내려놓고 베란다로 열려 있는 문으로 걸어갔다. 난간에 기대어 분수에서 물이 솟구쳤다 떨어지는 것을 보면서 그는 기계적으로 한 단어를 반복했다. "죽음!" 흐릿하고 어지러울 정도로 몽롱한 상태에서 꽃과 나무와 안뜰의 꽃병들을 쳐다보며, 그는 모든 사람이 흔하게 말하지만 여전히 두려운 힘을 지니는 그 신비스러운 단어를 다시 반복했다. "죽음!" 그러고는 중얼거렸다. "그런 말이 있다니 참으로 이상하군. 하지만 우리 인간은 그걸 싹 잊어버리고 살아가지. 오늘은 온기와 아름다움, 희망과 욕망과 소망을 가득 안고 살아가지만, 내일은 갑자기 죽어버리지. 아예 사라져서 영원히 돌아오지 않는 거지!"

따스한 황금빛 노을이 지는 저녁이었다. 세인트클레어는 베란다의 다른 쪽 끝으로 걸어가다가 톰이 손가락으로 단어를 하나하나 짚어가며 중얼중얼 성경 읽기에 몰두하고 있는 것을 보았다.

"읽어줄까, 톰?" 세인트클레어가 톰의 옆에 무심코 앉으면서 말했다.

"나리께서 읽어주신다면 좋지요." 톰이 기쁜 어조로 말했다. "그렇게 해주신다면 훨씬 명확하게 뜻을 알 수 있지요."

세인트클레어는 책을 들어 톰이 중요 표시를 해둔 구절 중 하나를 읽기 시작했다.

"사람의 아들이 영광을 떨치며 모든 천사들을 거느리고 와서 영광스러운 왕좌에 앉게 되면 모든 민족들을 앞에 불러놓고 마치 목자가 양과 염소를 갈라놓듯이 그들을 갈라 양은 오른편에, 염소는 왼편에 자리 잡게 할 것이다." 세인트클레어는 구절의 마지막에 이를 때까지 생기 넘치는 목소리로 읽어내려갔다.

"그때에 임금은 왼편에 있는 사람들에게 이렇게 말할 것이다. '이 저주받은 자들아, 나에게서 떠나 악마와 그의 졸도들을 가두려고 준비한 영원한 불속에 들어가라. 너희는 내가 주렸을 때에 먹을 것을 주지 않았고, 목말랐을 때에 마실 것을 주지 않았으며, 나그네 되었을 때에 따뜻하게 맞이하지 않았고, 헐벗었을 때에 입을 것을 주지 않았으며, 또 병들었을 때나 감옥에 갇혔을 때에 돌보아주지 않았다.' 이 말을 듣고 그들도 이렇게 대답할 것이다. '주님, 주님께서 언제 굶주리고 목마르셨으며, 언제 나그네 되시고 헐벗으셨으며, 또 언제 병드시고 감옥에 갇히셨기에 저희가 모른 체하고 돌보아드리지 않았다는 말씀입니까?' 그러면 임금은 '똑똑히 들어라. 여기 있는 형제들 중에 가장 보잘것없는 사람 하나에게 해주지 않은 것이 곧 나에게 해주지 않은 것이다' 하고 말할 것이다."*

세인트클레어는 이 마지막 구절에 깊은 인상을 받아 그 부분을 두 번이나 읽었다. 두번째로 읽을 때는 마치 마음속으로 숙고하는 것처럼 천천히 읽었다.

"톰," 세인트클레어가 말했다. "이런 엄한 벌을 받은 사람들은 내가 해왔던 것처럼 살고 있었군. 부족할 것 없는 생활을 하면서, 쉽게, 존경받는 삶을 살았단 말이지. 얼마나 많은 자신의 형제가 굶주리고 목마르고 병들고 감옥에 갇혀 지내는지 알아보지도 않고 말이야."

톰은 대답하지 않았다.

세인트클레어는 일어나 깊은 생각에 빠져 베란다를 이리저리 거닐었다. 자신의 생각에 몰두해 주위의 모든 것을 잊은 듯했다. 그가 너무나 몰두해 있어서 톰은 차 시간을 알리는 종이 울렸다는 얘기를 두 번이나 일러주어야 했다. 그제야 세인트클레어는 정신을 차렸다.

세인트클레어는 차를 마시는 내내 멍하니 생각에 잠겨 있었다. 차를 마시고 난 뒤 마리와 오필리어와 함께 응접실로 자리를 옮겼지만 서로 말은 하지 않았다.

마리는 모기를 막는 비단 커튼이 드리워진 소파로 가서 눕더니 곧 깊은 잠에 빠져들었다. 오필리어는 조용히 자신의 뜨갯감에 정성을 들이고 있었다. 세인트클레어는 피아노 앞에 앉아 에올리아 반주**로 낮고 우울한 성가를 연주했다. 그는 깊은 공상에 빠진 것처럼, 그리고 음악으로 자신에게 무엇인가 말하는 것처럼 보였다. 잠시 후 그는 서랍을 열어 오래되어 가장자리가 누렇게 변한 악보를 꺼내 책장을 넘

---

* 「마태복음」, 25:31~45.
** A코드에서 다음 A코드까지 확장하여 연주하는 교회음악의 반주 형태.

기기 시작했다.

"누님," 세인트클레어가 오필리어에게 말했다. "이건 어머니가 가지고 계셨던 악보입니다. 어머니 필적이 있네요. 와서 한번 보세요. 어머니는 모차르트의 〈레퀴엠〉 중 일부를 여기다 옮겨놓으셨습니다." 오필리어가 가까이 다가왔다.

"이 악보를 펴들고 자주 노래를 부르셨지요." 세인트클레어가 말했다. "아직도 어머니의 목소리가 들리는 것 같군요."

그는 조금 장엄한 코드를 건반으로 쳐보더니 오래된 라틴어 성가 〈분노의 날〉*을 부르기 시작했다.

베란다 바깥에서 이를 듣고 있던 톰은 그 소리에 끌려 문 앞까지 와서 진지한 자세로 경청했다. 물론 그는 노랫말을 이해할 수 없었지만, 그 음악과 노래를 부르는 방식에서 감동을 받았다. 특히 세인트클레어가 아주 슬픈 부분을 부를 때는 더 그랬다. 그가 이 아름다운 가사의 의미를 알았더라면 더욱더 공감했으리라.

자비로우신 예수여, 기억하소서.
당신이 지상에 오신 것이 저 때문이었음을.
저를 심판의 날에 모른다고 하지 마소서.
저를 찾아서 피곤한 자를 쉬게 하시고
십자가의 고통으로 저를 구원해주소서.
당신의 수고가 헛되지 않게 하소서.

---

* 〈분노의 날〉은 최후의 심판을 노래한 라틴어 찬송가로 13세기 이탈리아 프란체스코 회의 수도사였던 첼라노의 토마스가 작사했다. 〈레퀴엠〉의 일부분이다.

세인트클레어는 그 가사에 깊고 감동적인 실감을 부여했다. 수년 동안의 어두운 베일이 걷히면서 자신을 이끄는 어머니의 목소리가 들리는 것 같았다. 노랫소리와 연주가 모두 생생하게 살아서, 생전의 모차르트가 죽어가면서 작곡한 〈레퀴엠〉의 저 절실한 감정을 그대로 전달하고 있었다.

세인트클레어는 노래를 마치고 난 뒤 잠시 손으로 머리를 괴고 앉아 있다가 방 안을 이리저리 거닐기 시작했다.

"최후의 심판이라니, 이 얼마나 장엄한 개념입니까!" 세인트클레어가 말했다. "오랜 세월 동안 축적되어온 죄악의 총체적 교정! 반박할 수 없는 지혜에 의한 도덕적 문제의 총체적 해결! 아, 정말로 경이롭군요."

"두렵기도 한 것이지." 오필리어가 말했다.

"나에게는 그럴 수밖에 없겠죠." 세인트클레어가 걸음을 멈추고 깊은 생각에 잠긴 어조로 말했다. "오늘 오후에, 톰에게 최후의 심판을 설명하는 마태복음의 구절을 읽어줬습니다. 아주 감명을 받았어요. 사람들은 천국에서 쫓겨난 자들은 어떤 끔찍한 죄를 저질렀기 때문에 그렇게 됐다고 생각합니다. 하지만 실은 그게 아니 거죠. 그들은 적극적으로 선을 행하지 않았기에 지옥에 떨어진 것입니다. 그런 부작위(不作爲)가 엄청난 해악이라는 거예요."

"선한 행동을 하지 않는 사람은 그 자체로 해악을 끼치는 거야." 오필리어가 말했다.

"그런데," 세인트클레어가 생각에 잠긴 듯 몽롱하게, 그러나 목소리만은 진지하게 물었다. "나름대로 생각도 있고 교육도 받은 사람이,

사회가 필요로 하는 요구 앞에서 그 고귀한 목적에 부응하지 않는다면? 인간의 갈등과 고뇌, 학대에 맞서서 적극적으로 저항해야 할 사람이, 꿈꾸듯 살아가면서 그런 삶의 현장을 방관만 한다면? 그런 사람들은 어떻게 해야 할까요?"

"그런 사람들은 뉘우치고 다시 시작해야겠지." 오필리어가 말했다.

"언제나 현실적이면서 요점만 짚어주시는군요!" 세인트클레어가 얼굴에 미소를 띠며 말했다. "누님은 절대로 내가 막연한 생각을 하도록 내버려두지 않죠. 항상 객관적 현실로 인도해주시니까. 누님은 항상 마음속에 영원한 현재를 품고 계시죠."

"현재 이외에는 다른 시간이라고는 없는 거야. 뭐든지 지금 하지 않으면 시간이 없어." 오필리어가 말했다.

"사랑하는 에바, 불쌍한 것!" 세인트클레어가 말했다. "그 애는 나를 위해 그 작고 순수한 영혼으로 무척 애를 썼습니다."

그가 에바에 대해서 그처럼 많이 말한 것은 에바가 죽은 이래 처음이었다. 그는 복받치는 감정을 억누르며 말했다.

"기독교에 대한 내 관점은 이런 거예요." 그가 계속했다. "이 사회의 바탕에 놓여 있는 저 괴물 같은 부정한 체제에 대항해 온몸을 내던져 싸우고, 여차하면 그 싸움에서 자기 자신을 희생할 각오가 되어 있어야 해요. 이런 각오가 없으면 기독교의 신앙을 지속적으로 간직할 수 없다고 봐요. 반드시 이렇게 행동해야만 기독교인이 될 수 있다고 봅니다. 하지만 내가 만나본 많은 지식인들과 기독교인들은 그렇게 행동하지 않았습니다. 사회 개혁에 대한 종교인들의 냉담한 모습, 사회적 죄악에 대한 인식의 결여 등은 경악할 수준이었습니다. 사람들의 그런 태도 때문에 나는 깊은 회의감을 갖게 되었습니다."

"그런 것을 다 알고 있다면 어째서 동생은 직접 실천하지 않는 거지?" 오필리어가 물었다.

"아, 그건 나의 자비심이 한심한 수준이기 때문이죠. 소파에 드러누워 교회나 성직자들이 어째서 순교자나 증인이 되지 못하는가, 하고 욕할 정도밖에 안 되는 거죠. 어째서 다른 사람들이 순교자가 되어야 하는가 정도는 누구나 쉽게 파악할 수 있어요."

"그래서, 앞으론 달리 행동할 거야?" 오필리어가 물었다.

"미래 일을 어찌 알겠습니까." 세인트클레어가 말했다. "나는 예전보다는 용감해졌습니다. 이미 다 잃었기 때문이죠. 잃을 것이 없는 사람은 모든 위험을 감수할 수 있습니다."

"그래, 무엇을 하려고 하는데?"

"불쌍하고 천한 사람들에 대한 내 의무를 최대한 빨리 찾아내 실천하는 거겠죠." 세인트클레어가 말했다. "아직 아무것도 해주지 못한 우리 하인들부터 시작할 겁니다. 어쩌면 다가오는 미래엔 흑인 모두를 위해서 뭔가를 할 수 있을지도 모르죠. 모든 문명국들이 지탄하는, 우리나라의 잘못되고 부끄러운 제도를 개혁하는 일을 할 수도 있고."

"정부가 기꺼이 노예를 해방시켜주는 일이 가능할 거라고 생각해?" 오필리어가 물었다.

"모르겠습니다." 세인트클레어가 말했다. "오늘날은 위대한 행동의 시대입니다. 사심 없는 용감한 행동들이 세상 이곳저곳에서 일어나고 있습니다. 헝가리 귀족들은 수백만의 농노를 막대한 금전상의 손해를 무릅쓰고 해방시켰습니다.* 아마도 우리 중에서도 명예와 정의를 상업적으로 판단하지 않는 자비로운 정신의 소유자들이 나타날 겁니다."

"난 그렇게 생각하지 않아." 오필리어가 말했다.

"하지만 우리가 내일 일어나서 그들을 해방시켜준다고 생각해보세요. 누가 수백만이나 되는 그들을 교육시키고 자유에 적응하는 법을 가르쳐주죠? 남부 사람들 가운데 그런 일을 할 사람은 없습니다. 우리 남부인은 너무나 게으르고 실용적이지 못해서, 그들이 인간답게 살아가는 데 필요한 근면과 행동력의 개념을 가르쳐줄 수가 없습니다. 그러니 그들은 노동이 기풍이자 일반적인 풍습인 북부로 가야만 되겠죠. 자, 그럼 이제 말해보십시오. 북부의 여러 주들은 흑인들의 교육과 지위 향상을 참아줄 정도로 기독교적 박애정신이 충분합니까? 북부 사람들은 해외 선교를 위해 수천 달러를 쓰고 있죠. 하지만 이교도를 자신의 도시와 마을에 받아들여 시간과 정성과 자금을 들여 그들을 기독교적인 기준으로 끌어올리려는 노력을 하려 할까요? 그게 내가 알고 싶은 거죠. 우리가 그들을 해방시켜준다면, 북부 사람들은 그들을 기꺼이 받아들여 교육시켜줄 수 있습니까? 북부 도시의 가정 중 흑인 남녀를 받아들여 그들을 가르치고, 인내하면서 기독교인으로 만들기 위해 노력할 가정이 몇이나 될까요? 내가 아돌프를 점원으로 만들려고 하면 그를 받아들여줄 가게가 몇이나 될까요? 그에게 기술을 가르치고 싶어서 보내면 받아들여줄 기계공들은요? 제인이나 로자를 학교에 보내고 싶어하면 북부 주의 얼마나 많은 학교들이 받

---

* 1848년에 오스트리아-헝가리 제국이 헝가리 농노를 해방시킨 것을 말함.

아들여줄까요? 또 얼마나 많은 가정이 그들에게 잠자리를 제공할까요? 그 아이들은 북부건 남부건 상관없이 다른 백인 여자들만큼 피부가 하얗습니다. 누님, 나는 그저 정당한 대우가 있기를 바랍니다. 우리 남부는 그다지 좋지 않은 위치에 있습니다. 우리는 너무나 명확하게 흑인들을 압제하는 사람들입니다. 하지만 입으로는 기독교를 외치면서, 실제로는 기독교인답지 않은 행동을 하는 북부의 편견 역시 우리 남부와 마찬가지로 심각한 압제란 말입니다."

"그래, 나도 그렇게 생각해." 오필리어가 말했다. "그런 편견을 극복하는 것이 나의 의무라고 생각하기 전에는 나 또한 그런 식이었으니까. 하지만 난 이제 극복했다고 믿고 있어. 이 문제에 관해선 자신들의 의무가 무엇인지, 그것을 무엇 때문에 실천해야 하는지 알려주기만 하면, 실천에 나설 선량한 사람들이 북부에는 많아. 우리 안으로 이교도를 받아들이는 것이 해외에 선교사를 내보내는 것보다 더 심한 극기훈련이라는 건 확실해. 하지만 난 북부 사람들은 해낼 수 있다고 생각해."

"해낼 겁니다." 세인트클레어가 말했다. "의무라고 생각한다면 누님 같은 사람들은 못 할 일이 없다고 생각하거든요!"

"글쎄, 나라고 그렇게 드물게 선한 사람은 아냐." 오필리어가 말했다. "나 같은 사람도 이 문제에 대한 인식을 바꾼 것처럼 다른 사람들도 충분히 그렇게 할 수 있어. 여길 떠날 때 난 톱시를 데려가려고 해. 처음에는 우리 쪽 사람들도 놀라겠지. 하지만 그 사람들도 나처럼 생각하게 될 거라고 봐. 북부에는 네가 지적한 것을 시정하고 실천하려는 사람들이 많거든."

"그렇죠. 하지만 그들은 소수입니다. 그렇다고 해도 우리 남부에서 제한적인 범위에서나마 해방을 시작한다면 북부에서도 곧 이야기가 들려오겠죠."

오필리어는 대답하지 않았다. 잠시 동안 정적이 흘렀다. 세인트클레어의 얼굴은 슬프고 멍한 표정으로 어두워졌다.

"오늘따라 왜 이렇게 어머니 생각이 나는지 모르겠어요." 그가 말했다. "마치 어머니가 나와 가까이 있는 듯한 이상한 기분이 듭니다. 어머니가 말씀했던 것들이 자꾸 떠오르는군요. 이상하죠, 때때로 무엇이 이처럼 생생하게 과거의 추억을 상기시켜주는지!"

세인트클레어는 몇 분 정도 더 방을 이리저리 거닐다 말했다.

"잠깐 시내에 다녀와야겠군요. 오늘밤에 어떤 소식이 들어와 있는지 알아봐야겠습니다."

그는 모자를 쓰고 방을 나갔다.

톰은 복도를 지나 안뜰까지 세인트클레어를 쫓아나오며 자신이 수행해야 하는지 물었다.

"아니, 됐어." 세인트클레어가 말했다. "한 시간 내로 돌아올 거야."

톰은 베란다에 앉았다. 아름다운 달빛이 비치는 저녁이었다. 분수의 물이 솟구쳤다 물안개가 되어 떨어졌다. 물이 졸졸 흐르는 소리도 들렸다. 톰은 자신의 집을 생각하고 있었다. 곧 자유민이 되면 아무 때나 자신의 의지에 따라 그곳으로 돌아갈 수 있을 터였다. 톰은 어떻게 일을 해서 돈을 벌어야 아내와 아이들의 자유를 사들일 수 있는지 생각했다. 자신의 팔이 비로소 자신의 것이 되어 자기 가족의 자유를 위해 열심히 일할 수 있다고 생각하니, 마치 자신의 강건한 팔 근육이 즐거움으로 떨고 있는 것 같았다. 이어 톰은 자신의 고상한 젊은 주인을 생각하고, 언제나 습관적으로 주인을 위해 올리던 기도를 시작했다. 이어 톰의 생각은 아름다운 에바에게로 옮겨갔다. 톰은 에바가 천사들 사이에 있을 것이라 확신했고, 그 밝은 얼굴과 황금빛 머리카락이 여전히 분수의 물안개 뒤에서 자신을 바라보고 있다고 마음속에 그려보기도 했다. 그렇게 즐거워하다가 잠이 들었는데, 꿈에서 에바가 자신을 향해 뛰어오고 있었다. 에바는 언제나 그랬던 것처럼 머리에는 재스민 화환을 꽂고 있었고, 뺨은 투명하고 눈은 기쁨으로 빛났다. 하지만 자세히 보니 그녀는 땅에서 갑자기 솟아오른 것처럼 보였다. 뺨은 전보다 더 창백했고 눈에서는 깊고 성스러운 광휘가 퍼져나왔으며 머리 주변에는 금빛 후광이 보였다. 그러다가 곧 그의 시야에서 사라지고 말았다. 요란하게 대문을 두드리는 소리와 문 앞에서 웅성거리는 사람들 소리에 톰은 잠에서 깨어났다.

톰은 급히 문을 열었다. 숨죽인 목소리와 무거운 발걸음 소리가 들리더니 몇 명의 남자가 겉옷으로 둘둘 만 사람을 데려와 덧문 앞에 눕혔다. 누워 있는 사람의 얼굴에 램프의 불빛이 떨어지자 톰은 경악과 절망에 휩싸인 채 비명을 질렀다. 그 날카로운 비명은 안뜰을 가로질러 모든 방으로 울려퍼졌다. 남자들이 그 사람을 데리고 응접실 문을 열었을 때, 오필리어는 여전히 그곳에 앉아 뜨개질을 하고 있었다.

세인트클레어는 석간신문을 보기 위해 카페로 들어섰다. 신문을 읽고 있을 때 카페에 있던 약간 취한 두 남자 사이에 싸움이 벌어졌다. 세인트클레어와 다른 한두 명의 사람들이 그들을 떼어놓으려고 했는데, 이때 세인트클레어는 자신이 말리던 사람의 손에서 단도를 떼어놓으려고 하다가 옆구리에 치명적인 부상을 입고 말았다.

집안은 온통 울음소리와 한탄, 비명, 절규로 가득 찼으며, 하인들은 마치 정신이 나간 듯 머리를 쥐어뜯고 바닥에 쓰러지고 정신없이 이리저리 뛰어다니면서 애통해했다. 톰과 오필리어만이 제정신을 가지고 있는 듯했다. 마리는 히스테리로 심한 경련 증세를 보였다. 오필리어의 지시로 응접실의 소파 하나가 다급히 준비되자 그 위에 피를 흘리고 있는 주인을 눕혔다. 세인트클레어는 고통과 과다 출혈 때문에 의식이 희미해지고 있었다. 오필리어가 의식을 회복시키는 약을 먹이자 다시 정신이 돌아와 눈을 떴다. 그는 사람들을 바라보고 이어 방 주변을 둘러보면서 뭔가 찾는 듯이 두리번거리다 마침내 어머니의 초상화에 시선을 고정시켰다.

의사가 와서 진찰을 했다. 표정으로 보아 희망이 없는 게 분명했지만, 의사는 상처에 붕대를 감기 시작했다. 공포에 휩싸인 하인들이 문과 베란다의 창문 주변에 모여 흐느끼며 탄식하는 와중에도 오필리어와 톰은 침착하게 의사를 도왔다.

"이제 저기 있는 사람들을 모두 내보내야 합니다. 모든 게 절대적 안정에 달려 있습니다." 의사가 말했다.

세인트클레어는 눈을 뜨고 슬퍼하는 하인들을 바라보았다. 오필리어와 의사가 그들을 방에서 내몰고 있었다. "불쌍한 사람들!" 그의 얼굴에는 쓸쓸한 자책의 표정이 스쳐 지나갔다. 아돌프는 절대로 방에서 나가지 않겠다고 버텼다. 공포가 그의 평정심을 완전히 무너뜨렸다. 그는 바닥에 쓰러져 아무도 자신을 일으킬 수 없다는 듯이 버텼고, 다른 하인들은 주인의 용태는 절대 안정에 달려 있다는 오필리어의 설명에 따라 조용히 방에서 나갔다.

세인트클레어는 거의 말을 할 수 없었다. 눈을 감고 누워 있었지만 고뇌에 찬 생각과 씨름하고 있었다. 잠시 후 그가 무릎 꿇고 앉아 있는 톰의 손에 자신의 손을 올리며 말했다. "톰! 불쌍한 친구!"

"뭐라고요, 나리?" 톰이 간절하게 말했다.

"난 죽게 될 거야!" 세인트클레어가 톰의 손을 누르며 말했다. "기도해줘!"

"목사를 부르고 싶으시면……" 의사가 말했다.

세인트클레어는 다급히 고개를 가로저으며 톰에게 더 간절하게 말했다. "기도해줘!"

그러자 톰은 떠나가는 영혼을 위해 혼신의 힘을 다해 기도를 올렸다. 깊은 생각에 잠긴 그 크고 푸른 눈에 주인의 영혼이 어른거렸다. 거기에는 슬픔이 가득했다. 톰의 기도는 말 그대로 비탄과 눈물로 바쳐진 것이었다.

톰이 기도를 마치자 세인트클레어는 톰의 손을 붙잡고 진지하게 그를 바라봤지만 아무런 말도 하지 않았다. 그는 눈을 감았으나 여전히 톰의 손을 잡고 있었다. 영겁의 문 앞에선 검은 손과 흰 손이 서로 동등하게 맞잡을 수 있었다. 세인트클레어는 산발적으로 띄엄띄엄 중얼거렸다.

자비로우신 예수여, 기억하소서.

……

저를 심판의 날에 모른다고 하지 마소서.

저를 찾아서 피곤한 자를 쉬게 하시고

......

분명히 그의 마음속에 그날 저녁에 불렀던 찬송가의 가사가 떠오르고 있었다. 무한한 동정에 호소하는 애원의 말이었다. 세인트클레어의 입술은 그 간격에 맞춰 달막거리면서 찬송가 구절이 불완전하게 흘러나오고 있었다.

"정신이 흐려지고 있습니다." 의사가 말했다.

"아닙니다! 고향으로 가고 있는 겁니다. 마침내!" 세인트클레어가 돌연 큰 소리로 말했다. "마침내! 마침내!"

이 말을 하려고 기를 쓴 것이 그를 기진하게 만들었다. 창백한 죽음이 서서히 그에게 다가오고 있었다. 하지만 그와 함께, 동정하는 성령의 날개에서 흘러나온 듯한 표정, 지친 아이가 잠에 빠진 듯한 평화롭고 아름다운 표정이 그의 얼굴에 드리워졌다.

그렇게 그는 잠시 동안 누워 있었다. 사람들은 주님의 전능한 손이 그의 이마를 짚고 있음을 보았다. 영혼이 떠나기 직전 세인트클레어는 눈을 떴고, 즐거움과 깨달음의 환한 빛을 본 것처럼 눈이 반짝거렸다. 그는 마지막으로 "어머니!"라고 말하고서 이 세상을 떠나갔다.

29장
보호받지 못하는 사람들

우리는 관대한 주인을 잃은 흑인 노예들의 고뇌에 대한 이야기를 종종 듣는다. 이런 상황에 처한 노예들보다 더 보호받지 못하고 철저하게 고독한 신세가 되어버리는 자들은 아마 세상에 없을 것이다.

아버지를 잃은 아이는 여전히 친지들과 법의 보호를 받는다. 그는 앞으로 무엇인가 될 수 있고 무엇이든지 할 수 있다. 또한 자신의 권리와 지위를 인정받는다. 하지만 노예들은 아무것도 없다. 법은 노예를 모든 면에서 권리가 전혀 없는 하나의 상품으로 간주한다. 인간으로서 또 불멸의 영혼을 가진 존재로서, 어떤 욕구라도 인정을 받고자 한다면 그것은 주인의 절대적이고 무책임한 의지에 달려 있을 뿐이다. 만약 주인이 쓰러지는 날에는 아무것도 남지 않게 된다.

그런 완전히 무책임한 힘을 인간적으로 자비롭게 사용할 줄 아는 사람은 드물다. 모두가 그것을 알고 있고, 특히 노예들은 가장 잘 알고 있다. 잔인하고 독재적인 주인을 만날 기회가 열 번이라면, 사려 깊고 관대한 주인을 만날 기회는 한 번 정도가 될까 말까 하다고 노예들은 생각한다. 그러므로 노예들은 관대한 주인의 죽음을 그렇게나 소리 높여 슬퍼하는 것이다.

세인트클레어가 숨을 거두자 집안 모두가 공포에 휩싸이면서 경악을 금치 못했다. 그는 인생의 전성기에 그렇게 순식간에 사그라지고 만 것이었다. 집안의 모든 곳에서 절망적으로 흐느끼고 비명을 지르는 소리가 울려퍼졌다.

지속적인 자기탐닉으로 신경이 약해질 대로 약해진 마리는 그런 충격적인 일의 공포를 버텨낼 수가 없었다. 남편이 숨을 거두자 그녀는 기절했다가 깨어나기를 반복했다. 결혼이라는 신비스러운 유대로 그녀와 묶여 있던 세인트클레어는 작별의 인사 한마디도 제대로 하지 못하고 그녀 곁을 영영 떠나갔다.

오필리어는 강한 정신력과 절제로 마지막까지 사촌 동생의 곁을 지켰다. 세인트클레어 옆에서 눈을 떼지 않고 귀를 기울이며 온 신경을 집중하여 보살폈다. 그녀는 자기가 할 수 있는 일이라면 아주 사소한 것에서 중요한 것에 이르기까지 모두 했으며, 불쌍한 노예가 죽어가는 주인의 영혼을 위해 쏟아내는 애정 어린 감동적인 기도에 온 마음을 다하여 공감했다.

세인트클레어의 마지막 안식을 위해 시신을 염습할 때, 그의 가슴에서 스프링 장치로 열리는 작고 평범한 금합(金閤)이 하나 나왔다. 그 안에는 우아하고 아름다운 여성의 초상화가 들어 있었는데, 뒤편의 수정 세공 안에는, 그가 열렬히 사랑했으나 결국 맺어지지 못한 여인의 검은 머리카락이 들어 있었다. 그 금합은 세인트클레어의 생명이 다한(먼지에서 태어나 먼지로 돌아가는) 가슴 위에 다시 올려졌다. 그 차가운 마음을 그렇게나 뜨겁게 뛰게 했던, 젊은 시절의 애처로운 유물!

톰의 온 영혼은 영원에 대한 생각으로 가득 찼다. 생명이 다한 시신 주위에서 일처리를 하는 동안 그는 이 갑작스러운 사건이 자신을 절망적인 노예제의 굴레 속에 계속 머물게 하리라고는 단 한 번도 생각하지 않았다. 주인 곁에서 그는 평화를 느꼈다. 아버지 하느님의 품 속에서 기도를 올리고 있을 때 그는 자신 안에서 솟아나는 마음의 평화와 확신에 대한 답변을 들었다. 톰은 자신의 자애로운 본성 깊은 곳에서 신성한 사랑을 충만하게 느낄 수 있었다. 성경도 그렇게 말씀하지 않았던가. "사랑 안에 있는 사람은 하느님 안에 있으며 하느님께서는 그 사람 안에 계십니다."[*] 톰은 희망과 믿음을 갖고 있었기에 마음이 평온했고 장래에 대한 걱정도 하지 않았다.

장례식은 검은 상장과 기도, 엄숙한 표정의 행렬 속에서 끝이 났고, 곧 일상생활의 냉담하고 진흙 같은 흐름이 되돌아왔다. 이어 '다음에는 무엇을 해야 하나?'라는 영원하고도 힘겨운 질문이 떠올랐다.

그런 질문은 마리에게도 떠올랐다. 근심하는 하인들에 둘러싸인 그녀는 느슨한 아침용 겉옷을 입은 채 커다란 안락의자에 앉아서 상장과 상복의 견본을 면밀히 살펴보고 있었다. 오필리어의 마음속에서는

---

[*]「요한 1서」 4:16.

북부의 고향으로 돌아가자는 생각이 떠오르기 시작했다. 자신들에게 냉혹하고 포악한 마님의 성정을 잘 알고 있었기에, 하인들의 마음속에서는 은밀한 공포감이 솟아났다. 그들에게 베풀어진 관대한 조치가 마님이 아니라 돌아가신 주인님 덕분이었던 것은 하인들 모두가 잘 알고 있었다. 이제 주인님은 세상을 떠났고, 고통으로 더 비뚤어진 마리의 독재가 가할 시련에서 그들의 보호막이 될 만한 것은 아무것도 없었다.

장례식을 치르고 이 주쯤 지났을 때였다. 오필리어가 방에서 분주히 일을 하고 있는데 얌전히 문을 두드리는 소리가 났다. 문을 열어보니 키 작고 예쁘장한 쿼드룬 로자가 서 있었다. 우리는 앞에서도 로자를 여러 번 만난 적이 있다. 로자는 머리를 산발한 채 눈은 울어서 퉁퉁 부어 있었다.

"아, 필리 마님." 로자가 무릎을 꿇고 오필리어의 치마를 붙들었다. "저를 위해서 제발 마님께 부탁 좀 해주세요! 마님은 절 매질하는 곳에 보내려고 하세요. 이걸 보세요!" 로자가 오필리어에게 종이 한 장을 건네주었다.

종이에는 태형장의 주인에게 이것을 들고 온 자에게 열다섯 번의 채찍질을 가하라고 요청하는 내용이 마리의 섬세한 이탤릭 필체로 적혀 있었다.

"무슨 일을 한 게냐?" 오필리어가 물었다.

"필리 마님, 저는 신경질을 잘 내요. 제가 정말 나빴어요. 제가 마님의 드레스를 한번 입어봤지 뭐예요. 그랬더니 마님이 제 뺨을 때리셨고, 전 무의식적으로 말대꾸를 하고 말았어요. 너무 건방졌죠. 그러자 마님께서는 지금까지 건방지게 굴었는데 그렇게 행동하면 어떻게 되는지 본보기를 보여주겠다고 하셨어요. 그런 뒤 이것을 써서 저보고 가져가라고 하셨습니다. 차라리 여기서 죽는 것이 낫겠어요."

오필리어는 그 종이를 손에 들고 곰곰이 생각하기 시작했다.

"필리 마님," 로자가 말했다. "마님이나 필리 마님이 절 죽도록 매질하셔도 아무렇지 않아요. 그렇지만 저를 그런 끔찍한 사람들에게 보내겠다니! 너무 수치스러워요!"

오필리어는 잔혹하게 드러내놓고 치욕스러운 처벌을 하기 위해 여자 노예들을 태형장에 보내, 매질을 직업으로 하는 사악하고 저질인 인간들에게 매를 맞게 하는 것이 남부의 흔한 풍습이라는 걸 잘 알고 있었다. 그렇지만 가냘픈 몸매의 로자가 공포심에 사로잡혀 거의 경련을 일으키는 모습을 보기 전까지는 그것을 실감하지 못했다. 여성으로서의 분노와 자유를 중시하는 뉴잉글랜드의 강인한 기질이 오필리어의 뺨을 붉게 물들이면서 성난 가슴을 고동치게 했다. 하지만 오필리어는 평소의 신중함과 절제로 자신을 다스린 다음, 그 종이를 손에 꽉 움켜쥐고 로자에게 말했다.

"앉아 있거라, 네 마님에게 다녀올 동안."

"창피해! 끔찍하고! 너무 부당해!" 오필리어는 응접실로 건너가면서 혼잣말을 했다.

오필리어가 응접실에 들어가보니 마리는 안락의자에 앉아 있고, 매미가 그 옆에 서서 마리의 머리를 빗기고 있었다. 제인은 마리 앞에 앉아 그녀의 발을 비벼 따뜻하게 하고 있었다.

"오늘은 좀 어떤가?" 오필리어가 말했다.

깊이 한숨을 내쉬고 눈을 감는 것이 그저 돌아오는 대답이었다. 마리는 잠시 뒤 입을 열었다.

"잘 모르겠어요, 형님. 계속 이 모양이겠죠!" 마리는 검은색으로 2, 3센티미터 정도 가두리를 친 아마포 손수건으로 눈물을 닦아냈다.

"저기 말이야," 오필리어는 어려운 이야기를 꺼낼 때 보통 하는 것처럼 짧게 마른기침을 한 번 했다. "불쌍한 로자에 대해서 이야기를 좀 하려고 왔어."

마리가 눈을 번쩍 뜨자 평소 수척한 뺨에 선명한 홍조가 떠올랐다. 이어 그녀가 날카롭게 말했다.

"그래, 그 애에 대해 무슨 말씀을 하시려고요?"

"잘못했다면서 크게 뉘우치고 있어."

"아, 그래요? 그 애가요? 제가 그렇게 하기 전에 뉘우쳤어야 하는 게 아닌가요? 그 애가 아주 뻔뻔스럽게 구는 걸 오랫동안 참아왔어요. 이제 뜨거운 맛을 보여줄 거예요. 먼지 구덩이 속에 나뒹굴게 할 거예요!"

"그렇지만 다른 식으로 벌을 줄 수 없을까? 좀 덜 수치스러운 방식으로."

"그 애는 창피를 당해봐야 해요. 그게 제가 바라는 거고요. 그 앤 지금껏 잘난 외모와 품위 있는 분위기로 우아하게 살아왔기 때문에 자기 주제를 까맣게 잊고 있었어요. 고개를 좀 숙일 수 있게 이번 기회에 확실히 가르쳐줄 생각이에요!"

"그렇지만 생각해봐. 저 젊은 아이의 예민함과 수치심을 그런 식으로 파괴하면 그 앨 급속도로 망치게 돼."

"예민함이라고요!" 마리가 조소하며 말했다. "그게 그 애한테 가당키나 한 말인가요? 난 그 애한테 가르쳐줄 거예요. 그런 식으로 고상한 척해도 거리에서 흔히 보는 허름한 검둥이 년들과 다를 바가 하나도 없다는 걸. 더이상 내 앞에서 그런 식으로 거들먹거리는 건 용납할 수 없어요!"

"그런 잔인한 행동에 대해서 언젠가 하느님 앞에서 해명해야 할지 몰라!" 오필리어가 힘을 주어 말했다.

"잔인한 행동이라고요? 뭐가 잔인한 건지 모르겠네요! 그저 열다섯 번 정도만 매질을 해달라고 썼을 뿐이에요. 그것도 살살. 이게 무슨 잔인한 행동이라는 거예요!"

"잔인하지 않다고!" 오필리어가 말했다. "여자라면 그런 매질을 당하느니 차라리 죽는 게 나을 거야!"

"형님처럼 생각하는 사람들이야 그럴지도 모르겠네요. 그렇지만 검둥이들은 익숙해지기 마련이죠. 그게 유일하게 그들을 복종시키는 방법이에요. 검둥이들이 멋대로 해도 된다고 생각하기 시작하면, 바로 형님 머리 위에 앉으려고 할 거예요. 우리 집에 있는 것들이 항상 그랬던 것처럼. 그래서 이제 좀 눌러놓으려고 해요. 이제 한 년에게 매질로 본보기를 보여주려 해요. 주제를 잊어버리면 다른 년도 매질하는 집에 보낼 거예요!" 마리는 단호하게 주변을 둘러보면서 말했다.

제인은 마치 그것이 자신을 향한 말인 것처럼 온몸이 위축되어 고개를 푹 수그렸다. 오필리어는 잠시 묵묵히 앉아 있었지만 마치 폭약가루를 삼키기라도 한 것처럼 폭발하기 일보 직전이었다. 저런 성정을 가진 사람과 언쟁을 벌이는 건 아무짝에도 쓸모가 없다고 생각하며 입술을 꽉 깨물고 정신을 차려서 그 방을 나왔다.

자신의 방으로 되돌아가서 로자에게 아무것도 해줄 수가 없다고 말하는 것이 오필리어에게는 너무나 괴로운 일이었다. 곧 남자 하인 한명이 방으로 들어오더니 로자를 데리고 서둘러 태형장에 가라는 마님의 명령을 받았다고 말했다. 로자가 눈물을 흘리며 애원해봤지만 소용없는 일이었다.

며칠 뒤 톰이 발코니에서 생각에 잠긴 채 서 있는데 아돌프가 곁으로 다가왔다. 그는 주인의 죽음 이후 완전히 풀이 죽어 우울한 상태였다. 자신이 늘 마님의 미움을 받아왔다는 것을 알고 있었지만 주인이 살아 있는 동안에는 그런 것에 거의 신경 쓰지 않았다. 하지만 이제 주인이 세상을 떠나고 보니 자신에게 무슨 일이 벌어질지 몰라 두려워 떨면서 이리저리 돌아다녔다. 안주인 마리는 변호사와 여러 번 상담을 하고 세인트클레어의 형과 의논한 뒤에 집과 하인들을 모두 팔기로 했다. 그녀는 자신이 시집올 때 데려온 하인들만 데리고 아버지의 농장으로 돌아갈 계획이었다.

"그거 알아, 톰? 우리 모두 팔려가게 된대." 아돌프가 말했다.

"그런 소릴 어디서 들었나?" 톰이 물었다.

"마님이 변호사와 이야기하고 있을 때 커튼 뒤에 몸을 숨기고 엿들었지. 며칠 안으로 우린 모두 경매장으로 넘겨지게 될 거야."

"주님, 당신 뜻대로 하소서!" 톰이 팔짱을 끼고 깊게 한숨을 내쉬며 말했다.

"돌아가신 주인님 같은 분은 다시 만나지 못할 거야." 아돌프가 걱정하면서 말했다. "그렇지만 마님 밑에 있느니 차라리 팔려가는 게 낫지."

톰은 베란다에서 내려왔다. 그저 가슴이 먹먹했다. 자유에 대한 희망이, 멀리 떨어져 있는 아내와 아이들에 대한 생각이 그의 침착한 마음속에 떠올랐다. 그것은 마치 항구에 거의 도착할 순간에 난파해버린 배의 선원이 넘실거리는 검은 파도 너머로, 교회의 첨탑과 고향 집의 그리운 지붕을 마지막 작별 인사처럼 환상 속에서 바라보는 것과 같았다. 톰은 가슴 위로 팔짱을 단단히 끼고 비통한 눈물을 애써 억누르면서 기도하려고 애썼다. 이 불쌍한 늙은 영혼은 자유를 한없이 열망하는, 기이하면서도 형언할 수 없는 동경을 지니고 있었다. 그런 갑작스러운 사태 변화는 그에게 너무나 심한 고통이었다. "주님, 당신 뜻대로 하소서"라고 말해봐도 마음은 더욱 괴로워질 뿐이었다.

톰은 에바가 죽은 후로 자신에게 아주 자상하게 대해주는 오필리어를 찾아갔다.

"필리 마님," 톰이 말했다. "세인트클레어 주인님께선 제게 자유를 주시겠다고 약속하셨습니다. 저를 해방시킬 준비를 하고 있다고 말씀하셨죠. 그러니 아마 필리 마님께서 주인마님께 이에 대해 이야기를 해주신다면, 그게 돌아가신 주인님의 생각이었으니까 마님께서 그대로 해주실 수도 있을 것 같습니다."

"말해보지, 톰. 힘써보겠어." 오필리어가 말했다. "그렇지만 그건 세인트클레어 부인에게 달린 문제라서 그다지 희망적이지는 않아. 그렇지만 한번 말해보지."

그것은 로자의 일이 있은 지 며칠 지난 뒤였고, 그 무렵 오필리어는 북부로 돌아갈 준비로 한창 바쁜 상태였다.

오필리어는 지난번에 마리와 얘기할 때 자신이 너무 성급하게 얘기를 꺼내 언사가 너무 격앙되었다고 진지하게 반성했다. 따라서 이번에는 자신을 절제하려고 노력하면서 가능한 한 달래듯이 이야기하기로 마음먹었다. 이 착한 숙녀는 용기를 내어 뜨갯감을 가지고 마리의 방으로 들어가 모든 외교적인 기술을 동원해 최대한 상냥하게 톰의 일을 협의하기로 했다.

오필리어가 마리의 방 안으로 들어가보니 마리는 소파에 누워 베개에 한쪽 팔꿈치를 괴고 있었다. 곧 물건을 사러 나갔던 제인이 돌아와 마리 앞에 얇은 검은색 천의 견본을 펼쳐 보였다.

"그게 좋겠구나." 마리가 하나를 고르면서 말했다. "그게 상복에 적절한지는 모르겠지만."

"저, 마님," 제인이 수다스럽게 말했다. "더베논 장군 부인도 작년 여름에 장군이 돌아가시고 난 뒤 이것과 똑같은 것을 입었습니다. 분명 멋질 거예요!"

"형님은 어떻게 생각하세요?" 마리가 오필리어에게 물었다.

"관습에 따라 다르겠지." 오필리어가 말했다. "올케가 나보다 더 잘 알지 않을까."

"실은 입을 수 있는 옷이 별로 없어요. 여하튼 집을 팔고 다음 주에는 떠날 작정이라 결정해야만 할 것들이 많아요." 마리가 말했다.

"그렇게 빨리 가려고?"

"네, 아주버님께서 편지를 보내셨더군요. 그분과 변호사는 하인들과 가구는 경매에 넘기는 것이 낫겠다고 하네요. 집은 내 변호사에게 맡겨서 천천히 팔 거고요."

"말할 것이 하나 있는데," 오필리어가 말했다. "오거스틴은 톰에게 자유를 주겠다고 약속했어. 필요한 법적인 서류도 작성 중이었고. 그 일을 완결 짓기 위해 올케가 힘을 좀 써줬으면 좋겠어."

"그렇게는 할 수 없어요!" 마리가 날카로운 목소리로 말했다. "톰은 여기서 제일 값나가는 하인들 중 하나예요. 어떤 이유로든 그건 받아들일 수 없어요. 게다가 톰이 자유를 원해서 뭐하겠어요? 지금 그대로 있는 게 훨씬 더 나을 텐데."

"하지만 톰이 진심으로 자유를 원하고 있어. 오거스틴도 약속했던 거고." 오필리어가 말했다.

"물론 원하겠죠." 마리가 말했다. "톰뿐만이 아니라 하인들 전부가 그렇겠죠. 항상 가지지 못한 것을 가지고 싶어하는 불평만 가득한 것들이니까. 나는 어떤 경우에도 해방시켜주면 안 된다는 주의입니다. 흑인들은 주인의 보살핌을 받아야 일도 잘하고 행실도 바른 거예요. 자유롭게 놓아주면 게을러지고 일도 안 하고 술만 마시는 저급하고 쓸모없는 인간이 되어버리죠. 이런 일은 수백 번도 더 봤어요. 그들을 해방시켜주는 건 은전을 베푸는 게 아니에요."

"그렇지만 톰은 아주 착실하고 근면하고 신앙심이 깊단 말이야."

"내게 그런 말씀을 하실 필요는 없어요! 톰 같은 노예는 너무도 많이 봤으니까요. 보살핌을 받는 한 톰은 자기 일을 아주 잘해낼 겁니다. 틀림없어요."

"그렇지만 생각해봐." 오필리어가 말했다. "톰을 경매에 넘기면 악질적인 주인을 만날 가능성도 있는 거야."

"참, 형님도." 마리가 말했다. "괜찮은 하인이 나쁜 주인을 만날 가능성은 백분의 일도 되지 않아요. 주인들은 대부분 좋은 사람들이에요. 그렇지 않다는 헛소리도 떠돌아다니지만. 나는 남부에서 태어나 여태껏 살아왔어요. 자기 하인들을 제대로 대우하지 않는 주인 얘기는 아직 들어보지 못했어요. 하인이 가치만 있다면 얼마든지 잘해준다고요. 여하튼 그 점에 대해서는 아무 걱정도 하지 않아요."

"그럴까." 오필리어가 목소리에 힘을 주며 말했다. "톰에게 자유를 주려는 것은 오거스틴의 마지막 소원이었던 걸로 아는데. 게다가 귀여운 에바가 숨을 거둘 때 오거스틴에게 요청하여 약속한 것이기도 해. 그러니 올케가 그것을 간단히 무시해서는 안 된다고 생각해."

이런 항의의 말에 마리는 손수건으로 얼굴을 가리고 흐느껴 울더니 각성제 약병을 찾아내 열심히 냄새를 맡기 시작했다.

"모두가 내게 반대하는군요!" 마리가 말했다. "모두가 어쩌면 이렇게 무심한지! 형님이 그런 고통스러운 기억을 떠올리게 하실 거라곤 생각지도 못했어요. 너무하시는 거 아니에요! 아무도 날 신경 써주지 않아. 내가 겪고 있는 이 시련이 이렇게 고통스러울 줄이야! 하나밖에 없는 딸을 앞세웠고, 까다로운 내게 딱 맞는 배필이었던 남편이 먼저 가버렸어요! 그래도 형님은 나를 아껴주시는 걸로 알고 있었는데 그처럼 아무렇지도 않게 그 일을 계속 생각나게 하시다뇨. 그 일이 내게 얼마나 힘겨웠는지 알고 계시면서 말이에요! 뭘 말씀하려고 하시는지는 잘 알아요. 하지만 너무하신다고요! 너무요!" 말을 마치고 마리는 계속 흐느끼면서 숨을 헐떡였다. 이어 매미를 불러 창문을 열게 하고, 장뇌 병을 가져오라 하고, 얼굴을 씻기라 하고, 옷 단추를 풀게 하는 등 야단법석을 떨었다. 오필리어는 도망치듯 방에서 나왔다.

그녀는 더이상 이야기해봤자 소용없다는 것을 단번에 깨달았다. 마리는 마음만 먹으면 언제든지 히스테리를 부릴 수 있기 때문이었다. 그 이후에 하인들과 관련해서 그녀의 남편과 에바의 소원을 존중해야 한다는 이야기가 나오면 그녀는 히스테리를 부려서 손쉽게 위기를 모면했다. 따라서 오필리어는 자신이 톰을 위해 할 수 있는 차선책을 강구했다. 그것은 셸비 부인에게 편지를 보내 톰이 처하게 된 상황을 알려주고 시급히 톰을 구제해달라고 요청하는 것이었다.

바로 그다음날, 톰과 아돌프, 그리고 나머지 여섯 명의 하인은 노예 창고로 이송되었다. 그곳은 노예상인이 경매 물품 목록을 작성하는 동안 노예들이 대기하는 곳이었다.

30장
노예창고

노예창고! 아마도 독자 여러분은 끔찍한 상상을 할 것이다. 어느 지저분하고 어둑한 동굴, '빛조차 들지 않는 끔찍하고 거대한 지옥'* 을 생각할지도 모른다. 하지만 순진한 독자여, 사정은 전혀 그렇지 않다. 요사이 인간들은 사회의 이목과 여론에 위배되지 않기 위해 죄를 능숙하고 우아하게 저지르는 기술을 습득했다. 인간 물품은 시장에서 높은 가격으로 판매할 수 있는 상품이므로 윤기 있고 단단하고 멋진 모습으로 시장에 내놓아야 매매가가 더욱 높아질 것이다. 그래서 노예창고에서는 그들을 잘 먹이고 잘 씻기고 잘 돌봐준다. 뉴올리언스의 노예창고는 다른 많은 창고들과 마찬가지로 외부적으로 청결한 외

---

* 고대 로마의 시성 베르길리우스가 쓴 장편 서사시 『아이네이스』의 3장 658행.

관을 유지했다. 창고 밖에서는 매일 남녀 노예들이 일렬로 서 있곤 했는데, 말하자면 창고 안에 그런 판매 가능한 물품들이 다량 입하되어 있다는 표시였다.

그들은 구매 희망자에게 안으로 들어와 노예들을 직접 검사해도 좋다는 친절한 권유까지 한다. 창고에는 많은 남편과 아내, 형제와 자매, 부모와 어린아이들이 있는데, "구매자의 편의에 입각하여 따로 또는 같이 살 수도 있다"는 얘기도 들려준다. 일찍이 땅이 흔들리고 바위가 갈라지고 무덤이 열리면서, 하느님의 아들이 자신의 피와 고통으로 인간의 영혼을 속죄해주신 적이 있었다. 하지만 그런 영혼을 가진 인간 물품이 거래의 상황에 따라, 또는 구매자의 기분에 따라 팔려가고 임대되고 저당물로 잡히고 식료품이나 기타 물품과 교환되는 것이다.

마리와 오필리어 사이에 대화가 오간 지 불과 하루 이틀 뒤에 톰과 아돌프, 그리고 그 외 세인트클레어 집안의 여섯 명의 노예는 창고로 보내졌다. 그들은 관리인 스케그스 씨의 애정 어린 보살핌을 받으면서 다음날 열릴 경매를 기다리는 신세가 되었다.

톰은 옷으로 가득한 상당히 큰 트렁크를 휴대하고 왔고, 다른 흑인들도 대부분 사정이 비슷했다. 노예들은 밤중에 기다란 방으로 인도되었다. 방에는 모든 연령대의, 다양한 체격과 다양한 피부색을 가진 많은 흑인들이 모여 있었다. 웃음소리로 떠들썩한 것이 생각이라곤 전혀 없다고 느껴질 정도로 명랑한 분위기였다.

"자, 그거야. 계속하라고, 계속!" 관리인 스케그스 씨가 말했다. "이 친구들, 항상 이렇게 흥에 겨워 있다니까. 아하, 거기서 삼보가 흥을 돋우고 있군 그래!" 그는 건장한 체격의 흑인을 흡족하게 바라보면서 말했다. 그 흑인은 저속한 농담을 해 사람들의 웃음소리를 이끌어냈다. 구석에 떨어져 있던 톰도 그런 시끌벅적한 소리를 들을 수 있었다.

당연한 일이지만, 톰은 이런 분위기에 끼어들 마음이 나지 않아 시끄러운 사람들로부터 가능한 한 멀리 떨어진 곳에 트렁크를 내려놓고 그 위에 앉아 벽에 얼굴을 기댔다.

인간을 매매하는 상인들은 노예들이 자신의 비참한 상태를 의식하지 못하고 무감각해지도록 하기 위해, 큰 소리로 떠들며 놀 수 있는 환경을 조성하려고 의도적이고 체계적인 노력을 기울였다. 북부의 시장에서 팔려 남부에 도착할 때까지 흑인들을 훈련시키는 일관된 목적은 그들을 무감각하고 생각 없고 야만스러운 존재로 만드는 것이었다. 노예상인은 버지니아나 켄터키에서 흑인들을 매집하여 안락하고 몸에 좋은 곳(때로는 온천)으로 데려가 살을 찌운다. 그곳에서 노예들은 매일 배불리 먹는다. 떠나온 곳을 그리워하는 노예도 있기 때문에 매일 음악을 연주해주면서 춤을 추라고 강요한다. 이래도 아내와 아이, 집에 대한 생각이 간절해 도저히 유흥을 즐길 수 없는 흑인은 음침하고 위험하다는 낙인이 찍혀, 완전히 무책임하고 냉혹한 인간의 사악한 꾀에서 나오는 모든 악행의 적용 대상이 되어버린다. 좋은 주인을 얻을 수 있다는 희망, 그리고 팔리지 않을 경우 노예상인이 무슨 짓을 저지를지 모른다는 공포가 흑인들을 억지로 쾌활하고 기민하고 활발한 존재가 되도록 강요했다.

"저 검둥이 녀석은 뭐 하고 있는 거야?" 스케그스 씨가 방을 떠난 뒤 삼보가 톰에게 다가서며 말했다. 삼보는 백인 피가 조금도 안 섞인 완전 흑인이었는데, 커다란 체격에 대단히 활발하고 입심이 좋으면서 술수가 가득한 자였다. 그는 우거지상을 하고 있었다.

"뭐 하는 거야?" 삼보가 톰에게 다가가 옆구리를 익살스럽게 찌르며 말했다. "명상이라도 하나? 응?"

"난 내일이면 경매에서 팔리게 돼!" 톰이 조용히 말했다.

"경매에서 팔려! 하하, 이봐들, 이거 참 재미있군. 나도 그런 식으로 팔려갔으면 좋겠구먼! 이봐, 그래도 내가 저기 있는 친구들을 웃게 해주었잖아. 그런데 뭐야? 너희들은 내일이면 다 팔려간다, 이런 얘기야?" 삼보가 제멋대로 아돌프의 어깨 위에 손을 올려놓으며 말했다.

"저리 가!" 아돌프가 극도의 혐오감을 보이며 몸을 바로 하면서 격분한 어조로 말했다.

"어라, 이보게, 이 녀석 흰 검둥이야. 크림색인데. 오, 향수 냄새도 나잖아!" 삼보가 아돌프에게 다가서며 코를 킁킁거렸다.

"이 녀석은 담배 가게에서 일하면 딱 좋겠군. 코담배 냄새를 맡게 하는 거야! 저 정도 상판이면 혼자서 가게를 볼 수도 있을 거야!"

"저리 가라고 했잖아!" 아돌프가 화난 목소리로 말했다.

"어이쿠, 우리 흰 검둥이 성질 한번 고약한데. 흰 검둥이는 원래 저 모양이야." 삼보는 아돌프의 태도를 우스꽝스럽게 흉내 냈다. "분위기도 있고 우아하기도 하지. 자기들이 괜찮은 집에서 살았다고 티내면서 말이야."

"그래," 아돌프가 말했다. "너 같은 녀석들을 몽땅 살 수 있는 주인님을 모셨지!"

"어이구 잘났다." 삼보가 말했다. "우리 흰 검둥이, 신사 양반!"

"난 세인트클레어 집안에 있었어." 아돌프가 자랑스럽게 말했다.

"세상에, 그랬구먼! 하지만 그 집에선 널 내보낸 걸 행운이라고 생각할걸. 그게 아니라면 내가 목을 매도록 하지. 내 생각에 넌 깨진 찻주전자나 그 비슷한 잡동사니 가격을 받고 팔리게 될걸!" 삼보가 약 올리듯 히죽 웃으며 말했다.

아돌프는 이 조롱에 격분하여 삼보에게 맹렬히 달려들어 욕설을 퍼붓고 마구 때렸다. 나머지 흑인들은 낄낄거리며 환호를 보냈고, 이런 소동으로 인해 관리인이 다시 나타났다.

"무슨 일이야, 이놈들. 조용히 있어! 조용히!" 관리인이 커다란 채찍을 휘두르며 말했다.

흑인들은 모두 제각기 흩어졌는데 삼보만이 그 자리에 남아 있었다. 자신이 관리인으로부터 익살꾼으로 인정을 받으면서 호감을 사고 있다는 걸 알기 때문이었다. 그는 관리인이 자신을 때리려고 할 때면 예의 익살스러운 웃음을 지으며 머리를 요리조리 흔들어 피했다.

"아이고, 주인님, 이건 우리가 벌인 일이 아닙니다. 난 평소처럼 가만히 있었어요. 다 새로 온 녀석들 짓입니다. 이 녀석들이 우릴 약 올리고 괴롭히지 뭡니까. 내내 말이에요!"

그러자 관리인은 톰과 아돌프를 돌아다보더니 뭘 물어보지도 않고 몇 차례 발로 걷어차고 손찌검을 했다. 그는 방 안의 흑인들에게 착하게 굴고 할 일이 없으면 낮잠이나 자라고 지시한 후 방에서 나갔다.

남자들의 방에서 이런 일이 벌어지는 동안 여자들의 방에서는 어떤 일이 벌어지고 있는지 궁금할 것이다. 여자 노예들은 바닥에 다양한 자세로 드러누워 잠을 자고 있었다. 흑단처럼 완전히 검은 여자부터 흰 피부를 지닌 혼혈 여자까지 다양한 피부 색깔에, 어린이부터 노인까지 모든 연령대의 여자들이 다 있었다. 열 살 먹은 예쁜 아이는, 엄마가 어제 팔려가는 바람에 아무도 자신을 돌보아주지 않자 눈물을 흘리다 지쳐 잠이 들었다. 지쳐빠진 노파도 있었는데, 가는 팔과 군은 살이 박인 손가락이 고된 노역에 시달렸음을 말해주고 있었다. 노파는 되는대로 헐값에 팔려나갈 내일을 기다리고 있었다. 다른 사오십 명 정도 되는 여자 노예들은 각양각색으로 담요나 옷감을 두른 채 머리를 내놓고 아이와 노파 주변에 드러누워 있었다. 그러나 다른 이들로부터 떨어져 구석에 웅크리고 앉은 두 명의 여자는 좀 특이한 모습이었다. 한 명은 마흔에서 쉰 사이로 보이는 잘 차려입은 뮬라토 여자였는데, 부드러운 눈과 상냥하고 호감 있는 인상이 눈에 띄었다. 머리에는 최상 품질의 화사한 붉은색 마드라스 손수건으로 높게 올린 터번을 썼고, 단정하게 차려입은 드레스도 좋은 옷감으로 만들어진 것이었다. 옷차림으로 보아 지금껏 좋은 대접을 받은 것이 분명했다. 옆에는 딸인 듯한 열다섯 살 정도의 소녀가 딱 달라붙어 있었다. 소녀는 흰 피부색으로 보아 쿼드룬이었고, 어머니와 닮았다는 건 금방 알 수 있었다. 그녀는 어머니와 같은 부드럽고 검은 눈에다 긴 눈썹과 숱 많은 갈색 곱슬머리를 뽐내고 있었다. 어머니와 마찬가지로 아주 단정한 옷을 입고 있었으며, 그 희고 섬세한 손은 노예들이 하는 험한 일은 해봤을 법하지 않았다. 두 사람은 내일 세인트클레어의 하인들과 같은 경매 품목에 들어가 팔리게 될 예정이었다. 그들의 소유주로 판매 대금을 건네받게 되어 있는 신사는 뉴욕의 기독교인이었다. 그 뉴욕 신사는 대금을 받으면 곧이어 하느님의 성찬식에 참석할 것이고,

그러고 나서는 그 일에 대해선 더이상 생각하지 않을 것이다.

우리가 수전과 에멀린이라고 부르게 될 이 모녀는 뉴올리언스의 관대하고 신앙심 깊은 부인 밑에 있던 개인 하녀들이었다. 부인은 두 모녀에게 신경을 써서 경건한 신앙인으로 교육시켰다. 모녀는 읽고 쓰는 법을 배우고 신앙의 진리에 대해 열심히 공부했다. 그들의 처지를 생각할 때 그것은 너무나 행복한 운명이었다. 하지만 부인의 재산을 관리하던 외아들은 무절제하고 사치스러워 거액의 손해를 보았고, 마침내 파산하게 되었다. 가장 큰 규모의 채권을 소유한 뉴욕의 B사(社)는 뉴올리언스 지사의 변호사에게 편지를 보냈고, 이에 변호사는 재산(두 모녀와 농장 일꾼들이 재산의 대부분이었다)을 압류하고 그 결과를 뉴욕에 보고했다. B씨는 자유주에 거주하는 기독교인으로, 이런 식의 일처리 방식이 왠지 거북하다는 느낌을 갖고 있었다. 그는 노예와 사람의 영혼을 매매한다는 것을 나쁘게 보았기 때문에 물론 그런 행동을 하지 않았다. 그렇지만 이번에는 거액 3만 달러가 걸려 있었다. 도덕적 원칙 때문에 포기하기에는 너무나 많은 돈이었다. 따라서 B씨는 깊이 숙고하고 또 가장 적절한 조언을 해줄 사람들과 논의도 하고 나서 뉴올리언스 지사의 변호사에게 편지를 보내 가장 타당한 방식으로 일을 처리하여 거기서 나오는 대금을 송금하라고 했다.

뉴올리언스에 편지가 도착한 다음날, 수전과 에멀린은 압류 대상이 되어 노예창고로 이송되어서 그다음날 열릴 경매를 기다리는 처지가 되었다. 쇠창살 창문을 통해 스며들어오는 달빛 속에서 그들의 모습이 어렴풋하게 보였지만 대화는 엿들을 수 있을 것 같다. 모녀는 다른 사람들을 의식해서 조용히 숨죽여 울고 있었다.

"엄마, 내 무릎 위에 머리를 기대세요. 그러면 잠이 조금은 올지도 모르잖아요?" 소녀가 평온한 표정을 지으려고 애쓰면서 말했다.

"엠, 도저히 잠잘 기분이 아니구나. 잘 수가 없어. 지금이 우리가 함께 보내는 마지막 밤일 수도 있어!"

"아, 엄마, 그런 말 하지 마요! 같이 팔릴 수도 있을 거예요. 모르는 일이잖아요?"

"엠, 다른 사람 일이라면 그렇게 말하겠구나." 수전이 말했다. "널 잃을까 봐 너무나 무서워서 위험한 일밖에 생각이 나지 않는단다."

"엄마, 그 사람이 우리 둘이 함께 고가에 팔릴 수 있을 것 같다고 했잖아요."

수전은 그 말을 했던 남자의 표정과 말을 기억해냈다. 수전은 죽을 정도로 메스꺼움을 느끼며, 그 남자가 에멀린의 손을 보고 곱슬머리를 들어올리면서 일등품이라고 말하던 것을 떠올렸다. 기독교인으로 교육받고 매일 성경을 읽어온 기독교인 어머니로서 누구나 가지고 있을 법한, 자신의 아이가 혹시 수치스런 삶으로 팔려가게 되지 않을까 하는 생각으로 수전은 몸을 떨었다. 하지만 그녀는 희망도 없고 보호도 받을 수 없었다.

"엄마, 우리가 그렇게 값이 나간다면 어떤 집안에 엄마는 요리사로, 나는 하녀나 재봉사로 들어갈 수 있을 것 같아요. 그럴 수 있을 거예요. 밝고 생기 있는 모습으로 할 수 있는 한 최선을 다해봐요. 그러면 그렇게 될 수도 있을 거예요." 에멀린이 말했다.

"내일은 머리를 전부 뒤로 빗어 넘기는 게 좋을 것 같구나." 수전이 말했다.

"왜요, 엄마? 그러면 그다지 예뻐 보이지 않을 텐데요."

"그래, 하지만 그렇게 하면 더 나은 곳에 팔릴 수 있을 거야."

"왜요?" 딸아이가 물었다.

"점잖은 집안은 수수하고 평범하고 단정한 모습을 더 좋아할지 몰라. 그 사람들의 방식은 내가 너보다는 잘 알고 있으니까." 수전이 말했다.

"좋아요, 엄마. 그럼 그렇게 할게요."

"그리고 에멀린, 우리가 만약 내일 이후에 다시 볼 수 없게 된다면, 내가 어느 농장으로 팔려가고 네가 또 어디론가 가게 된다면, 항상 네가 어떻게 자라왔는지, 또 마님이 여태껏 네게 어떤 말씀을 해주셨는지 기억하면서 살아야 한다. 성경과 찬송가를 곁에 두고 하느님께 진실하게 한다면 그분께서도 너를 믿어주실 거다."

이 불쌍한 영혼은 견딜 수 없이 낙심하면서 그렇게 말했다. 사악하고 잔인하며 불경스럽고 자비심이 없어도, 돈만 있다면 누구나 내일 경매에서 딸의 몸과 마음을 모두 소유할 수 있다. 그렇게 악랄한 주인에게 팔려간다면 어떻게 이 아이가 신앙을 유지할 수 있을 것인가? 수전은 딸을 품에 안고 이런 생각을 하면서 딸이 차라리 예쁘고 매력적인 아이가 아니었더라면 좋았을걸 하고 생각했다. 자신의 딸이 얼마나 순수하고 경건하고 복스럽게 성장했는지를 떠올리는 것은 이제 가슴만 아프게 할 뿐이었다. 수전은 기도를 하는 것 외에는 아무 데도 의지할 곳이 없었다. 이러한 수많은 기도가 전국의 여러 노예감옥에서 하느님께 바쳐졌다. 그 기도들은 심판의 날에 잊히지 않고 감안될 것이다. 성경에는 분명 이렇게 적혀 있다. "나를 믿는 이 보잘것없는 사람들 가운데 누구 하나라도 죄짓게 하는 사람은 그 목에 연자맷돌을 달고 깊은 바다에 던져져 죽는 편이 오히려 나을 것이다."*

부드럽고 조용한 달빛이 창문으로 흘러들어오고, 피로에 지쳐 잠든 여자들 위로 쇠창살이 그림자를 드리웠다. 모녀는 노예들이 장례식 성가로 부르는 침울한 애도가를 함께 부르고 있었다.

아, 울고 있는 마리아는 어디에 있는 것인가?
아, 울고 있는 마리아는 어디에 있는 것인가?
그 훌륭한 땅에 다다랐나니.
그녀는 죽어 천국으로 갔도다.
그녀는 죽어 천국으로 갔도다.
그 훌륭한 땅에 다다랐도다.

독특하고 우울한 감미로움을 담은 목소리로 부르는 이 노래는 천국의 희망이 지나간 뒤 지상의 절망에 한숨을 내쉬는 침울한 분위기를 전하고 있었다. 애처로운 노랫가락이 어두운 감옥 안의 방으로 퍼져 나갔다. 한 소질이 끝나자 다른 소질이 연이어 흘러나왔다.

아, 바울과 실라는 어디에 있는 것인가?
아, 바울과 실라는 어디에 있는 것인가?
그 훌륭한 땅에 다다랐나니.

---

* 「마태복음」 18:6.

그들은 죽어 천국으로 갔도다.

그들은 죽어 천국으로 갔도다.

그 훌륭한 땅에 다다랐도다.

노래를 부르라, 불쌍한 영혼들! 밤은 짧고 아침은 그대들을 영원히 갈라놓을 것이니!

시간의 흐름은 어김이 없었고, 이제 아침이 되자 모두가 일어나고 있었다. 창고 관리자 스케그스 씨는 많은 노예들이 경매에 나가기 때문에 그날 아침에는 분주하면서도 활발하게 움직였다. 그는 재빨리 몸단장 검사를 했다. 모두 호감을 주는 표정을 하고 씩씩하게 굴라는 명령이 떨어졌다. 이제 노예들은 시장으로 가기 전에 마지막 검사를 받기 위해 원형으로 서 있었다.

스케그스 씨는 손에 등나무 회초리를 들고 입에는 시가를 물고서 노예들을 마지막으로 살펴보았다.

"뭐야?" 수전과 에멀린의 앞에 서서 그가 말했다. "곱슬머리는 어떻게 한 거지, 아가씨?"

아가씨가 머뭇거리며 어머니를 바라보자 수전은 그녀 계층의 사람들이 으레 하는 것처럼 능숙하게 대답했다.

"어젯밤에 제가 머리를 잘 펴서 매끄럽고 단정하게 묶으라고 했습니다. 컬이 있어 물결 모양으로 곱슬하면 이리저리 흩어지니까요. 그렇게 하는 것이 더 단정해 보입니다."

"무슨 소리!" 스케그스 씨가 에멀린 쪽으로 고개를 돌리면서 단호하게 말했다. "지금 당장 가서 아주 보기 좋게 물결 모양으로 곱슬하게 해서 오도록 해!" 그가 손에 쥔 회초리로 짝 하는 소리를 내며 덧붙였다. "빠른 시간 내에 돌아와!"

"너도 가서 도와줘." 그가 수전에게 말했다. "곱슬하게 하면 백 달러를 더 받을 수 있어."

화려한 둥근 지붕 밑, 온갖 사람들이 대리석으로 포장된 길 위에서 이리저리 거닐고 있었다. 그 둥근 지붕 아래에는 입회인과 경매인이 경매대로 사용할 작은 연단이 사방에 마련되어 있었다. 마주보고 있는 두 개의 경매대에서는 똑똑하고 훌륭한 신사들이, 감정 전문가가 매겨놓은 노예의 가격을 영어와 프랑스어를 섞어가며 열정적으로 올리고 있었다. 다른 쪽에 있는 세번째 경매대는 아직 경매인이 나오지 않아 경매가 시작되기를 기다리는 사람들로 북적이고 있었다. 이곳에서 우리는 톰과 아돌프를 비롯한 세인트클레어의 하인들을 볼 수 있으며, 또 수전과 에멀린이 걱정하며 낙담한 표정으로 자신들의 차례를 기다리는 것도 볼 수가 있다. 경우에 따라서 구매를 할 수도 있고 그러지 않을 수도 있는 다양한 구경꾼들이 노예들 주변에 모여 그들의 신체 여러 부분과 얼굴을 만져보고 검토하면서 평가하고 있었다. 모습은 기수들이 말의 장점을 의논하는 것과 조금도 다를 게 없었다.

"아니, 앨프! 여긴 뭐하러 왔는가?" 세련된 젊은 남자가 안경 너머로 아돌프를 살펴보고 있는 단정한 차림의 젊은 남자를 보고 어깨를 치면서 말했다.

"아, 하인을 하나 사들이려고. 세인트클레어의 하인들이 팔린다는 이야기를 들었거든. 그래서 그들을 보고……"

"세인트클레어의 하인들을 사는 짓 따윈 나라면 안 하겠어! 아주 버릇없는 검둥이들이라고, 하나같이. 악마처럼 뻔뻔하다니까!"

"그런 건 걱정하지 않아!" 안경을 쓴 남자가 말했다. "내 손에 들어오면 곧바로 허파에 들어간 바람을 완전히 빼줄 테니까. 세인트클레어 씨와는 전혀 다른 주인을 만났다는 걸 금방 알게 될 거야. 내 장담하지. 저 녀석을 사겠어. 버르장머리를 고쳐주고 싶군."

"저 녀석을 데리고 있으면 자네 재산깨나 축낼 텐데. 말도 못 하게 사치스런 녀석이라고!"

"그렇지. 하지만 내 앞에서는 사치를 부릴 수 없다는 걸 깨닫게 될 거야. 그저 몇 번 감옥에 보내서 완전히 두들겨 패면 될 테니까! 그럼 정신이 번쩍 들게 되어 있어. 내 장담하지. 철저하게 뜯어고치겠어, 저 녀석을 사서 말이야. 두고 보라고!"

톰은 주변에 모여든 수많은 군상들을 쳐다보면서 생각에 잠겨 자신이 주인으로 삼고 싶은 사람이 있는지 살펴보았다. 만약 독자 여러분이 이백 명의 사람 중에 한 명이 여러분의 절대적인 소유자가 되는 상황에서 선택해야 한다면, 톰과 마찬가지로 마음 편하게 선택할 수 있는 사람이 별로 없음을 발견하리라. 톰은 열심히 사람들을 살펴보았다. 몸집이 건장한 거친 남자, 몸이 작고 새된 소리를 내는 무뚝뚝한 남자, 하관이 빠른 얼굴에 호리호리하고 인상이 험악한 남자, 평범하게 생긴 땅딸막한 남자, 이런 사람들이 제 필요에 따라 불 속이나 광주리 속에 던져넣을 나무토막을 집는 것처럼 무심하게 사람을 골라 담고 있었다. 어디에도 세인트클레어 같은 주인은 없었다.

경매가 시작되기 조금 전, 키가 작고 어깨가 넓은 근육질의 남자가 가슴 쪽을 활짝 열어젖힌 체크무늬 셔츠와 진흙이 묻은 닳아빠진 바지를 입고, 제대로 일을 하겠다는 듯이 구경꾼들을 제치고 노예 무리로 다가와 꼼꼼하게 조사를 하기 시작했다. 톰은 그 남자가 다가오는 것을 본 순간부터 즉각적으로 메스꺼운 공포를 느꼈다. 가까이 다가올수록 혐오감은 더욱 심해졌다. 그는 키는 작지만 엄청난 힘의 소유자였다. 둥근 머리, 크고 밝은 회색의 눈과 텁수룩한 엷은 갈색 눈썹, 햇볕에 그을려 뻣뻣하고 억센 머리카락 등이 전반적으로 험악한 인상을 풍기고 있었다. 커다랗고 천박해 보이는 입은 담배를 씹고 있어 불쑥 튀어나와 있었다. 이따금 뱉어내는 담뱃진은 맹렬한 기세로 튀어나왔다. 손은 엄청나게 크고 털이 텁수룩한 데다 볕에 그을려 여기저기 반점이 나 있었다. 게다가 지저분하고 긴 손톱 때문에 아주 불결해 보였다. 남자는 노예들을 너무나 거칠게 살폈다. 그는 톰의 턱을 잡아당겨서 입을 열어 치아를 살펴보고, 소매를 걷어올리게 해서 근육을 보고, 고개를 돌려 뒤돌아보게 하고, 걸음걸이를 보기 위해 뜀뛰기를 시켰다.

"어디서 자랐지?" 그가 검사를 끝낸 다음 간단히 물었다.

"켄터키입니다, 나리." 톰이 그자로부터 벗어날 수 있는 구원의 손길을 바라는 듯 이리저리 둘러보며 말했다.

"뭘 했지?"

"주인님의 농장을 관리했습니다." 톰이 말했다.

"그럴싸하군!" 남자가 간단하게 답을 하고는 지나쳐 갔다. 남자는 아돌프의 앞에 잠깐 선 뒤 그의 잘 닦아놓은 구두에 담뱃진을 퉤 하고 뱉고는 거만하게 '흥' 하고 콧방귀를 뀌고 계속 걸어갔다. 이어 그는 수전과 에멀린 앞에 섰다. 그러고는 그 두껍고 더러운 손을 내밀어 에멀린을 자기 쪽으로 잡아당겼다. 이어 그녀의 목과 가슴을 손으로 훑어보고 팔을 잡아본 뒤 치아를 보고 수전 쪽으로 등을 떠밀어 보냈다. 이 무시무시한 자의 오만한 행동을 모두 지켜보던 수전의 참을성 많은 얼굴에 고통스런 표정이 떠올랐다.

소녀는 잔뜩 겁을 먹고 울기 시작했다.

"뚝 그치지 못해, 이 건방진 계집!" 노예상인이 소리쳤다. "여기서 훌쩍거리지 마. 곧 경매가 시작된단 말이야." 이어 경매가 시작되었다.

아돌프는 일찍이 그를 사겠다고 생각을 내비쳤던 젊은 신사에게 좋은 값으로 낙찰되었고, 세인트클레어의 다른 하인들도 제각기 새 주인을 만났다.

"자, 올라와! 듣고 있나?" 경매인이 톰에게 말했다.

톰은 경매대 위로 올라가서 근심스러운 표정으로 주변을 둘러보았다. 모든 것이 하나같이 뚜렷하지 않은 소음에 뒤섞여 흐리멍덩한 상태였다. 장사꾼이 프랑스어와 영어로 톰의 신상 조건을 소리쳐 알리자 순식간에 프랑스어와 영어로 입찰 호가가 터져나왔다. 어느 순간 마지막으로 망치 두드리는 소리가 들리더니, 경매인이 최종 가격을 알리는 마지막 음절이 분명하게 들려왔다. "달러." 톰의 경매가 끝났다. 그는 주인을 만나게 되었다!

톰은 경매대에서 떠밀려 내려왔다. 키가 작고 머리가 둥근 남자가 그의 어깨를 거칠게 잡고 한쪽으로 밀면서 날카로운 목소리로 말했다. "거기 서 있어!"

무슨 일이 일어났는지 톰이 거의 깨닫지 못하고 있는 동안에도 여

경매대에서 팔려나가는 에멀린.

전히 입찰은 계속되고 있었고, 빠른 말과 큰 소리가 프랑스어와 영어로 오갔다. 다시 망치 두드리는 소리가 들려왔다. 수전이 팔렸다! 그녀는 경매대에서 내려간 뒤 걸음을 멈추고 안타깝게 뒤를 돌아보았다. 딸이 그녀 쪽으로 손을 뻗고 있었다. 수전은 고통스러워하며 자신을 산 사람의 얼굴을 쳐다보았다. 그는 인정 많아 보이는 훌륭한 중년 신사였다.

"아, 주인님, 제발 제 딸아이도 사주세요!"

"그러고 싶지만 여유가 있을지 모르겠군!" 신사는 그렇게 말했지만, 경매대에 오른 소녀가 겁에 질려 주위를 둘러보는 것을 보자 이내 마음이 불편해졌다.

소녀의 창백한 뺨에 고통스러운 홍조가 떠올랐고, 눈은 열기를 띤 듯 빛나고 있었다. 수전은 딸아이가 어느 때보다도 더 아름답게 보이는 것을 보고 절로 신음 소리를 냈다. 경매인은 이번에는 굉장한 소득이 있을 것을 예상하며, 프랑스어와 영어로 입심 좋게 이것저것 설명하기 시작했다. 입찰가는 대단히 빠르게 올라가고 있었다.

"내 능력이 되는 범위 내에서 최선을 다해보지." 인정 많아 보이는 신사는 군중들 안으로 들어가 입찰에 참가했다. 얼마 되지 않아 입찰가는 신사가 지불할 수 있는 한도를 넘어서고 말았다. 그는 침묵을 지켰고 경매인은 점점 열을 올렸다. 입찰자는 점점 줄어들었고 이젠 품위 있어 보이는 노인과 머리가 둥근 남자 사이의 경쟁이 되었다. 노인은 상대를 얕보고 몇 차례 입찰가를 높였다. 그러나 둥근 머리의 남자는 끈덕짐이나 두터운 주머니 사정에서 노인보다 한 수 위였다. 이후 입찰은 오래가지 않았고 결국 망치가 떨어졌다. 신의 도움이 없다면 이제 소녀의 육체와 영혼은 둥근 머리의 소유가 된 것이다!

소녀의 주인은 레드 강에서 면화 농장을 운영하는 리그리 씨였다. 톰과 다른 두 명의 남자와 함께 같은 입찰자에게 팔린 소녀는 눈물을 흘리며 경매대에서 내려와 그들 쪽으로 갔다.

수전을 사들인 인정 많은 신사는 유감을 금치 못했다. 하지만 그런 일은 매일 일어나고 있다! 이런 경매에서는 언제나 딸과 어머니가 우는 모습을 보게 된다! 어쩔 수가 없는 일이다. 신사는 자신의 노예를 데리고 다른 방향으로 걸어갔다.

이틀 뒤, 기독교 회사인 B사의 뉴올리언스 지사 변호사는 뉴욕 본사로 매각대금을 송금했다. 그렇게 송금된 수표의 뒷면에, 그들로 하여금 '최후의 정산자(精算者)'의 말씀을 적어넣도록 하자. 그들은 장래 어느 때에 자신들의 소행에 대하여 최후의 심판자 앞에서 해명을 해야 하리라. "무죄한 피를 갚으시는 분께서 그들을 잊지 아니하시고 불쌍한 이의 울부짖음을 모르는 체하지 않으신다."*

31장
농장으로 가는 배 안에서

주께서는 눈이 맑으시어 남을 못살게 구는 못된 자들을
그대로 보아 넘기지 않으시면서 어찌 배신자들은 못 본 체하십니까?
나쁜 자들이 착한 사람을 때려잡는데 잠자코 계십니까?
— 「하박국」 1:13

레드 강을 떠가는 작고 허름한 배의 하갑판에 톰은 손과 발이 쇠사슬에 묶인 채로 앉아 있었다. 하지만 그보다 더 무거운 사슬이 그의 마음을 짓누르고 있었다. 모든 것이 그의 하늘에서 사라져버렸다. 달과 별마저도. 모든 것이 그를 지나쳐버렸다. 마치 나무와 강둑이 지금 지나쳐버리면 되돌아오지 않는 것처럼. 아내와 아이들, 그리고 관대한 주인이 있는 켄터키 옛집, 모든 것이 세련되고 화려했던 세인트클레어 저택, 성인과도 같은 맑은 눈을 가졌던 금발의 에바, 자존심 강하고 쾌활하며 잘생긴, 겉으로는 무관심한 듯하나 항상 자상했던 세인트클레어, 편안하고 마음 내키는 대로 여가를 즐길 수 있던 시간들. 이 모든 것들이 사라져버렸다! 그런 것들이 있던 자리에, 이젠 무엇이 남아 있는가?

동정심이 많고 어디에나 잘 동화하는 흑인이 세련된 집안에 기거하면서 그 우아한 취향과 감각에 익숙해진 뒤 어느 날 갑자기 조악하고 잔혹하기 이를 데 없는 집안의 노예가 된다는 것은, 노예들이 가장 감당하기 어려운 가혹한 운명 가운데 하나다. 마치 훌륭한 거실을 장식하고 있던 의자나 탁자가 낡고 손상을 입어 결국 불결한 술집이나 저속한 유흥업소로 넘겨지는 것과 같았다. 그러나 그 둘 사이에는 커다란 차이점이 하나 있다. 탁자나 의자는 감정이 없지만 사람은 생생한 감정을 가졌다는 것이다. 노예가 개인의 재산이 될 수 있다고 판결하는 법령마저도 추억과 희망, 사랑, 두려움, 욕망 같은 자신만의 작은 세계를 가진 영혼을 지워버릴 수는 없다.

톰의 주인인 사이먼 리그리 씨는 뉴올리언스 이곳저곳에서 도합 여덟 명의 노예를 사들여, 둘씩 짝을 지어 수갑을 채운 뒤 부두에 정박 중인 증기선 '해적'호로 데리고 갔다. 배는 레드 강을 거슬러 항해할 준비가 완료되어 있었다.

노예들을 전부 태우고 배가 부두를 떠나자 리그리는 사들인 노예들을 세세히 점검하기 시작했다. 그런 검사를 아주 잘한다는 태도로. 그는 먼저 톰 앞에 멈춰 섰다. 톰은 경매를 위해 풀 먹인 리넨 셔츠와 잘 닦아 반질거리는 구두에 질 좋은 브로드 옷감 양복을 입었는데, 지금도 그 복장 그대로였다. 리그리는 간단히 자신의 의사를 표현했다.

"일어서."

톰이 일어섰다.

"그 옷 벗어!" 톰이 그렇게 하고자 했으나 수갑이 거치적거렸고, 리그리 씨는 전혀 친절하지 않은 손길로 톰의 목에서 수갑을 잡아당겨

빼낸 뒤 주머니 속에 집어넣었다.

리그리는 이전부터 들춰보려고 했던 톰의 트렁크로 눈을 돌리더니, 톰이 마구간 일을 할 때 입는 낡아빠진 바지와 상의를 빼냈다. 이어 톰의 손에서 수갑을 풀어준 뒤 상자 더미 사이의 구석을 가리키며 말했다.

"저기 가서 이걸 입고 와."

톰은 그 말을 따랐고, 얼마 뒤 옷을 갈아입은 채 돌아왔다.

"구두를 벗어." 리그리 씨가 말했다.

톰은 시키는 대로 했다.

"여기," 리그리 씨가 노예들이 흔히 신는 조악하고 질긴 신발을 톰에게 던지며 말했다. "이걸 신어."

톰은 이렇게 급히 옷을 갈아입는 와중에도 소중히 여기는 성경을 주머니 속으로 옮기는 것을 잊지 않았다. 그것은 잘한 일이었다. 왜냐하면 리그리 씨는 톰의 수갑을 다시 채운 뒤 입었던 옷의 주머니를 마구 뒤졌기 때문이다. 그는 비단 손수건을 꺼내 자기 주머니에 집어넣은 뒤, 이어 에바를 기쁘게 해주었고 그 때문에 간직하고 있던 몇 가지 자질구레한 물건들을 꺼내 경멸스럽다는 듯 툴툴대며 어깨 너머 강으로 던져버렸다. 그러고는 톰이 미처 옮겨놓지 못한 감리교 찬송집을 꺼내들고 페이지를 넘겼다.

"흠! 참으로 신앙심이 깊구먼. 그래서 무슨 이름을 가지고 있나? 교회에 다니고 있는 건가, 응?"

"그렇습니다, 주인님." 톰이 확고히 대답했다.

"좋아, 앞으로 내가 그 신앙심을 금방 잊어버리게 해주지. 내 집에는 울부짖고 기도하고 노래 부르는 검둥이는 하나도 없어. 잘 기억해 둬." 리그리는 발로 바닥을 한 번 쿵 내리차더니 그 회색 눈으로 톰을 뚫어지게 쳐다보았다. "이젠 내가 너의 교회야! 알겠지. 내가 시키는 대로 해."

침묵을 지키고 있는 톰의 마음속 무언가가 '그건 아니다!'라고 말했다. 보이지 않는 곳으로부터 어떤 목소리가, 에바가 종종 읽어주던 오래된 예언서의 말씀을 들려주는 것 같았다. "두려워하지 마라. 내가 너를 건져주지 않았느냐? 내가 너를 지명하여 불렀으니, 너는 내 사람이다!"*

하지만 사이먼 리그리는 아무런 소리도 듣지 못했다. 그는 결코 듣지 못할 목소리였으니. 그는 잠시 톰의 풀 죽은 얼굴을 노려보더니 발걸음을 옮겼다. 리그리는 아주 깔끔한 옷이 많이 든 톰의 트렁크를 갑판 앞부분으로 가져갔고, 곧 배에 타고 있던 다양한 사람들이 주위에 몰려들었다. 신사가 되려고 애쓰는 흑인들을 희생양으로 삼은 무수한 비웃음 속에서 물건들은 이 사람 저 사람 손에 금세 팔려나갔고, 마침내 빈 트렁크도 경매에 부쳐졌다. 사람들 모두가 이 경매를 재미있는 놀림삼이라고 생각했다. 특히 이리저리 팔려나가는 물건들을 톰이 눈으로 좇고 있는 것을 보면서 그런 조롱의 분위기는 더욱 고조되었다. 마지막으로 트렁크를 경매할 때는 어떤 순간보다 더 비웃으며 엄청난 조롱을 쏟아냈다.

이런 작은 소동을 끝내고 사이먼은 다시 자신의 노예에게 느릿느릿

---

* 「이사야」 43:1.

다가갔다.

"자, 톰, 내가 귀찮은 짐을 끌고 다니는 수고를 덜어줬어. 옷을 신경써서 입도록 해. 새로운 옷을 지급받기 전까지 오래 입어야 하니 말이야. 나는 검둥이들에게 옷을 아껴 입도록 하고 있어. 한 해에 한 벌이다, 내 집에서는."

사이먼은 이제 다른 여자와 사슬로 묶인 에멀린이 앉아 있는 곳으로 걸어갔다.

"자, 우리 예쁜이." 그가 에멀린의 턱 밑을 쓰다듬으며 말했다. "힘내라고."

에멀린은 무의식중에 공포와 혐오의 감정을 드러냈다. 그러나 리그리는 곧바로 알아차리고 지독하게 인상을 찌그러뜨렸다.

"얼굴이 왜 그 모양이야! 내가 말할 때는 즐거운 낯짝을 하고 있어야지, 알겠어? 그리고 너, 이 누런 늙은이!" 리그리는 에멀린과 묶여 있는 뮬라토 여자를 밀치며 말했다. "그딴 얼굴을 하지 말란 말이야! 쾌활한 얼굴을 하라니까!"

"너희들 모두에게 말해두겠어." 그가 한두 걸음 물러나며 말했다. "날 봐, 날 봐! 내 눈을 똑바로 봐. 당장!" 그는 한마디 할 때마다 발로 바닥을 쾅 차면서 강조했다.

마치 마법에 홀린 듯이, 모든 노예의 눈이 이글거리는 사이먼의 녹색 빛을 띤 회색 눈에 집중되었다.

"자," 리그리가 대장간의 망치 비슷한 크고 묵직한 주먹을 내두르며 말했다. "이 주먹이 보이나? 들어올려봐!" 리그리가 톰의 손에 주먹을 내려놓으면서 말했다. "이 뼈를 보라고! 강철처럼 단단한 이 주먹으로 검둥이들을 때려눕히지. 한 방에 쓰러지지 않는 검둥이는 보질 못했어." 그가 톰의 얼굴 바로 근처에 주먹을 내려놓자 톰은 눈을 껌뻑이며 뒤로 물러났다.

"난 감독관이라곤 써본 적이 없어. 내가 직접 감독하니까. 너희들은 곧 알게 될 거다. 그저 내 말이 떨어지는 순간 재빨리 시키는 대로만 하면 돼. 그게 나와 문제없이 지내는 방법이야. 내게서 말랑말랑한 구석을 찾을 생각은 아예 하지 마. 어디에도 그런 건 없으니까. 잘 알아둬. 나는 조금도 사정을 봐주지 않아!"

여자 노예들은 무의식중에 숨을 멈췄고, 노예들은 모두 우울하고 낙심한 얼굴로 앉아 있었다. 사이먼은 발걸음을 돌려 배 안의 술집으로 향했다. 목청껏 소리쳤더니 목이 말라 술을 한잔 마시기 위해서였다.

"난 검둥이들을 먼저 저렇게 길들이죠." 리그리가 좀 전에 노예들에게 소리치는 동안 옆에 서 있었던 신사에게 말했다. "강하게 나가는 게 내 방식입니다. 내가 어떤 사람이라는 걸 노예들에게 미리 보여주는 거죠."

"그렇군요!" 그 남자가 진기한 견본을 연구하는 박물학자 같은 호기심을 내보이며 리그리를 쳐다보았다.

"정말이지 나는 우유부단하거나 늙다리 감독관들한테 속기나 하는 허약한 신사 농장주들과는 달라요. 내 주먹을 봐요. 검둥이들을 부리면서 살이 돌처럼 굳어졌어요. 한번 만져봐요."

낯선 신사는 그 주먹을 손가락으로 쓰다듬어보고 간단히 말했다.

"엄청나게 단단하군요. 내 생각엔 검둥이들을 부리는 동안 마음도 이렇게 됐을 것 같군요."

"아, 뭐, 그렇겠죠." 사이먼이 스스럼없이 웃으며 말했다. "내게는 부드러운 구석이라고는 없어요. 그런 면에서 나를 능가하는 사람은 없을 겁니다. 검둥이들은 절대로 나를 속이거나 소리를 지르거나 거짓말을 하지 못합니다. 정말입니다."

"저기 좋은 노예들을 사들이셨더군요."

"그렇습니다." 사이먼이 말했다. "톰이란 녀석이 있어요. 장사치들이 보통이 넘는 놈이라고 하더군요. 그래서 조금 비싼 값을 주고 샀습니다. 십장이나 관리인으로 써먹으려고요. 단지 옛 주인한테서 검둥이들이 받아서는 안 되는 좋은 대접을 받아 머릿속에 엉뚱한 생각이 잔뜩 들어 있어요. 그것만 빼버리면 녀석은 아주 잘할 겁니다. 피부가 누런 여자도 하나 샀는데 병이 있는 것 같아요. 어쨌거나 버틸 수 있을 때까지 일을 시켜야죠. 아마 일 년이나 이 년 정도 버티겠죠. 난 검둥이들을 살리려고 하지 않아요. 다 써버리고 더 사들이는 거죠. 그게 내 방식입니다. 그게 문제도 덜 생겨요. 결국에는 이게 더 싸게 먹힌다고 확신합니다." 사이먼이 술을 한 모금 넘기며 말했다.

"보통 얼마나 버팁니까?" 신사가 물었다.

"글쎄요, 잘 모르죠. 체질에 따라 다르니까. 튼튼한 녀석들은 육칠 년 버팁니다. 허접한 것들은 이삼 년 정도죠. 처음 내가 농장 일을 시작했을 땐 녀석들 때문에 골치가 너무 아팠어요. 잘 버틸 수 있도록 별짓을 다했죠. 아프면 의사도 부르고, 옷과 담요도 주고 깨끗하고 안락한 환경에서 살도록 힘썼단 말입니다. 세상에, 근데 그런 일이 아무 짝에도 쓸모가 없더군요. 돈만 잃고 문제만 쌓여가더란 말입니다. 이제는 아픈건 말건 그냥 써먹습니다. 검둥이가 하나 죽으면 다른 녀석을 하나 사들이는 거죠. 이게 더 싸고 더 쉽습니다. 모든 면에서 말이에요."

신사는 몸을 돌려 다른 신사의 옆자리로 가서 앉았다. 그 신사는 리그리의 말을 옆에서 들으면서 불편함을 억누르는 기색이 역력했다.

"남부 농장주가 다 저런 사람 같다고 생각하시면 안 됩니다." 리그리와 대화를 나눴던 신사가 말했다.

"그렇지 않기를 바라고 있습니다." 젊은 신사가 힘주어 말했다.

"비열하고 저질인 데다 야만적인 사람이군요!"

"아직까지 이곳 법은 저런 자를 보호하고 있습니다. 일말의 보호 수단도 없이 수많은 사람들이 저런 자의 의지에 절대적으로 복종하도록 규정하고 있어요. 사실, 저런 악질이 별로 많지 않다고 말하기도 어렵지요."

"그 가운데는 사려 깊고 인간적인 농장주들도 많습니다."

"그렇겠죠." 젊은 신사가 대답했다. "하지만 제 생각엔 저런 비열한 자들이 벌이는 모든 야만 행위와 난폭한 행위의 책임은 결국 선생님처럼 사려 깊고 인간적인 사람들이 져야 한다고 봅니다. 왜냐면 만약 선생님 같은 관대한 농장주들이 아예 없다면 이 악랄한 노예제는 단한 시간도 못 버틸 것이기 때문입니다. 남부의 농장주들이 오로지 저런 자들만 있다면," 그가 등을 돌리고 서 있는 리그리를 손가락으로 가리키며 말했다. "모든 것이 맷돌처럼 물속으로 가라앉고 말 것입니다. 선생님 같은 사람들이 고결한 정신과 자비심으로 노예를 잘 대해 주고 있기 때문에 저런 자의 야만성이 은폐되고 보호되는 겁니다."

"제 관대함을 너무 높게 평가하시는군요." 농장주가 미소를 지으며 말했다. "하지만 그런 이야기를 너무 큰 소리로 하지 않는 것이 좋겠습니다. 이 배에 탄 사람들은 저처럼 그런 생각을 참을성 있게 받아주지 않을 테니까. 제 농장에 도착할 때까지 기다리는 게 좋겠습니다. 그곳에서는 아주 여유 있게 우리 모두를 비난할 수 있을 겁니다."

젊은 신사는 얼굴을 붉히며 미소를 지었고, 둘은 곧 백개먼 게임에 열중하기 시작했다. 그러는 동안 배의 하갑판에서는 에멀린과 함께 묶인 뮬라토 여자 사이에 다른 대화가 오가고 있었다. 자연스레 둘은 살아온 내력 얘기를 서로 주고받았다.

"주인이 누구셨죠?" 에멀린이 물었다.

"레비 거리에 사는 엘리스 씨가 주인님이었지. 아마 너도 그분의 집을 봤을지도 몰라."

"잘 대해주셨나요?"

"병을 얻기 전까지는 잘해주셨지. 반년이 넘도록 좋아지다 말다 하며 계속 편찮으셨어. 그러더니 몸이 아주 나빠지면서 낮이건 밤이건 아무도 쉬지 못하게 했어. 점점 사나워져서 아무도 주인님 성질에 맞춰줄 수도 없었지. 날이 갈수록 날카로워졌어. 녹초가 될 때까지 밤에 시중을 들게 해서 고단해 더는 눈을 뜨고 있을 수가 없었지. 하루는 잠에 빠졌다고 주인님께서 내게 끔찍한 욕설을 퍼부었어. 샅샅이 다 알아봐서 가장 가혹한 사람에게 팔아버리겠다고 하더군. 돌아가실 때 내게 자유를 주겠다고 약속하셨던 분이 말이야."

"가까운 사람들이 있었나요?"

"있었지. 내 남편인데 대장장이야. 주인님께서 외부로 일을 보내셨어. 너무 순식간에 끌려나오는 바람에 남편 얼굴을 볼 시간도 없었어.

애들도 네 명 있었지. 아, 세상에!" 뮬라토 여자가 손으로 얼굴을 감쌌다.

비통한 이야기를 들으면 뭔가 위로의 말을 생각해내는 것이 인지상정이다. 에멀린은 뭔가 말해주고 싶었지만 아무것도 생각나지 않았다. 이런 상황에서 할 말이 무엇일까? 그들은 엄청난 불안과 두려움을 느꼈고 서로 합의를 보기라도 한 듯 끔찍한 새 주인에 대한 이야기는 일절 하지 않았다.

아무리 암울한 시간이라 하더라도 종교적 믿음은 사라지지 않는다. 이 뮬라토 여자는 감리교 교회의 일원이었고, 무지했지만 신앙심 깊은 영혼이었다. 에멀린은 훨씬 더 좋은 교육을 받았다. 헌신적이고 경건한 안주인의 배려로 읽고 쓰는 법을 배웠고, 성실하게 성경을 읽었다. 하지만 하느님에게 버림받고 무자비하고 난폭한 손아귀에 버려지게 되면 아무리 신앙심 강한 기독교인이라도 믿음이 흔들리지 않을까? 얼마나 더 가혹한 일들이 일어나서, 지식도 없고 나이도 어린 이 불쌍한 기독교인들의 신앙심을 더 흔들어놓게 될까!

증기선은 슬픔을 가득 실은 채 레드 강의 급하고 구불구불한 길을 따라 붉고 탁한 강물을 타고 나아갔다. 노예들은 스쳐 지나가는 황량한 강가 풍경을 슬픈 눈으로 쳐다보고 깎아지른 붉은 점토로 뒤덮인 강둑을 멍하니 바라보았다. 마침내 배가 작은 마을에 멈춰 서자 리그리와 일행은 그곳에서 내렸다.

32장
어두운 곳

땅의 구석구석이 폭력의 도가니입니다.
— 「시편」 74:20

조악한 마차가 거친 길 위로 굴러갔다. 마차의 뒤쪽에 탄 톰과 일행은 피곤한 몸을 가까스로 가누며 앞만 보고 길을 지나고 있었다.

마차 안에는 사이먼 리그리가 앉아 있었고, 뒤쪽에는 여자 둘이 여전히 사슬에 묶인 채 짐 꾸러미들 옆에 쪼그리고 있었다. 일행은 상당히 멀리 떨어진 리그리의 농장으로 가는 길이었다.

길은 황량하고 적막했다. 바람이 스산하게 불어오는 황량한 소나무 숲을 지나기도 하고, 사이프러스 나무들이 길게 늘어선 늪지대를 지나기도 했다. 진흙투성이의 땅에서 솟아나온 음울한 관목들은 장례식에나 어울릴 법한 검은 이끼를 화관처럼 기다랗게 매달고 있었다. 물웅덩이 속에서 썩어가는 부서진 그루터기와 나뭇가지 사이로 모카신 독사의 혐오스러운 몸뚱어리가 획 하고 지나갈 것 같았다.

주머니가 두둑하고 잘 정비된 말을 탄 여행자가 볼일이 있어 이 인적 드문 길을 가는 경우라도 아주 우울한 여행길이 될 터였다. 그러니 노예로 팔려가는 사람들의 경우에 있어서랴. 사랑하는 사람과 그리운 이로부터 점점 더 멀어지고 있으니 그보다 더 황량하고 쓸쓸한 여행은 없으리라.

그 검은 얼굴들에 떠오른 침울하고 낙담한 표정을 목격한 사람은 모두 그렇게 생각했을 것이다. 이 우울한 사람들은 그 황량한 여행 도중에 마차 곁을 휙휙 스치고 지나가는 풍경들을 피곤하면서도 침울한 눈빛으로 멍하니 쳐다보았다.

하지만 마차에 탄 사이먼은 아주 즐거워하며 주머니 속에 넣어둔 독주 병을 꺼내 이따금 들이켜곤 했다.

"자, 너희들!" 그가 등을 돌리면서 뒤에 앉은 풀 죽은 얼굴들을 쳐다보며 소리쳤다. "노래를 좀 불러봐! 빨리!"

노예들은 서로 바라만 보았다. 그러자 리그리의 손에 들린 채찍이 잽싸게 날카로운 소리를 내면서 다시 "빨리"라는 말이 들려왔다. 톰은 감리교의 찬송가를 부르기 시작했다.

예루살렘, 나의 행복한 고향,
항상 내게는 소중한 이름!
내 슬픔이 끝나게 되면
너의 기쁨이……

"입 닥치지 못해, 이 검둥이 놈!" 리그리가 소리를 질렀다. "내가 그

런 돼먹지 못한 감리교 노래나 듣고 싶어할 줄 알았어? 좀더 떠들썩
한 걸로 불러보란 말이야! 빨리!"

그러자 다른 남자 노예가 그들끼리 흔히 부르는 무의미한 노래를
하나 부르기 시작했다.

주인님이 내게 너구리를 잡으라고 하셨네,
힘을 내자, 힘을!
주인님께서 폭소를 터뜨리시네, 달을 보았나,
호! 호! 호! 모두, 호!
호! 요! 하이에! 오!

노래를 부르는 사람은 박자를 맞추면서 자기 입맛대로 별 의미도
없는 가사를 지어냈고, 나머지 사람들은 사이사이 합창 부분을 함께
불렀다.

호! 호! 호! 모두, 호!
호! 요! 하이에! 오!

억지로 흥을 돋우기 위해 명랑하고 떠들썩하게 노래를 불렀지만,
그 어떤 절망의 울부짖음이나 열렬한 기도의 말도 이 합창의 떠들썩
한 곡조만큼 깊은 비통함을 담을 수 없었다. 마치 불쌍하고 무감각해
지고 위협받고 감금된 자들이, 알아들을 수 없는 음악의 성역에서 위
안을 찾으며 하느님에게 올릴 기도를 속삭이는 것 같았다! 사이먼은

들을 수 없는 기도가 그 노래 안에 들어 있었다. 그는 자기 노예들이 시끄럽게 노래를 부르는 것을 듣자 아주 만족스러웠다. 그는 노예들의 기운을 '북돋워준' 것이었다.

"자, 우리 예쁜이," 리그리가 에멀린에게 고개를 돌리더니 어깨에 손을 얹으며 말했다. "거의 다 왔다!"

리그리가 꾸짖고 호통치면 에멀린은 겁에 질렸지만, 그가 손을 얹으며 지금처럼 다정하게 말하니 너무 징그러워 차라리 맞는 것이 낫겠다는 생각이 들었다. 리그리의 눈초리는 영혼을 소름 끼치게 하고 육신을 섬뜩하게 만들었다. 무의식적으로 에멀린은 옆의 뮬라토 여자가 마치 어머니라도 되는 것처럼 가까이 달라붙었다.

"귀고리를 해본 적이 없겠지." 그가 거친 손가락으로 에멀린의 작은 귀를 만지면서 말했다.

"없어요, 주인님!" 에멀린이 몸을 떨고 고개를 숙이며 말했다.

"그래, 그러면 내가 귀고리를 하나 주지. 집으로 가서 착하게 굴면 말이야. 그렇게 두려워할 것 없어. 네게는 힘든 일을 시키지 않을 거니까. 나와 함께 좋은 시간을 보내고 귀부인처럼 살면 되는 거야. 그저 순하게 있으면 된다고."

리그리는 술을 많이 마셔 평소와는 다르게 마음이 다소 너그러워졌다. 그럴 무렵 농장의 담이 보였다. 농장은 예전에는 부유하고 풍류를 아는 신사의 소유였고, 전 주인은 자신의 농장을 가꾸는 데 상당히 신경을 썼다. 그러나 그가 파산 후 사망하자 리그리는 이 농장을 헐값에 사들여서, 다른 모든 일과 마찬가지로 오로지 돈벌이의 도구로 삼았다. 그 결과 농장은 퇴락하여 남루하고 황량한 외관을 갖게 되었다.

전 주인의 정성스러운 보살핌이 완전 물거품이 되어버렸다는 완벽한 증거였다.

한때 장식용 관목이 자라던 저택 앞의 정갈한 잔디밭은 너저분하게 헝클어진 잡초로 뒤덮였고, 말을 묶는 기둥을 여기저기 세우면서 잔디가 패어 있었다. 바닥은 부서진 들통과 옥수숫대, 그 외 이런저런 지저분한 잡동사니들로 어지러웠다. 말을 묶는 기둥으로 사용하기 위해 한쪽으로 치워둔 장식용 지지대에는 버짐병이 생긴 재스민과 인동 덩굴이 너덜너덜하게 매달려 있었다. 한때 아름다운 모습을 자랑했던 넓은 정원은 이젠 잡초로 뒤덮여 외국산 식물만이 여기저기서 황폐한 머리를 디밀고 있었다. 온실이었던 곳은 이제 창틀도 떨어져나갔고, 썩어가는 선반 위에 팽개쳐놓은 화분과 그 안에 붙어 있는 메마른 잎이 그것이 한때는 식물이었음을 말해주고 있었다.

마차는 멀구슬나무들의 시원한 그늘 아래로 뻗어 있는 잡초투성이의 자갈길을 굴러갔다. 멀구슬나무의 우아한 자태와 내내 푸르른 잎은 무심한 방치에도 기세가 꺾이거나 변하지 않은 유일한 것이었다. 그것은 마치 선량함에 뿌리내리고 있는 고상한 정신, 낙담과 쇠퇴 속에서도 번성하여 자신이 더욱 단단한 존재임을 드러내고야 마는 그런 정신을 연상시키는 듯했다.

저택은 크고 훌륭했다. 남부에서 흔히 볼 수 있는 건축 형태로, 이층으로 된 넓은 베란다가 집 전면을 둘러싸고 있었으며 방들의 바깥문은 전부 베란다 쪽으로 열리게 되어 있었다. 아래층 베란다는 벽돌 기둥이 받치고 있었다.

하지만 저택은 황폐하고 스산해 보였다. 어떤 창문들은 판자로 막혀 있었고, 어떤 창문은 유리가 깨져 있었으며, 덧창은 뜯겨져나가 경첩에 간신히 매달려 있었다. 저택 관리가 얼마나 허술하고 불편하게 되고 있는지 너무도 분명하게 말해주는 증거들이었다.

판자와 밀짚, 오래되고 낡은 통과 박스 등이 온 사방에 흩어져 있었다. 서너 마리의 흉포한 개들이 마차 바퀴 소리에 깨어나 물어뜯을 기세로 달려나왔다. 개들이 톰 일행을 공격하려는 것을 그 뒤에 달려오던 지친 노예들이 간신히 제지했다.

"뭐가 있는지 잘 봤겠지!" 리그리가 만족스럽다는 듯이 개를 쓰다듬으며 톰 일행에게 말했다. "도망치면 어떻게 되는지 알겠지? 이 녀석들은 검둥이들을 쫓기 위해 키운 맹견이야. 이 녀석들이 한 번 물면 너희들은 곧바로 개들의 저녁식사가 되는 거야. 잘 기억해두라고! 어떤가, 삼보!" 리그리가 자신에게 알랑거리는 흑인에게 말했다. 그는 챙 없는 모자를 쓰고 있었다. "일은 어떻게 되고 있어?"

"잘되고 있습니다, 주인님."

"큄보," 리그리가 자신의 주의를 끌기 위해 열심인 또 다른 흑인에게 말했다. "내가 말한 일은 잘 명심해서 처리했겠지?"

"그럼요, 여부가 있겠습니까."

이 두 흑인은 농장의 주요 일꾼으로 십장을 겸하고 있었다. 리그리는 자신의 불도그들처럼 이들에게 야만스러움과 잔혹함을 체계적으로 훈련시켰다. 비정함과 잔인함을 긴 세월 동안 훈련받은 탓에, 이둘의 본성은 불도그의 그것과 비슷하게 되었다. 흔히 흑인 노예감독이 백인보다 더 악랄하고 잔인하다고들 한다. 이것은 유순한 흑인 종족의 특성과는 상반되는 논평이다. 이런 말의 속뜻은 흑인들의 정신이 백인들보다 더 잘 파괴되고 타락한다는 것인데, 실제로는 사실이 아니다. 그것은 전 세계의 압박받는 종족들이 잔인한 사람들이라고 말하는 것만큼 어처구니없는 얘기다. 흑인이기 때문에 폭군이 되는 것이 아니라 종족과는 상관없이 노예이기 때문에 폭군이 되는 것이다. 노예는 폭군이 될 수 있는 기회를 얻으면 언제나 그렇게 되는 것이다.

리그리는 우리가 역사책에서 만나는 몇몇 군주들처럼 자신의 농장을 무력으로 지배하고 있었다. 삼보와 큄보는 서로 진심으로 미워했고, 농장의 노예들은 하나같이 그 둘을 진심으로 증오했다. 리그리는 삼보와 큄보, 농장 노예라는 세 그룹을 서로 반목하게 만들어, 세 그룹 중 아무에게서나 농장에서 어떤 일이 벌어지고 있는지 사전에 정보를 캐냈다.

그 누구도 사회적인 교류 없이는 온전히 살 수가 없다. 리그리는 두 흑인 하수인이 어느 정도 자신과 친밀감을 유지하도록 분위기를 조성했다. 그러나 그것은 둘 중 어느 한쪽이 언제든지 다른 한쪽을 곤경에 빠뜨릴 수 있는 무자비한 친밀감이었다. 그들은 리그리가 고개를 끄덕이면 곧바로 상대방에게 복수할 태세가 되어 있었다.

리그리의 곁에 선 그들은 야만스러운 인간이 때로는 동물보다 더 저열하다는 걸 보여주는 좋은 사례였다. 그들의 조악하고 검고 육중한 몸과 서로 시기하듯 바라보며 굴려대는 커다란 눈, 반쯤은 짐승 같은 야만스럽고 거친 목소리, 바람에 나부끼는 낡아빠진 옷. 이 모든 것이 육체와 정신을 망가뜨리는 사악한 리그리 농장의 특성과 놀랍도록 잘 맞아떨어지고 있었다.

"자, 삼보," 리그리가 말했다. "여기 있는 녀석들을 숙소로 데려가도록 해. 그리고 이 여잔 널 주려고 데려왔다." 그는 에멀린에게서 뮬라토 여자를 떼어내 삼보 쪽으로 밀었다. "네게 여자를 하나 대주기로 했었지."

뮬라토 여자는 깜짝 놀라 몸을 빼내면서 다급하게 말했다.

"아아, 주인님! 제겐 뉴올리언스에 남편이 있습니다."

"그래서 뭐 어쩌라는 거냐, 이 망할 년. 여기서도 남편이 하나 있어야 하지 않나? 앞으로 그런 아가리 벌리지 마. 어서 가!" 리그리가 채찍을 들어올리며 말했다.

"자, 예쁜이," 그가 에멀린에게 말했다. "넌 나와 함께 집으로 가자."

집 안의 창가에서 어둡고 화난 얼굴이 잠시 보였다. 리그리가 문을 열자 빠르고 단호하게 뭐라고 말하는 어떤 여자의 목소리가 들렸다. 걱정이 되어 신경을 쓰며 에멀린을 바라보던 톰은 리그리가 화난 목소리로 이렇게 말하는 것을 들었다.

"입 닥쳐! 네가 뭐라고 하든 난 내 마음대로 할 테야!"

톰은 삼보를 따라 숙소로 가야 했기 때문에 더이상은 듣지 못했다. 숙소는 농장의 한쪽에, 저택으로부터는 밀찍이 떨어진 곳에 있었다. 여러 줄의 조잡한 오두막이 줄지어 서서 작은 거리를 이루고 있었다. 그야말로 열악하고 야만스럽고 황폐한 분위기의 판자촌이었다. 톰은 그곳을 보자 가슴이 철커덩 내려앉았다. 숙소가 그다지 좋지는 않더라도 깨끗하게 정돈할 수 있는 조용한 오두막 정도는 될 거라고 생각했던 것이다. 그 오두막에다 성경을 얹어둘 선반도 설치하고, 노동을 하지 않는 휴식 시간에는 그곳에서 혼자 조용히 지낼 수 있기를 바랐던 것이다. 톰은 오두막 몇 곳을 살펴보았다. 오두막들은 그저 껍데 기뿐이었다. 아무런 가구도 없이, 무수히 많은 발길로 다져진 맨땅에 진흙이 묻어 지저분한 밀짚이 정돈되지도 않은 채 펼쳐져 있었다.

"어느 곳이 내가 지낼 곳이지?" 톰이 온순한 어조로 물었다.

"몰라. 여기 그냥 들어가라고." 삼보가 말했다. "한 명 더 들어가도 될 거야. 각 오두막마다 검둥이들이 많이 들어가 있어. 하지만 앞으로 더 데려오면 어떻게 해야 할지 나도 잘 모르겠는걸."

저녁 늦게 오두막집의 지친 주민들이 떼를 지어 모여들었다. 흙투성이의 해진 옷을 입은 그들은 무뚝뚝하고 심술 사납게 보였다. 새로 온 주민들을 전혀 반가워하지도 않았다. 작은 판자촌은 그다지 좋지 않은 소리로 시끌벅적했다. 누군가 다투는 거칠고 쉰 목소리가 손절구 쪽에서 들렸다. 그들은 제분하지 않은 소량의 단단한 옥수수를 갈아서 식용으로 사용했는데, 저녁으로 먹을 케이크를 만들기 위해 손절구를 쓰고 있었다. 노예들은 동틀 무렵부터 농장에 나가 감독들의 채찍에 내몰리며 일을 한다. 몹시 더운 데다 일을 서둘러야 하는 계절이었기 때문에 그들은 노예들의 한계까지 노동력을 짜내기 위해 온갖 수단을 동원했다. 게으름 피우며 소파에 드러누워 있는 자는 이렇게 말한다. "사실 목화 따는 일은 그다지 힘들지 않아." 과연 그럴까? 물방울 하나가 머리 위로 떨어지는 것은 그다지 불편한 일은 아니다. 하지만 같은 부위에 반복적으로 계속해서 물방울을 떨어뜨리는 물고문은 심문용으로는 최악의 고문이라고 한다. 일 자체는 그다지 힘들지 않더라도 지속적으로 같은 일을 무자비하고 연속적으로 강요하여, 그

단조로움으로 자유의지마저 의식하지 못할 정도로 압제를 당하게 되면 그 일은 끔찍한 고문이 된다. 톰은 몰려드는 무리 중에서 친구가 될 만한 사람을 찾아보았지만 헛수고였다. 부루퉁하고 인상을 찌푸린, 짐승과 다름없는 남자들과 나약하고 낙담한 여자들, 여자가 아닌 여자들밖에 없었다. 힘센 여자가 힘없는 여자들을 마구 억누르고 있었다. 역겹고 노골적이고 동물 같은 이기심이 노예들 사이에 퍼져 있었다. 그들에게서는 아무것도 기대할 수도, 바랄 수도 없었다. 모든 면에서 짐승처럼 취급받은 그들은 인간이 내려갈 수 있는 밑바닥까지 떨어져 거의 짐승처럼 되어버렸다. 밤늦은 시간까지 옥수수 가는 소리가 이어졌다. 손절구는 옥수수 갈기를 원하는 노예들의 숫자에 비해 턱없이 부족했고 지치고 힘없는 노예들은 강한 자들에게 밀려 제 차례가 될 때까지 기다려야 했다.

"이봐!" 삼보가 뮬라토 여자에게 다가와 옥수수 자루를 앞으로 내던지며 말했다. "이름이 뭐야?"

"루시."

"좋아, 루시, 넌 이제 내 여자야. 이 옥수수를 갈아서 내 저녁을 준비해, 알겠지?"

"난 네 여자가 아냐. 그러지도 않을 거고!" 깊은 절망 속에서 이제 더이상 잃을 것이 없다고 생각하여 용기가 생겨난 듯 여자가 날카롭게 외쳤다. "저리 가!"

"차버린다, 응?" 삼보가 위협적으로 발을 들어올리며 말했다.

"그러기로 했으면 죽여. 빠를수록 좋지! 차라리 죽는 게 나아!"

"삼보, 여자 버릇을 잘못 들이고 있구먼. 주인님께 말하겠어." 큄보가 옥수수를 갈기 위해 기다리는 두세 명의 지친 여자들을 절구 앞에서 밀어내고 자신의 옥수수를 먼저 갈면서 말했다.

"그럼 난 네놈이 여자들을 절구에서 밀어냈다고 이를 테다, 이 늙은 검둥이!" 삼보가 말했다. "넌 네 줄을 지키란 말이야."

톰은 여행으로 피곤한 데다 허기가 져서 음식 생각이 간절하여 거의 기절할 정도였다.

"자, 여기!" 큄보가 옥수수가 조금 든 조잡한 주머니를 내던지며 말했다. "가져가. 이번 주 치야. 더이상은 없어."

톰은 늦게까지 기다려 절구를 차지할 수 있었다. 그러나 너무 지친 모습의 두 여자가 옥수수를 갈려고 하는 걸 보자 안됐다는 생각이 들어 대신 옥수수를 갈아주었다. 그러고는 이미 많은 이들이 그 전에 케이크를 구워 사그라지는 불꽃을 다시 살려놓고 그다음에 자신의 저녁 식사를 만들었다. 그것은 농장에서는 새로운 종류의 행위, 즉 사소하지만 의미 있는 자선의 행위였다. 두 여자는 보답하려는 생각을 하게 되었으며, 그들의 굳은 얼굴에는 여성스러운 상냥한 표정이 드러났다. 그들은 톰의 케이크 반죽을 만들어주고 굽는 것을 거들었다. 톰은 불꽃 근처에 앉아 성경을 꺼내들었다. 무엇보다도 마음의 위로가 절실했던 것이다.

"그게 뭐예요?" 한 여자가 물었다.

"성경이지." 톰이 대답했다.

"세상에! 켄터키에 있을 때 말고는 본 적이 없는데."

"켄터키에서 자랐나?" 톰이 관심을 보이며 물었다.

"네, 잘 자랐죠. 여기 올 거라고는 상상도 못 했어요!" 여자가 한숨을 내쉬며 대답했다.

"그런데 그 책이 뭔데요?" 다른 여자가 물었다.

"아, 성경이라니까."

"글쎄, 그게 뭐예요?"

"아니, 성경책에 대해서 들어보지 못했어?" 다른 여자가 말했다. "켄터키에서 마님이 가끔 읽고 계시는 것을 듣곤 했지. 하지만 세상에! 여기선 소리치고 욕하는 것밖엔 듣지 못해."

"어쨌든 조금만 읽어줘요!" 켄터키에서 자랐다는 여자가 톰이 주의 깊게 성경을 정독하는 모습을 보고 호기심이 생겨 말했다.

"고생하며 무거운 짐을 지고 허덕이는 사람은 다 나에게로 오너라. 내가 편히 쉬게 하리라."* 톰이 읽었다.

"좋은 말이네요." 여자가 말했다. "누가 말한 거죠?"

"하느님이시지." 톰이 말했다.

"그분이 어디에 계신지 알면 좋으련만. 그럼 그곳으로 갈 거야. 지금껏 쉬어본 적이라곤 없었으니까. 온몸이 쑤시고 하루 종일 부들부들 떨려. 삼보는 내가 목화를 더 빨리 따지 못한다고 악을 쓰고, 밤엔 자정이나 되어야 저녁을 먹어. 몸을 뒤척이고 눈 좀 감았다 싶으면 일어나라고 나팔을 불지. 하느님이 계신 곳을 안다면 그분에게 가서 이런 것을 다 말할 거야."

"그분은 여기에 계셔. 어디든 계시지." 톰이 말했다.

"그 말을 믿으라는 거유? 하느님은 여기 안 계세요." 여자가 말했

---

* 「마태복음」 11:28.

다. "아무리 말해봐야 소용없어요. 나는 숙소로 가서 잘 수 있을 때 잠이나 잘래요."

두 여자가 숙소로 향하자 톰은 꺼져가는 불길 옆에 홀로 남았다. 그의 얼굴이 불빛을 받아 불그스름해졌다.

눈썹 모양의 은빛 달이 자색 하늘에 떠올라, 절망과 압제의 장면을 내려다보는 하느님처럼, 팔짱을 끼고 무릎 위에 성경을 올려놓은 이 흑인 남자를 차분히 내려다보았다.

"여기 하느님이 계신가?" 아아, 지독한 학대와 노골적인 불공정에 직면해 있는 배우지 못한 불쌍한 사람들이 탈선하지 않고 신앙을 유지하는 것이 가능한 일일까? 톰의 정직한 마음은 맹렬한 갈등을 일으키고 있었다. 잘못을 분별하지 못하는 마비된 감각, 미래에는 오로지 비참한 삶만 있을 것이라는 불길한 예감, 과거에 품었던 모든 희망의 좌초, 이런 것들이 그의 영혼 속에서 불편하게 출렁거렸다. 익사 직전의 선원에게 파도가 밀어닥치고, 검은 파도 속에서 아내와 아이, 친구의 사체가 떠오르는 것과 비슷했다. 그런 불길한 생각들이 그의 영혼을 마구 휘저었다. 아아, 여기서 기독교 신앙의 위대한 표어인 "하느님은 당신을 찾는 사람들에게 상을 주신다"*는 것을 믿고 굳게 지키는 것이 쉬울 것인가?

우울한 톰은 자리에서 일어나 자신에게 배정된 숙소로 비틀거리며 걸어갔다. 바닥은 지쳐 잠든 이들로 가득했고 방 안의 더러운 공기에 숨이 막혔다. 하지만 밤이슬은 차가웠고 그의 사지는 지쳐 있었다. 그

---

* 「히브리서」 11:6.

는 유일한 침구인 낡아빠진 담요로 몸을 휘감은 뒤, 밀짚에 몸을 누이고 곧 잠이 들었다.

꿈속에서 부드러운 목소리가 귓가에 들려왔다. 그는 폰차트레인 호숫가에 있는 별장 정원의 이끼 낀 의자에 앉아 있었다. 에바는 그 진지한 눈으로 아래를 내려다보며 그에게 성경을 읽어주었다. 그는 그것을 귀 기울여 들었다.

"네가 물결을 헤치고 건너갈 때 내가 너를 보살피리니 그 강물이 너를 휩쓸어가지 못하리라. 네가 불 속을 걸어가더라도 그 불길에 너는 그을리지도 타버리지도 아니하리라. 나 야훼가 너의 하느님이다. 이스라엘의 거룩한 자, 내가 너를 구원하는 자다."[*]

그 말은 점차 성스러운 음악 속으로 녹아들어 사라졌다. 아이는 그 깊은 눈을 떠 사랑스럽게 톰을 바라보았다. 온기와 위안의 서광이 톰의 마음으로 스며들었다. 마치 음악에 둥둥 뜬 것처럼, 에바는 황금의 파편과 금박이 별가루처럼 떨어지는 빛나는 날개에 올라 곧 사라졌다.

톰은 잠에서 깨어났다. 꿈이었을까? 그것을 꿈이라고 해두자. 하지만 살아 있는 동안 그렇게나 불운한 자들에게 위안을 주고 싶어했던 선량한 어린 영혼이 사후에 이런 행동을 하는 것은 모두 하느님의 뜻이라고 보아야 할 것이다,

그것은 아름다운 신앙.

---

[*] 「이사야」 43:2~3.

우리의 머릿속을 떠돌아다니는,

천사의 날개에 올라탄,

죽은 이들의 영혼.

33장
캐시

하늘 아래서 억울한 일 당하는 사람들을 다시 살펴보았더니,
그 억울한 사람들이 눈물을 흘리는데 위로해주는 사람도 없더구나.
억압하는 자들이 권력을 휘두르는데 감싸주는 사람도 없더구나.
—「전도서」 4:1

톰이 새로운 삶의 방식에서 희망했던 것, 또는 두려워했던 것에 익숙해지는 데는 그다지 많은 시간이 걸리지 않았다. 그는 자신이 하는 어떤 일에서든 전문가였고 효율적인 일꾼이었다. 습관과 원칙 모두에서 그는 신속하고 충실했다. 기질적으로 조용하고 온화한 톰은 그 부지런함으로 자신이 처해 있는 불운의 일부분만이라도 스스로 피해보겠다는 희망을 가졌다. 그는 자신을 역겹게 하고 지치게 하는 학대와 참상을 보았지만, 아직 자신에게 도피의 방법이 있을지도 모른다는 희망을 품고, 올바르게 판단하시는 하느님께 헌신하는 종교적 인내심을 간직하며 힘써 일해나가기로 결심했다.

리그리는 톰의 능력을 조용히 주시했다. 그는 톰을 최고급 일꾼으로 평가했다. 그렇지만 은밀한 혐오감도 가지고 있었다. 그것은 악이

선에 대해 품는 자연스러운 반감이었다. 리그리는 늘 그랬듯이 자신이 힘없는 노예들에게 폭력과 잔인한 행위를 할 때면 톰이 그것을 주목한다는 것을 느꼈다. 여론의 분위기는 굉장히 미묘해서, 말을 하지 않아도 알아챌 수 있고 심지어 노예의 여론이라 해도 주인을 괴롭힐 수 있었다. 다양한 방법으로 톰은 고통 받는 동료들에게 부드러운 감정과 연민을 보였는데, 그것은 노예들이 일찍이 그 농장에서 경험해본 적이 없는 기묘하고 새로운 현상이었다. 리그리는 이를 질투에 찬 눈으로 바라보았다. 그는 톰을 앞으로 감독으로 만들 생각으로 사들였고 자신이 농장을 잠깐 비우는 기간 동안 자기 일을 대행시키려 생각했다. 그의 관점에서 볼 때 이곳에 필요한 것은 첫째도 둘째도 셋째도 가혹함이었다. 리그리는 톰이 일꾼들에게 가혹하지 않은 것을 보고서 곧 자신이 톰을 무자비하게 만들어야겠다고 마음먹었다. 톰이 농장에 온 지 몇 주가 지나자 그는 훈련을 시작할 때가 되었다고 판단했다.

어느 날 아침 밭일을 하기 위해 일꾼들이 모였을 때 톰은 눈길을 끄는 새로운 일꾼을 발견하고 놀라움을 금치 못했다. 그 일꾼은 키가 크고 호리한 몸매에 손발은 놀랄 정도로 섬세했고, 게다가 단정하고 훌륭한 옷을 입은 여자였다. 얼굴로 보아 서른다섯에서 마흔 살 사이로 보였다. 그녀는 한 번 보면 잊을 수 없을 정도로 인상적인 얼굴이었는데, 열정적이고 고통스러운 애정사를 간직한 얼굴임을 한눈에 알 수 있었다. 이마는 고상하고 눈썹은 아름답고 깔끔하게 다듬어져 있었다. 오뚝한 코와 모양 좋은 입, 머리와 목의 우아한 윤곽은 한때 그녀가 아름다운 여자였음을 보여주었다. 하지만 그녀의 얼굴은 뼈아픈 고통과 쓸쓸한 인내로 인해 깊게 주름이 져 있었다. 안색은 나빴고 건

강치 못했으며 뺨도 야위었다. 외양은 날카로웠으나 전체적으로 수척했다. 하지만 제일 두드러지는 부분은 그녀의 눈이었다. 아주 크고 깊은 검은 눈은 똑같이 어두운 긴 눈썹에 가려 너무나 거칠고 슬픈 절망을 드러내고 있었다. 얼굴의 모든 선에, 나긋한 입술에, 몸동작 하나하나에 굳은 자존심과 맹렬한 저항이 담겨 있었지만 그녀의 눈에는 깊게 침잠된 고뇌의 어두운 그림자가 어른거려, 그녀의 행동 하나하나에 담긴 경멸과 자존심과는 몹시 대조되는 지극한 절망감을 드러냈다.

그녀가 어디서 온 누구인지 톰은 알지 못했다. 자신의 옆에서 몸을 꼿꼿이 세우고 거만하게 동틀 녘의 희부연 회색빛 속을 걸어가는 그녀를 본 게 톰으로서는 처음 그녀를 만난 것이었다. 하지만 다른 노예들은 그녀를 알고 있는 듯했다. 왜냐하면 많은 노예들이 고개를 돌려 그녀를 쳐다보았던 것이다. 그녀 주위에 있던 절망적이고 남루하고 아사 직전인 노예들은 아주 노골적으로 감정을 나타내지는 않아도 은근히 그거 잘됐다는 기색을 드러냈다.

"마침내 여기로 왔군. 그거 쌤통이다!" 한 노예가 말했다.

"히히히! 이게 얼마나 좋은 일인지 알게 될 거야, 마님!"

"어떻게 일하는지 좀 보자고!"

"그녀도 밤에 우리처럼 매질을 당할지 궁금한데!"

"채찍으로 맞는 걸 보면 참 좋겠는데 말이야! 아마도 그렇게 되겠지!"

여자는 이런 조롱을 신경 쓰지 않고 마치 아무것도 듣지 못한 것처럼 적대적인 경멸감을 표시하며 앞으로 걸어갔다. 톰은 항상 세련되고 교양 있는 사람들 사이에서 살아왔기에 그녀의 분위기와 태도에서 곧바로 그런 계급의 인물임을 알 수 있었다. 하지만 어쩌다가 그런 모욕적인 상황에 내몰렸는지는 알 수가 없었다. 여자는 톰을 쳐다보지도 말을 걸지도 않았다. 목화밭까지 내내 톰의 옆에서 걸었는데도 아무 말이 없었다.

톰은 곧 일에 몰두했다. 여자는 그다지 멀리 떨어지지 않은 곳에 있었고, 톰은 자주 그녀의 일하는 모습을 곁눈질했다. 그는 단번에 그녀가 타고난 재주와 기술로 다른 이들보다 훨씬 쉽게 일하고 있음을 알아보았다. 그녀는 여전히 경멸하는 듯한 표정을 지으면서 대단히 빠르고 깔끔하게 목화를 따나갔다. 그녀는 그런 노동과 자신이 처한 치욕스러운 상황을 둘 다 경멸하는 것 같았다.

일을 해나가던 도중에 톰은 자신과 함께 팔려온 뮬라토 여자의 근처에 있게 되었다. 그 여자는 엄청난 고통을 받고 있었다. 톰은 그녀가 몸을 떨고 비틀비틀하면서 기도를 올리는 소리를 자주 들었다. 톰은 조용히 그녀 곁으로 가서 자신의 바구니에서 목화를 몇 움큼 쥐어 그녀의 주머니에 옮겨넣었다.

"아아, 그러지 마세요! 이러면 안 돼요!" 뮬라토 여자가 놀란 얼굴로 말했다. "곤란해지실 거라고요."

바로 그때 삼보가 다가왔다. 이 여자에게 특히 앙심을 품고 있던 그가 야만적인 쉰 목소리로 채찍을 휘두르며 말했다.

"뭐야 이거, 루시. 멍청히 서서, 응?" 그는 여자를 자신의 육중한 쇠가죽 구두로 걷어차고 톰의 얼굴을 채찍으로 후려쳤다.

톰은 조용히 일을 계속해나갔지만 뮬라토 여자는 극도의 피로감으로 기절해버렸다.

"정신을 차리게 해주지!" 삼보가 야만스럽게 히죽이며 말했다. "아주 좋은 걸 선물해주마!" 그는 옷소매에서 핀을 꺼내 여자의 머리에 찔러넣었다. 여자는 반쯤 일어나서 신음 소리를 내질렀다. "일어나, 짐승 같은 년. 일하라고. 아니면 뭔가 더 보여주겠어!"

루시는 잠시 동안 억지로 힘을 짜내 절박할 정도로 열심히 일을 했다.

"계속 그렇게 하라고." 삼보가 말했다. "아니면 오늘 죽는 게 낫다는 생각이 들게 해주지!"

"지금이라도 그렇게 됐으면!" 톰은 그녀가 중얼거리는 것을 들었다. 다시 그녀가 외치는 소리가 들려왔다. "아, 주여, 어째서! 어째서 우리를 돕지 않으시나이까?"

자신이 겪을지도 모르는 위험을 모두 감수하며 톰은 앞으로 나아가 자기 바구니에 든 목화를 전부 루시에게 주었다.

"아아, 이러면 안 돼요! 저놈들이 무슨 짓을 할지 몰라요!"

"난 당신보다 잘 견딜 수 있어!" 톰은 자리로 돌아왔다. 일은 순식간에 벌어졌다.

갑자기 앞서 말한 낯선 여자가 일을 열심히 하면서 톰의 마지막 말이 들릴 정도로 가까이 다가왔다. 그녀는 그 깊고 검은 눈을 들어 잠시 톰을 바라본 뒤 자신의 바구니에서 상당량의 목화를 꺼내 그의 주머니에 덜어주었다.

"이곳에 대해 아무것도 모르는군요. 알았다면 그런 행동은 하지 않았겠죠. 이곳에 한 달 정도 있으면 남을 도와주는 일은 하지 않게 될 거예요. 자기 자신을 돌보는 것도 너무 어렵다고 생각하게 될 테니까."

"그렇게 말씀하지 마세요, 마님!" 톰이 무의식중에 예전에 함께 살던 높은 신분의 사람에게 어울리는 경칭을 쓰며 말했다.

"주님은 이런 곳에 결코 오지 않아요." 여자가 신랄하게 말했다. 그녀는 재빠르게 일을 하며 앞으로 나아갔고, 입술에는 다시 경멸의 미소가 떠올랐다.

하지만 여자의 행동은 건너편 밭의 감시자에게 들켰고, 그는 채찍을 휘두르며 그녀에게 다가갔다.

"뭐야, 뭐냐고!" 그는 의기양양하게 소리치며 여자에게 다가갔다. "너 뭘 속이고 있는 거지? 집어치워! 넌 이제 내 밑에 있다고. 잘 알아둬. 안 그러면 가만 안 둬!"

그녀의 검은 눈에 번개가 번쩍이는 듯 분노의 빛이 타올랐다. 그녀는 입술을 떨고 콧구멍을 벌렁거리며 몸을 돌려 감시자에게 분노와 경멸의 시선을 퍼부었다.

"개자식! 어디 한번 손대봐, 할 수 있다면 해보란 말이야! 난 아직 힘이 있어. 개를 데리고 와서 널 찢어발기고 산 채로 태워 산산조각 내버릴 힘이 남아 있다고! 난 말만 한마디 하면 돼!"

"그럼 대체 여기는 왜 나온 거죠?" 잔뜩 겁을 먹은 감독이 어두워진 얼굴로 한두 걸음 뒤로 물러서며 말했다. "해를 끼치려던 게 아닙니다, 캐시 마님!"

"그럼 저리 가!" 여자가 말했다. 그러자 감독은 밭의 다른 쪽 끝에서 뭔가 할 일이 생겼다는 듯 재빠르게 떠나갔다.

여자는 다시 일에 복귀했고 톰이 보기엔 경탄스러울 정도로 빠르게 일을 해치웠다. 마치 마법으로 일을 하는 것처럼 보였다. 하루가 다

지나기 전에 그녀의 바구니는 흘러넘칠 정도로 꽉 채워져 있었다. 그녀는 여러 번 톰의 바구니에 아주 많은 양을 넣어주었다. 노을이 지고 한참이 지난 후에야 지친 일꾼의 행렬은 바구니를 머리에 이고, 목화를 저장하고 무게를 다는 건물 쪽으로 걸어갔다. 리그리는 그곳에서 두 감독과 분주히 이야기를 나누고 있었다.

"저 톰 녀석이 아주 골 아픈 문제를 일으키고 있어요. 루시의 바구니에 계속 목화를 집어넣어주지 뭡니까. 주인님께서 저놈을 한번 손보지 않으면 검둥이들 전부가 불공평하다고 소리칠 겁니다!" 삼보가 말했다.

"제기랄! 그 검둥이 놈!" 리그리가 말했다. "손 좀 봐줘야겠군. 그렇게 생각하지 않나, 너희들?"

그 말에 두 흑인은 괴물처럼 히죽였다.

"그럼요! 그럼요! 주인님께서 좀 손봐주셔야겠습니다! 길들이는 건 악마라도 주인님을 당해낼 수가 없죠!" 큄보가 말했다.

"이 녀석들아, 가장 좋은 방법은 그런 생각을 못 하도록 저 친구에게 채찍을 주어 채찍질을 하게 만드는 거야. 그런 식으로 길들여야 한다고!"

"하지만 주인님께서 저 녀석의 머리통에서 그런 생각을 빼내려면 고생깨나 하실 텐데요!"

"그래도 그딴 생각은 못 하게 해야지!" 리그리가 씹고 있던 담배를 입속에서 굴리며 말했다.

"그럼 이젠 루시 문제만 남았군요. 그 대들기나 하는 추접한 마녀!" 삼보가 말했다.

"좀 알아서 해봐, 삼보. 네가 왜 루시를 싫어하는지 그 이유를 좀 생각해봐야겠어."

"글쎄요, 주인님께서 저 여자한테 제게 가라고 말씀하셨는데도 말을 듣지 않아요. 그건 아시지요?"

"그럼 그년도 매질을 해줘야겠군." 리그리가 침을 뱉으며 말했다. "하지만 지금 할 일이 많이 쌓여 있어서 그냥 놔두는 거야. 우선 일을 좀 시키도록 해. 마른 년들은 강단이 있어서 반쯤 죽을 때까지 자기 고집을 피우니까, 천천히 생각해보자고."

"루시는 정말 지긋지긋하고 게으른 데다 신경질만 부리면서 아무 일도 안 합니다. 게다가 톰 녀석은 감싸기나 하고요."

"녀석이 그랬단 말이지! 그럼 톰에게 루시를 채찍으로 패도록 시켜야겠는데. 좋은 훈련이 될 거야. 근데 네놈들이 하는 것만큼은 못 할 텐데 말이야."

"호! 호! 호!" 두 괴물 같은 감독이 웃음을 터뜨렸다. 실상 그 악마 같은 웃음소리는 리그리가 그들에게 전수한 극악한 성격의 결정체였다.

"저, 그런데 주인님, 톰과 캐시 마님이 루시의 바구니를 채워줬습니다. 그 무게가 상당할 것 같은데요."

"무게는 내가 다는 거야!" 리그리가 단호하게 말했다.

두 감독은 다시 악마 같은 웃음을 터뜨렸다.

"그러니까," 리그리가 말을 이었다. "캐시 마님은 하루 일을 해냈군."

"귀신처럼 일을 해치웠어요!"

"귀신이 들어 있지, 그 여자한테는. 정말이야!" 리그리가 야만스러운 욕설을 내뱉고 투덜거리면서 무게 다는 곳으로 걸어갔다.

지치고 기운 빠진 일꾼들이 천천히 계량실로 들어왔다. 그들은 내키지 않으면서도 굽신거리며 바구니를 저울 쪽으로 내밀었다.

리그리는 일꾼들의 이름을 써놓은 석판에 목화의 양을 기록했다.

톰의 바구니는 무게를 달아보고 통과되었다. 그는 자신이 도와준 여자가 통과할 수 있을지 걱정스러운 눈빛으로 흘깃 쳐다보았다. 그녀는 허약한 몸을 비틀거리며 앞으로 나와 바구니를 내놓았다. 충분한 양이었고 리그리도 그것을 알았지만, 그는 화를 내며 말했다.

"이 게으른 년! 부족하잖아! 옆으로 서. 조금 이따 손봐줄 테니까!"

여자는 완전히 절망에 빠져 신음 소리를 내며 바닥에 주저앉았다.

캐시 마님이라 불렸던 여자가 앞으로 나와 오만하고 무관심한 태도로 바구니를 내밀었다. 그녀가 바구니를 내밀자 리그리는 비웃는 듯하면서도 궁금하다는 눈초리로 그녀를 쳐다보았다.

그녀는 계속 리그리를 바라보다 입술을 살짝 달싹이며 프랑스어로 뭔가 중얼거렸다. 무슨 소리였는지는 아무도 몰랐지만 그 말을 들은 리그리의 얼굴은 악마처럼 일그러졌다. 그는 절반쯤 손을 치켜들이 때릴 것 같은 동작을 취했으나 그녀는 노골적으로 경멸하면서 그의 동작을 비리보더니 몸을 돌려 다른 데로 가버렸다

"자, 이제," 리그리가 말했다. "여기로 오라고. 톰, 그저 평범한 일을 시키려고 널 사들인 게 아니었어. 그래서 널 대우하려고 해. 앞으로 감독으로 만들려고 하는데 오늘부터 훈련을 해야겠다. 이 여자를 데려가서 채찍질을 하도록 해. 여러 번 보았을 테니 어떻게 하는지는

잘 알겠지."

"죄송합니다만, 주인님. 저에게 그런 일을 시키지 말아주십시오. 저는 그런 것에 익숙하지도 않고, 해본 적도 없으며, 할 수도 없습니다. 절대 그런 일은 하지 않겠습니다."

"내가 시키는 대로 하면 네놈은 전에 절대 할 수 없었던 것을 배우게 돼!" 리그리는 쇠가죽 채찍을 들어 먼저 톰의 뺨을 강하게 후려치더니 이어 인정사정 보지 않고 온몸을 마구 내리쳤다.

"자!" 그가 잠시 멈추며 말했다. "이래도 못 하겠다는 거냐?"

"그렇습니다, 주인님." 톰이 손을 들어 얼굴에 흐르는 피를 닦아내며 말했다. "저는 밤이건 낮이건 기꺼이 일할 겁니다. 제게 수명이 남아 있고 숨이 붙어 있는 한 열심히 일을 하겠습니다. 하지만 그것은 옳은 일이 아니라고 생각합니다. 주인님, 저는 그 일을 결코 하지 않겠습니다. 결코!"

톰은 목소리가 아주 부드럽고 온화한 데다가 늘 공손한 태도를 취했기 때문에, 리그리는 톰이 겁을 잘 먹고 쉽게 복종하는 자라고 생각했었다. 그런데 톰이 이렇게 말하자 모두 깜짝 놀라 몸을 떨었고, 불쌍한 뮬라토 여자도 손을 움켜쥐며 "아, 하느님!"이라고 말했다. 모두가 숨을 죽이며 무의식적으로 서로를 쳐다보는 것이, 마치 다가올 폭풍을 잔뜩 겁먹고 기다리는 것 같았다.

리그리는 잠시 멍하고 당황한 표정이었으나 곧 욕설을 퍼붓기 시작했다.

"뭐라고! 이 빌어먹을 검둥이 놈아! 내가 시키는 일이 옳지 않다고! 동물이나 다름없는 놈이 뭐가 옳고 그른지 어떻게 안다는 거야?

이 건방진 놈! 그 못된 버르장머리를 고쳐주지! 도대체 네놈은 너 자신을 뭐라고 생각하는 거냐? 네가 신사라도 된다고 생각하는 거냐? 주인에게 뭐가 옳고 그른지 떠들어대는 걸 보니 말이야. 안 그래, 톰 나리? 그래서 여자를 채찍질하는 게 옳지 않다는 거야?"

"그렇습니다, 주인님." 톰이 말했다. "저 불쌍한 여자는 아프고 허약합니다. 그런 행동은 아주 잔인한 것입니다. 그래서 저는 앞으로 그 일을 하지 않을 것이고 아예 시작조차 하지 않을 겁니다. 주인님, 절 죽이려면 죽이십시오. 나는 여기 누구에게라도 손대는 일은 결코 하지 않겠습니다. 차라리 제가 먼저 죽겠습니다!"

톰은 온화한 목소리로 말했지만, 그 말엔 암석처럼 단단한 결심이 담겨 있었다. 리그리는 분노로 온몸을 떨었다. 초록빛 눈동자는 맹렬히 불타올랐고 구레나룻은 분노 때문에 부들부들 떨고 있었다. 그러나 맹수가 사냥감을 게걸스럽게 먹어치우기 전에 유희를 즐기는 것처럼, 당장에라도 폭력을 행사하고 싶은 야만적 충동을 자제하면서 톰에게 신랄한 조롱을 퍼부었다.

"세상에, 우리 죄인들 사이에 마침내 경건한 강아지가 나타나셨군! 죄인들에게 죄에 대해 말해주는 것을 보니 성인이자 신사로군! 굉장히 거룩한 놈이야! 자, 이놈아, 넌 자신이 아주 경건하다고 말했지만 성경에서 '종들아, 주인에게 복종하라'고 한 말을 한 번도 듣지 못했느냐? 네 검은 껍질 안에 든 모든 것을 사려고 무려 천이백 달러나 지불했단 말이다. 이래도 네가 내 것이 아니냐? 몸이건 마음이건?" 그가 자신의 육중한 구두로 톰을 맹렬히 걷어차며 말했다. "어서 말해봐!"

야만적인 압제에 노출된 육체의 격렬한 고통 속에서도 그 질문은 톰의 영혼을 환희와 승리의 빛으로 채웠다. 톰은 갑작스레 몸을 일으키며 하늘을 경건하게 올려다보았다. 피눈물이 그의 얼굴을 타고 흘러내렸다. 톰이 큰 소리로 말했다.

"아닙니다! 아닙니다! 아닙니다! 제 영혼은 나리의 것이 아닙니다. 나리는 제 영혼을 사지 않으셨고 살 수도 없습니다! 제 영혼은 그것을 지켜주실 수 있는 분에게 이미 팔려가 그 값을 치렀습니다. 어떤 경우에도, 그 어떤 경우에도 나리는 저의 영혼을 건드릴 수 없습니다!"

"내가 못 건드린다고!" 리그리가 비웃으며 말했다. "보자고, 어디 두고 보잔 말이다! 삼보, 큄보, 이 개자식을 데려가 이번 달에는 아예 일어나지 못할 정도로 손 좀 봐줘라!"

두 거대한 흑인이 아귀같이 희희낙락하는 표정을 지으며 톰을 붙잡았다. 어둠의 권세가 사람의 형태로 구체화된 것이 그 두 감독인 듯했다. 그들이 저항하지 않는 톰을 끌고 나가자 불쌍한 여자는 두려움에 비명을 내질렀고, 노예들은 모두 감전이라도 된 듯 자리에서 벌떡 일어났다.

34장
쿼드룬 여자 이야기

억울한 사람들이 눈물을 흘리고 억압하는 자들은 권력을 휘두르는구나.
그래서 나는 아직 목숨이 붙어 살아 있는 사람보다 숨이 넘어가
이미 죽은 사람들이 복되다고 하고 싶어졌다.
—「전도서」4:1~2

늦은 밤 톰은 조면 공장의 낡고 적막한 방에서 부서진 기계 부품과 못 쓰는 목화 더미, 그리고 쌓여 있는 여러 잡동사니에 묻혀 홀로 신음하며 피를 흘리고 있었다.

축축하고 무더운 밤이라 탁한 공기 때문에 무수한 모기들이 몰려들어 톰의 상처에 쉼 없이 고통을 안겨주었다. 모든 고통 중에서도 타는 듯한 갈증은 육체가 감내하기 어려운 최고의 고통이었다.

"아, 주여! 살펴보시옵소서! 승리를 주옵소서! 완전한 승리를 주옵소서!" 불쌍한 톰은 고통 속에서 기도를 올렸다.

그때 톰의 뒤에서 방으로 들어오는 발걸음 소리가 들리더니, 곧 등불이 그의 눈을 비추었다.

"누구십니까? 아, 제발 제게 물을 좀 주십시오!"

들어온 이는 캐시였다. 그녀는 등을 내려놓고 톰의 머리를 들더니 병에서 물을 부어 마시게 해주었다. 톰은 맹렬히 연거푸 들이마셨다.

"원하는 만큼 마셔요." 그녀가 말했다. "당신이 어떤 상태인지 잘 알아요. 당신 같은 사람한테 물을 주기 위해 밤중에 나온 게 처음은 아니니까."

"고맙습니다, 마님." 톰은 물을 다 마시고 나서 말했다.

"마님이라고 부르지 마세요! 당신과 마찬가지로 나도 비참한 노예예요. 오히려 더 천한 노예죠!" 그녀가 씁쓸하게 말했다. "여하튼," 그녀는 문으로 가서 짚을 넣은 요를 가져와 그 위에 찬물에 적신 리넨을 펼쳤다. "불쌍한 사람 같으니. 이 위에 좀 올라와봐요."

상처와 멍으로 온몸이 굳어진 톰이 요에 오르는 데는 오랜 시간이 걸렸다. 하지만 일단 오르고 나니 냉기가 상처를 다스려주어 통증이 한결 나아졌다.

여자는 야만적 학대를 당한 노예들을 많이 봐와서 치료 방법에 익숙했다. 톰의 상처에도 여러 가지 처치를 가하자 톰은 몸이 다소 나아진 기분이 들었다.

"이젠," 여자가 못 쓰는 목화를 둘둘 말아서 베개 대용으로 톰의 머리 밑에 놓아주었다. "내가 할 수 있는 치료는 다했습니다."

톰은 캐시에게 감사를 표했고, 그녀는 바닥에 앉아 무릎을 끌어당겨서 양팔로 감싸 안았다. 그러고는 그녀는 씁쓸하고 고통스러운 표정으로 앞쪽을 쳐다보았다. 보닛은 뒤로 넘겨져 있었고, 굽이치는 긴 흑발이 독특하면서도 우수에 젖은 그녀의 얼굴에 흘러내렸다.

"소용없어요, 불쌍한 사람!" 마침내 그녀가 입을 뗐다. "소용없다

채찍질을 당해 고통스러워하는 톰을 캐시가 치료해주고 있다.

고요. 당신이 해온 행동들 말이에요. 당신은 용감한 사람이고 또 당신이 옳아요. 하지만 다 부질없는 짓이에요. 불가능해요. 당신이 아무리 몸부림쳐도 말이에요. 당신은 악마의 손아귀에 들어 있고 악마는 죽음처럼 강해요. 그러니 포기해야만 해요!"

포기하라! 인간의 나약함과 육체의 고통이 예전에도 그렇게 속삭이지 않았던가? 톰은 깜짝 놀랐다. 이 맹렬한 눈빛과 우수에 젖은 목소리를 지닌 냉소적인 여자가 톰이 여태껏 싸워왔던 유혹의 화신처럼 보였기 때문이었다.

"아, 주여!" 톰이 신음했다. "어찌 포기할 수 있겠습니까?"

"주를 불러도 소용없어요. 절대 듣지 못합니다." 여자가 확고한 어조로 말했다. "제 생각에 하느님은 계시지 않아요. 만일 계시면 우리 반대쪽 편을 들고 계시는 겁니다. 모든 것이 우리에게 불리해요. 하늘이건 땅이건. 모든 것이 우리를 지옥으로 밀어넣고 있습니다. 어째서 우리가 이래야 되는 거죠?"

톰은 눈을 감으면서 그 어둡고 무신론적인 말에 몸을 떨었다.

"보세요, 당신은 아무것도 모릅니다. 난 알아요. 여기서 오 년 동안 그자의 발밑에서 몸과 마음을 짓밟혔습니다. 악마를 증오하는 것만큼 저자를 증오해요! 여긴 다른 농장에서 15킬로미터도 더 떨어진 외딴 늪지대 농장이에요. 당신이 산 채로 불태워지고, 끓는 물에 삶기고, 개한테 찢겨 산산조각이 나고, 죽을 때까지 묶여서 매질을 당해도 증언해줄 백인이 없단 말입니다. 여기에는 당신이나 다른 일꾼들을 보살펴줄 천상이나 지상의 법률 따위는 없어요. 만약 내가 여기서 목격하고 알게 된 것을 자세히 말해준다면 누구라도 머리가 쭈뼛 서고 이빨을 갈 겁니다. 저항해봐야 소용이 없어요! 내가 저자와 같이 살고 싶어서 살았을까? 나도 예전엔 곱게 자란 사람이었어요. 하지만 저자는, 세상에! 저자는 도대체 무엇이고 또 무슨 짓거리를 하고 있는 거죠? 여태까지 오 년간을 저자와 함께 살면서 삶의 매 순간을 밤낮 없이 저주했어요! 이제 저자는 새로운 아이를 데려왔죠. 고작 열다섯 밖에 안 되는 어린애를. 그 애 말에 의하면 독실한 신앙 아래 곱게 자랐다고 하더군요. 착한 그 애의 마님이 성경 읽기를 가르쳐줬답니다. 게다가 그 애는 성경을 여기까지 가지고 왔더군요. 바보 같은 년!" 여자는 거칠고 우울하게 웃었다. 그 웃음소리는 낡고 황폐한 창고 속에서 기묘하고 초자연적인 음향 효과를 냈다.

톰은 두 손을 포개고 있었다. 모든 것이 암흑이자 공포였다.

"아, 주님! 주님께선 우리 불쌍한 자들을 완전히 잊으셨나이까?"

톰이 결국에는 마음속의 고통을 소리쳐 표현했다. "주님, 도와주십시오. 저는 무너지고 맙니다!"

캐시가 단호하게 말을 이었다.

"당신이 함께 일하고 대신 고통을 당해준 저 비참하고 비열한 자들은 뭐죠? 기회만 되면 모두가 당신을 배신할 겁니다. 저들은 모두 갈데까지 간 비열하고 잔인한 자들입니다. 그들을 다치지 않게 하기 위해 당신이 고통을 받는 건 무의미한 일이에요."

"불쌍한 사람들!" 톰이 말했다. "무엇이 그 사람들을 잔인하게 만들까요? 만약 제가 포기해버리고 그런 것에 점차 익숙해진다면 결국에는 저도 그들처럼 되고 말 겁니다! 그건 안 됩니다. 절대 안 됩니다, 마님! 저는 모든 것을 잃었습니다. 아내와 아이들, 집, 친절한 주인님. 그 주인님은 제게 자유를 준다고 하셨고, 일주일만 더 살아 계셨더라면 저는 자유의 몸이 되었을 겁니다. 저는 이 세상에서 전부를 잃었습니다. 모든 것이 깡그리 사라졌습니다. 이런 마당에 천국까지 잃을 수는 없습니다. 무엇보다도 사악한 인간이 되는 것은 절대 용납할 수가 없습니다!"

"그렇지만 하느님이 그 죄를 우리에게 묻지는 않으시겠죠." 캐시가 말했다. "우리가 남의 강압에 의해 억지로 죄에 내몰렸기 때문에 그분은 우리를 정죄하지 않으실 겁니다. 우리를 그렇게 내몬 자를 벌주실 거예요."

"그렇습니다. 하지만 그렇게 생각한다면 우리는 스스로 사악해지는 것을 막아낼 수가 없습니다. 만일 제가 삼보처럼 몰인정하고 나쁜 사람이 되어버린다면 어떻게 하다가 그렇게 되었는지는 별로 중요한 문제가 아닙니다. 이미 그렇게 되어버렸다는 것이 중요합니다. 나는 그렇게 되는 것이 너무나 두렵습니다."

여자는 몹시 놀란 눈으로 톰을 바라보았는데, 마치 새로운 생각이 떠오른 듯 망연자실한 모습이었다. 그녀는 길게 신음 소리를 내뱉은 뒤 말했다.

"아, 세상에! 맞는 말입니다! 아아!" 그녀는 신음하며 바닥에 쓰러졌다. 마치 극단의 고통에서 괴로워하며 몸부림치는 사람 같았다. 잠시 동안 숨소리가 들릴 정도로 정적이 흐른 뒤 톰이 가느다란 목소리로 말했다. "아, 제발, 마님!"

캐시가 벌떡 일어났다. 흥분을 가라앉히면서 표정도 평소처럼 단호하고 우수에 젖어 있었다.

"부탁입니다, 마님. 그들이 저 구석에 내 옷을 내던지는 것을 보았습니다. 그 옷 주머니에 성경이 있습니다. 마님께서 부디 그것을 꺼내 제게 가져다주셨으면 합니다."

캐시가 일어나 성경을 가져왔다. 톰은 즉시 표시를 많이 해놓아 해진 부분을 펼쳤다. 우리를 구하기 위해 채찍을 맞으신 예수의 생애 마지막 장면이었다.

"마님께서 이 부분을 읽어주신다면 그게 물보다 더 낫겠습니다."

캐시는 냉소적이고 오만한 자세로 그 부분을 한 번 훑어보더니, 이어 고통과 영광의 감동적인 기록을 읽어나갔다. 읽는 도중 종종 목소리가 주춤거렸고 때때로 완전히 목이 메어 읽지를 못하기도 했다. 그러면 읽기를 잠시 멈추고 자신을 추슬러 마음의 평정을 되찾았다. "아버지, 저들을 용서해주십시오. 그들은 자기가 하는 일을 모르고 있습니다"*라는 감동적인 구절이 나오자, 그녀는 책을 내던지고 앞으로 흘러내린 숱 많은 머리카락 속에 얼굴을 파묻은 채 경련을 일으킬 정도로 심하게 흐느꼈다.

톰 역시 흐느끼면서 때때로 숨죽인 탄식을 내뱉었다.

"우리가 주님처럼 고통을 감내할 수만 있다면! 주님께서는 희생을 당하시는 일을 아주 자연스럽게 해내셨습니다. 주님처럼 되기 위해서는 열심히 노력해야 합니다! 아, 주여, 도와주십시오! 아, 거룩한 주 예수님, 우리를 도와주십시오!"

"마님," 잠시 후 톰이 말했다. "저는 알 수 있습니다. 마님은 모든 면에서 저보다 훨씬 뛰어나십니다. 하지만 마님도 심지어 이 불쌍한 톰에게서 배울 수 있는 것이 한 가지 있습니다. 주께서 우리 반대편에서 계신다고 하셨죠. 그분께서 우리가 학대당하고 혹사당하도록 놔두셨다는 뜻이시죠. 하지만 하느님의 아드님인 영광의 주 예수께서 어떤 일을 겪으셨는지 잘 알고 계시잖습니까? 그분께서는 항상 불운하지 않으셨습니까? 우리 중에 어느 누구라도 그분처럼 열악한 지경에 이른 적이 있습니까? 그런 만큼 주께서는 우리를 잊지 않으셨습니다. 저는 확신합니다. 우리가 그분과 함께 고통을 겪으면 우리 또한 권세를 누릴 것이라고 성경에 적혀 있습니다. 하지만 그분을 거부하면 그분 또한 우리를 거부하실 겁니다. 다들 고통을 겪지 않았습니까? 예수님과 그 제자들도 말입니다. 성경은 어떻게 그분의 제자들이 돌팔매질 당하고 톱질로 산산조각이 나고 양가죽과 염소가죽을 쓰고 돌아

---

* 「누가복음」 23:34.

다녔는지 말해줍니다. 그분들 모두 궁핍하고 시달리고 고통 받았습니다. 고통 받는 것은 하느님이 우리에게 등을 돌리셨다고 생각할 이유가 되지 못합니다. 오히려 그 반대입니다. 우리는 더욱 그분에게 매달려야 하고 죄악에 빠져서는 안 됩니다."

"그렇지만 왜 하느님은 죄를 피할 수 없는 곳에 우리를 두시는 거죠?" 캐시가 말했다.

"우리는 죄를 피할 수 있다고 생각합니다."

"어디 두고 봐요. 당신은 앞으로 어떻게 하실 건가요? 내일이 되면 저자들이 당신에게 달려들 겁니다. 난 잘 알아요. 저자들이 앞으로 당신한테 저지를 짓을 생각하면 도저히 견딜 수가 없어요. 그들은 결국 당신이 포기하도록 만들 겁니다!"

"주 예수님! 당신께서 제 영혼을 보살펴주시겠지요? 아, 주여, 그렇게 해주십시오! 제가 포기하지 않도록 도와주십시오!"

"아, 세상에! 난 예전부터 사람들이 이렇게 울부짖고 기도하는 것을 많이 들어왔어요. 그렇지만 그 사람들은 결국 무너졌고 굴복했습니다. 에멀린도 버티려 하고 있고 당신도 그렇습니다만, 무슨 소용이 있나요? 틀림없이 굴복할 겁니다. 아니면 서서히 죽어가게 될 거예요."

"그렇게 되면 전 죽겠습니다! 저들이 하고 싶은 일을 아무리 오래 늘여서 한다고 해도, 그들은 내가 죽어가는 것을 말릴 수 없습니다! 내가 죽고 나면 저들은 더이상 아무 짓도 하지 못할 겁니다. 저는 이것을 확신하고 제 마음은 이미 정해졌습니다! 저는 하느님께서 저를 도와주시고 이겨내게 해주시리라는 것을 압니다."

여자는 대답을 하지 않았다. 그녀는 그 검은 눈으로 땅바닥을 뚫어지게 내려다보았다.

"그것도 한 가지 방법이겠지요." 그녀가 중얼거렸다. "하지만 포기한 사람들이라고 나을 것도 없어요. 그들에게는 희망이 없어요! 정말 없다고요! 우리는 쓰레기 같은 곳에서 살고 있고, 모든 것을 혐오하다가 결국 자기 자신을 혐오하게 될 거예요! 우리는 그토록 죽기를 바라지만, 감히 스스로 목숨을 끊지는 못하죠! 희망이 없어요! 없다고요! 그리고 엊그제 여기에 온 저 어린 소녀, 나도 한때는 그렇게 어린 시절이 있었지요!"

"이젠 나를 알겠죠." 그녀가 굉장히 빠른 어조로 톰에게 말했다. "내가 누군지를 말이에요! 그래요, 난 호사스러운 환경에서 자랐습니다. 제일 처음으로 기억나는 건 내가 아이일 때 화려한 응접실에서 뛰어노는 것이었어요. 그때 나는 인형처럼 옷을 차려입었고 친구들과 손님들에게 칭찬을 받았습니다. 응접실 창문에서 곧바로 연결되는 정원이 있었고, 그곳에서 내 형제자매들과 오렌지나무 밑에서 숨바꼭질을 하곤 했습니다. 그리고 좀 나이 들어 수녀원에 들어가서는 음악, 프랑스어, 자수 등등을 배웠죠. 내가 열네 살일 때 아버지가 돌아가셨습니다. 너무나 갑작스럽게 돌아가셨고, 재산을 정리하고 나니 빚을 갚을 정도도 되지 못했어요. 채권자들이 재산 목록을 정했을 때 나도 그 안에 들어 있었습니다. 어머니는 노예였지만, 아버지는 항상 절 자유인으로 만들어주려 했습니다. 하지만 그렇게 하지 못하셨고, 그 결과 저는 재산 목록에 포함되었습니다. 내가 흑인이라는 걸 잘 알고 있었지만 그에 대해 깊이 생각해본 적이 없었습니다. 아무도 아버지처럼 튼튼하고 건강한 분이 그렇게 급히 가시리라곤 생각지 않았으니까요.

돌아가시기 네 시간 전에도 아주 건강하셨죠. 장례식 다음날, 아버지의 아내는 자신의 아이들을 데리고 친정아버지 농장으로 가버렸어요. 사람들이 날 이상하게 대한다고 생각했지만 그 속셈을 눈치채지는 못했습니다. 재산 정리의 잔무를 처리하기 위해 젊은 변호사 한 명이 남았습니다. 그 사람은 매일 집으로 와서 머물렀고 내게 굉장히 공손하게 말했습니다. 어느 날 그 변호사가 아주 잘생긴 남자를 한 사람 데려왔어요. 그날 밤은 평생 잊지 못할 겁니다. 그 잘생긴 남자와 함께 정원을 걸었어요. 난 외롭고 너무나 슬펐는데, 그는 내게 정말로 친절하고 상냥했어요. 내가 수녀원에 가기 전부터 날 보아왔으며, 오랜 기간 날 사랑해왔고, 친구이자 보호자가 되고 싶다고 말했습니다. 사실을 말하자면, 그는 내게 말하지 않았지만 나를 사들이기 위해 이천 달러나 지불했어요. 난 법적으로 그의 것이었고, 그를 사랑했기에 기꺼이 그의 것이 됐습니다. 정말로 사랑했죠!" 캐시가 말을 멈추었다. 아, 내가 얼마나 그 사람을 사랑했는지! 지금도 얼마나 사랑하는지, 앞으로 숨이 붙어 있을 동안에도 얼마나 사랑할 것인지! 그 사람은 너무도 아름다웠고 고결했고 고상했습니다! 그는 하인들과 말, 마차, 가구, 옷이 갖춰진 아름다운 집으로 나를 데려갔습니다. 돈으로 살 수 있는 거라면 뭐든지 해주었죠. 하지만 그런 것들은 내게 아무런 가치도 없었습니다. 난 그 사람만 신경 썼습니다. 하느님과 내 영혼보다 더 그를 사랑했습니다. 무슨 행동을 하더라도 그 사람이 내게 원하는 것만 하려고 했습니다.

난 그저 하나만을 바랐습니다. 그 사람이 나와 결혼해주었으면 하는 것이었지요. 그가 말한 대로 나를 그렇게 많이 생각한다면, 또 내가 그의 이상형이라면 기꺼이 나와 결혼하고 자유민으로 만들어줄 거라고 생각했습니다. 하지만 그는 그건 도저히 불가능하다고 내게 말했습니다. 만일 우리 둘이 서로에게 충실하다면 하느님 앞에서 결혼한 것이나 마찬가지라는 말도 했어요. 그것이 진실이라면 나는 그 사람의 아내나 다름없었습니다. 나는 그에게 충실하지 않았던 적이 없었습니다. 칠 년 동안, 그를 기쁘게 하기 위해 살고 그의 안색과 몸짓을 살피며 살았습니다. 그 사람이 황열병에 걸렸을 때는 이십 일간 밤낮을 가리지 않고 그를 보살폈습니다. 나만이 그에게 약을 가져다주었고, 그 어떤 위험도 개의치 않았습니다. 병에서 회복한 그는 나를 자신의 목숨을 구해준 선한 천사라고 했어요. 우리에게는 아이가 둘 있었습니다. 첫째는 남자아이였어요. 그 애는 아버지를 꼭 닮아 헨리라고 이름을 지었습니다. 아름다운 눈과 멋진 이마, 그 이마를 감싸는 곱슬머리! 그 애는 아버지의 정신은 물론 재능까지도 이어받았죠. 둘째는 엘리스라는 딸아이였는데 날 닮았다고 그 사람은 말했습니다. 그는 내가 루이지애나에서 최고의 미인이라고 말하곤 했어요. 나와 아이들을 무척 자랑스러워했습니다. 헨리는 내게 아이들을 잘 입히라 했고, 나와 아이들을 무개 마차에 태우고 놀아다니는 것을 즐겼습니다. 또 사람들이 우리 이야기 하는 것을 듣는 것도 좋아했습니다. 그 사람은 나와 아이들을 칭찬하는 듣기 좋은 말을 계속 내 귀에 들려줬어요. 아, 그 행복한 날들이란! 나는 누구보다도 행복하다고 생각했습니다. 하지만 갑자기 나쁜 시절이 들이닥쳤어요. 헨리와 친한 사촌이 뉴올리언스에 나타났는데 그는 끔찍이도 그 사촌을 좋아했습니다. 나는 그 사촌을 처음 봤을 때부터 왠지 모르겠지만 그 사람이 두려웠습니다. 우리를 비참하게 만들 사람이라는 느낌이 들었어요. 사촌은 헨리를 데리고 나갔고 새벽 두세시가 될 때까지도 집에 오지 않는 일이 자주 벌어졌어요. 그렇지만 헨리가 너무나 유쾌해했기 때문에 그의 기분을 상하게 할까 봐 감히 한마디도 꺼내지 못했습니다. 그 사촌이라는 자는 헨리를 도박장으로 데려간 것이었어요. 헨리는 일단 그런 곳에 발을 들이면 물러서는 법이 없는 사람이었습니다. 거기다 사촌은 헨리에게 다른 여자를 소개시켜줬어요. 나는 곧 헨리의 마음이 내게서 떠났다는 것을 알았습니다. 헨리는 내색을 하지 않았지만 나는 눈치를 챘어요. 직감적으로 알았지요. 날이 갈수록 나는 가슴이 내려앉는 것만 같았고 한마디도 할 수 없었어요! 이런 일이 있고 나서 사촌이라는 그 악당은 헨리가 다른 여자와 결혼하는 데 걸림돌이 되는 도박 빚을 청산하라고 하면서 나와 아이들을 팔라고 제안했고, 헨리는 우리를 팔았습니다. 어느 날 헨리는 고향에 용무가 있다며 삼 주 동안 가 있을 거라고 했어요. 평소보다 상냥한 말투였고 곧 돌아올 거라고 했지만 날 속일 순 없었습니다. 나는 때가 왔다는 것을 알았고 돌로 변한 것처럼 온몸이 굳어져서 말을 할 수도, 눈물을 흘릴 수도 없었습니다. 헨리는 나와 아이들에게 몇 번이나 키스를 하고 떠났어요. 나는 그가 말에 오르는 것을 보았고, 눈에 보이지 않을 때까지 뒷모습을 바라봤습니다. 그러고는 쓰러져서 기절했어요.

  곧 그 저주받을 악당이 왔어요! 자신의 소유물을 챙기러 왔다는 거였지요. 그자는 자신이 나와 아이들을 샀다고 말하면서 서류를 보여줬어요. 하느님 앞에서 그자를 저주하면서 너 따위와 사느니 곧 죽어버리는 게 낫다고 했죠.

'좋을 대로 하시지'라고 그자가 말했어요. '하지만 고분고분 행동하지 않으면 네가 다시 보지 못하는 곳에 아이들을 팔아버리겠어'라고 협박했죠. 처음 날 봤을 때부터 그자는 날 가지고 싶었다고 했어요. 그래서 헨리를 도박에 끌어들여 빚을 지게 한 거였죠. 기꺼이 날팔게 할 목적으로 말이에요. 동시에 그자는 헨리가 다른 여자를 사랑하게 만들었어요. 결국엔 내가 아무리 우울해하고 눈물을 흘려도 그비열한 자는 포기하지 않으리라는 걸 깨달았어요.

결국 나는 포기했어요. 양손이 묶여 있었으니까요. 그자는 내 아이들을 데리고 있었어요. 그자의 뜻을 거스를 때마다 아이들을 팔겠다고 위협하면서 나를 자기 뜻에 복종하도록 만들었어요. 아, 그것이 과연 사람 사는 것이었을까요! 정말 비참한 인생이었어요. 내가 증오하는 자에게 몸과 마음을 저당 잡혀 억지 사랑을 강요당했으니 말이에요. 내 마음은 매일 너무나 괴로웠습니다. 헨리에게 책을 읽어주고 같이 놀며 왈츠를 추고 노래를 불러주는 것은 즐거웠지만, 그자를 위해한 일은 모두 고역이었습니다. 그럼에도 난 어떤 일도 거절하지 못했고 거절하는 게 두려웠습니다. 그자는 엄청난 폭군이었고 아이들에게 함부로 대했습니다. 엘리스는 겁 많은 작은 아이였지만 헨리는 용감하고 성질이 사나웠습니다. 아버지 같았죠. 남에게 지는 일이라고는 아예 없었던 아이였어요. 그 애는 항상 그자의 잘못을 지적하고 말싸움을 했죠. 나는 매일 무서웠어요. 내 아들을 공손하게 만들려고 몹시애를 썼고 둘을 떼어놓으려고 무척 신경을 썼습니다. 난 이 아이들이 없으면 살 수가 없었으니까요. 하지만 아무런 소용이 없었습니다. 그자는 아이들을 팔아버렸습니다. 어느 날 내게 말을 타러 가자고 하더군요. 집에 돌아오니 아이들은 사라지고 없었어요! 그자는 내게 아이들을 팔았다고 하며 그 피 묻은 돈을 내게 보여줬습니다. 모든 행복이 내게서 사라졌다고 느꼈습니다. 미친 것처럼 고함을 지르고 욕설을 내뱉었습니다. 하느님과 인간들을 저주했어요. 잠시 그자는 정말로 날 무서워했지만 그리 쉽게 포기하지 않았어요. 아이들을 팔긴 했지만 아이들의 얼굴을 다시 볼 수 있는지 없는지는 자기 마음에 달려 있다고 했습니다. 내가 조용하지 않으면 아이들이 고통 받을 거라고 위협했어요. 그래요, 아이들을 붙잡고 있으면 여자는 별수 없게 됩니다. 그는 날 복종시켰고 진정시켰어요. 그자는 마음이 내키면 아이들을 되사올 수도 있다는 소리를 하며 희망을 품게 했어요. 그렇게 한두 주가 흘렀습니다. 어느 날 내가 외출을 해서 노예 구치소 근처를 지나는데 문 앞에 사람이 모여 있고 아이 목소리가 났어요. 갑자기 내 아이 헨리가 자기를 붙잡고 있던 두세 명의 남자를 뿌리치고 달려와 소리를 지르며 제 옷을 붙잡았어요. 헨리를 데리고 있던 자들이 다가왔고 무서울 정도로 욕설을 퍼부었어요. 그중 한 남자의 험악한 얼굴은 결코 잊지 못할 거예요. 그자는 헨리에게 그런 식으로 도망치려고 하면 죽여버리겠다고 욕설을 퍼부으며 구치소에 돌아가면 단단히 혼쭐을 내주겠다고 했어요. 나는 간청하고 또 간청했지만 그자들은 그저 웃기만 했어요. 불쌍한 내 아이는 소리를 지르며 내 얼굴을 바라보면서 내게 달라붙었지만 그자들은 곧 헨리를 내게서 떼어놓았습니다. 내 스커트는 절반이나 떨어져나갔어요. 그자들이 헨리를 끌고 들어갔고, 그 애는 '엄마! 엄마!'라고 애절하게 소리쳤어요. 어떤 남자가 나를 동정하며 서 있었어요. 나는 저걸 좀 말려준다면 가진 돈 전부라도 드리겠다고 했죠. 하지만 그 남자는 고개를 흔들었고, 험악한 얼굴의 남자가 아이를 사들였는데 건방지고 말을 듣지 않아 단단히 손봐주겠다고 말했다는 것이었습니다. 나는 몸을 돌려 집을 향해 달렸어요. 걸음이 떨어질 때마다 그 애가 비명을 지르고 있다는 생각이 들었습니다. 숨을 헐떡이며 집으로 달려와 응접실로 들어갔어요. 거기서 그자, 버틀러를 찾아냈습니다. 나는 버틀러에게 가서 좀 말려달라고 간청했습니다. 하지만 코웃음 치며 당연히 받아야 할 벌을 받는 거라고 했어요. 그자는 헨리가 혼쭐이 나야 하며 그런 조치는 빠를수록 좋다고 했어요. 그러면서 '그건 당연한 일 아니야?'라며 이죽거렸습니다.

그 순간 뭔가가 내 머릿속에서 툭 끊기는 것 같았습니다. 눈앞이 아찔했고, 화를 참을 수가 없었습니다. 탁자에 크고 날이 잘 선 사냥칼이 있었던 걸 기억해요. 그것을 잡고 버틀러에게 달려든 것도 어느 정도 기억해요. 그다음에 정신을 잃었고 아무것도 알 수가 없었습니다. 그 후 여러 날 동안.

정신을 차리자 나는 쾌적한 방에 있었습니다. 내 방은 아니었어요. 흑인 노파가 날 보살펴줬고 의사가 날 진찰했습니다. 아주 잘 보살펴주더군요. 얼마 뒤 버틀러가 날 팔기 위해 그곳에 놔두고 갔다는 걸 알게 되었어요. 그게 날 치료해준 이유였던 거죠.

나으려는 생각도 없었고 낫지 않기를 바랐어요. 하지만 그래도 열이 사라지고 몸이 건강해져 마침내 일어나게 되었습니다. 그러자 그곳 사람들은 내게 근사한 옷을 그럴듯하게 입혔습니다. 신사들이 와서 시가를 피우며 선 채로 날 바라보고, 질문을 던지고, 내 몸값을 흥정했습니다. 나는 우울한 표정으로 입을 다물고 있었기 때문에 아무도 날 원하지 않았습니다. 그곳 사람들은 내가 유쾌하고 명랑하게 굴지 않는다며 채찍을 휘두르겠다고 위협했어요. 마침내 어느 날 스튜어트라는 신사가 왔어요. 그는 어느 정도 내게 끌린 것 같았고 뭔가 끔찍한 것이 내 가슴을 누르고 있다는 걸 알아보았어요. 그 뒤 나를 보려고 여러 번 혼자서 다녀갔고, 마침내 날 설득해 내 심정을 털어놓게 했습니다. 그는 날 사들이면서 내 아이들을 되사기 위해 모든 조치를 다 취하겠다고 약속했습니다. 그는 내 아들 헨리가 있던 구치소에 찾아갔고, 그곳에선 펄 강의 한 농장주에게 팔렸다고 말해주었습니다. 그것이 내가 들은 그 애의 마지막 소식이었습니다. 스튜어트는 내 딸이 어디에 있는지도 알아냈습니다. 한 노파가 데리고 있었어요. 스튜어트는 노파에게 엄청난 돈을 주겠다고 했지만 노파는 팔려고 하지 않았습니다. 내가 딸을 간절히 원한다는 것을 알고 버틀러가 중간에서 농간을 피운 거였어요. 스튜어트는 내게 아주 친절했는데 훌륭한 농장을 가지고 있는 농장주였습니다. 나는 그 농장으로 갔고, 한 해가 지나자 아들을 낳게 되었습니다. 아, 그 아이! 내가 얼마나 사랑했는지! 그 어린 것은 불쌍한 헨리와 꼭 닮았어요! 하지만 난 결심을 했어요. 그래요, 굳은 결심이었지요. 아이가 자라지 못하게 하자고 말이에요! 나는 그 아이가 이 주쯤 되었을 때 품에 안고 키스를 한 뒤 슬피 울었어요. 그리고 애한테 아편을 먹이고 좀더 꽉 껴안았습니다. 잠자는 중에 아이는 숨을 거두었어요. 난 정말 슬퍼하며 울었어요. 다들 내가 실수로 아이에게 아편을 먹인 거라고 생각했고 그것 이외의 다른 이유가 있다는 건 알지 못했어요. 하지만 그 일은 내가 기쁨을 느끼는 몇 안 되는 일 중 하나예요. 이날까지 조금도 후회하지 않아요.

최소한 그 애는 고통 받지 않았으니까. 죽음 말고 더 나은 것을 내가 어떻게 줄 수 있었겠어요, 불쌍한 내 아이! 그 뒤에 콜레라가 닥쳤고 스튜어트가 전염되어 죽었어요. 그때 살기 원하는 사람들은 모두 죽었어요. 그리고 난, 난, 죽음의 문턱까지 갔는데도 살아났어요! 그 후 이곳저곳으로 팔려다녔어요. 나이가 들고 주름이 생길 때까지 말이에요. 그러다 열병을 얻었고, 그때 이 리그리란 자가 날 사서 여기로 데려왔어요. 그래서 지금 이렇게 된 거죠!"

여자가 말을 멈췄다. 그녀는 거칠고 격정적인 말투로 자신의 인생 역정을 황급히 풀어놓았다. 때로는 톰에게 말하듯이, 때로는 혼잣말을 하듯이. 그녀의 어조는 너무나 격렬하고 압도적이어서 톰은 심지어 자신의 아픈 상처도 잊어버렸다. 톰은 한쪽 팔꿈치를 요에 대고 몸을 약간 일으켜 세운 뒤 캐시를 바라보았다. 그녀는 검은 머리를 무겁게 흔들며 침착하지 못하게 이리저리 방 안을 오가고 있었다.

"당신은 내게," 잠시 뒤 캐시가 입을 열었다. "하느님이 있다고 말했죠. 이 모든 것을 내려다보는 하느님이. 그럴지도 모르죠. 수녀원의 수녀들은 심판의 날 모든 것이 환히 드러날 때 반드시 죄악에 대한 복수가 있을 거라고 말했었죠!

수녀들은 우리가 현세에서 고통 받는 것, 우리 아이들이 고통 받는 것은 아무것도 아니라고 했지요. 모두 사소한 일이라고요. 하지만 내 마음속의 불행은 도시 전체를 무너뜨릴 정도로 무거웠고 나는 그런 답답한 가슴을 안고 거리를 걸어다녔습니다. 집들이 내 몸 위로 무너져내리길, 내 발밑의 돌이 가라앉길 얼마나 바랐던지요. 그래요! 심판의 날에, 나는 하느님 앞에 서서 나와 내 아이들의 몸과 마음을 황폐하게 만든 자들에 대한 복수를 요청할 겁니다!

내가 어렸을 때, 난 스스로 경건하다고 생각했습니다. 하느님과 기도를 사랑했어요. 하지만 이제는 밤낮으로 날 괴롭히는 악마들에게 쫓기는 길 잃은 영혼입니다. 악마들은 나를 쉬지 않고 계속 쫓고 있어요. 언젠가 나도 악마 같은 짓을 할지도 몰라요!" 그녀가 주먹을 꽉 쥐었고 나른한 검은 눈에서는 광기가 번뜩였다.

"나는 그놈이 마땅히 가야 할 곳으로 보낼 겁니다. 조만간에 말이에요. 내가 그 일 때문에 산 채로 불탄다고 해도!" 길게 지속되는 거친 웃음이 그 외딴 방에 울려퍼졌고 결국엔 격한 흐느낌으로 바뀌었다. 그녀는 바닥에 쓰러져 발작적으로 흐느끼며 몸부림쳤다.

얼마 뒤 광분하던 모습이 사라지고 그녀가 천천히 몸을 일으켰다. 어느 정도 진정이 된 것 같았다.

"불쌍한 사람! 당신에게 더 해줘야 할 것이 있나요?" 그녀가 톰이 누워 있는 곳으로 다가서며 물었다. "물이라도 좀더 마시겠어요?"

그렇게 말하는 그녀의 목소리와 태도에는 우아하고 동정심을 띤 상냥함이 깃들어 있었는데, 방금 전의 격렬한 모습과는 기묘한 대조를 이루었다.

톰은 물을 마시고, 진지하고 동정하는 마음 가득한 표정으로 캐시를 바라보았다.

"아, 마님, 전 마님이 생명의 물을 주시는 그분께 가셨으면 합니다!"

"그분한테 가라고요! 어디에 있죠? 그분은 누군가요?"

"마님께서 제게 읽어주신 그분, 주 예수님 말입니다."

"제단 너머로 그분의 초상을 본 적이 있어요. 어릴 때 말이죠." 캐시가 서글픈 몽상의 표정을 지으며 깊숙한 검은 눈으로 톰을 응시했다. "하지만 그분은 여기 계시지 않아요! 여기엔 아무것도 없어요. 끔찍한 죄악과 기나긴 절망 말고는! 아아!" 그녀는 자신의 가슴에 손을 얹고 숨을 들이쉬었다. 마치 무거운 것을 간신히 들어올리며 숨 쉬는 것처럼.

톰은 다시 뭔가를 말하려 했다. 하지만 캐시는 단호한 동작으로 그를 가로막았다.

"말하지 마요, 불쌍한 사람 같으니. 자려고 해봐요, 할 수 있는 데까지." 그녀는 톰의 손이 미치는 곳에 물을 가져다놓고 톰의 안정에 도움이 되도록 주변을 정성껏 정리해놓은 뒤 창고에서 나갔다.

35장
징후

가슴이 영원히 내던지려고 하는
무거운 짐을 가져오는 것들은
알고 보면 사소한 것들이다.
가령 하나의 소리, 하나의 꽃, 바람 소리, 파도 소리.
이런 것들은 느닷없이 우리에게 상처를 안겨주며
우리를 음울한 운명처럼 얽어매고 있는
저 전류 같은 사슬을 후려친다.
—바이런, 『차일드 해럴드의 편력』 제4곡에서

크고 긴 리그리 저택의 거실에는 폭이 넓고 큰 벽난로가 있었다. 한 때 벽을 장식했던 화려하고 값비싼 벽지는 이제 축축한 벽에서 썩어서 찢어지고 색깔도 바랬다. 저택에서는 낡은 폐가에서 맡을 수 있는 습기와 먼지, 뭔가 썩는 냄새 같은 것이 뒤섞인 역겨운 냄새가 풍겼다. 벽지는 군데군데 맥주와 와인으로 얼룩져 손상되었고, 마치 누군가가 산수 연습을 한 것처럼 분필로 숫자 계산을 한 것이 적혀 있기도 했다. 벽난로 안에 가득한 목탄은 활활 불타오르고 있었다. 날씨가 춥지는 않았지만 이 큰 방은 저녁에는 항상 축축하고 차갑게 느껴졌기 때문에 불을 피워놓았다. 게다가 리그리는 시가에 불을 붙이거나 펀치를 만들기 위해서 물을 덥힐 장소도 필요했다. 붉게 타오르는 목탄의 불빛이 뒤죽박죽에다 한심스러운 방 안을 환히 비추고 있었다. 안장과 말굴레, 여러 종류의 마구, 승마용 채찍, 외투, 그리고 다양한 옷들이 혼잡스럽게 방 안에 흩어져 있었다. 우리가 이전에 보았던 맹견들도 그런 난잡한 물건들 사이에 각자 취향과 편의에 맞춰 드러누워 있었다.

리그리는 펀치를 만들기 위해 거의 다 부서진 주전자를 들고 큰 잔에 뜨거운 물을 부으면서 투덜거리고 있었다.

"삼보 그 썩을 놈. 새로 온 노예와 나 사이에 문제가 생기게 하다니! 앞으로 일주일은 일을 못 할 텐데. 이 바쁜 때에 말이야!"

"그래, 당신하고 똑같은 놈이지." 리그리의 의자 뒤에서 목소리가 들렸다. 캐시였다. 리그리의 혼잣말을 들었던 것이다.

"하! 이 마귀 같은 년! 돌아온 거냐, 응?"

"그래." 냉담하게 캐시가 말했다. "나 좋을 대로 하려고 말이야!"

"이 썩을 년, 거짓말하는 거지. 난 너한테 말한 대로 할 거야. 고분고분하게 굴지 않으면 노예들 숙소에 머무르며 밭일을 해야 돼."

"당신 같은 자의 발밑에 있느니 더러운 노예 소굴에서 사는 것이 천만번 낫지!"

"그래 봐야 넌 내 발밑에 있어." 야만적으로 히죽이며 리그리는 캐시에게 몸을 돌렸다.

"이게 얼마나 편해. 어서 여기 와서 내 무릎 위에 앉아봐. 좋은 이야기를 하면 들어야 할 거 아니야." 리그리가 캐시의 손목을 잡으며 말했다.

"사이먼 리그리, 조심해!" 여자가 야성적이고 광기 어린 눈빛을 번

득거리며 말했다. 상대방을 오싹하게 만드는 눈빛이었다.

"내가 두려운 거지, 사이먼." 그녀가 침착하게 말했다. "그럴 수밖에! 조심하는 게 좋아, 내 속에는 악마가 들어 있어!" 캐시는 리그리의 귓가에 바싹 붙어 낮은 톤으로 거칠게 속삭였다.

"꺼져! 정말 네년에겐 악마가 붙어 있어!" 리그리가 그녀를 밀어내며 불편한 기색으로 바라보았다. "이봐, 캐시, 왜 나와 다정하게 지낼 수 없는 거지? 예전에는 그랬잖아?"

"예전에는!" 캐시가 씁쓸하게 말하더니 갑자기 말을 멈추었다. 복잡한 감정이 그녀의 내부에서 솟구쳐올라와 말을 할 수가 없었던 것이다.

캐시는 강인하고 열정적인 여자였고, 그래서 극악무도한 남자를 누르는 영향력 같은 것을 리그리에게 행사할 수 있었다. 하지만 최근에 들어와 그녀는 노예의 멍에를 더욱 뼈저리게 의식하면서 점점 더 짜증이 나고 불안해졌다. 때때로 그녀의 신경과민은 맹렬한 광기로 터져나오면서 리그리에게 두려움마저 안겨주었다. 조악하고 교양 없는 정신의 소유자는 흔히 광인에 대하여 미신적인 공포를 갖고 있는데 리그리가 그랬다. 리그리가 에멀린을 집으로 데려오자 캐시의 피곤한 마음속에 쌓여 있던 모든 여성적 감정의 잔재가 폭발했고, 자연스럽게 그녀는 에멀린의 편을 들었다. 그 결과 리그리와 캐시 간에 맹렬한 언쟁이 벌어졌고, 격노한 리그리는 고분고분하게 굴지 않으면 농장 일을 시키겠다고 위협하며 욕설을 퍼부었다. 캐시는 거만하고 경멸하는 태도로 차라리 농장 일을 하겠다고 대꾸했다. 그리하여 우리가 앞에서 묘사한 대로 그녀는 하루 종일 밭일을 하면서 자신이 리그리의 위협을 얼마나 우습게 보는지 완벽하게 보여주었다.

리그리는 하루 종일 속이 편치 못했다. 캐시가 좀처럼 벗어나기 어려운 영향력을 자신에게 행사하기 때문이었다. 계량실의 저울 앞에서 그녀가 바구니를 내밀었을 때, 그는 어느 정도 캐시가 양보하고 나올 거라고 기대하며 반은 회유 조로 반은 조롱 조로 말을 걸었으나 그녀는 노골적으로 경멸하는 태도를 보였다.

불쌍한 톰을 그처럼 잔인하게 폭행한 것은 그녀의 증오심을 더욱 키워놓았을 뿐이었다. 그녀가 리그리를 따라 집 안까지 들어온 것은 다른 의도가 있어서가 아니라 리그리의 잔혹함을 비난하기 위해서였다.

"나는 말이야, 캐시, 네가 좀더 고분고분하게 나왔으면 좋겠어."

"고분고분하게! 그런 당신은 여태까지 어떻게 했는데? 그 악마 같은 성질머리 때문에 이 바쁜 시기에 최고의 일꾼을 마구 구타해버렸잖아. 그렇게 생각이 없어!"

"맞는 말이야. 내가 어리석었어. 뭐라고 해도 할 말이 없구먼. 하지만 검둥이가 자기주장을 내세울 땐 단단히 길을 들여놓아야 해."

"당신은 그를 길들이지 못할 거야."

"뭐라고?" 리그리가 흥분하며 벌떡 일어섰다. "내가 못 할 거라고? 놈은 처음으로 나한테 대든 검둥이야! 그딴 생각을 버리지 않으면 온몸의 뼈를 박살내주겠어!"

그때 문이 열리면서 삼보가 들어왔다. 그는 머리를 숙이고 종이에 싼 무언가를 내밀었다.

"뭐야, 이 자식아?"

"마녀의 물건입니다, 주인님!"

"무슨 물건이라고?"

"검둥이들이 마녀에게서 얻는 물건입니다. 채찍으로 맞아도 아프지 않게 말이죠. 그 녀석은 목 주위에 검은 줄로 이걸 감고 있었어요."

신을 믿지 않는 잔인한 사람들이 대부분 그러하듯이 리그리도 미신을 믿고 있었다. 그는 삼보에게서 종이를 받아들고 불편한 기색으로 펼쳐보았다.

종이에선 은화 한 개와 길고 빛나는 금발 곱슬머리가 나왔다. 머리카락은 마치 살아 있는 것처럼 리그리의 손가락에 감겼다.

"빌어먹을!" 리그리는 갑자기 화를 벌컥 내고 소리를 지르며 발을 굴렀다. 그 머리카락이 마치 자기를 태우기나 하듯이 맹렬하게 떼어내기 시작했다. "어디서 이런 재수 없는 걸 가져왔지? 가지고 가! 태워버려! 태워버리라고!" 그가 소리를 지르며 머리카락을 떼어내 목탄이 타오르는 벽난로에 내던졌다. "대체 네놈은 왜 이걸 나한테 가지고 왔어?"

삼보는 그 육중한 입을 헤 벌리고 서서는 주인의 격렬한 반응에 깜짝 놀라 어쩔 줄 몰라했다. 방을 나가려던 캐시도 놀라서 걸음을 멈추며 리그리를 쳐다보았다.

"다시는 이런 악마 같은 것들을 가져오지 마!" 리그리가 주먹을 치켜들어 삼보에게 흔들자 삼보는 문을 향해 재빨리 도망쳤다. 리그리는 그 은화를 집어들어 창유리 너머 어둠 속으로 힘껏 던져버렸다.

삼보는 간신히 도망쳐 나온 게 다행스러웠다. 삼보가 사라지고 나자 리그리는 자신이 그렇게 놀란 것을 조금 부끄러워하는 눈치였다. 그는 의자에 죽치고 앉아 언짢은 표정으로 펀치를 한 모금씩 홀짝거렸다.

캐시는 리그리에게 들키지 않고 밖으로 나갈 준비를 했다. 그녀는 톰을 돕기 위해 몰래 집을 빠져나왔고, 그 이후는 앞에서 언급한 바와 같다.

머리카락을 보고 그런 격렬한 반응을 보이다니, 리그리에게 무슨 일이 있었던 것일까? 금발 곱슬머리의 어떤 점이, 그 야만스러운 남자, 지상의 잔인한 짓은 죄다 알고 있는 그 남자를 두려워하게 만들었을까? 이것을 알아내자면 독자 여러분은 그의 삶의 전반부를 살펴보아야 한다. 신을 믿지 않는 이 잔인하고 사악한 남자도 어머니 품에 안겨 기도와 경건한 찬송가를 듣던 시절이 있었다. 햇볕에 그을린 눈썹이 성스러운 세례의 물로 적셔지기도 했었다. 안식일의 종소리가 울리면 하느님을 숭배하고 기도를 올렸다. 먼 뉴잉글랜드에서 리그리의 어머니는 외아들을 그토록 줄기찬 사랑과 끈기 있는 기도로 교육시켰다. 냉혹한 성질의 아버지에게서 태어난 탓인지 상냥한 어머니의 사랑은 리그리에게 곧 하찮은 것이 되어버렸고, 그는 아버지의 뒤를 따르고 말았다. 난폭하고 제멋대로 행동하는 폭군 같은 아들은 어머니의 충고 따위는 죄다 업신여겼고, 어머니의 꾸지람은 들은 척도 하지 않았다. 그는 어린 나이에 자신의 행운을 바다에서 찾으려고 어머니로부터 떨어져 나와 선원이 되었다. 이후 단 한 번을 제외하고는 다시는 집으로 돌아가지 않았다. 마지막으로 집에 들렀을 때, 사랑하고 싶은 마음의 열망과 아들 이외에는 사랑의 대상이 없었던 리그리의 어머니는 그에게 매달려 열정적인 기도와 애원으로 죄악의 삶을 극복하게 하고 영혼의 영원한 평화를 되찾아주려고 애썼다.

리그리에겐 은총의 날이었다. 선한 천사가 그를 불렀고, 리그리는 그 가르침에 거의 설득되어 하느님의 자비가 그의 손을 잡았다. 그의 마음은 크게 누그러졌다. 그러나 곧 선악의 갈등이 벌어지더니 결국에는 죄악이 이기고 말았다. 그는 거친 성질의 모든 힘을 동원하여 양심의 가책에 대항했다. 리그리는 술을 마시고 욕을 해대며 그 어느 때보다도 더 거칠고 야만스럽게 굴었다. 어느 날 밤, 그의 어머니는 깊은 절망과 마지막 고통 속에서 아들의 발 앞에 무릎을 꿇으며 회개하기를 빌었으나 아들은 그것을 싹 무시하고 어머니를 밀쳐냈다. 어머니는 바닥에 쓰러져 기절했고, 리그리는 야만스런 욕설을 퍼부으며 배로 도망쳤다. 리그리가 그다음에 어머니 소식을 들은 것은 동료들과 함께 술을 흥청망청 마시고 취해 있던 어느 날 밤이었다. 술을 마시고 있던 그에게 편지가 배달되어 그는 봉투를 열어보았다. 그 안에서 긴 곱슬머리가 흘러나와 그의 손가락에 감겼다. 편지는 어머니가 세상을 떠나셨으며 죽어가면서 자신을 축복하고 용서했다는 내용이었다. 이 세상에는 두렵고 부정하고 사악한 마법이 있다. 그것은 아주 온유하고 신성한 것도 공포와 위협을 주는 환영으로 바꾸어버린다. 창백한 얼굴의 다정한 어머니가 죽어가며 올렸던 기도, 모든 것을 용서해주는 그녀의 사랑은 죄 많은 악마 같은 마음에는 전혀 다르게 받아들여졌다. 그것은 최후의 심판과 맹렬한 분노를 예고하는 저주의 말로 오해되었던 것이다. 리그리는 머리카락과 편지를 불태웠고, 그것들이 불 속에서 쉭쉭 타들어갈 때 저승의 영원한 불꽃을 생각하며 몸을 떨었다. 그는 기억을 지워버리려고 술을 마시며 흥을 돋우려 했다. 하지만 엄숙한 정적 속에서 사악한 영혼으로 하여금 스스로를 돌아보게 만드는 깊은 밤이 되면 때때로 리그리는 창백한 얼굴의 어머니가 침대 옆에 나타나는 환상을 보았고, 자신의 손가락에 머리카락이 부드럽게 감기는 느낌이 들었다. 그러면 리그리는 온 얼굴에 식은 땀을 흘리며 겁에 질려 침대에서 벌떡 일어났다. 성경에서 하느님은 사랑이며 모든 것을 불태우는 분이라는 말을 듣고 이상하게 여긴 자들이여, 악으로 귀결된 영혼에게는 완전한 사랑이 가장 두려운 고통이면서 동시에 가장 잔혹한 절망의 확인이자 선언임을 모르는가?

"제기랄!" 리그리가 술을 들이켜며 혼자 소리쳤다. "그 빌어먹을 놈, 어디서 그걸 가져온 거야? 웬 머리카락이 그렇게 비슷하게 생겨먹었지? 후! 잊었다고 생각했는데. 빌어먹을, 뭐든지 다 잊을 수 있다고 생각했는데, 제길! 쓸쓸하구먼! 엠이나 불러야겠군. 근데 날 싫어하잖아. 그 원숭이 같은 년! 신경 안 써. 오라고 해야지!"

리그리는 한때는 멋졌을 나선 계단을 따라 위층으로 올라갔다. 복도는 지저분하고 황량한 데다 상자들과 볼품없는 잡동사니들로 막혀 있었다. 카펫을 깔지 않은 계단은 끝 간 데를 알 수 없는 어둠 속으로 뻗어 있었다. 창백한 달빛이 문 위의 깨진 부채꼴 채광창으로 들어왔고, 축축한 공기는 마치 지하 납골당처럼 역겹고 차가웠다.

리그리는 노래를 부르는 듯한 목소리를 듣고 계단의 끝부분에서 멈춰 섰다. 그 목소리는 황폐하고 낡은 집에서 기묘한 유령 소리처럼 들렸다. 아마도 리그리가 신경과민으로 마음이 흔들리고 있었기 때문이리라. 들어보자! 대체 어떤 노래인지.

거칠고 애처로운 목소리가 노예들 사이에서 흔히 불리는 찬송가를 부르고 있었다.

아, 슬픔, 슬픔, 슬픔이 있네.
그리스도의 심판의 권좌 앞에는 슬픔이 있네!

"저 망할 것이!" 리그리가 말했다. "숨통을 틀어막아주지! 엠! 엠!"
그가 난폭하게 소리쳤다. 하지만 벽에서 울려나오는 목소리만이 조롱
하듯 그에게 대답했다. 부드러운 목소리가 여전히 노래를 불러나갔다.

부모 자식 간도 갈라질 것이네!
부모 자식 간도 갈라질 것이네!
더이상 만날 수 없게 될 것이네!

이어 후렴이 텅 빈 홀을 통해 아주 크게 울려퍼졌다.

아, 슬픔, 슬픔, 슬픔이 있네.
그리스도의 심판의 권좌 앞에는 슬픔이 있네!

리그리는 걸음을 멈췄다. 그는 스스로 말하기 부끄러울 정도로 이
마에는 큰 땀방울이 맺혔고 가슴은 두려움으로 쿵쾅거렸다. 심지어
자신 앞에 펼쳐진 어둠 속에서 무언가 흰 것이 일어나 번뜩이는 것도
보았다. 그는 몸을 덜덜 떨면서 죽은 어머니의 모습이 갑자기 자신에
게 나타난 것이라고 생각했다.
"이거 한 가지는 분명히 알겠구나." 거실로 돌아와 의자에 주저앉

으면서 리그리가 중얼거렸다. "이후로는 저 톰 녀석을 그냥 내버려둬야겠어. 그놈의 빌어먹을 종잇조각은 왜 펼쳐보았을까? 나를 홀리려고 나타난 게 틀림없어! 그때부터 몸을 떨고 땀을 흘리고 있잖아. 저놈이 대체 그 머리카락을 어디서 가져온 거지? 예전의 그 머리카락일 리가 없어! 그때 다 태워버렸어, 확실히 다 태웠단 말이야! 머리카락이 되살아나다니 그건 정말 웃기는 일이잖아!"

아, 리그리! 그 금발머리는 마법이 걸린 것이다. 머리카락 한 올 한 올마다 그대를 향하는 두려움과 후회의 주문이 걸려 있다. 또 그 머리카락 한 올 한 올에는 힘없는 자들에게 악독한 짓을 하지 못하게, 그대의 잔인한 손을 틀어막는 전능한 힘이 들어가 있는 것이다!

"이봐." 리그리가 발을 탕탕 구르며 개들에게 휘파람을 불었다. "이것들아, 일어나. 나랑 같이 놀자고!" 하지만 개들은 한 눈만 뜨고 쳐다보더니 다시 눈을 감고 말았다.

"삼보와 큄보를 불러야겠군. 노래도 부르게 하고 그 지랄 같은 춤을 추게 해서 이 무서운 생각을 날려버려야겠어." 리그리는 모자를 쓰고 베란다로 나가서 두 흑인 감독을 부를 때 쓰는 뿔나팔을 불었다.

리그리는 기분이 좋을 때면 종종 이 두 감독 녀석을 거실로 불러 위스키로 몸을 풀게 한 후 노래를 부르고 춤을 추거나 싸우게 해서 자신의 흥을 돋웠다.

때는 새벽 한시에서 두시 사이였고, 캐시는 톰을 돌봐준 뒤 집으로 돌아오는 중이었다. 그녀는 거실에서 흘러나오는 요란한 소리를 들었다. 비명과 큰 소리, 노래를 부르는 소리, 개 짖는 소리, 보통 소동이 벌어질 때 나는 각종 소음이 한데 뒤섞인 소리였다.

그녀는 베란다 계단을 올라가서 거실 안을 들여다보았다. 리그리와 두 감독이 지독스럽게 취해 노래 부르고, 큰 소리를 지르고, 의자를 뒤집어엎으며 놀고 있었다. 서로 오만상을 찌푸려가며 우스꽝스럽고 흉악한 모양으로 시시덕거리고 있었다.

그녀는 창문의 블라인드에 작고 가느다란 손가락을 올려놓고 그들을 뚫어져라 쳐다보았다. 그녀의 검은 눈에는 고뇌와 경멸과 씁쓸함이 교차했고, 머릿속에서는 '저런 비열한 자들을 없애버리는 것도 죄가 되는 것일까?' 하는 의문이 스쳐 지나갔다.

캐시는 서두르듯 몸을 돌려 뒷문으로 돌아들어가 계단을 올라갔다. 그녀는 곧 에멀린의 방문을 두드렸다.

36장
에멀린과 캐시

캐시가 방에 들어서니 에멀린은 겁에 질려 창백한 얼굴로 방 한구석에 앉아 있었다. 그녀가 들어서자 에멀린은 과민하게 반응하며 깜짝 놀랐지만 누가 들어왔는지 알아보고는 달려나왔다. 그녀는 캐시의 팔을 붙잡고 말했다.

"아, 캐시, 당신이었군요? 와주셔서 기뻐요! 무서웠어요. 실은 그 사람이 들어올까 봐…… 아, 당신은 밤새 아래층에서 들려오는 저 끔찍한 소리를 알지 못하겠군요?"

"어떻게 모르겠어?" 캐시가 무뚝뚝하게 말했다. "지겨울 정도로 자주 들었는데."

"아, 캐시! 말 좀 해봐요. 여기서 도망칠 수 없을까요? 어디가 되었든 상관없어요. 뱀이 우글거리는 늪이라도. 어디든 좋아요! 우린 여기서 벗어나 어디론가 갈 수 있지 않을까요?"

"무덤 외에는 갈 곳이 없어."

"도망치려 해본 적이 있나요?"

"없어. 사람들이 도망치다 어떤 일을 당하는지 너무 많이 봤거든."

"늪지대에서 나무껍질을 벗겨 먹고 살 수도 있어요. 뱀도 무섭지 않아요! 저 사람이 내게 다가오는 것보다는 차라리 뱀이 나아요." 에 멀린이 절박하게 말했다.

"너처럼 생각하는 사람이 얼마나 많았는데." 캐시가 말했다. "여하 튼 늪에는 계속 있을 수 없고 개한테 쫓기게 돼. 그렇게 끌려오고, 그 러고 나면……"

"무슨 일을 당하는데요?" 에멀린이 숨도 제대로 쉬지 못하면서 캐 시의 얼굴을 바라보았다.

"저자가 무슨 짓은 하지 않느냐고 묻는 편이 더 나을 거야." 캐시가 말했다. "저자는 서인도 제도에서 해적들에게 온갖 잔인한 짓을 배웠 어. 내가 본 것을 네게 말해주면 너는 무서워서 잠도 제대로 못 잘 거 야. 그런 짓을 저자는 재미 삼아 저지른단 말이야. 한번은 어떤 끔찍 한 비명 소리를 들었는데, 그 오싹함이라니! 그 소리는 몇 주가 지나 가도 내 머리에서 지워지지 않았어. 숙소에서 조금 내려가면 검게 그 을린 나무와 검은 재로 뒤덮여 있는 곳이 있어. 거기서 무슨 일이 일 어났냐고 아무한테나 물어봐. 아무도 감히 입을 벌리지 못할걸."

"무슨 말씀이세요?"

"말할 수가 없어. 생각하는 것만으로도 혐오스러워. 저 불쌍한 사 람이 저렇게 일을 벌여놓고 얼마나 버틸 수 있을지 너무 암담해. 내일 무슨 일이 일어날지 아무도 몰라."

"끔찍해요!" 에멀린의 뺨에서 핏기가 사라져 창백해졌다. "아, 캐시, 내가 어떻게 해야 하는지 말해줘요!"

"내가 이제까지 한 대로 해. 최선을 다하고 네가 할 수 있는 일을 해. 그런 다음 증오와 저주를 퍼부으며 그걸 보상해."

"저 사람이 끔찍한 브랜디를 제게 마시라고 했어요. 아주 싫었어요. 그래서……"

"마시는 게 나아. 나도 싫어했어. 그런데 이제 그게 없으면 살 수 없는 지경이 됐지. 사람은 뭔가 위로받을 만한 것이 있어야 해. 일단 술을 마시고 나면 세상일이 그렇게 끔찍하게 보이진 않아."

"어머니께서 그런 건 절대 손대지 말라고 하셨어요." 에멀린이 말했다.

"어머니가 말했다고!" 캐시가 어머니란 말을 씁쓸하고 신랄하게 강조하며 말했다. "어머니가 말해준 게 무슨 소용이 있어? 넌 돈을 받고 팔려왔어. 네 영혼은 네 소유주에게 있는 거야. 그게 세상의 이치야. 브랜디를 마셔. 마실 수 있을 때까지 마셔. 그러는 편이 한결 견디기 수월할 거야."

"아, 캐시! 날 불쌍히 여겨줘요!"

"불쌍히 여겨달라고! 내가 안 그랬다는 말이야? 나는 딸이 없는 줄 알아? 그 애가 어디에 있고 누구의 소유인지도 전혀 몰라. 그 애는 어미가 전에 거쳤던 길을 가고 있겠지. 내 딸의 아이들도 내 딸과 같은 길을 걸어가겠지! 저주는 끝이 없어. 영원히!"

"태어나지 않았더라면 좋았을걸!" 에멀린이 자신의 손을 쥐어짜며 말했다.

"나도 예전에 그렇게 바랐지. 그런 생각을 자주 했어. 할 수만 있다면 죽고 싶었어." 캐시가 어둠 속을 바라보며 말했다. 그녀의 얼굴에는 평온할 때면 습관적으로 나타나는 조용한 절망이 어려 있었다.

"자살하는 것은 나쁜 일이에요." 에멀린이 말했다.

"과연 그럴까. 우리가 이렇게 하루하루 살아가는 것보다 특히 더 나쁘다고 할 수도 없어. 하지만 수녀원에 있을 때 수녀들에게서 배운 것 때문에 나는 죽음을 두려워해. 지상을 떠나는 것이 삶의 끝이라고 한다면, 우리는 아무 어려움 없이……"

에멀린은 고개를 돌리고 양손으로 얼굴을 가렸다.

방에서 두 여자 사이에 이런 대화가 오가는 동안 리그리는 아래층의 방에서 술에 흠뻑 취해 잠들어 있었다. 리그리는 습관적인 주정뱅이는 아니었다. 그는 조악하고 단단한 성질의 소유자였기 때문에 선량한 사람이라면 완전 미쳐버리게 만들 그런 지속적인 자극을 요구했고 그것을 충분히 감당할 수도 있었다. 그러나 마음속 깊숙한 곳에 교활한 조심성이 자리 잡고 있어서 인사불성이 되도록 술을 마시려는 욕구를 억제했다.

하지만 이날 밤엔 마음속에서 일어난 고통과 후회의 기분을 쫓아내려 필사적이었고, 그래서 평소보다 더 많이 마셨다. 두 흑인 감독을 돌려보낸 뒤에는 방 안의 소파에 쓰러져 깊은 잠에 빠졌다.

아아! 어찌 악한 영혼이 감히 포근한 잠의 세계에 빠져들 수 있단 말인가? 그 어슴푸레하고 희미한 세계는 다가올 심판의 신비로운 광경을 무서우리만치 닮았는데 말이다! 리그리는 꿈을 꾸었다. 가슴 답답하고 불안정한 꿈속에서, 베일로 감싼 어떤 형체가 옆에 와서 서더니 그의 이마에 차가우면서도 부드러운 손을 올려놓았다. 그는 그것이 누구인지 알 것 같았다. 얼굴이 가려져 있음에도 오싹한 공포로 몸을 떨었다. 이어 그의 손가락에 그 형체의 머리카락이 감기는 느낌이 들더니 목 주변으로 부드럽게 머리카락이 올라와 점점 옥죄는 느낌에 숨을 쉴 수가 없었다. 동시에 여러 목소리가 그에게 속삭였다. 리그리는 공포로 몸이 얼어붙었다. 소름 끼치는 심연의 가장자리에 서 있는 것 같았고 어두운 손길들이 뻗어나와 그를 심연의 아래쪽으로 잡아당기려 했다. 그는 그 끔찍한 공포를 이겨내기 위해 몸부림쳤다. 잠시 뒤 캐시가 웃으면서 뒤에 다가와 그를 벼랑 아래로 밀어버렸다. 이어 얼굴에 베일을 두른 형체가 다시 나타나더니 곧 얼굴에서 베일이 사라졌다. 그 형체는 리그리의 어머니였다. 어머니가 등을 돌리자 리그리는 비명과 신음과 악마의 고함 소리가 마구 뒤섞인 끝없는 지옥으로 떨어지고 또 떨어졌다. 잠시 후 리그리는 식은땀을 흘리며 잠에서 깼다.

고요한 새벽의 장밋빛 햇살이 방 안으로 살며시 들어왔다. 밝아오는 하늘에 가만히 멈춰 선 샛별이 장엄하고 신성한 빛을 내면서 이 죄악이 가득한 남자를 내려다보았다. 마치 무감각한 자에게 "보라, 한번 더 기회가 있다! 영원한 영광을 위해 노력하라!"라고 말하는 듯, 새로움과 장엄함과 아름다움과 함께 새날이 밝았다. 이 목소리가 들리지 않는 곳에는 말도 없고 언어도 없다. 이 무모하고 사악한 남자는 그 소리를 듣지 못했다. 그는 잠에서 깨어나며 욕설을 지껄였다. 황금색과 자색의 아름다운 새벽빛, 매일 아침마다 일어나는 이 기적이 그에게는 아무것도 아니었다. 하느님의 아들이 자신의 상징이라 하시며 신성시했던 저 샛별의 거룩함도 그에게는 아무것도 아니었다. 그는 짐승처럼 아무런 인식도 없이 그것을 바라보았다. 비틀거리며 앞으로 나아가, 큰 잔에 브랜디를 부은 후 반 정도를 들이켰다.

"정말 뒤숭숭한 밤이었어!" 반대편 문으로 이제 막 들어온 캐시에게 리그리가 말했다.

"앞으로 그런 밤을 더 많이 경험하게 될 거야." 캐시가 냉담한 어조로 말했다.

"무슨 소리야, 건방진 계집!"

"조만간 알게 되겠지." 캐시가 같은 어조로 대답했다. "사이먼, 내가 당신에게 충고의 말을 하나 하려고 하는데."

"마귀 같은 것, 말해봐!"

"내 충고는," 캐시가 방의 사소한 물건들을 정리하면서 말했다. "톰을 내버려두라는 거야."

"네가 무슨 상관이야?"

"무슨 상관이냐고? 물론 정확하게 말하자면 내가 상관할 일은 아니야. 당신이 그를 사들이느라고 천이백 달러를 쓴 것이나 바쁜 시기에 화풀이를 하는 바람에 제대로 써먹지 못하게 된 것 따위는 내 알 바가 아냐. 그래도 내가 그 사람을 위해 할 수 있는 것은 해주었어."

"그래? 네가 뭔데 내 일에 간섭을 해?"

"정확하게 말하면 아무 상관도 없지. 그래도 나는 때마다 당신 일꾼들을 돌봐줘서 당신에게 수천 달러는 절약해주었어. 그랬는데 고맙다는 말은커녕 무슨 상관이냐고? 당신 농장의 수확량이 다른 농장보다 떨어져서 예상보다 시장에 적게 출하되면 어떻게 하지? 어느 정도 물량을 내놓겠다고 내기를 하지 않았나? 그런 내기에서 지고 싶지는 않을 텐데? 물론 톰킨스가 당신에게 내기 돈을 내놓으라고 윽박지르지는 않겠지만 당신은 풀이 죽어 돈을 내놓아야 하겠지. 그러고 싶어?"

다른 많은 농장주와 마찬가지로 리그리는 수확기에 가장 많은 수확량을 얻는 것이 유일한 목표였다. 게다가 그는 이번 계절의 수확량을 두고 옆 마을에서 여러 건의 내기를 걸었는데 그 시기가 닥쳐오는 중이었다. 캐시는 여자의 재치를 발휘하여 리그리에게 남아 있는 단 하나의 약점을 살짝 건드린 것이었다.

"좋아, 그자가 저지른 짓에 대해서는 이 정도로 해두지. 하지만 그놈은 나한테 와서 잘못했다고 빌고 좀더 공손해지겠다고 약속해야 돼."

"안 그럴걸."

"뭐야? 안 한다고?"

"그렇다니까."

"왜 그런지 알고 싶은데, 마님." 리그리가 냉소를 흘리며 말했다.

"옳은 일을 했다고 확신하는데 잘못했다고 말할 리가 없거든."

"확신하건 말건 무슨 상관이야? 저 검둥이 놈은 내가 시키는 대로 해야 돼. 아니면……"

"아니면 목화 수확 내기에서 지게 되겠지. 이 바쁜 시기에 그 사람을 밭일에서 빼버렸으니까."

"어쨌든 그놈은 그런 고집은 포기해야 돼. 그렇게 해야 하고말고. 난 검둥이가 어떤 놈들인지 잘 알아. 그놈은 개처럼 빌러 올 거야. 오늘 아침에 말이야."

"그렇지 않아, 사이먼. 당신은 이런 부류의 사람을 몰라. 산산조각 내어 죽일 수는 있겠지만, 그 사람한테서 잘못했다는 말은 단 한 마디도 듣지 못할걸."

"어디 두고 보자고. 그놈 어디 있어?" 리그리가 밖으로 나가며 말했다.

"조면 공장 창고에."

비록 캐시에게 단호하게 말하긴 했지만 리그리는 평소와는 다른 불안감을 안고 집에서 나왔다. 지난밤 꿈과 캐시의 알쏭달쏭한 충고가 뒤엉켜 몹시 심란했던 것이다. 그는 아무도 보는 사람 없이 톰을 만나기로 하고 또 자신이 톰을 위협으로 굴복시킬 수 없다면 보복 행위를 잠시 연기해서 좀더 편리한 시기에 손봐주자는 생각을 했다.

동틀 녘의 장엄한 빛, 천사와도 같은 샛별의 영광은 톰이 누워 있는 창고의 볼품없는 창문 사이로도 스며들어왔다. 마치 그 별빛을 타고 내려오는 것처럼, 장엄한 말씀이 들려왔다. "나는 다윗의 후손이며 광명이자 샛별이다." 캐시의 은밀한 경고와 암시는 톰의 영혼을 낙담시키기는커녕 마치 천국의 부름을 받은 것처럼 정신을 일깨워주었다. 그는 자신이 죽을 날이 다가오고 있다는 것을 알았다. 종종 깊은 명상 속에서 생각하던 놀라운 일들이 전부 떠오르면서 환희와 소망의 장엄한 감동으로 심장이 두근거렸다. 영원히 빛나는 무지개로 장식된 크고 흰 왕좌, 흰옷을 입은 무리, 파도 소리 같은 목소리들, 왕관, 종려나무, 하프…… 이런 모든 비전이 해가 지기 전에 그의 마음에 다시 떠오를지 모를 일이었다. 톰은 조금도 떨지 않고 자신에게 다가오는 박해자의 목소리를 들었다.

"그래, 이놈아," 리그리가 모욕적으로 톰을 걷어차며 말했다. "어떻게 생각하나? 내가 네놈에게 한 수 가르쳐주겠다고 했었지. 그래 채찍질 맛이 어땠나? 어젯밤엔 그렇게 흰소리를 늘어놓더니 오늘은 그렇게 자신만만하지 못하구먼. 이제 이 불쌍한 죄인을 상대로 설교를 하려 들지는 않겠지, 응?"

톰은 대답하지 않았다.

"일어나, 이 짐승 새끼!" 리그리가 톰을 걷어차며 말했다.

온몸이 심하게 멍들고 정신이 혼미한 톰으로서는 일어서는 것도 어려운 일이었다. 톰이 일어서려고 안간힘을 쓰자 리그리는 야만스럽게 웃었다.

"오늘 아침엔 왜 이렇게 맥이 없지, 톰? 지난밤에 감기라도 걸렸나 보군."

이때쯤 톰은 완전히 몸을 일으켜서 꼿꼿한 부동자세로 리그리 앞에 섰다.

"이 자식, 일어설 힘은 남았구먼!" 리그리가 톰을 바라보며 말했다. "넌 아직 충분한 맛을 보지 못했어. 자, 톰, 무릎을 꿇고 용서를 빌어. 네가 지난밤에 한 짓을 말이야."

톰은 움직이지 않았다.

"꿇어, 이 개자식!" 리그리가 승마용 채찍으로 톰을 내리치며 말했다.

"나리, 그렇게 할 수는 없습니다. 제 생각에 옳은 일을 했을 뿐입니다. 상황이 다시 그렇게 된다면 전 또 그렇게 할 겁니다. 저는 잔인한 행동은 무슨 일이 있어도 결코 하지 않을 겁니다."

"그래, 하지만 넌 무슨 보복을 당할지 아직 모르는 것 같군, 톰 나리. 네놈이 뭔가 특별한 걸 가지고 있다고 생각하는 것 같군. 내가 분명히 말해두겠는데 그건 아무것도 아냐. 네놈은 나무에 묶여 나무 주위에서 천천히 타오르는 불 맛을 좀 봐야 돼. 그 맛이 아주 화끈할걸, 톰?"

"나리가 끔찍한 일을 하실 수 있다는 걸 압니다." 그가 몸을 꼿꼿이 펴고 양손을 포개며 말했다. "하지만, 주인님은 제 육체를 죽이고 난 뒤엔 아무것도 하실 수 없습니다. 그 뒤에는, 아아, 영원한 삶이 있기 때문입니다!"

영원한 삶, 그 말은 빛과 힘이 되어 이 흑인 남자의 영혼에 퍼져나갔다. 그 말은 전갈의 독침처럼 죄인의 영혼도 물어뜯었다. 리그리는 이를 뿌드득뿌드득 갈았으나 너무나 화가 나서 아무 말도 하지 못했다. 톰은 마치 예속에서 해방된 사람처럼 분명하고 기운찬 목소리로 말했다.

"리그리 나리, 절 사셨으니 저는 당신을 위해 진실되고 충실한 하인이 되겠습니다. 제 모든 시간, 모든 힘, 제 손으로 할 수 있는 일을 모두 드리겠습니다. 하지만 저의 영혼은 사람에게 건넬 수 없습니다. 제 영혼을 잘 간직하고 있다가 하느님께로 올라가 그분의 명령에 따를 것입니다. 죽든지 살든지 말입니다. 그에 대해선 확신할 수 있습니다. 나리는 절 매질하고 굶기고 태우실 수도 있습니다. 하지만 그건 제가 가고 싶었던 곳에 더 빨리 보내주는 것일 뿐입니다."

"네가 그곳에 가기 전에 내가 포기하게 해주지!" 리그리가 화를 벌컥 내며 말했다.

"저는 도움을 받을 것입니다. 그러니 주인님은 결코 그리 하실 수 없습니다."

"대체 누가 널 도와준다고 그런 소릴 지껄이지?" 리그리가 경멸하는 어조로 말했다.

"전지전능하신 하느님이십니다."

"빌어먹을 놈!" 리그리가 주먹으로 톰을 강타했고, 톰은 그 충격으로 바닥에 쓰러졌다.

이때 차고 부드러운 손이 리그리를 만류했다. 돌아보니 캐시였다. 차고 부드러운 감촉이 리그리에게 전날 밤의 꿈을 상기시켰다. 갑자기 꿈속에서 본 두려운 이미지들이 고통을 동반하며 머릿속에 번뜩였다.

"왜 바보 같은 수작을 하려고 해?" 캐시가 프랑스어로 말했다. "톰을 내버려둬! 내가 밭에 다시 나갈 수 있도록 회복시킬 테니까. 그는 굴복하지 않을 거라고 말했잖아."

악어나 코뿔소는 총탄을 막아내는 갑옷으로 무장하고 있어도 취약한 부분이 있다. 마찬가지로, 포악하고 무모하고 신앙심이 없는 무뢰한들의 취약점은 미신적인 공포이다.

리그리는 등을 돌리면서 이 문제는 당분간 보류해두기로 결심했다.

"마음대로 해." 그가 캐시에게 투덜거렸다.

"들어둬, 이 자식아!" 그가 톰에게 말했다. "지금은 네놈의 일을 끝장보지 않겠어. 일이 바빠서 일꾼들을 모두 동원해야 하니까. 하지만 난 결코 잊지 않아. 언젠가 버릇없는 네놈에게 대가를 치르게 해주겠어! 내 말 똑똑히 들어두라고!"

리그리는 몸을 돌려 나가버렸다.

"보세요." 캐시가 리그리의 등을 우울하게 바라보며 톰에게 말했다. "저자는 반드시 보복할 거예요! 아, 불쌍한 사람, 좀 괜찮아요?"

"주 하느님께서 천사를 보내시어 당분간 사자의 입을 닫게 하셨군요." 톰이 말했다.

"이번에는 그러네요. 하지만 당신은 저자가 앙심을 품게 만들었어요. 그 때문에 밤낮없이 당신을 괴롭힐 거예요. 개처럼 당신 목에 딱 달라붙어 한 방울 한 방울씩 당신 생명의 핏방울을 빨아먹을 거예요. 난 저자를 잘 알아요."

37장
자유

> 그가 아무리 장엄하게 노예제의 제단에 봉헌되었다 해도
> 성스러운 영국 땅을 밟은 순간부터 그 제단과 신은 무너져 먼지가 되었다.
> 그는 억누를 수 없는 인류 보편의 해방 의지에 의해 구원되어,
> 노예의 굴레에서 벗어나 새로운 삶을 살게 되었다.*

박해자의 손에서 고통을 당하고 있는 톰을 잠시 놔두고 길가의 농가와 친절한 사람들에게 의탁한 조지와 그 아내의 운명을 한번 살펴보기로 하자.

톰 로커는 더러운 구석이라곤 한 점도 없는 깨끗한 퀘이커교도의 침대에 누워 신음하며 몸을 뒤척이고 있었다. 그는 도커스 부인의 자상한 간호를 받았다. 부인은 그를 다친 들소만큼이나 다루기 쉬운 환자라고 생각했다. 그녀는 사려 깊은 회색 눈 위에 아치형의 넓고 정갈한 이마, 그 이마 위로 일부 흘러나온 은발을 깨끗한 모슬린으로 감싼, 키 크고 위엄 있고 고상한 여성이었다. 그녀는 리즈 크레이프로

---

* 아일랜드 정치인 커런(J.P. Curran, 1750~1817)이 자메이카 출신인 한 노예의 해방을 변호하며 했던 연설에서 인용한 것이다.

만든 새하얀 손수건을 접어 가슴 부분에 단정하게 달고 있었다. 그녀가 입고 있는 반들거리는 비단옷은 방을 이리저리 오갈 때마다 조용하게 스치는 소리를 냈다.

"제기랄!" 톰 로커가 시트를 발로 휙 걷어차며 말했다.

"토머스, 그런 말을 쓰지 마. 정말 부탁이네." 도커스 부인이 조용히 침대를 다시 정리하며 말했다.

"그럴 수가 없다고요, 할머니. 도저히 참을 수가 없어요. 욕이 나올 정도로 덥다고요. 더워서 미치겠다고요!"

도커스는 두꺼운 이불을 침대에서 걷어내고 시트를 다시 평평하게 했다. 시트를 덮은 톰은 마치 번데기 같은 형상이었다. 그녀는 자상한 목소리로 말했다.

"이보게, 욕하고 험담하는 건 그만두고 자네의 행실에 대해서 생각 좀 해보게."

"내 행실이 어때서요? 내가 왜 그걸 생각해야 됩니까? 그건 조금도 생각하고 싶지 않아요. 에이 빌어먹을!" 톰은 보기에도 안쓰러울 정도로 몸부림을 쳐서 가지런히 정돈된 침대를 다시 엉망으로 만들어놓았다.

"그 친구하고 여자는 여기 있죠?" 잠시 정적이 흐르고 난 뒤 그가 퉁명스럽게 말했다.

"그렇다네."

"호수까지 도망가는 게 좋을 겁니다. 빠르면 빠를수록 좋아요."

"아마도 그렇게 할 거야." 조용히 뜨개질을 하며 부인이 대답했다.

"제 말을 좀 들어보세요. 우리에겐 샌더스키에 연락을 취하고 있는 앞잡이들이 있어요. 그들이 우리 대신 배를 감시하고 있다고요. 이젠 이런 정보를 더이상 감출 필요가 없게 됐네요. 그들이 무사히 도망치면 좋겠네요. 마크스 그 자식 약을 올리기 위해서라도. 빌어먹을 개자식! 지옥에 떨어질 놈!"

"토머스!"

"이봐요, 할머니. 병을 너무 꽉 틀어막으려고 하면 터져버린다고요. 여하튼 여자 말인데, 다른 옷을 입히든지 해서 변장을 하라고 하세요. 샌더스키에는 그 여자 인상착의가 다 알려져 있으니까."

"그 일은 신경 쓰겠네." 특유의 냉정함을 유지하며 도커스가 말했다.

톰 로커 이야기는 이제 그만하기로 하자. 단지 이 사실 하나만 추가로 말해두겠다. 그는 류머티즘으로 인한 발열과 다른 통증들로 인해 퀘이커교도들 거주지에 삼 주 동안 누워 있다가 회복되었다. 병석에서 일어난 그는 좀더 애잔하면서도 현명한 사람이 되었다. 노예를 잡으러 다니는 대신 새로운 삶을 선택한 그는 자신의 재능을 곰, 늑대, 기타 숲속의 동물들을 잡는 쪽으로 전환하여 삶의 질을 향상시켰고, 그러면서 그쪽에선 꽤나 이름 있는 사냥꾼이 되었다. 톰은 항상 퀘이커교도들을 존경하는 어조로 말했다. "좋은 사람들이지. 날 개종시키려고 했는데 성공하지는 못했어. 근데 들어보라고. 그들은 아픈 사람들을 제일 잘 보살피는 것 같아. 실수란 게 없거든. 수프도 아주 잘 끓이고 과자도 아주 잘 구워."

톰이 조지 일행에게 샌더스키에 앞잡이 감시꾼들이 있다는 정보를 알려주자 일행은 따로 떨어져서 움직이는 것이 현명하다고 판단했다. 노모와 함께 움직이는 짐이 먼저 떠났고, 하루 이틀 뒤 조지와 엘리자도 아이와 함께 마차를 타고 샌더스키로 들어갔다. 그들은 마지막으로 호수를 건너기 전에 어느 따뜻한 가정에서 하룻밤을 묵게 되었다.

그날 밤은 빨리 지나갔다. 그리고 자유의 샛별이 그들 앞에 눈부시게 떠올랐다. 자유! 짜릿한 말이었다. 자유란 무엇일까? 수사학적 장식 이상의 의미일까? 미국 시민 여러분, 여러분의 아버지가 피를 흘리고, 여러분의 용감한 어머니가 가장 고귀하고 아름다운 자유를 위해 기꺼이 목숨을 던졌다는 얘기를 들으면 여러분의 피가 끓어오르지 않는가?

자유가 국가에게 그토록 영광스럽고 귀중한 것이라면, 한 인간에게도 마찬가지가 아니겠는가? 국가의 자유란 것은 결국 그 국가 안에 살고 있는 개인의 자유가 아닌가? 저기 앉아 있는, 넓은 가슴 위에 팔짱을 낀, 뺨에 옅게 아프리카의 피가 흐르는, 눈에 검은 불꽃이 타오르는 젊은 남자에게 자유란 무엇인가? 조지 해리스에게 자유란 무엇인가? 여러분의 선조들에게 자유란 국가가 국가로 존재하기 위한 권리였다. 조지 해리스에게 자유란 사람이 짐승이 아닌 사람으로 살기 위한 권리였다. 또한 가슴에 안긴 아내를 아내라고 부를 수 있는 권리였고, 무법적인 폭력으로부터 아내를 지킬 수 있는 권리였으며, 아이를 보호하고 교육시킬 수 있는 권리였고, 자신만의 집, 종교, 특성을 가질 수 있는 권리였으며, 타인의 의지에 구속되지 않는 권리였다. 이런 모든 생각들이 조지의 가슴속에 솟구쳐올라 가슴을 뜨겁게 했다. 그는 손으로 머리를 고이며 아내를 바라보았다. 아내는 남자 옷을 집어들고 가냘프고 예쁜 몸에 걸치고 있었다. 남장을 하는 것이 도망치는 데 가장 안전한 방법이라고 판단했던 것이다.

"자, 이젠," 엘리자가 거울 앞에 서서 그 검고 풍성한 머리를 풀어 헤치며 말했다. "그런데 조지, 좀 안타까운 일이죠?" 그녀는 머리카락을 장난스럽게 들어올렸다. "전부 잘라야 한다니 말이에요."

조지는 씁쓸하게 미소 지을 뿐 대답하지 않았다.

엘리자는 거울 쪽으로 몸을 돌렸고 가위가 번쩍이자 긴 머리칼이 조금씩 아래로 떨어졌다.

"자, 이 정도면 되겠죠." 그녀가 빗을 들고 말했다. "이제 마지막 손질만 하면 돼요."

"자, 봐요. 잘생긴 젊은 남자 같지 않아요?" 엘리자가 남편을 보고 얼굴을 붉히면서 웃었다.

"당신은 어떻게 해도 예뻐." 조지가 대답했다.

"왜 그렇게 굳은 표정이에요?" 엘리자가 한쪽 무릎을 꿇고 남편의 무릎에 손을 대며 말했다. "사람들 말로는 스물네 시간 안으로 캐나다에 도착한대요. 호수에서 하루만 지내면, 그러면, 아, 그러면!"

"아, 엘리자!" 조지는 아내를 자기 가슴으로 끌어당기며 말했다. "그거야! 이제 내 운명이 전부 한 점으로 좁혀졌어. 이제 너무나 가까워져 눈에 거의 보이려고 해. 그렇지만 전부 잃을 수도 있어. 그런 상황이 된다면 나는 결코 살고 싶지 않아, 엘리자."

"겁먹지 마요." 엘리자가 희망찬 목소리로 말했다. "하느님께서 우리가 감당하지 못한다고 생각하셨다면 이렇게나 멀리 데려오진 않으셨겠죠. 그분께서 우리와 함께하실 거예요, 조지."

"당신은 축복받은 여자군, 엘리자!" 조지가 몸을 떨며 엘리자를 껴안았다. "하지만, 아, 말해줘! 이 크신 자비가 우리를 위한 것이 될는지? 이 비참한 세월이 정말 끝나게 될는지? 우리가 정말 자유민이 되는 건지?"

"확신해요, 조지." 엘리자가 위를 쳐다보자 희망과 열정의 눈물이 그녀의 길고 검은 눈썹에서 빛났다. "바로 오늘, 하느님께서 우리를 굴레에서 벗어나게 해주실 거예요."

"난 당신 말을 믿고 싶어, 엘리자." 조지가 갑자기 일어서며 말했다. "믿겠어. 자, 이제 떠나자고. 정말로." 그가 아내를 팔 길이만큼 떼어놓으며 감탄하듯 쳐다보았다. "정말 잘생긴 청년이로군. 짧게 깎은 곱슬머리가 잘 어울려. 모자를 써봐. 그렇게, 좋아. 한쪽으로 좀 비뚤어지게. 세상에, 이렇게 예쁜 당신은 처음이야. 자, 이제 마차 시간이 거의 다 되었을 텐데. 스미스 부인이 해리를 잘 입혀놓았을까?"

문이 열리더니 점잖은 중년 부인이 여자아이 옷을 입은 해리를 들여보냈다.

"예쁜 여자애가 됐구나." 엘리자가 해리를 돌려 보며 말했다. "해리엇이라고 불러요. 좋은 이름 같지 않아요?"

아이는 새롭고 기묘한 복장의 어머니를 아무 말 없이 찬찬히 살펴보더니 때때로 깊은 한숨을 내쉬고 검은 곱슬머리를 흔들어댔다.

"해리, 엄마 알아보겠니?" 엘리자가 해리에게 손을 뻗으며 말했다.

아이는 부끄러운 듯 어머니에게 달라붙었다.

"자, 엘리자, 아이를 떼어놓아야 하는 걸 알면서 왜 애를 포옹하는 거요?"

"바보 같다는 거 알아요. 그렇지만 아이를 떼어놓기가 쉽지 않네요. 그런데 내 상의는 어디 있지? 여기 있네. 남자들은 어떻게 상의를 입어요, 조지?"

"이렇게 입어야 돼." 조지가 상의를 입어 보이며 말했다.

"자. 그러면," 엘리자가 남편의 동작을 따라했다. "쾅쾅 소리를 내면서 보폭을 크게 하고 기운차게 걸어야겠네요."

"너무 신경 써도 안 돼." 조지가 말했다. "수줍음 많은 청년도 더러 있으니까 당신은 그런 남자처럼 행동하는 게 더 나을 것 같은데."

"그리고 이 장갑! 세상에!" 엘리자가 말했다. "어머, 손이 장갑 속에서 헤엄을 치네요."

"장갑을 꼭 끼고 있도록 해." 조지가 말했다. "가냘픈 손 때문에 당신 정체가 탄로날지도 모르니까. 자, 스미스 부인, 우리와 함께 다니면서 숙모님이 되어주십시오. 알고 계시죠?"

"어떤 남자들이 어린 남자아이를 데리고 있는 남자와 여자를 찾고 있다고 정기선 선장들에게 말하고 다닌대요." 스미스 부인이 말했다.

"그러라죠!" 조지가 말했다. "그런 부부를 보면 그들에게 얘기해줘야겠군요."

이제 마차가 문 앞에 도착하자 도망치는 가족을 받아준 친절한 가족들이 마차 주변에 몰려들어 작별 인사를 해왔다.

변장을 하는 것은 톰 로커의 제안에 따른 것이었다. 조지 가족이 도망치려는 캐나다의 개척지에서 온 점잖은 스미스 부인은 마침 호수를 건너 돌아가려던 참이라 해리의 숙모 역할을 맡아주기로 했다. 해리를 스미스 부인과 가까워지게 하려고 지난 이틀간은 아예 부인에게 맡겨놓았다. 부인이 해리를 많이 쓰다듬어주고, 캐러웨이 씨가 든 과자와 사탕을 많이 주다 보니 해리는 자연스럽게 부인과 친밀해졌다.

마차가 부두에 도착했다. 젊은 두 청년이 마차에서 내려 배로 들어가는 널빤지를 향해 걸어갔다. 남장한 엘리자는 씩씩하게 팔을 내밀어 스미스 부인을 에스코트했고, 조지는 뒤에 처져서 짐을 들고 따라갔다.

조지는 일행의 표를 사려고 선장실에 서 있다가 옆에서 속삭이는 두 남자의 이야기를 엿들었다.

"승선하는 사람은 모조리 봤다고. 그 사람들은 여기 없어."

그 목소리는 배의 선원이었고 상대방은 마크스였다. 그는 특유의 끈기를 발휘하며 사냥감을 찾아 샌더스키까지 온 것이었다.

"여자는 백인과 거의 구별이 안 됩니다. 남자는 아주 하얀 피부색의 뮬라토예요. 한 손에는 낙인이 찍혀 있습니다."

티켓과 잔돈을 받아든 조지의 손이 조금 떨렸지만, 그는 침착하게 돌아서서 무관심한 시선으로 마크스를 바라본 뒤 엘리자가 기다리고 있는 쪽으로 느긋하게 걸어갔다.

스미스 부인과 해리는 여성 선실의 호젓한 곳으로 몸을 피했다. 여장한 아이의 검은 머리카락과 단정한 용모는 그곳 승객들로부터 많은 찬사를 받았다.

출항을 알리는 종이 울리고 마크스가 널빤지를 지나 부두에 내리는 것을 보자 조지는 더할 나위 없이 기뻤다. 이윽고 배와 추적자의 거리가 따라잡을 수 없는 간격으로 벌어지자 조지는 긴 안도의 한숨을 내쉬었다.

너무나 좋은 날씨였다. 이리 호의 푸른 물결이 햇빛 속에서 춤추고 반짝거리다가 하얀 포말로 부서졌다. 상쾌한 미풍이 호숫가에서 불어왔고, 웅장한 배는 씩씩하게 물결을 가르며 앞으로 나아갔다.

아, 인간의 마음속에 들어 있는 오묘한 세계! 조지는 남장한 엘리자와 함께 증기선의 갑판을 이리저리 오가면서 가슴속에 자유의 불길이 활활 타오르는 것을 느꼈다.

그 거대한 행복은 너무나 훌륭하고 너무나 아름다워서 실제가 아닌 것 같았다. 조지는 매 순간 무언가가 나타나 자신에게서 그 행복을 채가지 않을까 두려워했다.

하지만 배는 앞으로 나아갔고, 몇 시간이 흐르자 마침내 축복받은 영국령의 나라가 눈앞에 분명하고 온전하게 펼쳐졌다. 그곳은 마법의 땅이었다. 그것은 어떤 언어로 선언된 노예제라도, 어떤 나라의 권력에 의해 강제된 노예제라도, 단 한 번의 손길로 그 모든 족쇄를 풀어버리는 마법이었다.

조지와 엘리자는 배가 캐나다의 애머스트버그라는 조그만 마을에 가까워지자 서로 팔짱을 끼고 서 있었다. 조지의 숨결이 가팔라지고 거칠어졌다. 눈앞이 흐릿해졌다. 그는 자신의 팔에서 떨고 있는 작은 손을 조용히 쥐었다. 종이 울리고 배가 멈추었다. 자신이 무슨 일을 하는지 거의 의식하지 못한 채 그는 짐을 찾으며 일행을 챙겼다. 조지 가족은 육지에 내렸다. 그들은 배가 떠날 때까지 그대로 서 있었다. 마침내 부부는 눈물을 흘리며 포옹했고, 이어 어리둥절한 아이를 품에 안고 무릎을 꿇으며 하느님께 감사 기도를 올렸다.

그것은 죽음에서 삶으로 되돌아오는 것과 같은 것.
무덤의 수의에서 천국의 긴 옷으로 갈아입는 것과 같은 것.

도망자들은 안전하게 자유의 땅에 도착했다.

죄의 지배 아래서, 고통과의 투쟁에서 돌아와
용서받은 영혼의 순수한 자유를 얻는 것.
그곳에선 죽음과 지옥의 모든 굴레가 떨어져나가고
인간은 불멸을 얻게 된다.
자비로운 하느님의 손길이 황금 열쇠를 돌릴 때
하느님의 목소리가 '기뻐하라, 너의 영혼은 해방되었다'라고 말
하신다.

조지 가족은 스미스 부인의 안내로 곧 어떤 선량한 선교사의 거처
로 가게 되었다. 그곳은 기독교적 자선을 목적으로 세워진 집으로, 이
근처로 끊임없이 피난 오는 내쫓긴 사람들과 방랑자들을 위한 보호처
였다.

자유를 얻은 첫날의 그 기쁨이야 어찌 형언할 수 있겠는가? 자유의 감각이 다른 오감보다 더 귀하고 좋은 것임은 말할 필요도 없을 것이다. 움직이고 말하고 숨 쉴 수 있는 자유, 감시당하지 않고 출입하고, 위험을 느끼는 일이 없는 자유! 하느님이 내려주신 권리를 인정하는 법 아래에서, 자유민의 베개에 다가오는 휴식의 기쁨을 어떻게 형언할 수 있겠는가? 수많은 위험을 겪은 기억 때문에 더욱 사랑스러워 보이는 아이의 잠든 얼굴이 엘리자에게 얼마나 예쁘고 소중해 보였을까? 그런 행복을 무한히 가진 상태에서 그냥 잠이 들어버린다는 건 너무 아까운 일이었다. 조지 부부는 한 뼘의 땅도 가지지 못했고, 자신의 집이라고 할 수 있는 곳도 없었으며, 아껴두었던 돈마저 다 써버렸다. 그들은 하늘을 나는 새나 땅에서 피어난 꽃과 다를 바 없었다. 하지만 너무 즐거워 잠을 이룰 수가 없었다. "아아, 인간의 자유를 뺏는 자여, 너는 나중에 하느님께 무슨 말로 해명하려는가?"

38장
승리

우리에게 승리를 주신 하느님께 감사하라.
—「고린도전서」 15:57

많은 사람들이 삶에 지쳐 때로는 죽는 것이 사는 것보다 훨씬 더 쉽다고 생각하지 않았을까?

순교자는 심지어 육체적인 고통과 공포에 직면할 때도, 그 파멸의 엄청난 공포 속에서도 강한 자극과 격려를 받는다. 그것은 생생한 흥분과 전율과 열광으로 고통의 위기를 견디게 해주며, 그리하여 영원한 영광과 휴식을 탄생시킨다.

하지만 매일매일 비루하고 쓰라리고 저급하고 괴로운 노예의 생활을 하다 보면 용기는 꺾이고 암울해지며, 점점 숨이 막히는 느낌을 받게 된다. 이처럼 끝없이 지속되는 소모적인 마음의 고통, 시시각각 한 방울 한 방울씩 느리면서도 일상적으로 생명의 핏방울이 흘러나가는 이런 생활은 남자나 여자 모두에게 인생 최대의 엄중한 시련이 아닐 수 없다.

톰이 자신을 박해하는 자의 위협에 맞서며 영혼 깊은 곳에서 이제 때가 왔다고 느꼈을 때, 그의 마음은 용감하게 부풀어올라 예수와 천국의 모습이 단지 한 발짝 너머에 있다고 생각했다. 그러면서 그 어떤 고통이나 불길, 시련도 참아낼 수 있다고 여겼다. 그러나 리그리가 그 자리를 떠나자 맹렬하게 솟아올랐던 자극은 사라지고 지치고 멍든 사지에 다시 고통이 찾아왔다. 그리고 자신이 아주 모욕적이고 가망이라고는 없는 비참한 상황에 처해 있다는 것도 다시금 깨달았다. 그날 하루는 아주 힘들게 지나갔다.

톰의 상처가 완전히 치료되기도 전에 리그리는 밭일에 나가라고 명령했다. 그리하여 사악한 정신이 생각해낼 수 있는 악의적인 부당함과 모욕이 모두 가해지는 고통스럽고 지루한 나날이 계속되었다. 이런 상황에서 고통을 겪는 사람은 그 고통이 어느 정도 완화되더라도 그에 수반되는 울화를 반드시 겪게 된다. 톰은 자신의 동료들이 늘 시무룩한 것을 더이상 의아하게 여기지 않게 되었다. 평생 동안 평온하고 쾌활하던 톰의 성격도, 자신의 동료들을 우울하게 만들어놓은 바로 그 학대로 인해 무너지고 뒤틀리고 있음을 느꼈다. 과거에는 즐거운 마음을 가지려고 여가 시간에는 성경을 읽었지만 이곳에서는 여가 같은 건 없었다. 한창 바쁠 때면 리그리는 일꾼들을 사정없이 몰아붙였으며 일요일과 평일의 구별도 없었다. 리그리는 그것을 당연하게 여겼다. 그래야 더 많은 목화를 따서 수확량 내기에서 이길 수 있기 때문이었다. 설사 일꾼들 몇이 쓰러진다 해도 더 나은 일꾼들을 사들이면 되는 것이다. 처음에는 톰도 하루의 노동을 마치고 돌아와 어른

성경을 읽고 있는 톰.

거리는 불빛 옆에 앉아 성경을 한두 구절 읽을 수 있었다. 하지만 잔인하게 고문을 당한 뒤부터는 숙소에 오면 너무 피곤해서 성경을 읽으려 해도 머리가 어지럽고 눈앞이 침침하여 읽을 수가 없었다. 톰은 완전히 지쳐 다른 사람들처럼 누워 어서 잠들기만을 바랐다.

여태까지 그를 지탱해준 종교적 평화와 신뢰가, 심적 동요와 절망적 어둠 앞에 꺾이는 것이 이상한 일일까? 이 모호한 인생에서의 가장 우울한 문제가 끊임없이 그의 눈앞에 나타났다. 영혼은 부서져 황폐해지고, 악이 승리하고 하느님은 침묵했다. 몇 주, 몇 달간 어둠과 슬픔 속에서 톰은 심각한 영혼의 갈등을 느꼈다. 톰은 미스 오필리어의 편지가 켄터키 옛집에 도착했을 것이라 생각하면서 이곳에서 구출해줄 사람을 어서 보내달라고 하느님께 열심히 기도했다. 그는 매일 자신을 되사갈 사람이 곧 도착할 것이라는 막연한 희망을 품었다. 그러나 아무도 오지 않자 톰은 하느님을 믿은 것이 헛된 일이 아닐까 의심이 들었고, 하느님이 자신을 잊었다는 쓸쓸한 생각으로 자신의 영혼을 부수고 있었다. 그는 가끔 저택에 불려갔을 때 캐시를 보고 에멀린의 우울한 모습도 보았지만 그들과 대화를 나누지는 못했다. 사실 그에겐 어느 누구와도 이야기할 수 있는 시간이 없었다.

어느 날 저녁, 그는 완전히 낙담하고 지친 상태로 조악한 저녁식사를 잉걸불에 구우며 타들어가는 나뭇가지 옆에 앉아 있었다. 곁가지 몇 개를 잘라 불 속에 집어넣고 불을 살리면서 톰은 주머니에서 성경을 꺼냈다. 성경엔 이스라엘의 선조와 예언자, 시인, 현자들이 아주 오래전부터 인간에게 용기를 북돋워주던 말들이, 그래서 그를 자주 감동시키던 말들이 적혀 있었고, 그런 구절에는 죄다 표시가 되어 있었다. 이는 인생이라는 행로에서 일찍이 우리를 둘러싸고 있던 수많은 증인들이 들려주는 소리였다. 그 말이 힘을 잃은 것인가, 아니면 감기는 눈과 지친 몸의 감각이 그런 훌륭한 영감을 가로막고 있는 것인가? 깊이 한숨을 내쉬며 그는 주머니에 성경을 집어넣었다. 그때 추접한 웃음소리가 들려와 톰은 정신을 차렸다. 올려다보니 리그리가 앞에 서 있었다.

"이봐, 잘난 체하는 늙은 친구, 보아하니 네놈 종교가 더이상 먹히지 않는 것 같군. 결국엔 그리 될 거라고 생각했지만 말이야!"

그 잔인한 조롱은 배고픔이나 추위, 헐벗음보다 더 모욕적인 것이었다. 톰은 아무런 대답도 하지 않고 조용히 있었다.

"바보로구먼. 네놈을 살 때부터 난 잘해줄 생각이었어. 삼보나 큄보보다 더 높이 올라갈 수도 있었고 또 편하게 지낼 수도 있었어. 날마다 밥 먹듯이 두들겨 맞고 매질당하는 대신에 자유롭게 뽐내면서 돌아다니고 다른 검둥이들을 채찍질할 수도 있었지. 때때로 따뜻한 위스키 펀치도 마시면서 말이야. 자, 톰, 이제 좀 철이 들어야겠다는 생각은 안 하나? 그 쓰레기 같은 건 불 속에 던져버리고 내 교회로 와!"

"하느님께서 용납하지 않으십니다!" 톰이 열띤 목소리로 말했다.

"하느님이 널 구해주지 않는다는 건 잘 알지 않나? 그랬다면 내가 널 사들이는 일도 없었을 거야! 네 종교라는 건 말짱 헛소리야, 톰. 난 다 알아. 차라리 내게 매달리는 게 좋을 거야. 난 대단한 사람이고 대단한 걸 할 수 있단 말이다!"

"아닙니다, 나리. 저는 끝까지 그분에게 매달리겠습니다. 주님께선 절 도와주실 수도 있고 아닐 수도 있습니다. 하지만 그분을 믿습니다.

끝까지!"

"이런 멍청이!" 리그리는 톰에게 경멸을 드러내며 침을 뱉은 뒤 발로 걷어찼다. "마음대로 해라. 계속 혼을 내준 뒤 굴복시킬 테니 말이야. 어디 두고 보자고!" 리그리가 몸을 돌려 가버렸다.

엄청난 무게가 영혼을 한계까지 짓누르면 모든 육체적, 도덕적 신경이 무게를 벗기 위해 즉각적으로, 또 필사적으로 노력하게 된다. 따라서 무지막지한 고통이 종종 환희와 용기의 반동을 낳는다. 바로 그 순간 톰이 그랬다. 잔인한 주인의 무신론적인 조롱은 극한까지 톰의 영혼을 우울하게 했고, 비록 믿음의 손이 영원한 반석을 붙잡고 있었지만, 영혼은 상당히 마비되고 절망에 빠진 상태였다. 톰은 기절한 것처럼 불 옆에 앉아 있었다. 그때 갑자기 주변의 모든 것이 흐릿해지는 것 같더니, 가시관을 쓰고 괴롭힘을 당해 피 흘리는 자의 환상이 톰의 앞에 나타났다. 톰은 경외와 경탄을 느끼며 그 얼굴에 드러난 장엄한 인내심과 자신의 마음속까지 감동을 준 깊고 슬픈 눈을 바라보았다. 그 순간 톰의 영혼이 깨어났다. 가슴이 벅차올랐다. 그는 곧바로 손을 뻗고 무릎을 꿇었다. 점점 환상은 변해 날카로운 가시가 영광의 빛이 되었고, 상상조차 할 수 없는 광휘 속에서 톰은 좀 전에 흘끗 보았던 얼굴이 자신을 불쌍히 내려다보는 것을 보았다. 톰에게 그분의 목소리가 들려왔다. "승리하는 자는 마치 내가 승리한 후에 내 아버지와 함께 아버지의 옥좌에 앉은 것같이 나와 함께 내 옥좌에 앉게 하여주겠다."*

---

*「요한묵시록」 3:21.

얼마나 오랫동안 그곳에 있었는지도 몰랐다. 정신을 차렸을 때는 잉걸불은 이미 꺼지고 옷은 차가운 이슬로 흠뻑 젖어 있었다. 하지만 두려운 영혼의 위기가 지나가면서, 마음을 가득 채운 환희로 더이상 배고프지도 춥지도 타락하지도 실망하지도 사악한 생각을 품게 되지도 않았다. 영혼 깊은 곳에서 그동안 기대했던 모든 것들을 놓아버렸고, 자신의 의지를 하느님께 확고한 희생물로 바쳤다. 톰은 영원히 빛나는 별을 조용히 올려다보았다. 천사의 무리가 영원히 인간을 굽어보고, 밤의 고독이 찬송가의 구절을 힘차게 울려퍼지게 하는 것 같았다. 찬송가는 예전에 행복했을 때 톰이 자주 부르던 것이었지만, 결코 지금과 같은 고양된 기분을 가져다주지는 못했다.

땅이 눈처럼 녹아버리고
해가 더이상 빛을 발하지 않더라도
지상의 나를 불러주신 하느님은
영원히 나의 주님이로다.

이 필멸의 삶이 끝나
육신과 정신이 끝날 때
나는 생과 사의 베일을 건너가
환희와 평화의 삶을 얻으리라.

우리가 그곳에서 만년을 살고
해와 같이 빛날 때

우리가 처음 태어날 때 못지않게
하느님을 찬미하여 노래 부르는 나날이 되리라.

노예들의 종교를 잘 아는 사람들은 위에서 묘사한 신과 인간의 관계가 그들 사이에서는 아주 일반적인 것임을 알고 있다. 우리는 노예들의 입을 통해 참으로 감동적이고 애처로운 종교적 이야기를 들었다. 심리학자에 의하면 마음속의 감정이나 이미지가 너무나 압도적이면 그런 것들이 외부 감각으로 구체화되어 손으로 만질 수 있는 구체적 형태를 취한다는 것이다. 모든 곳에 편재한 그분이 인간의 이런 능력으로 무엇을 하실 것인지, 외로운 자들의 우울한 영혼을 어떻게 격려해주실지, 인간이 어찌 알 수 있을 것인가? 불쌍하고 잊힌 노예에게 예수께서 나타나 말을 걸어주셨다고 한다면, 누가 그것을 부정할 수 있겠는가? 예수께서 모든 시대의 상심한 자들을 치유하고 멍든 자들을 자유롭게 하는 것이 자신의 사명이라고 하시지 않았던가?

동틀 녘의 희미한 회색빛이 잠든 자들에게 일 나가기를 재촉할 때, 해진 옷을 입고 몸을 떠는 비참한 사람들 사이에 환희에 넘치는 걸음으로 걸어가는 자가 있었다. 그는 자신이 밟은 땅보다 더 단단하게 전지전능하신 분의 영원한 사랑을 믿었다. 아아, 리그리, 모든 힘을 다 써봐라! 극도의 고통, 두려움, 타락, 결핍 이 모든 상실은 톰이 하느님의 왕과 사제가 되는 것을 앞당길 뿐이다!

이때부터 압제받는 자의 겸손한 마음에는 침범할 수 없는 평화의 분위기가 생겨났다. 항상 함께하시는 구세주가 그런 마음의 평화를 신전(神殿)처럼 축성(祝聖)하셨다. 이제 톰은 세속적 회한을 뛰어넘었고 희망과 공포, 욕망의 동요를 초월했다. 오랫동안의 시련 속에 피흘리고 갈등해왔던 톰의 의지는 이제 완전히 신성 속에 녹아들었다. 인생의 항해가 너무나 짧게 남았고 영원한 행복이 너무도 선명하게 가까이 다가왔기에, 인생의 극단적인 고뇌 따위는 그를 해칠 수 없게 되었다.

모두가 톰에게 일어난 신비한 변화를 눈치챘다. 쾌활함과 민첩함이 되돌아온 것처럼 보였고, 어떤 모욕이나 상처도 그의 평온함을 흩뜨릴 수 없었다.

"톰 녀석한테 대체 무슨 일이 일어난 거야?" 리그리가 삼보에게 말했다. "얼마 전엔 완전 넋이 나가 있더니 귀뚜라미처럼 생생하게 펄떡거리는군."

"모르죠, 주인님. 도망치려는지도."

"그런 짓을 하게 되면 재밌을 거야." 리그리가 야만스럽게 히죽이며 말했다. "안 그런가, 삼보?"

"그렇겠죠! 호! 호! 호!" 알랑거리는 웃음소리를 내며 새까만 도깨비가 웃었다. "재밌을 겁니다! 녀석이 진흙에 처박히고, 수풀 사이로 도망가는 걸 쫓으며 개들이 녀석을 물어뜯겠죠! 주인님, 지난번 몰리 년을 잡을 때는 정말이지 배가 찢어질 정도로 웃었습니다. 뜯어말리기도 전에 개들이 그년을 완전히 다 찢어놓는 줄 알았다니까요. 그년에겐 그때 물린 흔적이 아직도 남아 있습죠."

"그년은 그걸 무덤까지 갖고 갈 거야." 리그리가 말했다. "여하튼 삼보, 잘 보란 말이다. 저 검둥이가 그딴 짓을 하려 들면 당장에 막아버리고."

"주인님, 그 일은 제게 맡기십쇼." 삼보가 말했다. "저 녀석은 제가 잘 감시하겠습니다. 호! 호! 호!"

리그리는 이웃 마을에 가기 위해 말에 오르다가 삼보와 이런 대화를 나누었다. 그날 밤, 이웃 마을에서 돌아오던 리그리는 말을 돌려 일꾼들의 숙소가 무사한지 한번 살펴볼 생각을 했다.

달빛이 아주 아름다운 밤이었고, 우아한 멀구슬나무가 그 아래 잔디밭에 그림처럼 아름다운 그림자를 드리우고 있었다. 밤공기는 너무나 맑고 고요하여 그걸 깨는 건 불손한 짓이라는 느낌마저 주었다. 노예 숙소로부터 그다지 멀리 떨어지지 않은 곳에 이르렀을 때, 리그리는 누군가가 부르는 노랫소리를 들었다. 그것은 그리 흔한 노래가 아니었다. 리그리는 잠시 말을 멈추고 귀를 기울였다. 테너 톤의 목소리였다.

내가 하늘에 있는 집에 들어갈
자격이 충분하다는 걸 알았을 때
나는 모든 두려움에 작별을 고하고
눈물을 닦아냈네.

세상이 나의 영혼을 공격하고
지옥 같은 화살이 날아와도
나는 사탄의 분노에 웃을 수 있으며
험악한 세상에 맞설 수 있네.

걱정이 거친 홍수처럼 몰려와도
슬픔이 폭풍처럼 몰아쳐도
나의 집, 나의 하느님, 나의 천국, 나의 모든 것에
안전히 도착하면 된다네.

"오, 호!" 리그리가 중얼거렸다. "그렇게 생각한단 말이지? 이 얼마나 저주받은 감리교 찬송가란 말이냐! 지긋지긋하군! 이봐, 검둥이." 리그리가 승마용 채찍을 쳐들며 갑작스레 톰 앞에 나타났다. "잠을 자도 모자랄 판에 감히 무슨 짓을 하는 거냐? 그 시커먼 주둥아리 닥치고 저리로 꺼져!"

"예, 나리." 톰이 숙소로 들어갈 자세를 취하며 신속하고 명랑하게 대답했다.

리그리는 톰의 평온한 행복에 너무 화가 치밀어 말을 몰고 다가와 톰의 머리와 어깨에 채찍질을 했다.

"자, 이 개자식아, 이렇게 맞은 다음에도 그리 유쾌한지 어디 한번 보자!"

하지만 지금의 공격은 육체에만 떨어졌지 예전처럼 마음까지 파고들지는 못했다. 톰은 완전히 복종한 채 가만히 서 있었다. 리그리는 자신이 데리고 있는 노예에 대한 통제력이 사라져버렸음을 자인할 수밖에 없었다. 톰이 숙소로 사라지자 리그리는 말을 돌려 저택 쪽으로 향했다. 그때 어둡고 사악한 영혼을 가로질러 종종 양심의 빛을 보내주는 선명한 섬광이 그의 마음속에 지나갔다. 그것은 자신과 톰 사이에 서 있는 하느님의 목소리였다. 그는 하느님을 모독한 것이었다. 조롱도 위협도 채찍질도 잔혹한 행위도 다 소용없는 이 조용하고 순종적인 노예는 리그리의 마음속에 오싹한 목소리를 일깨워냈다. 그것은 그리스도가 예전에 악마의 영혼을 일깨웠던 그런 목소리였다. "하느님의 아들이여, 어찌하여 우리를 간섭하시려는 것입니까? 때가 되기도 전에 우리를 괴롭히려고 여기 오셨습니까?"*

톰의 영혼은 자기 주변에 있는 불쌍하고 비참한 사람들에 대한 동정심으로 넘쳐났다. 마치 그의 인생에서 슬픔은 끝난 것처럼 보였고, 천상에서 부여받은 평화와 환희의 기묘한 보고(寶庫)를 열어젖혀 동료들의 고뇌를 구제해주기를 열망하는 것처럼 보였다. 물론 그렇게 할 기회는 많지 않았다. 하지만 밭으로 오고 가는 길에, 노역을 하는 도중에, 지치고 낙담한 자들에게 도움의 손길을 내밀 수 있는 기회가 생겼다. 지쳐서 짐승처럼 되어버린 불쌍한 그들은 처음에는 이런 행동을 거의 이해하지 못했다. 하지만 몇 주간, 몇 달간 계속되자 톰의 그런 행동은 오랫동안 잠들어 있던 무감각한 사람들의 심금을 울리기 시작했다. 톰은 모두의 짐을 들어줄 준비가 되어 있었고, 남에게 도움을 청하지 않았으며, 모든 사람에게 양보한 후 마지막에 와서 최소한만 가져갔고, 그것마저도 필요한 사람이 있으면 누구에게라도 나누어주었다. 추운 밤에 아파서 몸을 떠는 어떤 여자를 위해 자신의 해진 담요를 덮어주었고, 밭에서는 자신이 양이 부족한지도 모르는 위험을 감수하면서까지 자신보다 힘이 약한 자의 바구니를 채워주었으며, 폭군 같은 감독들에게 무자비하고 잔인한 학대를 당해도 욕 한마디 하

---

* 「마태복음」 8:29.

지 않았다. 점차 사람들이 알지 못하는 사이에 이 기이하고 조용하고 인내심 많은 남자는 동료들에게 기묘한 영향력을 행사하게 되었다. 아주 바쁜 철이 지나가자 일꾼들은 다시 일요일에 쉴 수 있게 되었다. 그러자 많은 이들이 예수의 말씀을 듣기 위해 톰 주위에 몰려들었다. 그들은 기쁜 마음으로 만나 이야기를 듣고, 기도하고, 노래를 불렀다. 하지만 리그리는 이를 허락하지 않았다. 야만스러운 저주와 욕설을 퍼부으며 모임을 해산시킨 것이 한두 번이 아니었다. 따라서 복음은 한 사람 한 사람씩 입으로 퍼져나갔다. 인생이 미지의 어둠 속으로 빠져드는 여행같이 느껴져 즐거움이라고는 전혀 없을 때, 불쌍하게 쫓겨난 이들은 동정심 많은 예수님과 천국의 집 이야기에서 형언할 수 없는 기쁨을 느꼈다. 선교사들은 아프리카인들만큼 열성적이고 온순하게 복음을 받아들이는 종족은 없다고 말한다. 복음의 기본인 신뢰와 신앙은 다른 어떤 종족보다도 아프리카 종족이 타고났다. 진리의 씨앗이 어떤 미풍을 타고 우연히 가장 무지한 종족의 마음에 들어가 열매를 맺고, 그 풍성한 결과물이 보다 세련된 고등 문화를 부끄럽게 했다는 사실은 종종 발견되는 일이다.

불쌍한 뮬라토 여자의 소박한 신앙은 그녀에게 가해진 잔인한 학대로 인해 거의 망가진 상태였지만, 톰이 일을 하러 나갈 때와 돌아올 때 틈틈이 찬송가와 성경 구절을 들려주자 영혼이 되살아나는 듯했다. 심지어 캐시의 절반쯤 미친 방황하는 마음도 톰의 순박하고 겸손한 감화력에 위안을 받고 안정을 찾아갔다.

평생에 걸쳐 수많은 고통을 받으면서 광기와 절망에 내몰린 캐시는 종종 복수를 결심했다. 그녀가 목격한, 혹은 자신이 직접 겪은 모든 부당함과 잔혹함을 저지른 압제자에게 자기 손으로 반드시 복수를 해야 한다고 느꼈다.

어느 날 밤, 숙소 사람들이 모두 잠든 뒤 창문 대용인 통나무 사이 구멍으로 갑자기 캐시의 얼굴이 보여 톰은 자리에서 일어났다. 그녀는 조용히 톰에게 손짓을 해서 나오라고 했다.

톰은 문밖으로 나갔다. 새벽 한시에서 두시 사이였다. 청명한 달빛이 환하고 고요하게 지상을 비추고 있었다. 달빛이 캐시의 크고 검은 눈을 비추자 톰은 그곳에 거칠고 특이한 섬광이 번득이는 것을 보았다. 늘 그 안에 깃들어 있던 광적인 절망감과는 전혀 다른 것이었다.

"이리로 오세요, 톰 목사님." 캐시가 자그마한 손으로 톰의 손목을 잡으며 마치 무쇠 손을 잡아당기듯이 힘주어 끌어당겼다. "이리 와요. 알려드릴 게 있어요."

"뭐죠, 캐시 마님?" 톰이 걱정하는 어조로 물었다.

"톰, 자유의 몸이 되고 싶지 않아요?"

"그렇게 될 겁니다, 마님. 하느님께서 오실 때는 말입니다."

"그래요, 하지만 오늘밤 자유를 얻을 수 있어요." 캐시가 갑작스레 힘찬 어조로 말했다. "어서 따라오세요."

톰은 망설였다.

"뭐 해요!" 캐시가 그 검은 눈으로 톰을 응시하며 속삭였다. "따라오세요! 그자는 잠들었어요, 깊이요. 브랜디를 충분히 마시게 했으니 계속 뻗어 있을 거예요. 마음 같아서는 더 마시게 하고 싶었어요. 그러면 당신의 도움을 받지 않아도 되니까. 여하튼 와주세요. 뒷문은 잠겨 있지 않아요. 그곳에 도끼가 준비되어 있어요. 내가 놔뒀거든요.

그자의 방문은 열려 있어요. 길을 알려줄게요. 직접 하고 싶지만 내 팔에 힘이 너무 없군요. 따라오세요!"

"천부당만부당한 일입니다, 마님!" 톰이 멈춰 서서 앞으로 나아가려는 캐시를 제지하며 단호하게 말했다.

"하지만 이 불쌍한 사람들을 생각해봐요. 우리는 그들을 모두 해방시켜줄 수 있어요. 늪지의 어떤 곳으로든 가서 섬을 찾아내 우리들끼리 사는 거예요. 이런 일이 벌어진 적이 있다는 이야기도 들었어요. 어떻든 지금보다는 나은 삶이 될 거예요."

"안 됩니다!" 톰이 단호하게 대답했다. "안 됩니다! 선량함은 사악함에서 나올 수 없습니다. 그런 짓을 하느니 차라리 제 오른손을 잘라내겠습니다!"

"그러면 내가 해야겠군요." 캐시가 몸을 돌리며 말했다.

"아, 캐시 마님!" 톰이 캐시의 앞을 막아서며 말했다. "마님을 위해, 돌아가신 주 예수님을 생각해서라도 당신의 귀중한 영혼을 그런 식으로 악마에게 팔지 마십시오! 그런 일을 해서는 선한 것이라곤 하나도 나오지 않습니다. 주께선 복수를 하라고 하지 않으셨습니다. 우리는 그분께서 오실 때까지 고통을 참으며 기다려야 합니다."

"기다리라고요! 내가 기다리지 않았단 말인가요? 머리가 아찔하고 마음속에서 넌더리가 날 때까지 기다렸어요. 저자는 날 고통스럽게 하지 않았나요? 수백 명의 불쌍한 사람들을 고통스럽게 하지 않았나요? 당신한테서 산 채로 고혈을 짜내지 않았나요? 난 부름을 받았어요. 불쌍한 사람들이 날 부르고 있어요! 때가 됐어요. 저자의 심장에서 흐르는 피를 보고야 말겠어요!"

"안 됩니다, 안 됩니다!" 톰은 경련하듯 격렬하게 몸을 떠는 캐시의 단단히 움켜쥔 작은 손을 잡으며 말했다. "안 됩니다. 아, 불쌍하고 길 잃은 영혼, 결코 그런 행동을 해서는 안 됩니다. 축복받으신 예수님께서는 당신의 피 외엔 결코 다른 이들의 피를 흘리게 하지 않겠다고 하셨습니다. 우리가 그분의 적이었을 때도 그분께서는 우리를 위해 피를 흘리셨습니다. 하느님, 우리가 예수님의 길을 따르고 적을 사랑할 수 있게 도와주소서!"

"사랑이라고요!" 캐시가 사납게 톰을 쳐다보며 말했다. "저런 자를 사랑한다니! 그건 피와 살을 가진 사람으로서는 할 수 있는 일이 아니에요."

"그렇습니다, 마님. 피와 살을 가진 사람이 할 수 있는 일은 아닙니다." 톰이 위를 바라보며 말했다. "하지만 그분께서는 우리에게 사랑을 주셨습니다. 그것이 바로 승리인 것입니다. 우리가 모든 사람을 사랑하고 그들을 위해 기도할 수 있게 되었을 때 싸움은 사라지고 승리가 다가올 것입니다. 하느님께 영광 있으라!" 눈물을 흘리고 목멘 소리로 말하며 톰은 하늘을 올려다보았다.

아아, 아프리카여! 가시관과 채찍, 피땀, 고난의 십자가로부터 마지막에 부름을 받은 민족이여! 이것은 너희의 승리가 될 것이다. 이로 인해 주 예수 그리스도의 왕국이 이 땅에 오게 되면 그대들도 함께 통치하게 되리라.

톰의 뜨거운 열정, 부드러운 목소리, 그리고 눈물이 불쌍한 여자의 황폐하고 불안정한 영혼 위에 이슬처럼 떨어졌다. 부드러움이 광기처럼 불타오르는 캐시의 눈빛에 나타났고, 이어 그녀는 고개를 떨궜다.

톰은 그녀의 손에서 긴장이 풀린 것을 느꼈다.

"내게는 악령이 따라다닌다고 말하지 않았나요? 아, 톰 목사님, 기도를 할 수가 없어요. 그러고 싶지만 잘 안 돼요. 아이들이 팔려간 뒤로 기도를 할 수가 없었어요! 말씀하신 건 틀림없이 옳아요. 안다고요. 하지만 기도를 하려고 하면 증오와 저주의 말만 튀어나와요. 난 기도를 할 수 없어요!"

"불쌍한 영혼 같으니!" 톰이 동정심이 가득한 어조로 말했다. "사탄이 마님을 붙잡고서 체로 밀을 걸러내듯 갈아버리려 하는군요. 마님을 위해 제가 기도하겠습니다. 아, 마님, 주님께 돌아가십시오. 그분께서는 상심한 자들을 치료하고 모든 비통함을 위로해주십니다."

캐시는 조용히 서 있었다. 땅바닥을 내려다보는 그녀의 눈에서 커다란 눈물방울이 떨어져내렸다.

"캐시 마님," 잠시 조용히 캐시를 지켜보던 톰이 망설이며 말했다. "마님이 여기서 빠져나갈 수 있고, 그게 가능하다면 마님과 에멀린이 한번 시도해보는 것도 괜찮을 것 같습니다. 물론 피를 흘리거나 죄를 지어서는 안 됩니다. 이것을 명심해야 합니다."

"톰 목사님, 우리와 함께 도망가지 않겠어요?"

"아뇨. 저도 도망치고 싶을 때가 있었습니다. 하지만 주님께선 제게 이 불쌍한 사람들 사이에서 일하라는 소명을 주셨습니다. 저는 이 사람들과 함께 머무르며 끝까지 제 십자가를 질 것입니다. 하지만 마님은 경우가 다릅니다. 이곳은 마님에게 씌워진 덫과 같기 때문에 참으로 감당하기가 어렵습니다. 그러니 할 수만 있다면 가시는 것이 낫습니다."

"하지만 무덤으로 가는 길 외에는 다른 길이 없어요. 짐승이나 새들도 집이 있습니다. 심지어 뱀이나 악어도 드러누워 조용히 쉴 곳이 있어요. 그렇지만 우리에겐 그런 곳이 없습니다. 저 어두운 늪으로 가면 저자의 개들이 우리를 찾아낼 겁니다. 모든 것이 우리의 적입니다. 심지어 저 짐승들마저도 말이에요. 그러니 우리가 어디로 가겠습니까?"

톰은 말없이 서 있다가 마침내 입을 열었다.

"그분께서는 사자 굴에서 다니엘을 구해주셨고 불타는 화덕에서 아이들을 구하셨습니다. 또 그분께서는 바다 위를 걷고 바람에게 멈추라고 명령하셨습니다. 그분께서는 아직도 살아 계십니다. 저는 그분께서 마님을 구해낼 것이라 믿습니다. 한번 해보세요. 제가 마님을 위하여 온 힘을 다해 기도하겠습니다."

그때 오랫동안 무시되어 쓸모없는 돌처럼 발아래 짓밟혀 있던 어떤 아이디어가 갑자기 막 발견된 다이아몬드처럼 새로운 빛을 뿜어냈다. 이는 웬 기이한 마음의 법칙인가?

캐시는 종종 많은 시간을 들여 가능성이 있고 성공할 만한 탈출 계획을 세워보나가 그것을 가망 없고 실천 불가능하다고 판단하여 내동댕이쳤다. 하지만 그 순간 마음속에 멋진 계획이 하나 떠올랐다. 너무나 간단하고 세세한 부분까지도 모두 아주 그럴듯해 단번에 희망을 갖게 하는 계획이었다.

"톰 목사님, 한번 해볼게요!"

"아멘! 주님께서 도와주실 겁니다."

39장
작전

불의한 자들은 그 앞길이 캄캄하여 넘어져도
무엇에 걸렸는지 알지 못한다.
—「잠언」 4:19

리그리 저택의 다락방 역시 다른 집들과 마찬가지로 크고 황폐하고 먼지투성이에 거미집이 매달려 있고 버려진 나무토막이 여기저기에 흩어져 있었다. 집이 그 화려함을 유지하던 시절 이곳에 살았던 부유한 일가는 고급 가구들을 많이 사들였다. 가구들 중 일부는 이사 가면서 가져가고 나머지는 곰팡이 냄새 나는 텅 빈 방에 그냥 남겨두거나 아니면 이 다락방에 처박아놓았다. 가구를 들여올 때 사용된 커다란 포장용 박스 한두 개도 다락방 구석에 세워져 있었다. 다락방에는 작은 창문이 있었다. 그을음투성이에 먼지가 잔뜩 낀 창틀 사이로 몇 가닥 탁한 햇빛이 스며들어와, 한때 멋졌던 등받이 높은 키 큰 의자와 먼지투성이 탁자를 흐릿하게 비추었다. 전반적으로 다락방의 분위기는 음산하고 기괴하여 유령이라도 나올 것 같은 느낌이 들었다. 그런 음산함에 더하여 다락방의 공포를 배가시키는 전설이 미신적인 흑인들 사이에 널리 퍼져 있었다. 몇 년 전 어떤 흑인 여자가 리그리를 불쾌하게 만들어 몇 주 동안 다락방에 감금되는 일이 있었다. 무슨 일이 있었는지 자세히 모르지만 흑인들은 서로에게 은밀하게 뭔가 속삭이곤 했다. 어느 날 그 불쌍한 여자의 시체가 다락방에서 옮겨져 매장되었다는 이야기가 들려왔다. 이후 그 오래된 다락방에서 욕하고 저주하는 소리, 심하게 매질하는 소리, 울부짖고 신음하는 절망적인 소리 등이 뒤섞여 울려퍼진다는 말이 나오기 시작했다. 리그리는 이런 이야기를 우연히 듣고 격렬하게 화를 내며, 다음에 다락방 이야기를 하는 자들은 사슬에 묶어 일주일 동안 그곳에 가둬 뭐가 있는지 알아볼 기회를 주겠다며 소리쳤다. 이렇게 하여 노예들 사이에서 수군덕거리는 것은 막을 수 있었지만 그렇다고 해서 이야기의 신뢰성까지 흔들어놓지는 못했다.

점차 다락방으로 향하는 계단, 심지어 그 계단으로 향하는 길마저도 모두가 기피하며 가지 않았고, 그 방에 대해 이야기하는 것조차 꺼리게 되었다. 시간이 흘러가면서 다락방 전설은 사그라졌다. 캐시는 자신과 에밀린의 자유를 얻기 위해 리그리의 이 미신적인 성향을 이용해보자는 생각을 불현듯 떠올렸다.

캐시의 침실은 다락방 바로 밑이었다. 어느 날 그녀는 리그리와 상의도 없이 갑작스레 방을 옮기기로 결심하고 보란 듯이 자기 방의 모든 가구와 물품을 멀리 떨어진 방으로 가져갔다. 이사를 위해 동원된 하인들은 몹시 혼돈스러워하면서도 열심히 부산을 떨었다. 승마에서 돌아온 리그리가 이 광경을 보았다.

"이봐, 캐시! 지금 무슨 짓을 하는 거지?"

"별거 아니야. 다른 방을 쓰려고." 캐시가 고집스럽게 말했다.

"뭣 때문에?"

"그러고 싶어서."

"이런 빌어먹을! 뭣 때문에 그러냐고?"

"사람이 잠은 잘 수 있어야 하는 거 아냐?"

"잠이라고! 뭐 때문에 그리 잠을 못 자는데?"

"듣고 싶다면 말해줄 수야 있지." 캐시가 별거 아니라는 듯 말했다.

"말해봐! 건방진 것!"

"별거 아니라니까. 당신이 신경 쓸 만한 일은 아니야. 내 방 위에서 신음 소리가 들리고, 사람들이 싸우는 소리가 들리고, 다락방 바닥에서 구르는 소리가 들려. 한밤중 열두시부터 새벽까지."

"다락방에 사람들이 있다고?" 리그리가 순간적으로 불편한 기색을 보였으나 억지 웃음을 터뜨리며 말했다. "그게 누군데, 캐시?"

캐시는 날카롭고 검은 눈을 들어 뼛속까지 꿰뚫어 볼 기세로 리그리의 얼굴을 응시했다. "그러게, 사이먼. 대체 누구지? 당신이 좀 말해줬으면 좋겠는데. 물론 당신도 모르겠지만!"

리그리는 욕설을 퍼부으며 승마용 채찍으로 캐시를 내리쳤다. 하지만 캐시는 재빨리 한쪽으로 비켜서며 채찍을 피했다. 그녀는 방 안으로 들어서서 뒤돌아보며 말했다. "당신이 그 방에서 자보면 다 알게 될 거야. 한번 해보는 것도 괜찮겠네!" 그녀는 즉시 문을 닫고 잠가버렸다.

리그리는 소리를 치며 욕을 퍼부었고 문을 부숴버리겠다고 위협했다. 그러다가 생각을 고쳐먹고 불편한 기색을 보이며 거실로 들어갔다. 캐시는 자신의 화살이 훌륭히 적중했음을 알았다. 그때부터 그녀는 교묘하게 수완을 발휘해가며 자신의 영향력을 확대해나가기 시작했다.

다락방의 옹이구멍에 그녀는 오래된 병의 목을 집어넣었다. 그 때문에 아주 미세한 바람이 불어도 구슬피 울부짖는 듯한 소리가 났고, 강한 바람이 불면 미신을 믿는 어리석은 귀에는 완벽한 공포와 절망의 비명 소리가 들려왔다.

이런 소리는 때때로 하인들의 귀로 들어가서 옛 유령의 기억을 아연 되살아나게 했다. 그리하여 오싹한 미신적 공포가 집 안에 가득하게 되었지만 아무도 감히 리그리에게 말하지 못했다. 하지만 리그리는 자신이 그런 분위기에 휩싸여 있다는 것을 은연중에 깨달았다.

신을 믿지 않는 사람처럼 철저히 미신을 믿는 사람도 없다. 기독교인은 현명하고 전능한 아버지에 대한 믿음으로 가득 차 있으며, 그 아버지의 존재는 빛과 질서가 없는 빈 공간마저도 채우고 있다. 그렇지만 하느님을 버린 자에게 사후 세계는 실제로 질서도 없고 빛도 들지 않는, 한 유대 시인이 말한 대로 '어둠이 가득하고 죽음의 그림자가 진 땅'이다. 그런 자들에게는 삶의 세계도 죽음의 세계도 모두 모호하고 공포스러운 형상의 악귀들로 가득 찬 귀신의 땅이다.

리그리는 톰과 격돌하면서 자신 안에 잠들어 있던 도덕적 감정이 희미하게 깨어나는 것을 느꼈다. 그러나 그것은 결정적인 악의 세력에 의해 진압되었다. 그리하여 그의 어두운 내면세계에서는 모든 말씀과 기도, 찬송가가 흔들어 깨운 흥분과 동요가 결국에는 미신적인 공포로 귀결되고 말았다.

캐시가 리그리에게 미치는 영향은 기묘하고 특이한 것이었다. 리그리는 그녀의 주인이면서 폭군이고 학대하는 자였다. 그 스스로도 알고 있듯이 그녀는 자신의 손아귀에 들어 있는 여자로, 외부로부터 도움이나 협조를 받을 가능성은 전혀 없었다. 하지만 아주 야만스러운 자도 강한 여성으로부터 지속적인 영향을 받으면 그에 지배되지 않고 살 수는 없게 된다. 처음 그가 캐시를 사들였을 때 그녀는 앞서 말한 대로 곱게 성장한 여자였지만 리그리는 아무런 망설임도 없이 그녀를 야만스럽게 짓밟아버렸다. 그러나 시간이 흐르면서 타락과 절망이 그녀 안의 여성성을 강화시켜 맹렬한 열정의 불길을 댕겼다. 이 거센 열정 덕분에 그녀는 때때로 리그리를 제압하는 여주인이 되었다. 그리하여 리그리는 그녀를 괴롭히는 자인 동시에 그녀를 두려워하는 자가 되었다.

캐시가 하는 말마다 기묘하고 괴상하고 불안정한 광기가 어리게 되자 리그리에 대한 그녀의 영향력은 더욱 확고하고 강력해졌다.

이 일이 있고 하루 이틀이 지난 어느 날 밤, 리그리는 거실에 피워놓은 장작불 옆에 앉아 있었다. 장작불이 흔들리면서 방 안에 어른거리는 불빛을 던졌다. 비바람이 거세게 몰아치는 밤이었다. 낡아빠진 집 주위에서는 정체 미상의 온갖 소음들이 덜그덕거렸다. 창문이 덜컹거리면 덧문도 철컥거리고, 바람은 몸부림을 치듯 굴뚝으로 내려와 매 순간 연기와 재를 불어올렸다. 그럴 때마다 마치 유령이 바람을 따라 떼거리로 몰려오는 것 같았다. 리그리는 돈 계산을 한 후 신문을 읽으며 시간을 보냈고, 캐시는 거실 한구석에서 멀뚱한 표정으로 장작불을 바라보고 있었다. 리그리는 신문을 내려놓고 저녁에 캐시가 읽던 책이 탁자 위에 놓여 있는 것을 보고 집어들어 책장을 넘기기 시작했다. 책은 유혈이 낭자한 살인, 유령에 대한 전설, 초자연적인 재앙 등을 모아놓은 조잡한 삽화본이었는데, 일단 시작하면 계속 읽게 되는 이상한 매력을 지닌 책이었다.

리그리는 처음에는 비웃어가며 페이지를 계속 넘기더니 마침내 욕을 내뱉으며 책을 집어던졌다.

"넌 유령 따위는 믿지 않지, 캐시?" 리그리가 부젓가락을 집어들고 불을 일으키며 말했다. "저런 소음 때문에 겁먹지는 않으리라고 보는데."

"내가 믿든 말든 무슨 상관이야." 캐시가 부루퉁하게 말했다.

"선원 시절에 바다에서 그런 허풍스런 소리를 해서 날 겁먹게 하려는 녀석들이 있었지. 당치도 않았지만 말이야. 난 심지가 단단해서 그런 쓰레기 같은 건 믿지 않았지."

캐시는 그늘진 구석에 앉아서 리그리를 빤히 쳐다보았다. 그녀의 눈에는 항상 리그리를 불편하게 만드는 기묘한 광기가 서려 있었다.

"저 시끄러운 소리는 쥐나 바람이 만들어내는 거지. 쥐들은 빌어먹을 소리를 내거든. 배에 있을 때 쥐들이 때때로 저런 소리를 내는 걸 들었다고. 그리고 바람 말이야, 바람 소리는 듣는 사람에 따라 다 달라."

캐시는 리그리가 자신의 눈을 보고 불편해한다는 것을 알았다. 그래서 그녀는 대답도 하지 않고 그저 그 기묘하고 초자연적인 표정으로 그를 빤히 응시하며 앉아 있기만 했다.

"자, 말해봐, 이것아. 그렇게 생각하지 않아?"

"쥐가 계단을 걸어내려오고, 길을 따라 걸어가서 잠긴 문을 열고, 그 문에 의자를 대어놓을 수 있을까? 그리고 계속 걸어와 당신 침대로 다가가서 당신한테 손을 내밀 수 있을까?"

캐시는 그 광기 어린 눈을 계속 리그리에게 고정시켰다. 리그리는 악몽이라도 꾸는 것 같은 표정으로 캐시를 바라보았다. 캐시가 얼음처럼 찬 손을 리그리의 손 위에 올려놓자, 그는 욕설을 내뱉으며 펄쩍 뛰었다.

"야, 이년아! 무슨 말이야? 대체 누가 그랬단 말이야?"

"물론 아무도 그런 짓 하지 않았어. 내가 뭐라고 했나?" 캐시가 냉소적인 미소를 흘리며 말했다.

"그렇지만, 아니, 정말로 본 건가? 이봐, 캐시, 그게 무슨 말이야, 어서 말해봐!"

"거기서 자보라고, 알고 싶으면."

"그게 다락방에서 온 건가, 응?"

"그거라니, 뭐?"

"아니, 네가 말한……"

"난 아무 말도 안 했어." 캐시가 계속 심술궂은 표정을 보이며 말했다.

리그리는 불안한 얼굴로 방 안을 왔다 갔다 했다.

"이 일을 조사해봐야겠구먼. 오늘밤에 한번 들여다보겠어. 권총을 가지고……"

"그렇게 해. 그 방에서 자. 권총 쏘는 것도 한번 보고 싶네. 쏴보는 거야!"

리그리는 발을 구르며 마구 욕설을 퍼부었다.

"욕은 그만해. 당신 말하는 소리를 누가 듣고 있을지도 모르잖아. 아니, 이건 무슨 소리야?"

"뭐가?" 리그리가 깜짝 놀라며 되물었다.

방 한구석에 있는 육중한 옛날 네덜란드 시계가 천천히 열두시를 쳤다.

왠지 모르지만 리그리는 아무 말도 하지 않고 움직이지도 않았다. 희미한 공포가 그를 엄습해왔다. 캐시는 시계 치는 소리를 세면서 냉소적인 눈빛을 날카롭게 번뜩이며 리그리를 쳐다보았다.

"열두시가 됐네. 자, 어디 한번 보자." 그녀는 몸을 돌려 복도로 향하는 문을 연 후 뭔가 들리는 것처럼 가만히 서서 귀를 기울였다.

"아니! 무슨 소리지?" 캐시가 손가락을 들어올리며 말했다.

"바람 소리잖아. 빌어먹을 바람이 거세게 불어오는 거야. 넌 귀도 없어?"

"사이먼, 이리로 와봐." 캐시가 사이먼의 손을 잡고 계단 끝자락으로 인도하며 속삭였다. "저거 무슨 소리지? 들어봐!"

황량한 비명 소리가 계단에서 내려와 울려퍼졌다. 다락방에서 나는 소리였다. 리그리의 무릎이 덜덜 떨리며 맞부딪쳤다. 그의 얼굴은 공포로 하얗게 질렸다.

"권총을 가져오는 게 낫지 않을까?" 캐시가 리그리의 피를 얼어붙게 할 정도로 냉소하며 말했다. "이걸 한번 살펴봐야 할 때야. 이제 당신이 올라가보면 되겠네. 그것들이 있을 테니."

"난 안 가!" 리그리가 욕설을 퍼부으며 말했다.

"왜? 유령 같은 건 없어. 알면서 왜 그래! 자!" 캐시가 웃으면서 가볍고 사뿐하게 나선 계단을 올라갔다. 그녀는 뒤돌아보며 말했다. "자, 어서."

"마귀 같은 년! 돌아와, 이 마녀야! 돌아오라고! 캐시! 가지 마!"

하지만 캐시는 광적인 웃음소리를 내며 도망치듯 올라갔다. 리그리는 다락방으로 통하는 입구의 문을 여는 소리를 들었다. 거친 돌풍이 몰아쳐 내려와 리그리가 손에 든 촛불을 꺼버리더니, 이어 너무나 무서워 세상의 것이라곤 할 수 없는 비명 소리가 들려왔다. 그 소리는 마치 리그리의 귀에다 대고 외치는 것 같았다.

리그리는 미친 듯이 응접실로 도망쳤다. 잠시 뒤 복수의 귀신이나 된 것처럼 창백한 얼굴로, 차분하고 냉정하게 움직이는 캐시가 계단에서 내려왔다. 그녀의 눈에서는 예의 그 광기가 번들거렸다.

"이제 속 시원히 알았을 텐데."

"빌어먹을 년!"

"왜? 그저 올라가서 문을 닫았을 뿐이야. 다락방에서 무슨 일이 있었던 거지, 사이먼? 생각나는 일이라도 있어?"

"네년이 알 바 아냐!"

"아, 그래? 어쨌든 저 방 밑에서 안 자도 되니 다행이야."

왜 그런 소리가 났을까? 캐시는 바람이 불 것을 예상하고 저녁에 다락방으로 올라가 미리 창문을 열어두었다. 그래서 계단을 빠르게 걸어올라간 그녀가 다락방 문을 여는 순간 바람이 불어와 촛불을 꺼버린 것이었다.

이것은 캐시가 리그리를 데리고 놀았던 게임 중 하나였다. 그리하여 리그리는 다락방을 살펴보느니 사자의 입에 머리를 집어넣을 정도로 그 방을 무서워하게 되었다. 한편 캐시는 모두가 잠든 밤중에 조심스럽게 다락방에 드나들면서 그곳에서 얼마간 머무는 데 필요한 식량을 쌓아놓고, 또 자신과 에멀린의 옷도 하나씩 하나씩 상당수 올려다놓았다. 모든 조치를 완벽하게 취해놓고 이제 그들은 계획을 실행할 적기를 기다리고 있었다.

리그리가 기분이 좋은 날에 캐시는 그를 부추겨 레드 강에 인접한 이웃 마을로 함께 외출을 했다. 거의 초자연적인 기억력을 발휘하며 캐시는 길의 모든 모퉁이를 확인해두고, 그 길을 지날 때 시간이 얼마나 걸릴지도 마음속으로 계산했다.

행동에 돌입할 딱 좋은 시기에 무대의 뒷면을 들여다보면서 독자들도 마지막 쿠데타를 직접 보고 싶을 것이다.

저녁이 다 되어갈 무렵이었다. 리그리는 말을 타고 이웃 농장에 나가 있었다. 며칠 동안 캐시는 평소답지 않게 상냥하고 싹싹하게 굴어 둘 사이는 겉보기로는 아주 좋은 관계를 유지하고 있었다. 에멀린의 방에서 캐시와 에멀린은 작은 보따리 두 개를 꾸리느라 정신이 없었다.

"자, 이것만으로도 충분할 것 같아." 캐시가 말했다. "이제 보닛을 넣도록 해. 그리고 출발하자. 지금이 딱 좋은 시간이야."

"왜요, 그 사람들이 우릴 볼지도 모르잖아요?"

"일부러 보게 하려는 거야." 캐시가 침착하게 말했다. "어떻게든 그들이 우릴 뒤쫓아오게 해야 돼. 그걸 모르지는 않겠지? 우리의 작전계획은 이래. 뒷문으로 빠져나와서 노예 숙소 근처로 도망치는 거야.

그러면 삼보나 큄보 둘 중 하나는 확실히 우리를 발견하게 되어 있어. 녀석들은 추적을 시작할 거고, 우리는 천천히 늪지대로 들어가면 되는 거야. 그러면 녀석들은 돌아가서 우리가 탈출한 걸 알리고 개들을 푸는 일 따위를 할 거야. 녀석들이 항상 그랬듯 수색팀을 구성한다고 우물쭈물하며 자기들끼리 걸려 넘어지는 동안 너하고 난 이 집 뒤로 흐르는 개울을 통해 뒷문으로 다시 돌아오는 거야. 이렇게 하면 개들을 완벽하게 따돌릴 수 있지. 냄새란 것은 물에 남지 않으니까. 탈주가 발생하면 모두가 집을 비우고 우릴 쫓으려고 나올 테니, 우린 뒷문으로 들어와서 다락방으로 올라가면 돼. 큰 상자 안에 근사한 잠자리를 이미 만들어놨어. 우린 다락방에 얼마간 숨어 있어야만 해. 리그리가 우릴 쫓으려고 농장을 발칵 뒤집어놓을 테니까. 다른 농장에서 늙은 감독들을 더 불러 모아 크게 사냥판을 벌이겠지. 늪을 아주 샅샅이 뒤질 거야. 그자는 아무도 이 농장에서 도망치지 못한 걸 아주 뻐기고 있으니, 자기 좋을 대로 실컷 사냥이나 하게 내버려두자고."

"캐시, 정말 대단한 계획이에요! 당신 말고는 아무도 그런 생각을 해낼 수 없을 거예요."

캐시의 눈에는 기쁨도 당당함도 없었다. 그저 절망이 빚어낸 단호함만 있을 뿐이었다.

"가자." 캐시가 에멀린의 손을 잡으며 말했다.

두 도망자는 소리 없이 집을 빠져나와 가볍게 발걸음을 옮기며 저녁의 짙은 그림자를 뚫고 노예 숙소 옆을 지나갔다. 초승달이 서쪽 하늘에 은빛 인장처럼 찍혀 있어 밤이 오는 것을 약간 지연시키고 있었다. 캐시가 예상한 대로, 농장을 둘러싸고 있는 늪지의 경계까지 거의 한 발짝 정도 남겨놓았을 때 멈추라는 고함 소리가 들려왔다. 그러나 예상과는 달리 삼보가 아닌 리그리의 목소리였다. 그는 두 여자를 쫓아오며 험악하게 욕설을 퍼부었다. 그 소리에 에멀린의 겁많은 영혼은 풀이 죽었다. 에멀린이 캐시의 팔을 잡으며 말했다. "아아, 캐시, 난 기절할 것 같아요!"

"기절하면 죽여버릴 거야!" 캐시는 반짝이는 작은 단도를 꺼내 소녀의 눈앞에서 흔들어댔다.

그 위협이 효과를 냈다. 에멀린은 기절하지 않고 캐시와 함께 늪의 미로로 들어섰다. 늪은 너무나 깊고 어두워 리그리는 사람들의 도움 없이 뒤쫓는 것은 무망한 일이라고 판단했다.

"그래," 리그리가 잔인하게 킬킬대며 웃었다. "좌우지간 네년들은 스스로 함정에 몸을 던졌구면. 쓰레기 같은 년들! 아주 단단히 갇혔어. 고생깨나 할 거다!"

"이봐! 거기! 삼보! 큄보! 너희 모두!" 리그리가 노예 숙소로 다가가며 소리쳤다. 일꾼들은 들판에서 막 돌아오던 참이었다. "늪에 도망친 년이 둘 있다. 년들을 잡아서 데려오는 검둥이한테는 오 달러를 주마. 개들을 풀어! 타이거를 풀고 퓨리도 풀어. 나 풀어놔!"

이 소식이 알려지자 순식간에 모두가 법석을 떨기 시작했다. 남자 노예들 대다수가 돕겠다며 자발적으로 나섰다. 그런 태도는 보상에 대한 기대 심리 때문이거나 노예제의 악영향 중 하나인 굽실거리며 아첨하는 마음 때문이었다. 어떤 노예는 이 방향으로 갔고 또 어떤 노예는 저 방향으로 달려갔다. 또 다른 노예는 소나무 횃불을 가지러 갔고, 어떤 자는 개를 풀러 갔다. 귀에 거슬리는 사나운 개들의 으르렁거리는 소리는 수색대에 적지 않은 활력을 불어넣었다.

"주인님, 잡지 못하면 쏴도 됩니까?" 리그리에게서 엽총을 건네받은 삼보가 말했다.

"필요하다면 캐시는 쏴도 좋아. 그년은 이제 악마의 아가리에 들어갈 때도 됐지. 하지만 어린 년은 안 돼. 자, 얘들아, 재빠르고 현명하게 움직여. 잡아오면 오 달러를 주마. 그리고 전원에게 술 한 잔씩 주지."

타오르는 횃불 아래 사람과 짐승의 고함 소리와 사납게 울부짖는 소리가 함께 섞여들더니 추적대가 늪을 향해 달려나갔다. 그 뒤로 약간 간격을 두고서 집안의 모든 노예들이 따라갔다. 캐시와 에멀린이 뒷길로 돌아나왔을 때는 집은 예상대로 완전히 비어 있었다. 추적자들의 고함 소리가 여전히 사방에서 들려왔다. 두 여자는 거실 창문에서 추적대를 바라보고 있었다. 횃불을 든 추적대가 늪의 가장자리를 따라 흩어지고 있었다.

"저기 보세요!" 에멀린이 뭔가를 가리키며 캐시에게 말했다. "사냥이 시작됐어요! 불빛이 춤추는 것 좀 보세요! 들어봐요! 개 짖는 소리예요! 들리지 않으세요? 저기 그대로 있었더라면 절대 도망칠 수 없었을 거예요. 오, 제발, 빨리 숨도록 해요!"

"서두를 필요 없어." 캐시가 침착하게 말했다. "다 사냥에 따라갔으니까. 그들에겐 하룻저녁의 즐거움거리잖아? 천천히 올라가면 돼. 그동안," 리그리가 서두르며 내동댕이쳐둔 외투의 주머니에서 아무렇지도 않게 열쇠를 꺼내며 캐시가 말했다. "우리 여행에 쓸 비용을 좀 마련해야겠네."

캐시가 잠긴 책상을 열고 지폐 뭉치를 꺼내 재빨리 세기 시작했다.

"아, 그런 짓은 하지 마요!" 에멀린이 말했다.

"하지 말라고! 어째서? 넌 우리가 늪에서 굶어죽길 바라는 거니? 아니면 이 돈을 갖고 있다가 자유주까지 가는 길에 쓰는 게 낫겠냐? 돈이 있어야 움직일 수 있어. 너도 참." 그렇게 말하며 캐시는 가슴 안에 돈을 집어넣었다.

"그래도 훔치는 거잖아요." 에멀린이 걱정스러운 듯 속삭였다.

"훔쳐!" 캐시가 조소를 날렸다. "몸과 마음을 훔치는 자들이 우리한테 그런 말을 할 자격은 없어. 이 돈 한 푼 한 푼이 다 훔친 거야. 불쌍하고, 굶주리고, 땀 흘리다가 끝내는 죽어버린 사람들로부터 훔친 거라고. 자기 배를 불리려고! 그자가 누구한테다 감히 훔치는 것을 말해! 여하튼 자, 다락방으로 올라가도록 하자. 양초도 쌓아뒀고 시간을 보내는 데 도움이 되게 책도 가져다놓았어. 우리를 쫓아서 다락방까지 오지는 않을 거야. 확신해. 만약 쫓아온다면, 내가 그자들을 상대로 유령놀이를 해야지."

에멀린이 다락방에 가보니 전에 무거운 가구를 들여오며 썼을 커다란 포장용 박스가 있었다. 박스는 옆으로 돌려놓아 앞부분이 벽 쪽을, 정확하게 말해서 처마 쪽을 향하고 있었다. 캐시가 작은 램프에 불을 켰다. 둘은 처마를 돌아서 박스 안으로 기어들어가 자리를 잡았다. 안에는 작은 매트리스가 두 개 있고 베개도 몇 개 있었다. 근처에 있는 다른 박스에는 충분한 양초와 식량이 구비되어 있었고 여행에 필요한 옷도 들어 있었다. 캐시는 옷 보따리를 놀라울 정도로 작게 꾸려놓았다.

"자, 여기가 당분간 우리 집이야." 캐시가 박스 옆구리에 미리 박아놓은 갈고리에 램프를 걸면서 말했다. "마음에 들어?"

"저 사람들이 정말 다락방을 찾아보지 않을까요?"

"사이먼 리그리가? 그자가 다락방에 오는 걸 한 번 보고 싶을 정도야. 아니, 안 올 거야. 여길 아주 무서워하거든. 하인들도 여기에 얼굴을 내밀자마자 선 채로 기절해버릴 거야."

에멀린은 다소 안심이 되어 베개에 몸을 기댔다.

"아까 절 죽인다고 하신 건, 그건 무슨 말이에요?" 에멀린이 순진하게 물었다.

"기절하지 않게 하려고 그랬지. 그래서 목적을 달성했잖아. 에멀린, 무슨 일이 닥치더라도 기절하지 않겠다고 마음을 단단히 먹어. 기절 같은 건 아무짝에도 쓸모없는 거야. 네가 기절하는 걸 막지 못했다면 우린 지금쯤 저 비열한 놈의 손아귀에 붙잡혀 있을 거야."

에멀린이 몸을 떨었다.

둘은 얼마간 말이 없었다. 캐시는 프랑스어 책을 열심히 읽었고 에멀린은 몰려오는 피로감에 한참 동안 선잠을 잤다. 그러다 그녀는 고함 소리와 말발굽 소리, 개가 울부짖는 소리에 깨어났다. 그녀는 깜짝 놀라며 희미하게 비명을 내질렀다.

"사냥을 갔다 돌아온 것뿐이야." 캐시가 침착하게 말했다. "겁먹지 마. 이 구멍으로 밖을 내다봐. 저기 모여 있는 게 보이지? 사이먼은 포기한 모양이야, 오늘밤엔. 아휴, 말에 붙어 있는 저 진흙 좀 봐. 늪에서 많이도 허우적거렸군. 개도 마찬가지네. 완전히 지쳐버렸어. 아아, 훌륭하신 나리, 사냥은 계속하셔야 할 겁니다. 사냥감은 거기 없으니까."

"아, 말하지 마세요! 저들이 들으면 어쩌시려고?"

"소리를 들었다면 그게 오히려 더 좋아. 무서워서 이곳에 발을 들여놓지 못할 테니까. 절대 위험하지 않아. 우리는 마음대로 소리를 질러도 돼. 그게 더 효과를 높여줄 거야."

마침내 한밤중의 정적이 집 안 전체에 내려앉았다. 리그리는 자신의 불운을 저주하고 내일의 가혹한 복수를 다짐하며 잠자리에 들었다.

40장
순교자

하느님이 올바른 자를 잊었다고 생각해서는 안 된다!
비록 인생에서 그 흔한 선물이 주어지지 않아도
비록 상처 받고 피 흘리는 심장으로 사람들에게서 버림받고
그가 죽어간다 하더라도!
하느님께서 매일 슬펐던 날을 기록하시고
쓰디쓴 눈물 하나하나 셈을 하시기에
천국에서의 기나긴 지복의 때가
이곳에서 고통 받은 그 사람의 모든 아이들에게 주어지기에.*

아무리 먼 길이라도 끝은 있게 마련이다. 더이상 우울할 수 없을 것
같던 밤도 지나고 나면 결국 아침이 온다. 끊임없이 지나는 냉정한 시
간의 흐름은 서둘러 악인들의 낮을 영원한 밤으로 바꾸고, 올바른 자
들의 밤을 영원한 낮으로 바꾼다. 우리는 순박한 친구와 함께 노예제
의 계곡을 따라 걸으며 이렇게 멀리까지 왔다. 처음에 그는 안락함과
관대함의 꽃밭에서 노닐었으나 곧 그곳을 지나 소중한 모든 것들과
비통한 이별을 했다. 다시 우리는 그와 함께 밝게 빛나는 섬에서 기다
렸고, 그곳에선 자비로운 손길이 그의 사슬을 꽃으로 덮어주었다. 마

---

* 미국 시인 브라이언트(William Cullen Bryant, 1794~1878)의 시 「슬퍼하는 자는 위
로를 받을 것이니(Blessed Are They That Mourn)」에서 일부 인용, 각색한 것임.

지막으로, 우리는 희망의 마지막 빛줄기가 밤 속으로 사라지는 것을 지켜보았고, 또 지상의 암울한 어둠 속에서 영계(靈界)의 하늘이 새로이 소중한 광채를 내는 별로 타오르는 것도 보았다.

샛별은 이제 산꼭대기 위에 떠올랐고, 지상의 것이 아닌 천상의 강풍과 미풍은 밝은 한낮의 문이 모두 열리게 될 것이라 알려주었다.

캐시와 에멀린의 탈출은 리그리의 완악한 성질을 극한으로 자극했고, 그 분노는 예상대로 무방비 상태의 톰에게 떨어졌다. 리그리가 도망자들의 탈주 소식을 일꾼들에게 다급히 전했을 때, 톰은 갑작스레 눈빛을 반짝거리면서 두 손을 들어올려 기도하는 자세를 취했던 것이다. 리그리는 이를 놓치지 않았다. 그는 톰이 추격대 그룹에 끼지 않은 것도 알고 있었다. 톰을 억지로 추격에 가담시킬까도 생각해보았지만, 비인간적인 행동을 하라고 명령했을 때 늘 강직하게 저항했고 또 그것을 이미 경험했기에 톰과 싸우는 것을 포기해버렸다. 게다가 수색을 서둘러야 했다.

톰은 뒤에 남아 자신으로부터 기도하는 것을 배운 몇몇 사람들과 함께 도망자들이 무사히 탈출할 수 있도록 기도를 올렸다.

당황하고 실망한 채로 돌아온 리그리에게 사신의 노예인 톰에 대한 해묵은 증오가 맹렬하게 끓어오르기 시작했다. 사올 때부터 저놈은 감히 내게 맞서지 않았는가? 한결같이 뻣뻣하게 하지만 노골적 저항은 하지 않았지. 저놈의 내부에서는 조용하지만 강인한 정신이 지옥의 불처럼 타오르고 있구나.

"저놈이 싫다!" 그날 밤 침대에서 몸을 일으키며 리그리가 말했다. "정말 싫다! 녀석은 내 것이 아니란 말인가? 그런데도 내가 놈을 내 마음대로 할 수 없다고? 내 권리를 행사하는데 감히 누가 막아? 누가?" 리그리는 손 안의 무언가를 잘게 부수려는 듯이 주먹을 꽉 쥐고 흔들어댔다.

하지만 톰은 충실하고 가치 있는 하인이었다. 비록 리그리는 그것 때문에 톰을 더 싫어했지만 그런 가치가 리그리를 다소 자제시키는 힘이 되었다.

다음날 아침, 그는 아직은 아무 말도 하지 않기로 했다. 그는 이웃 농장들로부터 개와 총을 소지한 사람들을 지원받아 더욱 강력한 추적 대를 만들어 늪 전체를 둘러싸고 체계적인 사냥을 하기로 했다. 만약 추적이 성공한다면 그것대로 좋은 것이고, 성공하지 못한다면 톰을 불러다가 이를 꽉 깨물고 분노를 폭발시켜 놈을 때려눕히거나, 아니면…… 그의 내면에서 그런 무시무시한 속삭임이 울려왔고, 거기에 리그리는 동의했다.

노예로 인한 경제적 이득이 노예를 지켜주는 충분한 보호장치라는 말이 있다. 그러나 인간은 광기 어린 분노 때문에, 노예가 죽어버리면 물질적으로 손해라는 것을 뻔히 알면서도 분풀이를 위해 자신의 영혼을 악마에게 팔아버리기도 한다. 이럴 경우 어떻게 주인이 노예의 신변 안전을 보장한다고 하겠는가?

"자," 다음날 캐시가 구멍을 통해 정찰을 하며 말했다. "다시 사냥이 시작되는구나!"

말을 탄 서너 명이 저택 앞 마당에서 말을 도약시키고 있었고, 몇 마리씩 조를 이뤄 한데 묶인 낯선 개들은 끈을 붙잡고 있는 흑인들과 힘겨루기를 하거나 서로를 쳐다보며 으르렁거렸다.

흑인들 중 두 명은 부근 농장의 감독이었고 나머지는 이웃 도시에 사는 리그리의 선술집 술친구들이었다. 이들은 사냥에 걸린 보상을 노리고 여기까지 온 것이었다. 이들보다 더 험악한 추적대는 없을 것이다. 리그리는 그들 주변을 돌아다니며 아낌없이 브랜디를 권하고 또 다른 농장에서 수색 작업을 위해 보내준 흑인들에게도 브랜디를 나눠주었다. 이런 종류의 수색을 할 때는 흑인들을 가능한 한 흥겹게 해주는 것이 일반적 관례였다.

구멍에 귀를 대고 있던 캐시는 아침 바람이 집 쪽으로 불자 이들의 대화를 꽤 엿들을 수 있었다. 그들이 구역을 나누고, 개의 장점을 경쟁하듯 이야기하고, 발포에 관한 명령과 도망자를 붙잡았을 때의 처우 등에 대해 말하는 것이 들려왔다. 그러자 그들을 조롱하는 표정이 그녀의 음울하고 시무룩한 얼굴에 떠올랐다.

캐시는 구멍에서 물러나 양손을 포개고 위를 쳐다보며 말했다. "아, 전지전능하신 하느님! 우리는 모두 죄인입니다. 하지만 왜 우리가 이런 취급을 받아야 합니까? 우리가 다른 이들보다 특별히 더 잘못한 게 무엇입니까?"

그 말을 할 때 그녀의 표정과 목소리는 아주 진지했다.

"애야, 너만 아니었어도," 에멀린을 보며 캐시가 말했다. "나는 저들 앞에 나섰을 거다. 총으로 나를 쏘아 죽이는 사람에게 오히려 감사했을 거야. 대체 자유가 내게 무슨 소용이란 말이냐? 그게 내 아이들을 되돌려주고 예전의 나로 돌려놓을 수 있단 말이냐?"

아이같이 천진난만한 에멀린은 캐시의 음울한 분위기에 겁을 먹었다. 그녀는 당황해할 뿐 대답을 하지는 못했다. 그저 캐시의 손을 잡고 부드럽게 달래는 듯이 쓰다듬을 뿐이었다.

"하지 마!" 캐시가 손을 빼내려고 했다. "자꾸 그러면 정들고 사랑하고 싶어진단 말이야. 난 이제 아무도 사랑하지 않을 거야!"

"불쌍한 캐시! 그렇게 생각하지 마요! 하느님께서 우리에게 자유를 주신다면, 아마 따님도 돌려주실 거예요! 그리고 제가 당신의 딸이 되어드리겠어요. 난 불쌍한 우리 어머니를 다시는 보지 못하리라는 걸 알아요! 그러니 전 당신을 사랑하겠어요, 캐시. 당신이 날 사랑하든 말든!"

부드럽고 아이 같은 영혼이 승리했다. 캐시는 에멀린의 옆에 앉아 그녀의 목에 팔을 두르고 그 부드러운 갈색 머리를 쓰다듬었다. 에멀린은 눈물 가득한 캐시의 커다란 눈을 쳐다보면서 그 아름다움에 놀랐다.

"아, 엠! 아이들이 너무나 보고 싶고 너무나 그리워. 아이들을 그리워하면서 내 눈에는 아무것도 들어오지 않았어! 여기! 여기!" 캐시는 가슴을 치면서 말했다. "여긴 쓸쓸하고 텅 비었어! 하느님께서 아이들을 돌려주신다면 기도할 수 있을 텐데."

"그분을 믿어야만 해요, 캐시. 우리의 아버지니까요!"

"그분의 분노가 우리에게 떨어졌어. 화가 나서 등을 돌리셨다고."

"아니에요, 캐시! 그분께선 우리를 자상하게 대하실 거예요! 하느님을 믿어야 해요. 전 항상 그분을 믿었어요."

사냥은 오랜 시간 동안 철저하게 이루어졌으나 성공을 거두지 못했다. 캐시는 진지하면서도 냉소적인 표정을 지으며 낙담해서 돌아온 리그리를 내려다보았다. 그가 말에서 내렸다.

"야, 큄보," 리그리가 거실에 몸을 뻗고 드러누우며 말했다. "당장 가서 톰을 데려와! 그 늙은 놈이 이 일의 배후야. 그놈의 검은 껍데기를 벗겨내거나 아니면 이유가 뭔지 알아나 봐야겠어!"

삼보와 큄보는 비록 서로 싫어하긴 했지만 톰을 진심으로 싫어한다는 점에서는 한마음이었다. 리그리는 그들에게 자신이 출타할 경우 톰을 총감독으로 쓸 요량으로 사들였다고 말했다. 이것이 악의를 품게 했고, 톰이 주인에게 점점 불쾌한 존재가 돼가는 것을 보자 그들의 타락하고 비굴한 성품은 그런 악의를 더욱 다져나갔다. 따라서 큄보는 리그리의 명령을 열성적으로 수행하러 갔다.

톰은 무언가를 예고받는 심정으로 그 소식을 들었다. 그는 도망자들의 탈출 계획을 전부 알고 있었고, 지금 어디에 숨어 있는지도 알고 있었다. 또한 자신이 대면해야 하는 남자의 지독한 성격도 알았고, 그의 폭군 같은 힘도 알고 있었다. 하지만 톰은 하느님 덕분에 강인한 정신력을 갖게 되었고 힘없는 자들을 배반하느니 차라리 죽는 것이 낫다고 생각했다.

그는 자신의 바구니를 가로수 옆에 내려놓고 하늘을 쳐다보며 말했다. "당신의 손에 제 영혼을 맡깁니다! 당신은 절 구해주셨나이다, 아, 진리의 주 하느님!" 큄보가 거칠고 야만스럽게 붙잡아도 톰은 저항하지 않았다.

"야, 야!" 큄보가 톰을 끌고 가며 말했다. "넌 큰일 난 거야, 이제! 주인님께서 화가 머리 꼭대기까지 나셨어! 이젠 빠져나가지 못해! 엄청 닦달을 당할 거야. 그러면 네놈 꼴이 어떻게 되는지 보자고. 감히 주인님의 검둥이들을 도망치게 하다니! 무슨 꼴을 당할지 어디 보자고!"

그 야만스러운 말은 톰의 귀에 들어가지 않았다. 천상에서 고귀한 목소리가 들려오고 있었던 것이다. "육신을 죽이는 사람들을 두려워하지 마라. 그 이후엔 그들이 할 수 있는 것은 아무것도 없다."[*] 불쌍한 톰의 신경과 뼈는 마치 하느님의 손가락이 와닿기라도 한 것처럼 그 말씀에 부르르 떨었다. 걸음을 옮기자 나무와 관목, 노예들의 오두막, 그리고 그를 처참하게 했던 모든 기억들이, 마치 달리는 차에서 내다보는 것처럼 톰의 곁을 스쳐 지나갔다. 영혼이 고동쳤다. 집이 눈에 보였다. 해방의 순간이 손에 잡히는 것 같았다.

"자, 톰!" 리그리가 다가와 험악하게 톰의 상의 깃 부분을 잡았다. 그는 화가 머리끝까지 나 있었기 때문에 이를 꽉 깨물고 그 사이로 말을 뱉어냈다. "난 네놈을 죽이려고 결심했다."

"그러실 것 같았습니다, 나리." 톰이 차분하게 말했다.

"나는 말이야." 리그리가 오싹할 정도로 차분한 목소리로 말을 이었다. "톰, 네놈이 그년들에 대해서 불지 않는다면 그렇게 하고 말 거야."

톰은 아무 말도 하지 않고 조용히 서 있었다.

"알았나?" 리그리가 성난 사자처럼 으르렁거리며 발을 굴렀다. "어서 말해!"

"말씀드릴 것이 없습니다, 나리." 톰은 천천히, 단호하고 침착한 어

---

[*] 「마태복음」 10:28의 변형.

조로 말했다.

"감히 내게 그런 식으로 말해? 이 늙은 검둥이 예수쟁이 놈아, 모른다고?"

톰이 침묵을 지켰다.

"어서 말해!" 리그리가 톰을 마구 구타하며 호통을 쳤다. "뭔가 알고 있지?"

"알고 있습니다, 나리. 하지만 말할 수 없습니다. 전 죽는 것이 두렵지 않습니다!"

리그리는 숨을 깊이 들이켰다. 그는 터져나오는 분노를 간신히 억누르며 톰의 팔을 거세게 붙잡았다. 그러고는 톰의 얼굴과 거의 맞닿을 정도로 얼굴을 바싹 갖다 대며 끔찍한 목소리로 말했다. "잘 들어, 톰! 전에 한 번 봐줬다고 내가 말 따로 행동 따로인 사람으로 생각하겠지. 하지만 이번엔 달라. 네놈에게 대가를 치르게 하겠어. 넌 항상 나한테 대들었지. 이제 널 굴복시키든가 죽이든가 둘 중 하나가 있을 뿐이야. 네놈이 포기할 때까지 네놈의 피를 한 방울 한 방울 모조리 빼내가겠어!"

톰은 리그리를 쳐다보며 대답했다. "나리, 나리께서 병이 드셨거나 어려움에 빠졌거나 죽어간다면 전 나리를 구할 수 있습니다. 제 심장의 피를 드리겠습니다. 만약 이 불쌍한 톰의 피가 나리의 귀중한 영혼을 구해내는 데 전부 필요하다면 기꺼이 드리겠습니다. 주 예수께서 제게 그러하셨던 것처럼 말입니다. 아, 나리! 당신의 영혼에 이런 큰 죄를 지어서는 안 됩니다! 이건 저보다 나리께 더 해가 될 것입니다! 나리께서 최악의 행위를 저지르시면 제 근심은 곧바로 끝이 나겠지만, 나리께서 회개하지 않으시면 나리의 근심은 끊이지 않을 것입니다!"

폭풍우가 진정되었을 때 잠시 들려오는 기묘한 천상의 음악처럼, 톰이 쏟아놓은 이 열정적인 말은 일순간 정적을 만들어냈다. 리그리는 아연실색한 채 톰을 쳐다보았고 낡은 시계가 똑딱이는 소리가 들릴 정도로 정적이 계속되었다. 그것은 딱딱하게 굳어버린 마음에 마지막 자비와 회개의 순간을 주고 있는 것만 같았다.

하지만 잠시였다. 잠시 결정을 내리지 못해서 누그러지는 듯하던 악령은 일곱 배는 더 강해져서 되돌아왔고, 리그리는 격노하여 입에 게거품을 물면서 톰을 사정없이 구타하여 쓰러뜨렸다.

유혈이 낭자하고 잔인한 장면은 귀와 마음에 충격을 준다. 그런 짓을 하는 인간조차도 그것을 들을 용기는 없다. 같은 인간이자 같은 기독교인이 고통을 받는 것은 심지어 비밀스러운 장소에서도 차마 들을 수가 없다. 이는 영혼을 너무나 괴롭히기 때문이다! 아아, 나의 조국이여! 이런 일들이 그대의 법의 그늘에서 자행되고 있다! 아, 그리스도여! 당신의 교회는 이런 일들을 그저 보고만 있나이다!

하지만 그 옛날에 자신의 고난으로써, 고문과 타락과 오명의 도구를 영광과 명예와 불멸의 삶의 도구로 변화시킨 분이 계셨다. 그분의 영혼이 있는 곳에선 타락시키는 채찍질도 피도 모욕도 기독교인의 마지막 고투를 영광스러운 어떤 것으로 만들어놓는다.

그 기나긴 밤에, 그 용감하고 숭고한 영혼이 낡은 창고에서 뭇매와 야만스러운 채찍질을 견딜 때 그는 홀로였는가?

아니다! 톰의 곁에는 그에게만 보이는 바로 그분이 서 계셨다. '하느님의 아들' 그분이.

유혹자인 리그리 역시 톰의 옆에 서 있었다. 그는 잔혹함과 압제의 의지에 눈이 먼 상태였다. 그는 죄 없는 자들을 배신하고 채찍질의 고뇌를 피하라고 매 순간 톰을 유혹했다. 하지만 용감하고 진실한 마음은 영원한 반석 위에 굳게 자리를 잡고 있었다. 자신의 주인인 예수 그리스도와도 같이, 톰은 다른 이들을 구하려면 자신은 구할 수 없다는 것을 알았다. 그 어떤 극단적인 행위도 톰의 입에서 기도와 거룩한 믿음의 말만 끌어낼 뿐이었다.

"거의 죽었습니다, 주인님." 삼보가 톰의 인내심에 자신도 모르게 감동하면서 말했다.

"이놈이 굴복할 때까지 값을 치르게 해! 때려! 때리라고!" 리그리가 소리쳤다. "자백하지 않으면 이놈의 피란 피는 모조리 다 빼내란 말이야!"

톰은 눈을 뜨고 리그리를 쳐다보았다. "불쌍하고 비참한 자여! 당신이 나에게 할 수 있는 것은 더이상 없습니다. 나는 온 마음을 다해 당신을 용서합니다." 이 말과 함께 그는 완진히 기절해버렸다.

"마침내 죽었군." 리그리가 톰을 살펴보려고 앞으로 걸어나오며 말했다. "그래, 죽은 거야! 마침내 저놈의 아가리가 닫혔어. 속이 다 시원하군!"

그렇다, 리그리. 하지만 누가 너의 영혼 속 목소리를 막을 수 있겠는가? 너의 영혼은 후회, 기도, 희망에 완전히 등을 돌린 채 영원히 꺼지지 않는 불이 붙어 이미 타오르고 있구나!

톰은 아직 완전히 죽은 것은 아니었다. 그의 경이로운 말과 경건한 기도는 그에게 잔인한 짓을 한 짐승 같은 두 흑인을 감동시켰다. 리그리가 나가자마자 그들은 톰을 눕혀서 살려내려고 노력했다. 무지하게도 그렇게 해서 무슨 도움이라도 되는 것처럼.

"우리가 너무 끔찍한 짓을 저질렀어!" 삼보가 말했다. "주인님 책임이야. 우린 책임 없어."

그들은 톰의 상처를 씻기고 못 쓰는 목화를 모아 조잡한 요를 만들어 톰을 그 위에 눕혔다. 그들 중 하나가 저택으로 올라가서 자기가 너무 지쳐 그러니 좀 마시게 해달라며 리그리에게 브랜디를 얻어와 톰에게 마시게 했다.

"아, 톰!" 큄보가 말했다. "우리가 당신한테 끔찍하고 못된 짓을 저질렀어!"

"당신들을 용서해, 내 온 마음으로!" 톰이 희미한 목소리로 말했다.

"아, 톰! 우리한테 예수가 누군지 말해줘!" 삼보가 말했다. "오늘밤 내내 네 옆에 서 있던 예수 말이야! 그 사람은 누구지?"

그 말이 쓰러져서 기진한 영혼에게 힘을 주었다. 톰은 힘을 내서 예수에 대한 말을 몇 마디 해주었다. 그의 생애와 죽음, 영원한 존재, 구원하는 힘 등에 대해서.

두 사람은 눈물을 흘렸다. 그 야만스러웠던 감독들이 말이다.

"왜 진작 이 이야기를 듣지 못했을까?" 삼보가 말했다. "하지만 난 믿어! 믿지 않을 수 없어! 주 예수님, 우리에게 자비를 베푸소서!"

"불쌍한 사람들! 당신들을 예수님께로 데려갈 수 있다면 난 가진 것 전부를 기꺼이 내놓겠어! 아아, 주님, 이 두 영혼을 제게 주십시오,

이렇게 기도합니다!"

그의 기도는 응답을 받았다.

41장
젊은 주인

그로부터 이틀 뒤, 한 젊은 남자가 멀구슬나무가 늘어선 길로 경(輕)마차를 몰고 나타났다. 그는 말의 목에 매인 고삐를 서둘러 내려놓고 나는 듯이 마차에서 내리더니 이곳의 주인을 찾았다.

그는 조지 셸비였다. 그가 어떻게 여기까지 오게 되었는지를 알려면 우리는 이야기의 앞부분으로 거슬러 올라가야 한다.

미스 오필리어가 셸비 부인에게 보낸 편지는 불행하게도 목적지에 도착하기 전에 한두 달 정도 어떤 외딴 곳의 우체국에 붙들려 있었다. 물론 편지가 셸비 농장에 도착하기 전에 톰은 이미 레드 강 저편의 늪으로 팔려간 상태였다.

셸비 부인은 편지를 읽고 몹시 걱정을 했지만 바로 행동에 나서는 것은 불가능했다. 부인은 열병에 걸려 위급한 상태로 헛소리까지 하는 남편의 병 수발을 들고 있었던 것이다. 그사이 조지 셸비는 소년에서 키가 큰 청년으로 성장해서, 어머니의 든든하고 충실한 조력자로 어머니를 도와 아버지의 일을 돌보고 있었다. 미스 오필리어는 세심한 주의를 기울여, 세인트클레어 가문의 유산 처리를 담당했던 변호사의 이름까지 편지에 적어 보냈다. 가장 급선무는 그 변호사에게 문의 편지를 보내는 것이었다. 하지만 며칠 뒤 셸비 씨가 갑자기 세상을 떠나는 바람에 당분간 다른 일에는 신경을 쓰지 못하게 되었다.

셸비 씨는 아내의 능력을 신뢰하여 유산의 단독 집행인으로 아내를 지목했기 때문에 즉시 크고 복잡한 일들이 부인의 손에 떨어졌다.

셸비 부인은 특유의 활기찬 모습으로 복잡하게 얽힌 사무들을 풀어나갔다. 그녀와 조지는 한동안 회계장부를 검토하고 재산을 팔아 빚을 갚는 일에 열중했다. 셸비 부인은 모든 것을 구체적으로 정리해서 전체 내용을 분명하게 파악할 수 있도록 하겠다고 마음먹었다. 그렇게 해서 어떤 결과가 닥쳐오더라도 개의치 않기로 했다. 그런 와중에 그들은 오필리어가 알려준 변호사에게서 편지를 받았다. 변호사는 그 일에 대해선 아무것도 모른다고 알려왔다. 톰이 경매에서 팔렸으며, 판매대금을 받은 것 이외에는 아는 것이 없다는 답변이었다.

조지와 셸비 부인은 마음이 편치 않았다. 그래서 약 반년이 지난 뒤, 조지는 강 아래쪽 남부에 가서 어머니를 대신하여 처리할 용무가 생긴 김에 직접 뉴올리언스를 방문해 좀더 알아보기로 했다. 그 과정에서 톰의 행방을 알아내 되사올 수 있을지도 모른다는 막연한 희망을 품고서.

몇 달간의 조사는 그다지 성공적이지 못했다. 그러던 중 조지 셸비는 뉴올리언스에서 아주 우연히 어떤 사람을 만나 원하던 정보를 알아낼 수 있었다. 우리의 영웅은 돈을 마련해 레드 강으로 향하는 증기선을 타고 가서 옛 친구를 되사오기로 결심했다.

조지는 곧 리그리 저택으로 안내를 받아 거실에서 그를 만났다.

리그리는 부루퉁한 얼굴로 손님을 맞았다.

"당신이 뉴올리언스에서 톰이란 흑인을 샀다고 들었습니다. 그는 제 아버지 농장에 있었죠. 되살 수 있을까 해서 찾아왔습니다."

리그리는 어두운 표정을 지으며 화난 목소리로 외쳤다. "그래요, 내가 그 녀석을 샀습니다. 무지막지한 손해를 봤죠! 그놈처럼 반항적이고 건방지고 뻔뻔스러운 놈도 없습니다! 내 검둥이들을 도망시키기까지 했어요. 두 년이 도망쳤는데 각각 팔백 달러, 천 달러는 하는 검둥이들입니다. 그놈에게 달아난 년들이 어디 있냐고 물으니 알지만 말해줄 수 없다고 했어요. 다른 검둥이한테 그래본 적이 없을 정도로 심하게 채찍질을 했는데 죽기를 각오하고 버티더군요. 그래서 살아날지 어떨지 잘 모르겠습니다."

"지금 어디 있습니까?" 조지가 다급하게 물었다. "보고 싶습니다." 조지의 뺨은 진홍빛이 되었고 눈은 불붙는 듯 타올랐으나 신중하게도 아직은 아무런 항의도 하지 않았다.

"창고에 있습니다." 조지의 말을 잡고 서 있던 어린 노예가 대답했다.

리그리는 그 노예를 걷어차며 욕설을 퍼부었지만 조지는 아무런 말도 하지 않고 몸을 돌려 창고로 걸음을 옮겼다.

그 가혹한 밤 이후 톰은 이틀 동안 누워 있었다. 신경이라는 신경은 죄다 무뎌지고 파괴되어 고통도 느끼지 못했다. 대개는 혼수상태로 버티고 있었다. 강하고 튼튼한 몸이 그 안에 갇혀 있는 영혼을 즉시 내보내려 하지 않았기 때문이다. 불쌍하고 비참한 노예들은 너무나 부족한 휴식 시간을 쪼개 밤중에 몰래 다녀가면서 그가 평소 베풀었던 넘치는 사랑에 보답하고자 했다. 불쌍한 자들은 가져다줄 것이 물한 컵 정도뿐이었지만 마음만은 정성을 다했다.

그들의 눈물이 의식 없는 톰의 정직한 얼굴에 떨어졌다. 불쌍하고 무지한 이교도가 막 깨닫고 흘리는 참회의 눈물이었다. 톰이 죽어가며 보여준 사랑과 인내는 그들의 가슴에 회한을 일깨워주었고, 뒤늦게 알게 된 구세주에게 그를 위해 간절한 기도를 올리게 만들었다. 그들은 구세주의 이름 정도만 알고 있을 뿐이었지만, 그래도 무지한 인간의 갈망하는 마음이 결코 헛되지 않음을 알았다.

전날 밤 캐시는 톰이 자신과 에멀린을 지키기 위해 희생했다는 것을 엿듣고는 발각될지도 모르는 위험을 무릅쓰고 은신처에서 빠져나와 톰이 있는 곳으로 갔다. 아직 숨이 붙어 있는 다정한 영혼의 마지막 몇 마디 말은 캐시를 감동시켜 절망의 긴 겨울을 사라지게 했다. 그리하여 이 우울하고 절망적인 여자는 눈물을 흘리며 기도를 올렸다.

조지는 창고로 들어서면서부터 어질어질한 현기증을 느꼈다. 마음이 너무나 아팠다.

"이럴 수가, 세상에 이럴 수가!" 조지가 톰의 옆에 무릎을 꿇으며 말했다. "톰 아저씨, 불쌍한, 불쌍한 내 옛 친구!"

조지의 목소리가 죽어가는 이의 귓속으로 들어갔다. 톰이 머리를 약간 움직여 미소를 지으며 말했다.

예수께서는 임종의 자리를

푹신한 베개만큼이나 부드럽게 하실 수 있다네.

조지가 불쌍한 친구에게 허리를 숙이는 순간, 자상하고 사내다운 마음을 보여주는 눈물이 조지의 눈으로부터 흘러 떨어졌다.

"아, 톰 아저씨! 일어나봐, 다시 한번 말을 해줘! 날 봐줘! 조지야. 당신의 꼬맹이 조지! 알아보지 못하겠어?"

"조지 도련님!" 톰이 눈을 뜨고 힘없는 목소리로 말했다. "조지 도련님!" 톰은 놀라는 기색이었다.

천천히 어떤 생각이 톰의 영혼을 채우는 것 같았다. 공허한 눈이 한 곳을 향하며 밝게 빛났다. 얼굴 전체가 환해지더니 거친 손을 꼭 쥐었다. 눈물이 뺨을 따라 흘러내렸다.

"주님을 찬미하라! 이것이, 이것이 제가 바라던 전부였습니다! 그 사람들은 절 잊지 않았습니다. 이것이 제 영혼을 따뜻하게 해줍니다. 이것이 제 늙은 영혼을 기쁘게 합니다! 이젠 죽어도 좋습니다! 주님을 찬미하라!"

"죽으면 안 돼! 절대로 안 돼. 그런 건 생각도 하지 마! 아저씨를 되사려고 여기 온 거야. 집으로 데려가려고." 조지가 아주 뜨겁게 말했다.

"아, 도련님, 너무 늦으셨습니다. 주님께서 저를 사셔서 집으로 데려가려고 하십니다. 그곳에 가길 바라왔습니다. 켄터키보다 천국이 낫습니다."

"아아, 죽지 마! 나도 죽을 것 같아! 아저씨가 고통 받았던 걸 생각하면 가슴이 찢어지는 것 같아! 이런 낡은 창고에 누워 있다니! 불쌍하고 또 불쌍한 사람!"

"불쌍한 사람이라고 하지 마세요!" 톰이 위엄 있게 말했다. "여태까지는 전 불쌍한 사람이었습니다. 하지만 그건 다 지난 일입니다. 저는 영광으로 향하는 문 앞에 서 있습니다! 아, 조지 도련님! 천국이 다가옵니다! 저는 승리를 얻었습니다! 주님께서 제게 승리를 주시려고 합니다! 주님의 이름에 영광 있으라!"

조지는 끊어질 듯 이어지는 톰의 말을 들으며 그 기세와 열정과 힘에 경외감을 느꼈다. 조지는 조용히 톰을 응시하며 앉아 있었다.

톰은 조지의 손을 잡고 말을 이어갔다. "클로이에게, 그 불쌍한 여자에게는 절대로 저의 이런 상태를 말하지 마세요. 그건 아내한테 너무나 끔찍한 일이 될 겁니다. 그저 그 사람한테 제가 영광 속으로 들어갔다는 것만 말씀해주세요. 제가 지상의 그 누구를 위해서도 더 머무를 수 없다는 것도 말해주시고요. 주님께서 어디든 저와 함께 계셔서 모든 일이 늘 가볍고 편했다고 클로이에게 전해주세요. 아, 그리고, 불쌍한 아이들과 갓난쟁이! 제 늙은 마음은 그 아이들을 생각하면 항상 괴로웠습니다! 그 녀석들에겐 저를 따르라고 해주세요! 나리와 신한 마님, 그리고 그곳의 모두에게 사랑한다고 전해주세요! 이제 누구든 다 사랑할 수 있을 것 같습니다! 어디에 있는 누구라도 사랑합니다! 오로지 사랑입니다! 아, 조지 도련님! 기독교인으로 산다는 것은 얼마나 멋진 일입니까!"

그때 리그리가 창고의 문 앞에 어슬렁거리며 나타났다. 그는 억지로 무관심을 가장하며 창고 안을 들여다보더니 곧바로 등을 돌려 가 버렸다.

"늙은 악마 놈!" 조지가 분노를 터뜨리며 말했다. "저 악마는 이 일로 언젠가 대가를 치르게 될 거야. 이렇게 생각하니 마음이 좀 낫군!"

"아, 그러지 마십시오. 그러시면 안 됩니다!" 톰이 조지의 손을 잡으며 말했다. "저 사람도 불쌍하고 비참합니다! 그렇게 생각하시다니 끔찍합니다! 아, 만약 저 사람이 회개할 수만 있다면 주님도 용서를 해주실 겁니다. 하지만 절대 그러지 않을 것 같아 두렵습니다!"

"저자가 그러지 않기를! 절대 천국에서 보고 싶지 않아!"

"조용히, 도련님! 그런 말을 하시다니 걱정됩니다! 그렇게 생각하지 마세요! 저 사람은 제게 해를 가한 것이 아닙니다. 그저 왕국으로 가는 문을 열어준 것뿐입니다!"

조지를 만난 기쁨이 죽어가는 사람에게 불어넣어준 힘이 사라지기 시작했다. 갑작스레 힘이 빠지면서 톰은 눈을 감았다. 신비스럽고 고귀한 변화가 톰의 얼굴에 지나가면서 그가 곧 다른 세계로 건너갈 것임을 알려주었다.

톰은 깊고 길게 숨을 들이마시기 시작했다. 그의 넓은 가슴이 무겁게 올라갔다 내려왔다. 그의 얼굴에 승리자의 표정이 떠올랐다.

"누가, 누가 그리스도의 사랑으로부터 우릴 떼어놓을 수 있는가?" 그는 인간의 죽을 운명에 만족한다는 듯한 목소리로 말했다. 톰은 미소를 띠면서 영원한 잠에 떨어졌다.

조지는 엄숙한 경외감을 간직한 채 자리에 앉아 있었다. 그는 그 자리가 신성하게 느껴졌다. 생명이 사라진 톰의 눈을 감겨주고 자리에서 일어섰을 때 조지는 오로지 한 가지 생각만 하고 있었다. 그것은 순박한 늙은 친구가 말했던 것이었다. "기독교인으로 산다는 것은 얼마나 멋진 일입니까!"

몸을 돌리자 리그리가 부루퉁한 얼굴로 서 있었다.

거룩한 임종의 순간이 젊은 조지가 느끼는 맹렬한 복수의 감정을 억눌렀다. 조지가 리그리에게 느끼는 감정은 단지 혐오감뿐이었다. 조지는 될 수 있는 한 이 남자와는 말을 섞지 않고 멀리 떨어져 있고 싶었다.

조지는 날카롭고 검은 눈으로 리그리를 쳐다보았다. 그러고는 톰의 시신을 가리키며 말했다. "당신은 이 사람에게서 할 수 있는 만큼 다 가져갔습니다. 시신은 얼마를 지불해야겠습니까? 데려가서 엄숙하게 매장하고 싶은데."

"죽은 검둥이는 팔지 않소." 리그리가 퉁명스럽게 말했다. "당신 마음대로 편리한 장소와 시간에 묻어주면 되겠군."

"이봐," 조지는 시신을 내려다보고 있는 두세 명의 흑인에게 위엄 있는 목소리로 말했다. "그를 들어서 내 마차가 있는 곳까지 나르는 걸 도와줘. 삽도 준비하고."

그들 중 하나가 삽을 구하러 뛰어갔고, 남은 둘은 조지를 도와 시신을 마차로 옮겼다.

조지는 리그리에게 말을 하지도 쳐다보지도 않았다. 리그리는 조지의 조치에 제동을 걸지 않았고, 억지로 무관심을 가장하며 휘파람을 불고 있다가 시무룩한 얼굴로 문 앞에 세워놓은 마차까지 조지 일행을 따라왔다.

조지는 마차 안에 상의를 펼쳐놓고 그 위에 시신을 조심스레 올렸다. 그리고 공간을 더 만들기 위해 좌석을 옮겼다. 이어 조지는 뒤돌아서서 간신히 냉정을 유지하면서 리그리에게 말했다.

"아직 내가 이 극악무도한 사건을 어떻게 생각하는지 당신에게 말하지 않았습니다. 지금은 때와 장소가 다 적절치 않군요. 하지만 이 죄 없는 피가 심판을 내릴 겁니다. 나는 이 살인을 널리 알릴 겁니다. 지사에게 가서 당신을 고발할 겁니다."

"한번 해보시지!" 리그리가 아무렇지도 않다는 듯이 손가락 마디를 딱딱 꺾으며 말했다. "그러는 걸 보고 싶군. 증인은 어떻게 찾으려고? 그걸 어떻게 증명하지? 어디 한번 해보시오."

조지는 대번에 그 뻔뻔스러운 주장이 나름대로 논리적이라는 것을 알았다. 이 농장에는 백인이 없었던 것이다. 남부의 법정에서는 유색인종의 증언은 아무런 효력이 없었다. 조지는 그 순간 마치 마음속의 의분에서 생겨나는 성난 울부짖음으로 하늘이라도 찢어버릴 것만 같았다. 하지만 헛된 일이었다.

"결국 검둥이 하나 죽은 거 가지고 웬 소동이야!" 리그리가 말했다.

이 말이 화약고에 불을 붙였다. 사리 분별이라는 건 이 켄터키 청년에게 절대적인 가치가 아니었다. 조지는 몸을 돌려 리그리의 얼굴에 분노의 일격을 가했고, 농장주는 그 충격으로 땅바닥에 쓰러졌다. 리그리를 내려다보는 조지의 눈에는 분노와 투지가 서려 있어, 용을 정복한 같은 이름의 성인을 연상시켰다.*

---

* 성 조지가 용을 제압하고 처녀를 구한 유럽의 전설을 가리키는 것으로, 성 조지의 알레고리는 악을 이긴 기독교인의 상징이다.

얼어맞고 난 뒤 더 순해지는 인간이 있다. 남한테 얼어맞아 굴욕을 당하면, 그자는 즉시 때린 사람에게 존경심을 품는다. 리그리가 그런 부류의 인간이었다. 그는 일어서서 옷에 묻은 먼지를 털어내며 천천히 멀어져가는 마차를 존경의 눈빛으로 바라보았다. 그는 마차가 시야에서 사라질 때까지 입을 열지 않았다.

조지는 농장의 경계를 벗어나서, 몇 그루의 나무가 그늘을 던지는 건조한 모래 둔덕을 발견하고 그곳에 무덤을 만들었다.

"나리의 상의를 꺼낼까요?" 무덤이 준비되자 흑인들이 물었다.

"아니, 같이 묻도록 해! 그게 내가 줄 수 있는 전부니까. 불쌍한 톰, 이거라도 받아줘."

그들은 무덤 안으로 시신을 내렸다. 이어 말없이 삽을 뜨고 봉분을 갖춘 뒤 그 위에 푸른 잔디를 입혔다.

"이젠 가도 좋아." 조지가 각자의 손에 이십오 센트씩 주며 말했다. 하지만 그들은 머뭇거렸다.

"젊은 나리가 우리를 사주신다면……" 한 흑인이 말했다.

"그렇다면 충실히 섬기겠습니다!" 다른 흑인도 말했다.

"여긴 너무 힘들어요, 나리!" 처음 입을 연 흑인이 말했다. "제발, 나리, 우리를 사주세요!"

"그럴 수는 없어! 그럴 수 없어!" 조지가 그들에게 가라는 몸짓을 하며 가까스로 말했다. "안 될 일이야!"

불쌍한 노예들은 낙담한 채 더이상 말하지 않고 자리를 떠났다.

"지켜봐주십시오, 영원하신 하느님!" 불쌍한 친구의 무덤에 무릎을 꿇으며 조지가 말했다. "지켜봐주십시오. 지금 이 시간부터, 전 이 나라에서 노예제의 저주를 몰아내는 데 저의 온 힘을 다 바치겠습니다!"

우리의 친구가 쉬고 있는 마지막 안식처를 나타내는 기념비는 없었다. 그에게는 그런 것은 필요가 없다! 그의 주님께선 그가 어디에 누워 있는지 알고 계신다. 주님께서 영광 속에 다시 오실 때, 그를 일으켜 세워 불멸의 존재로 주님 앞에 나타나게 하실 것이다.

그를 동정하지 마라! 그의 삶과 죽음은 동정의 대상이 아니다! 하느님의 주된 영광은 물질적 부유함에 있지 않고 극기하며 고통 받는 사랑 속에 있다! 주님을 따라 인내심을 가지고 십자가를 진 채 그분의 뒤를 따르는 자들은 복되도다. 그런 사람들에 대하여 성경은 이렇게 말하고 있다. "슬퍼하는 사람은 행복하다! 그들은 위로를 받을 것이다."*

---

*「마태복음」 5:4.

42장
그럴듯한 귀신 이야기

상당한 이유가 있었기 때문에 이 무렵 리그리 농장에는 귀신에 대한 전설 같은 이야기가 아주 무성하게 퍼져 있었다.

한밤중에 귀신이 다락방 계단을 걸어내려와 저택 주위를 배회한다는 얘기가 은밀하게 입에서 입으로 번져나갔다. 다락방으로 올라가는 위층 문을 단단히 잠가놓았지만 아무런 소용이 없었다. 귀신은 호주머니에 복제 열쇠를 가지고 다니거나, 아니면 열쇠 구멍을 통해 손쉽게 문을 드나들면서 전과 마찬가지로 아주 자유롭게 저택 주위를 배회하는 게 틀림없었다.

귀신의 외적인 형태에 대해서는 권위자들도 의견이 엇갈린다. 흑인들이 귀신에 대응하는 습관 때문에(백인들도 그렇다고 보는데) 그런 결과가 생겨났다. 귀신이 나타나면 흑인들은 반드시 눈을 감거나 얼굴에 담요를 뒤집어쓰거나 가까이 있는 피신처로 달아난다. 그 때문에 귀신을 제대로 보지 못한다. 이처럼 육안이 제대로 기능을 발휘하지 못하면 심안이 아주 활발하고 강력하게 작동한다. 그리하여 귀신의 전신 초상에 대한 아주 엄숙한 증언들이 많이 나오지만 그것들이 서로 일치하는 부분은 별로 없고, 단지 귀신이 흰옷을 입고 있다는 점만 일치한다. 리그리 농장의 불쌍한 영혼들은 고대의 역사에 대해서는 잘 알지 못했고, 따라서 셰익스피어가 다음과 같이 귀신의 복장을 확인해주었다는 사실도 몰랐다.

　　흰옷을 입은 귀신들이 로마의 거리에서
　　비명을 지르고 수다스럽게 지껄인다.*

　따라서 농장의 일꾼들이 귀신의 흰옷에 대해 의견의 일치를 보였다는 것은 귀신학에서 주목할 만한 사실로, 우리는 이를 영매(靈媒)들이 관심을 가져볼 만한 사항으로 추천한다.
　사정이 그렇기는 하지만 우리는 이미 그 귀신의 움직임에 대한 정보를 가지고 있다. 흰옷을 입은 키 큰 여자는 귀신이 나타날 법한 가장 맞춤한 시간에 등장하여 리그리 저택을 돌아다녔다. 문을 통과하여 집 주위를 제멋대로 배회하다가 간간이 모습을 감추는가 하면 다시 나타났고, 조용한 계단을 걸어올라가 다락방 속으로 사라졌다. 그렇지만 아침에 보면 모든 출입문이 닫혀 있고 자물쇠도 단단히 잠겨

---

*셰익스피어, 『햄릿』, 1막 1장 113행.

있는 것이다.

리그리도 흑인들의 이런 속삭임을 듣게 될 수밖에 없었다. 흑인들이 그에게 감추려고 아주 애를 썼기 때문에 그런 속삭임은 더욱 자극적이었다. 그는 전보다 더 많이 브랜디를 마셨다. 낮 동안에는 머리를 꼿꼿이 쳐들고 전보다 더 심하게 욕설을 퍼부었다. 그러나 밤에는 악몽을 꾸었다. 침대 위에 그의 머리가 나타나는 환영(幻影)은 결코 유쾌할 수가 없었다. 톰의 시체가 매장된 날 밤에 그는 이웃 마을로 가서 술을 진탕 퍼마시고 크게 취했다. 아주 피곤한 상태로 밤늦게 집에 돌아와 문을 잠그고 열쇠를 뽑은 다음 잠자리에 들었다.

인간의 영혼이라는 것은 참으로 귀신 같다. 아무리 억누르려고 해도 악인이 제대로 다스리기에는 너무나 성가신 것이다. 누가 영혼의 크기와 넓이를 알겠는가? 누가 영혼이 빚어내는 그 모든 망설임을 알겠는가? 악인은 영혼의 공포와 전율을 살아생전에 극복하지 못할 뿐만 아니라 그 영원함마저도 결코 깨치지 못하는 것이다. 자기 마음속에 두려워서 감히 만나지 못하는 귀신을 키우고 있는 자가, 자기 집문을 꼭꼭 잠근다고 해서 귀신을 몰아낼 수 있을까? 만약 그렇게 믿는다면 그는 얼마나 바보인가! 귀신의 숨죽인 목소리, 그렇지만 너무나 생생하여 이 세상의 것 같은 그 목소리는, 트럼펫 소리처럼 크게 울려퍼지는 운명의 전조(前兆)인 것이다!

그래도 리그리는 문을 잠그고 거기에 의자를 받쳐놓았다. 침대 머리맡에는 야등을 켜두고 그 옆에 권총을 놓아두었다. 그는 창문의 걸쇠와 자물쇠를 일일이 확인한 후, "귀신이나 천사 따위는 알게 뭐야!"라고 욕설을 퍼부은 뒤 잠을 청했다.

그는 피곤했기 때문에 곤하게 잤다. 그러나 자는 동안 어떤 끔찍한 그림자나 공포나 환영이 나타나 다가올 것 같다는 불길한 생각이 들었다. 그는 그게 어머니의 수의라고 생각했다. 하지만 실제로는 캐시가 그 옷을 들어올려 그에게 보여주는 것이었다. 그는 비명과 신음이 뒤섞인 혼란스러운 소리를 들었다. 그런 소리와 함께, 자신이 잠들었다고 생각하여 잠에서 깨어나려고 발버둥쳤다. 그러나 완전히 깨지는 못하고 절반쯤 깨어났다. 뭔가 방 안으로 들어왔다는 것을 확신했다. 문이 열리고 있다는 것을 알았지만 손과 발을 움직일 수가 없었다. 마침내 그는 깜짝 놀라면서 몸을 뒤척였다. 그때 문이 열렸고, 어떤 손이 야등의 불을 끄는 것을 보았다.

그는 흐릿한 달빛 속에서 그것을 보았다. 뭔가 하얀 것이 방 안으로 들어오고 있었다. 귀신의 옷에서 나는 살랑거리는 소리를 들었다. 귀신은 그의 침대 옆으로 다가와 가만히 서 있었다. 이어 차가운 손이 그의 손을 만지더니 낮고 음침한 목소리로 "오라! 오라! 오라!"라고 세 번 말했다. 겁에 질려 땀을 흘리며 누워 있는 동안 그것은 사라졌다. 언제 어떻게 사라졌는지도 의식하지 못했다. 그는 침대에서 벌떡 일어나 문을 잡아당겼다. 문은 닫힌 채 자물쇠가 잠겨 있었다. 리그리는 기절하면서 쓰러졌다.

이 일이 있은 후 리그리는 전보다 더 심하게 술을 마셨다. 이제는 조심스럽고 신중하게 마시지 못하고 무모하고 무절제하게 술을 퍼마셨다.

곧 그가 병들어 죽어가고 있다는 소문이 일대에 퍼졌다. 과거의 잔인무도한 행위가 그 무서운 질병을 가져온 것이었고, 그것은 앞으로 다가올 징벌의 괴기스러운 그림자를 현세에 미리 보여주는 것 같았다. 그가 비명을 지르고 헛소리를 하면서 귀신들의 출현에 대해 지껄여대면, 그 병실에서는 무서워서 사람들이 견뎌낼 수가 없었다. 리그리의 헛소리를 들은 사람들은 모두 피가 얼어붙을 정도로 공포를 느꼈다. 그가 죽어가는 침대 바로 곁에서도, 흰옷을 입은 무서운 귀신이 음산한 목소리로 말했다. "오라! 오라! 오라!"

아주 이상한 우연의 일치로, 이 귀신의 환영이 리그리에게 나타난 다음날 새벽에는 저택의 문이 열려 있었다. 흑인들 몇 명은 흰옷을 입은 귀신 둘이 가로수 길을 내려가서 큰길 쪽으로 가는 것을 보았다고 했다.

해가 뜰 무렵에 캐시와 에멀린은 마을 근처의 관목 숲에서 잠시 쉬었다.

캐시는 위에서 아래까지 완전히 검은 옷으로 차려입은, 크리올 스페인풍의 귀부인 복장을 하고 있었다. 머리에는 자그마한 검은 보닛을 쓰고, 자수를 많이 넣은 베일로 얼굴을 가렸다. 두 사람은 도망치는 동안 캐시는 크리올 귀부인의 복장을, 에멀린은 하녀의 복장을 하기로 미리 계획해놓고 있었다.

어릴 적부터 상류사회에서 성장했기 때문에 캐시의 말씨나 동작, 몸짓은 이런 역할에 부족함이 없었다. 한때 많이 소지하고 있던 옷과 보석을 아직도 일부 갖고 있었기 때문에 크리올 귀부인의 역할을 더욱 그럴듯하게 할 수 있었다.

그녀는 마을 외곽에 잠시 멈춰 서서 트렁크를 구경하다가 그중 예쁜 것을 하나 구입했다. 그러고는 가게 주인에게 그 트렁크를 좀 배달

해달라고 요청했다. 그리하여 흑인이 앞에서 그녀의 트렁크를 수레 위에 올려놓고 밀고 가고, 뒤에서는 에멀린이 소형 가방과 간단한 짐 꾸러미를 들고 따라가는 상황이 연출되었다. 그녀는 상당히 지체 높은 귀부인 행세를 하면서 마을의 여관에 들어섰다.

여관에 도착한 후 처음 그녀의 눈에 들어온 사람은 다름 아닌 조지 셸비였다. 그는 그 여관에 머물면서 다음 증기선을 기다리고 있었다.

캐시는 다락방에서 구멍을 통해 그 젊은이가 톰의 시신을 매장하기 위해 가져가는 것을 보았고, 리그리를 때려눕히는 광경도 즐거운 마음으로 지켜보았다. 밤중에 귀신 복장을 하고 돌아다니면서 흑인들이 하는 말을 엿듣고 그가 누구인지, 또 톰과는 어떤 관계인지도 알아냈다. 그녀는 조지가 자신과 마찬가지로 다음 배를 기다리고 있다는 것을 알고 곧 신뢰해도 되겠다고 생각했다.

캐시의 외양이나 매너, 말투, 풍부한 재력 등으로 인해 여관에서는 그녀에 대해 전혀 의심을 하지 않았다. 사람들은 돈을 잘 내는 투숙객의 신원에 대해서는 캐볼 생각을 하지 않았다. 그 돈을 마련하던 순간부터 캐시는 이런 상황을 예측하고 있었다.

저녁 무렵 증기선이 부두에 들어오는 소리가 들렸다. 조지 셸비는 켄터키 사람의 특징인 공손한 태도로 캐시가 배에 오르는 것을 도와주고 그녀에게 좋은 선실이 배정되도록 주선했다.

증기선이 레드 강을 지나는 동안 캐시는 아프다는 핑계를 대고서 내내 선실에서 나오지 않았다. 캐시의 하녀는 아주 정성껏 시중을 들었다.

증기선이 미시시피 강에 도착하여 배를 갈아타야 했을 때, 조지는 그 낯선 귀부인의 행선지가 그와 같은 북쪽이라는 것을 알았다. 그는 자신이 타고 갈 배에 그녀의 선실을 예약해도 되겠느냐고 물었다. 사람 좋은 조지는 그녀의 허약한 건강을 걱정하여 어떻게든 돕고 싶었던 것이다.

이렇게 하여 일행은 대형 증기선인 신시내티 호로 안전하게 옮겨 탔고, 배는 강력한 증기 기관의 추진력으로 강을 거슬러오르기 시작했다.

이제 캐시의 건강은 훨씬 좋아졌다. 그녀는 난간에 나와 앉아 있기도 하고 식당에 나오기도 했다. 증기선 내에서는 곧 그녀가 한때 아주 미인이었겠다는 얘기가 돌았다.

조지는 그녀의 얼굴을 본 순간부터 자기가 알고 있는 어떤 여자의 얼굴과 너무 비슷한 데 놀라며 여러 번 당황하는 모습을 보였다. 그녀로부터 시선을 뗄 수가 없었고, 그래서 계속 쳐다보게 되었다. 식탁에서나 선실 문 앞에서 캐시는 시선을 돌릴 때마다 젊은이가 자신을 쳐다보다가 공손하게 시선을 다른 데로 돌린다는 것을 의식했다.

캐시는 불안해졌다. 뭔가 의심받고 있다는 생각이 들자 그녀는 그의 관대함에 호소하기로 마음먹고 자신의 애기를 있는 그대로 털어놓았다.

조지는 리그리 농장에서 도망쳐온 사람이라면 누구라도 환영이었다. 리그리 농장이라면 치가 떨렸으니까. 젊은 신사답게 그는 앞일이 어떻게 될까 따위는 전혀 신경 쓰지 않고 그녀 일행을 보호하여 무사히 여행을 마칠 수 있도록 최선을 다하겠다고 말했다.

캐시 옆 선실에는 드투라는 이름의 프랑스 귀부인이 있었는데, 열두 살 정도 된 예쁜 딸을 대동하고 있었다.

이 부인은 조지와 대화를 나누다가 켄터키 출신이라는 걸 알게 되자 그와 가깝게 지내려고 애를 썼다. 그 일에는 그녀의 딸이 큰 도움이 되었다. 아주 예쁘고 우아한 그 소녀는 이 주간의 증기선 여행의 지루함을 덜어주기에는 안성맞춤인 놀이 상대였다.

조지는 종종 드투 부인의 선실 앞에 의자를 갖다놓고 앉아 있곤 했는데, 마침 난간에 앉아 있던 캐시가 그들의 대화를 엿듣게 되었다.

드투 부인은 자신이 예전에 그곳에서 살았다고 하면서 켄터키에 대해 이것저것 꼬치꼬치 캐물었다. 조지는 부인이 전에 살던 동네가 자신의 고향 근처인 것을 알고 깜짝 놀랐다. 더구나 부인은 고향 일대의 사람들과 지형지물에 대해서도 잘 알고 있었다.

"혹시," 마담 드투가 어느 날 그에게 물었다. "당신 동네 근처에 사는 해리스라는 사람을 아세요?"

"우리 집에서 그리 멀지 않은 곳에 그런 사람이 살고 있습니다." 조지가 말했다. "하지만 그리 왕래가 많은 편은 아닙니다."

"노예를 많이 소유하고 있지요?" 드투 부인은 자제하려고는 했지만 자기도 모르게 깊은 관심을 표시하면서 물었다.

"그렇습니다." 조지가 부인의 그런 태도에 다소 놀라면서 대답했다.

"혹시 그 사람이 조지라는 이름의 물라토 소년을 데리고 있다는 얘기를 들어보았나요?"

"아, 그럼요. 조지 해리스. 잘 압니다. 우리 어머니의 하녀와 결혼했어요. 하지만 지금은 캐나다로 도망쳤습니다."

"그래요?" 드투 부인이 재빨리 말했다. "놀랍군요!"

조지는 놀라면서 뭔가 물어보려 했으나 말을 꺼내지는 않았다.

드투 부인은 양손으로 얼굴을 감싸쥐며 눈물을 터뜨렸다.

"그 애는 내 동생이에요."

"부인!" 조지가 깜짝 놀라며 말했다.

"그래요." 드투 부인이 자랑스럽게 고개를 쳐들면서 눈물을 닦아냈다. "셸비 씨, 조지 해리스는 제 동생이에요."

"정말 놀랐습니다." 조지가 의자를 뒤로 한두 걸음 빼내고 드투 부인을 쳐다보면서 말했다.

"그 애가 아주 어렸을 때 난 남쪽으로 팔려갔어요. 선량하고 관대한 남자가 나를 샀지요. 그는 나를 서인도 제도로 데려가서 해방시켜주고 나와 결혼했습니다. 남편은 최근에 죽었어요. 이제 동생을 찾아 해방시켜주고 싶어 켄터키로 올라가는 중이랍니다."

"에밀리라는 누나가 남쪽으로 팔려갔다는 얘기를 그에게 들은 적이 있어요." 조지가 말했다.

"그래요, 그 에밀리가 바로 저예요." 드투 부인이 말했다. "제 동생이 어떤 사람인지……"

"아주 훌륭한 젊은이였어요." 조지가 말했다. "노예세의 질곡에도 불구하고 그는 지능이나 인품이 아주 훌륭했습니다. 우리 집안의 사람과 결혼했기 때문에 잘 알지요."

"어떤 여자였는데요?" 드투 부인이 열심히 물었다.

"아주 보석 같은 여자였어요. 아름답고 총명하고 상냥한 여자였지요. 또 신앙심도 독실했어요. 우리 어머니가 키웠는데 거의 딸이나 다름없이 대했어요. 글을 읽고 쓸 줄 알고, 자수와 바느질도 잘했어요.

게다가 노래도 정말 아름답게 불렀지요."

"그 애는 당신 집에서 태어났나요?" 드투 부인이 물었다.

"아닙니다. 아버지가 뉴올리언스 출장길에 사오셔서 어머니에게 선물로 주었어요. 여덟이나 아홉 살쯤 되었을 때였죠. 아버지는 그 애를 사는 데 얼마를 주었다는 얘기를 하지 않았지만, 얼마 전 선친의 오래된 서류들을 정리하다가 매매문서를 발견했어요. 아주 많은 돈을 지불하셨더군요. 그녀가 아주 예뻤기 때문이었지요."

조지는 캐시에게 등을 돌리고 있었기 때문에 그녀가 큰 관심을 가지고 그 얘기를 듣고 있다는 건 알지 못했다.

여기까지 듣고 있던 캐시가 조지의 팔을 가볍게 잡아당겼다. 그녀의 창백한 얼굴에 깊은 관심이 드러나 보였다. "혹시 선친께 그 애를 판 사람의 이름을 알고 있나요?"

"시몬스라는 사람이었습니다. 매매문서에 그렇게 적혀 있었어요."

"하느님, 맙소사!" 캐시는 순간 정신을 잃고 선실 바닥에 쓰러졌다.

조지와 드투 부인은 깜짝 놀랐다. 캐시의 기절 원인이 무엇인지는 몰랐지만, 두 사람은 그런 비상사태에서 취할 수 있는 조치는 다 취했다. 조지는 캐시를 돕기 위해 황급히 움직이다가 물 주전자를 쓰러뜨려 물컵을 두 개나 깼다. 선실에 있던 여러 숙녀들은 누군가 기절했다는 얘기를 듣고서 선실 문 앞에 몰려들어 환기를 시켜야 한다며 법석을 떨었다. 이렇게 하여 취할 수 있는 응급조치는 다 취했다.

불쌍한 캐시! 그녀는 의식을 회복하자 벽 쪽으로 고개를 돌리고 어린아이처럼 흐느껴 울었다. 어머니라면 그녀의 심정을 이해할 수 있을 것이다. 사람들은 몰랐겠지만, 캐시는 그 순간 하느님이 자신에게 자비를 베풀었다고 생각했다. 그리고 곧 딸을 만날 수 있으리라 예감했다. 그녀는 몇 달 뒤에 딸을 만났다. 하지만 이렇게 하면 이야기를 앞지르게 된다.

43장
결과

우리 이야기는 이제 얼마 남지 않았다. 여느 젊은이들과 마찬가지로 인도주의적 사고도 지니고 있으면서 소설 같은 그 이야기에도 마음이 끌린 조지는 일부러 신경 써서 엘리자의 매매문서를 캐시에게 보내주었다. 그 문서에 기록되어 있는 날짜와 이름은 그녀가 기억하는 내용과 일치했다. 아이의 신원에 대해서는 의문의 여지가 없었다. 이제 그녀는 도망자들의 도피 경로를 추적하기만 하면 되었다.

운명의 우연한 일치에 의해 한 팀이 된 캐시와 드투 부인은 즉각 캐나다로 건너가서 노예제로부터 도망친 사람들이 거쳐 가는 경유지를 탐문하기 시작했다. 애머스트버그에서 그들은 조지와 엘리자가 캐나다 도착 첫날에 묵었던 목사관을 찾아냈다. 그리고 그곳 목사를 통하여 조지 부부가 몬트리올에 살고 있다는 것을 확인했다.

조지와 엘리자는 자유인이 된 지 이제 오 년이 되었다. 조지는 기계 공작소에서 직공으로 일하면서 가족들을 부양하는 생활비를 벌어들이고 있었다. 딸이 하나 태어나면서 그의 가족은 네 식구가 되었다.

착하고 똑똑한 소년이 된 해리는 좋은 학교에 다니면서 열심히 공부하여 성적이 쑥쑥 오르고 있었다.

조지가 처음 캐나다에 와서 머물렀던 애머스트버그 목사관의 목사는 드투 부인과 캐시의 이야기를 듣고 깊은 감동을 받았다. 그리하여 목사는 드투 부인의 간청에 따라 몬트리올까지 동행해주기로 했다. 동생을 찾는 데 드는 경비는 드투 부인이 모두 부담하기로 했다.

이제 장면은 몬트리올 교외의 작고 아담한 집으로 바뀐다. 시간은 저녁 무렵이다. 난로에서 따뜻한 불이 타오르고 있다. 흰색 천이 덮인 다탁에 곧 저녁식사가 올라올 터였다. 방의 한구석에는 초록색 천을 덮은 테이블이 있고, 그 위에는 집필용 소형 책상, 펜, 종이가 있었다. 테이블 위에는 정선된 책들을 진열해놓은 서가가 있었다.

이것은 조지의 서재였다. 노예 생활의 고난과 낙담 속에서도 읽기와 쓰기를 익혔던 향학열은 아직도 여전해서, 조지는 여가 시간이면 독학을 하느라 여념이 없었다.

지금 그는 테이블에 앉아 책에서 읽은 내용을 열심히 적고 있다.

"조지, 어서 와요." 엘리자가 말했다. "하루 종일 일하고 이제 돌아왔잖아요. 그 책은 내려놓고 얘기나 좀 해요. 곧 차를 준비할 테니까. 어서요."

꼬맹이 엘리자는 아빠에게 아장아장 다가가 손에서 책을 빼앗고 대신 그 무릎에 앉으려고 하면서 어머니를 지원했다.

"아이고, 이 귀여운 것!" 남편들이 그 순간에 대개 그렇듯이 조지도 굴복하며 말했다.

"진작 그럴 것이지." 엘리자가 빵을 썰면서 말했다. 그녀는 약간 나이 들어 보이고 몸도 약간 난 것 같다. 전반적으로 가정주부티가 전보다 더 난다. 하지만 아주 행복하고 만족스러운 여인의 모습이다.

"해리, 오늘은 산수 점수 잘 받았니?" 조지가 아들의 머리를 쓰다듬으며 물었다.

해리는 이제 곱슬머리를 길게 기르지 않지만 검은 눈과 눈썹, 자신감이 넘치는 뚜렷한 이마는 예전 그대로이다. "아빠, 산수 모두 내 힘으로 해냈어요. 아무 도움도 받지 않고요!"

"그거 잘했구나. 뭐든지 네 힘으로 해야 돼. 너는 아버지보다 더 좋은 삶을 살게 될 거야."

그때 문에서 노크 소리가 났다. 엘리자가 다가가서 문을 열었다. "어머나, 웬일이세요?" "그동안 잘 있었나요?" 하는 소리가 나자 조지도 문 쪽으로 다가와 애머스트버그의 목사를 맞이했다. 목사 옆에는 두 부인이 있었고, 엘리자는 그들에게 들어와 앉으라고 말했다.

그 선한 목사는 약간의 프로그램을 마련해놓고 그에 따라 일을 진행할 계획이었다. 조지 집으로 가는 길에 두 부인은 그 프로그램을 준수할 것이며, 그 전에는 자신들의 신분을 밝히지 말자고 서로에게 신중하게 다짐했다.

목사가 두 부인에게 앉으라고 말하고 입을 닦기 위해 손수건을 꺼낸 후 계획대로 소개의 말을 하려는 순간, 드투 부인이 그 계획을 모두 망쳐놓고 말았다. 부인이 조지의 목에 양팔을 두르며 곧바로 자신의 신분을 발설했던 것이다. "오, 조지! 넌 나를 모르겠니? 내가 너의 누나 에밀리야."

캐시는 침착하게 소파에 앉아 기다리면서 계획된 프로그램을 착실히 이행하려 했다. 하지만 그 순간 어린 엘리자가 갑자기 나타나면서 계획이 틀어져버렸다. 어린 엘리자의 이목구비와 머리카락 등이 그녀가 마지막으로 보았던 딸의 모습 그대로였던 것이다. 아이가 그녀의 얼굴을 올려다보았다. 캐시는 아이를 품에 안고 가슴에 꽉 누르면서 그 순간의 심정 그대로 말했다. "애야, 내가 네 엄마다!"

사실 두 부인을 정해진 순서대로 소개한다는 것은 쉬운 일이 아니었다. 하지만 선량한 목사는 모든 사람들을 진정시키면서 원래 계획의 첫번째 순번이었던 연설을 시작했다. 그의 연설은 너무나 감동적이어서 좌중에 있던 모든 사람들이 흐느껴 울었다. 그런 울음이야말로 고대와 현대의 연설가들을 똑같이 기쁘게 해주는 반응이 아닌가.

사람들은 무릎을 꿇었고 목사는 기도를 올렸다. 좌중에는 소용돌이치는 격정이 일렁이고 있었기 때문에 오로지 전능하신 주님의 사랑의 품에 기대야만 휴식을 찾을 수 있었다. 기도가 끝나자 새롭게 식구를 찾은 가족은 서로 껴안으며 전능하신 그분에게 무한한 감사의 마음을 표시했다. 그분은 온갖 어려움과 위험을 뚫고 아주 미묘한 방식으로 그들을 서로 만나게 해주신 것이었다.

캐나다 도망자들 사이에서 사목 활동을 벌이는 선교사의 수첩은 소설보다 더 기이한 진실을 담고 있다. 바람이 가을 낙엽을 이리저리 휘날려서 흩어놓는 것처럼 가족을 파괴하여 그 식구들을 마구 흩어놓는 제도가 있는 한, 그 수첩은 앞으로도 그런 내용을 계속 담을 수밖에 없다. 영원의 피안과도 같이 도망자를 받아주는 이 호반의 땅은, 오랫동안 서로 잃어버렸다고 괴로워하던 사람들을 서로 만나게 해주고 환희에 찬 영교(靈交)를 나누게 한다. 캐나다에 새로운 사람들이 도착할 때마다, 아직도 노예제의 어두운 계곡 속에 빠져서 소식을 알 수 없는 어머니와 누나, 아이, 아내의 소식을 혹시 얻을 수 있지 않을까 하여, 많은 현지인들이 몰려들어 열심히 소식을 묻는다.

이곳에서는 영웅적인 행동이 소설 속에서보다 더 많이 벌어진다. 고문에 도전하고 죽음을 두려워하지 않으면서 도망자들은 다시 고문과 위험의 어두운 땅으로 되돌아가 그의 누나와 어머니, 아내를 자유의 땅으로 데려오려고 필사적인 시도를 한다.

한 선교사는 우리에게 어떤 젊은이 얘기를 해주었다. 그 젊은이는 누나를 구출하려는 영웅적 행위를 펼치다 두 번이나 잡혀서 모질게 채찍질을 당하고도 다시 도망쳤다. 선교사가 우리에게 읽어준 편지에서 그는 기필코 누나를 데려오기 위해 세번째 귀향을 시도하겠다고 말했다. 독자여, 이 젊은이는 영웅인가, 아니면 죄인인가? 당신도 누나를 위해서라면 그 정도는 하지 않겠는가? 당신은 그를 비난할 수 있는가?

이제 우리의 친구들에게로 돌아가보자. 그들은 너무나 갑작스럽게 너무나 큰 기쁨을 맞이하는 바람에 많은 눈물을 흘리고 나서야 서서히 흥분을 가라앉혔다. 이제 테이블 주위에 둘러앉은 그들은 점점 더 친밀감을 느꼈다. 어린아이를 무릎 위에 올려놓고 있는 캐시는 가끔 그 어린 것을 꼬집어서 아이를 놀라게 했다. 또 아이가 내미는 케이크를 먹지 않겠다고 완강하게 버티면서 자기는 케이크보다 더 좋은 것을 가지고 있기 때문에 그것이 필요 없다고 말했다. 아이는 그게 뭘까 하고 의아하게 생각했다.

그 후 이삼 일 사이에 캐시에게 엄청난 변화가 찾아와 우리 독자는 그녀를 거의 알아보지 못할 정도가 되었다. 절망과 고뇌가 가득했던 그녀의 얼굴은 온유한 믿음의 표정으로 바뀌었다. 그녀의 온몸에는 가정과 가족이 주는 안락한 기운이 자연스럽게 녹아들었다. 어린아이들을 가슴에 안으면서, 바로 이것이 자신이 그토록 오랫동안 기다려왔던 것이라는 생각이 들었다. 캐시의 사랑은 어른이 된 딸보다는 어린 엘리자에게 더욱 자연스럽게 흘러갔다. 그 아이는 캐시가 잃었던 아이의 정확한 모상(模像)이었던 것이다. 어린 엘리자는 어머니와 딸을 자연스럽게 이어주는 꽃다운 연결고리였고, 그 아이를 통해 모녀의 이해와 애정은 더욱 깊어졌다. 성경을 꾸준히 읽어서 더욱 단단해진 엘리자의 신앙심은 찢겨져서 피곤한 캐시의 마음을 어루만지는 좋은 길잡이가 되었다. 캐시는 곧 이 좋은 영향력에 전적으로 복종하여 온유하면서도 독실한 기독교인이 되었다.

하루 이틀이 지나자 드투 부인은 동생에게 자신의 상황을 말했다. 남편이 죽으면서 큰 유산을 남겼는데 그것을 소지 가족과 나누어 쓰고 싶다는 관대한 제안이었다. 그녀가 조지에게 어떻게 해주었으면 좋겠냐고 묻자 그가 대답했다. "누나, 나는 공부를 더 하고 싶어요. 그게 늘 내가 원하던 것이었어요. 그 외의 것은 내가 다 할 수 있어요."

좀더 숙고한 끝에 전 가족이 몇 년간 프랑스에 가서 살기로 결정이 났다. 그들은 프랑스로 건너가면서 에멀린도 데리고 갔다.

용모가 아름다웠던 에멀린은 항해 도중에 그 배의 일등항해사의 마

음을 사로잡게 되었다. 기항지에 입항한 직후 그녀는 그 선원의 아내
가 되었다.

조지는 프랑스에서 대학 사 년을 다녔다. 열심히 공부에 전력하여
아주 훌륭한 교육적 성취를 이루었다.

하지만 프랑스에서 정치적 소요가 발생하자 조지의 가족은 다시 피
난처를 찾아 이 나라로 돌아오게 되었다.

훌륭한 교육을 받은 조지의 생각과 의견은 한 친구에게 보낸 다음
편지에 잘 드러나 있다.

나는 장래의 진로에 대해 다소 혼란스러워하고 있다네. 자네가
나한테 말한 것처럼 나는 이 나라의 백인들 사이에 섞여서 살아갈
수도 있어. 나의 피부색은 아주 희고 아내와 가족들도 거의 눈치채
지 못할 정도로 얼굴이 흰 편이니까. 백인들에게 고마워하며 그렇
게 할 수도 있겠지. 하지만 나는 그러고 싶은 마음이 없어.

나는 아버지의 종족보다는 어머니의 종족에게 더 깊은 공감을 느
껴. 나는 아버지에게 강아지나 말 이상의 존재가 되지 못했어. 그러
나 상심하여 가슴이 다 무너져내린 불쌍한 어머니에게는 나는 진정
한 자식이었지. 모자를 갈라놓은 잔인한 노예 매매 때문에 나는 어
머니가 돌아가실 때까지 다시 어머니를 만나지 못했어. 하지만 어
머니가 진정으로 날 사랑했다는 걸 잘 알아. 어머니가 겪은 고통,
나 자신이 어린 시절에 겪었던 고통, 내 아내의 고통과 영웅적인 노
력, 뉴올리언스 노예시장에서 팔려간 누나의 고통, 이런 것들을 생
각하면, 앞으로 미국인으로 지낸다거나 미국인들 사이에 어울려 지

내는 일은 하고 싶지 않아. 이렇게 말한다고 해서 내게 기독교적 감정이 부족하다고 생각하지는 말아주게.

나는 노예 상태로 억압당하고 있는 아프리카 종족과 내 운명을 함께할 거야. 나의 솔직한 소원을 말해보라고 한다면, 내 피부 색깔이 지금보다 한 단계 더 희어지기보다는 두 단계 더 검어지기를 바란다고 말하겠네.

내 영혼이 원하고 동경하는 것은 아프리카의 민족성이야. 나는 독립적이면서도 객관적 존재감을 가진 그런 민족을 원해. 그렇다면 그것을 어디서 찾아볼 것인가? 아이티는 아니야. 거기서는 뭔가 시작할 근거가 없어. 샘물은 그 시작인 샘보다 더 높이 올라갈 수가 없어. 아이티에 살고 있는 종족은 닳아빠지고 유약해진 종족이야. 이런 종족은 일어서려면 앞으로 몇 세기가 걸릴 거야.

그럼 어디를 살펴볼 것인가? 아프리카의 해안에서 하나의 공화국*을 발견했어. 자신의 노력과 독학으로 노예제의 사슬로부터 자유롭게 된 소수 정예의 사람들이 세운 공화국이야. 이 공화국은 준비 단계를 거치는 과정에서 허약한 모습을 보이기도 했으나, 이제는 지구상에서 어엿한 독립 공화국으로 자리 잡았고 프랑스와 영국도 국가로 인정했어. 나는 그곳으로 가서 나의 민족을 발견할 생각이야.

자네가 이런 내 의견에 반대하고 있다는 것을 잘 알아. 나를 나무라기 전에 내 말을 끝까지 들어주기 바라네. 프랑스에 머무는 동안

---

* 아프리카 서부 대서양 연안에 있는 라이베리아를 말함.

나는 미국에 사는 흑인들의 역사를 아주 면밀히 연구했어. 나는 노예제 폐지론자와 점진적 폐지론자 사이의 갈등에 주목했고, 방관자의 입장에서 몇 가지 생각되는 바가 있었네. 만약 내가 노예제의 현장에 있었더라면 결코 얻을 수 없는 수확이었지.

라이베리아는 우리의 압제자들이 우리를 교묘하게 이간질할 목적으로 수립한 국가임을 인정해. 우리의 해방을 지연시키겠다는 부당한 목적을 위해 라이베리아 수립 계획이 활용되었을 수도 있어. 하지만 나는 이런 질문을 갖고 있어. 인간의 모든 계획 위에는 하느님이 존재하시지 않는가? 그분이 그들의 사악한 의도를 모두 물리치고 우리를 위한 국가를 세워주신 것이 아닌가?

요즘은 매일 새로운 국가가 탄생하고 있어. 그런 국가는 공화국과 문명이라는 커다란 과제를 안고서 시작하지. 그런 과제를 스스로 발견해야 하는 것이 아니라 이미 발견된 사항들을 잘 적용하기만 하면 되는 거야. 그러니 우리는 힘을 합쳐 이 새로운 과업을 수행해나가야 해. 그러면 멋진 아프리카 대륙이 우리와 우리의 자녀들 앞에 펼쳐지게 될 거야. 우리의 국가는 문명과 기독교의 조류를 타고 앞으로 나아갈 것이고, 그곳에 강력한 공화국을 수립할 거야. 그 공화국은 열대식물처럼 재빨리 자라나 장래 모든 세대의 자손들이 그걸 누리게 될 거야.

내가 노예로 살고 있는 동포들을 버리고 떠난다고? 나는 그렇게 생각하지 않아. 내가 그들을 단 한 순간이라도 잊은 적이 있다면, 하느님께서 나를 잊어버리셨을 거야. 하지만 여기서 내가 그들을 위해 해줄 수 있는 일이 뭐가 있어? 내가 그 사슬을 끊어낼 수 있을까? 아니야, 개인의 힘으로는 절대로 그렇게 못 해. 내가 아프리카로 가서 국가의 일원이 되고 그 국가가 국가들의 협의체에서 발언권을 가질 때 비로소 우리의 의견을 강력하게 말할 수 있는 거야. 국가는 그 민족의 대의를 주장하고 항의하고 간원하고 추진하는 권리를 갖고 있어. 이런 권리를 개인은 갖지 못해.

유럽이 자유 국가들의 대 연합체가 되고, (하느님께서 그렇게 해주시리라 믿는데) 농노제도와 불공정하고 압제적인 사회제도가 모두 철폐되고, 또 유럽 국가들이 프랑스와 영국이 그렇게 한 것처럼 우리 국가를 인정해준다면, 우리는 호소할 수 있고, 노예 신분으로 고통 받는 종족의 대의를 제시할 수 있어. 그렇게 되면 자유롭고 개명된 미국은 국가의 얼굴에서 노예제의 얼룩을 닦아내려고 할지 몰라. 노예제는 국가들 사이에서도 창피한 일이고, 노예들뿐만 아니라 미국이라는 나라 자체에도 하나의 저주니까 말이야.

자네는 우리 종족이 아일랜드인이나 독일인, 스웨덴인처럼 미국 공화국 내에서 사람들과 섞여 살 권리가 있다고 주장하겠지. 물론 우리 종족은 그런 권리를 갖고 있어. 우리는 당연히 그들을 만나고 함께 섞여 살 권리가 있어. 계급이나 피부 색깔과 상관없이 개인의 노력으로 출세할 수 있어야 해. 만약 그들이 이런 우리의 권리를 거부한다면, 인간의 평등성을 내세우는 그들의 원칙은 거짓말이 되어버려. 우리는 당연히 이 나라에 머무를 권리가 있어. 우리는 보통 사람들 이상의 권리를 갖고 있어. 피해를 입은 종족으로서 보상을 요구할 권리가 있는 거야. 그래도 나는 그런 권리를 원하지 않아. 나는 내 나라, 내 민족을 원해. 아프리카 종족은 독특한 특징을 갖

고 있기에 문명과 기독교의 빛 앞에서 찬란하게 국운이 펼쳐지리라
고 생각해. 그 빛은 앵글로색슨 종족의 그것과 동등하거나 아니면
도덕적으로 그보다 더 우수한 유형일 거야.

갈등과 투쟁을 겪던 개척자의 시대에는 앵글로색슨 종족에게 이
세상의 운명이 맡겨져 있었어. 그 종족의 엄격하고 단호하고 정력
적인 요소가 그런 임무를 수행하기에는 아주 적절했어. 하지만 나
는 기독교인으로서 또 다른 시대가 열리기를 고대해. 나는 그 시대
의 맨 마지막에 서 있다고 생각해. 지금 여러 국가들이 겪고 있는
경련은 내가 보기에 세계적 평화와 형제애가 태어나기 위한 산통인
것 같아.

나는 아프리카의 발전은 기독교적인 발전이 되어야 한다고 생각
해. 우리 종족은 위압적이고 군림하는 종족이 아니기 때문에 당연
히 사랑이 넘치고 관대하고 용서하는 종족이 될 거야. 불의와 압제
의 용광로에서 시련을 받았기 때문에 우리 종족은 사랑과 용서의
숭고한 원칙을 더욱 명심해야 해. 오로지 사랑과 용서를 통해서만
우리 종족은 정복을 할 수 있어. 아프리카 대륙 전역에 이 사명을
전파하고 완수해야 하는 거야.

나 자신 이런 일을 하기에 허약하다는 것을 인정해. 내 피의 절반
은 뜨겁고 조급한 색슨의 피야. 하지만 나는 복음이라는 웅변가를
내 곁에 두고 있어. 바로 나의 아름다운 아내이지. 내가 방황하면
그녀의 온유한 영혼이 나를 회복시켜주고, 내 눈 앞에 우리 종족의
기독교적 소명과 임무를 상기시켜줘. 기독교적 애국자로서, 또 기
독교의 교사로서 나는 나의 나라로 갈 거야. 내가 선택한 영광스러

운 아프리카! 나는 마음속에서 아프리카를 향해 이런 영광스러운 예언의 말을 건넨다네. "너는 버림받은 몸이었다. 보기도 싫어하여 찾는 이도 없는 몸이었다. 그런데 나 이제 너를 길이 존귀하게 해주리니 대대로 사람들이 너를 반기리라."*

자네는 나를 광신자라고 할지도 모르겠어. 내가 장래의 계획을 제대로 수립하지 못했다고 지적할 수도 있을 거야. 하지만 나는 깊이 생각했고 내가 치르게 될 대가도 모두 감안해두었어. 내가 라이베리아로 가는 것은 소설 속의 낙원을 찾아가는 것이 아니라 일을 하기 위해 들판으로 나가는 거야. 나는 내 두 손으로 아주 열심히 일할 거야. 모든 어려움과 실망을 이겨낼 거야. 죽을 때까지 열심히 일할 거야. 나는 이것 때문에 거기에 가는 거야. 나는 이 점에 대해서만큼은 실망하지 않으리라고 확신해.

나의 결심에 대해 자네가 무슨 생각을 하든 나에 대한 자네의 신임을 거두지는 말아주게. 내가 무슨 일을 하든 내 민족을 위해 전심전력으로 일한다는 것을 기억해주게.

조지 해리스

조지는 몇 주 뒤 그의 아내와 아이들, 누나와 장모와 함께 아프리카로 떠났다. 우리는 앞으로 그곳에서 조지가 벌인 활동에 대해 듣게 될 것이다.

---

* 「이사야」 60:15.

다른 등장인물들에 대해서는 미스 오필리어와 톱시를 제외하고는 특별히 언급할 것이 없다. 조지 셸비에 대해서는 마지막 이별의 장에서 언급될 것이다.

미스 오필리어는 톱시를 데리고 고향 버몬트로 돌아갔다. 뉴잉글랜드 사람들이 '고향 사람들'이라고 부르는 그곳 주민들은 톱시를 보고서 깜짝 놀랐다. 처음에 '고향 사람들'은 체계적인 가정교육이라고는 모르는 기이한 존재가 도착했다고 생각했다. 하지만 미스 오필리어는 제자를 아주 꼼꼼하게 교육시켰기 때문에 톱시는 곧 우아한 숙녀로 성장하여 가족과 이웃 사람들의 사랑을 받았다. 성년이 되자 그녀는 자발적으로 세례를 받고 그곳 교회의 신자가 되었다. 그녀는 타고난 총명함과 열성을 발휘하여 적극적으로 선행을 실천했고, 이 세상에서 좋은 일을 하고자 하는 욕구로 가득했다. 그리하여 아프리카의 선교 기지에 파견될 선교사로 추천되어 승인을 받았다. 아잇적에 톱시를 그토록 괴팍하고 불안정하게 만들던 열정과 재주가 이제는 좀더 안전하고 좋은 쪽으로 집중되면서 아프리카의 어린아이들을 가르치게 된 것이었다.

그리고 마지막으로 덧붙일 내용은 일부 어머니 독자들에게 흡족한 소식이 될 것 같다. 드투 부인이 처음 시작한 탐문 과정의 결과로 최근에 캐시의 아들을 찾게 되었다. 원기왕성한 청년이었으므로 그는 어머니보다 몇 해 전에 농장에서 도망쳐 북부의 피신처에 들어가 교육을 받고 있었다. 그는 곧 가족이 있는 아프리카로 갈 예정이다.

44장
해방자

　조지 셸비는 어머니에게 집에 도착하는 날짜만 통지하는 간단한 편지를 보냈다. 옛 친구의 죽음에 대해서는 감히 써보낼 엄두가 나지 않았다. 여러 번 써보려고 했으나 눈물만 흘리고 말았다. 그때마다 어김없이 편지지를 찢어버리고 눈물을 닦은 다음 마음을 진정시키기 위해 다른 곳으로 시선을 돌렸다.

　그날 셸비 저택은 젊은 주인 조지의 도착을 기다리며 종일 즐겁고 부산한 분위기였다.

　셸비 부인은 아늑한 거실에 앉아 있었다. 벽난로에서는 히커리 장작이 활활 불타올라 늦가을 저녁의 한기를 물리쳐주었다. 저녁 식탁에는 반짝거리는 은제 쟁반과 유리잔들이 놓여 있었다. 그 작업은 우리의 옛 친구인 클로이 아줌마가 주관하고 있었다.

새 캘리코 드레스를 입은 클로이는 깨끗한 흰색 앞치마를 두르고 빳빳하게 풀을 먹인 운두 높은 터번을 쓰고 있었다. 그녀의 반들반들한 검은 얼굴은 만족스러운 듯 환히 빛났다. 그녀는 더이상 식탁 주위에 머물 필요가 없는데도 공연히 이것저것 손보고 있었다. 마님에게 말을 걸기 위한 구실이었다.

"이렇게 하는 것이 나리께 좀더 자연스럽게 보이지 않을까요?" 클로이가 말했다. "나리 식기를 나리가 좋아하는 곳에다 놓았어요. 바로 저기 벽난로 옆에다가요. 조지 나리는 늘 따뜻한 자리를 좋아했지요. 이런! 샐리가 왜 최고급 찻주전자를 내놓지 않았지? 조지 나리가 크리스마스 때 마님에게 선물로 사주신 거 말이에요. 그걸 내놔야겠네요. 마님, 조지 나리한테서 무슨 소식이라도 왔나요?" 그녀가 물었다.

"응, 클로이, 근데 딱 한 줄이었어. 오늘밤에 집에 도착한다는 게 전부야."

"우리 영감에 대해서는 아무 말도 없고요?" 클로이가 여전히 찻잔을 만지작거리면서 물었다.

"없었어. 아무 얘기도 하지 않았어, 클로이. 집에 돌아오면 모든 것을 말해주겠대."

"조지 나리답네요. 뭐든지 본인이 직접 말씀하는 걸 좋아하시지요. 나는 조지 나리의 그런 점을 눈여겨보았지요. 다른 백인들은 어떻게 그리도 글을 많이 쓰는지 모르겠어요. 글쓰기는 아주 느리고 불편한 작업인데 말이에요."

셸비 부인은 미소를 지었다.

"우리 영감은 사내 녀석들과 딸애를 알아보지도 못할 거예요. 딸애

도 이제 아주 몸집이 커졌어요. 우리 딸 폴리는 얼마나 착하고 귀여운
지요. 그 애는 지금 오두막에 가서 옥수수케이크 굽는 걸 지켜보고 있
어요. 우리 영감이 좋아하는 식으로 구우라고 말해놓았어요. 영감이
남부로 내려가던 날 아침에 해주었던 바로 그 케이크지요. 오, 하느
님, 그날 아침에는 내 기분이 정말 어땠는지!"

셸비 부인은 한숨을 내쉬었다. 클로이의 그 말에 돌이 얹힌 것처럼
가슴이 답답해졌다. 그녀는 아들의 편지를 받은 이후 계속 불안했다.
그 짧은 편지의 침묵 뒤에 뭔가 불길한 것이 숨겨져 있는 것 같아 걱
정이 되었다.

"마님, 그 지폐 다발 그대로 갖고 계시지요?" 클로이가 초조하게
물었다.

"그럼, 클로이."

"주과점에서 내게 준 그 지폐 다발을 우리 영감에게 보여주고 싶어
요. 그 집 주인은 내게 '좀더 오래 있어주면 좋겠어'라고 말했지요. 하
지만 나는 이렇게 대답했어요. '나도 그러고 싶어요. 하지만 우리 영
감이 집으로 돌아오고, 또 마님은 나 없이 오래 버티기 힘드세요.' 주
과점의 존스 나리는 아주 좋은 분이었어요."

클로이는 자신의 임금으로 받은 지폐를 자신의 능력에 대한 기념품
으로 보관해두었다가 영감이 돌아오면 꼭 보여주고 싶다고 말했다.
셸비 부인은 클로이를 기쁘게 해주기 위해 즉각 동의했다.

"우리 영감이 폴리를 알아보지 못할 거예요. 남부로 내려간 지 오
년이나 되었으니. 그때는 갓난아기였지요. 제대로 서지도 못했어요.
딸애가 일어서려다가 넘어지는 것을 보고 영감이 아주 재미있어했지

요. 정말로요!"

바퀴 구르는 소리가 들려왔다.

"조지 나리예요!" 클로이 아줌마가 창문으로 달려가며 말했다.

셀비 부인은 현관문으로 달려갔고, 아들은 어머니를 양팔로 포옹했다. 클로이 아줌마는 초조하게 서서 바깥의 어둠을 응시했다.

"아, 불쌍한 클로이 아줌마!" 조지가 슬픈 표정으로 앞에 나서며 양손으로 그녀의 단단하고 검은 손을 잡았다. "그를 데려올 수 있었다면 내 재산을 모두 내놓았을 거야. 하지만 그는 더 좋은 나라로 갔어."

셀비 부인은 깜짝 놀라면서 탄성을 내질렀으나 클로이 아줌마는 아무 말도 하지 않았다.

그들은 저녁이 차려진 식당으로 들어섰다. 클로이가 그토록 자랑스럽게 여긴 돈은 여전히 책상 위에 놓여 있었다.

"여기 있어요." 그녀가 그 돈을 집어들고 떨리는 손으로 마님에게 건넸다. "이 돈은 이제 다시는 쳐다보고 싶지 않아요. 내가 들었던 소문 그대로군요. 남부로 팔려가면 농장에서 죽임을 당한다더니!"

클로이는 몸을 돌려 화가 난 듯 방 밖으로 나가려 했다. 셀비 부인이 그녀를 따라가서 부드럽게 손을 잡으며 의자에 앉히고 그녀도 옆에 앉았다.

"착하고 불쌍한 클로이." 그녀가 말했다.

클로이는 마님의 어깨에 고개를 내려놓으며 눈물을 터뜨렸다. "오, 마님! 저를 용서해주세요. 제가 속이 상해서 그랬어요. 그것뿐이에요!"

"알고 있어." 셀비 부인이 눈물을 쏟아내며 말했다. "나는 치유해주지 못하지만 예수님은 해주실 수 있어. 그분이 다친 가슴을 치료해주고 상처를 아물게 해주실 거야."

잠시 방 안에 침묵이 흐르다가 모두 함께 눈물을 흘렸다. 마침내 조지가 슬퍼하는 클로이 옆에 앉아 그녀의 손을 잡고서 아주 엄숙하면서도 슬픈 목소리로 고인의 장엄한 죽음과 마지막 사랑의 메시지를 전했다.

그로부터 한 달이 흐른 어느 날 아침, 셸비 농장의 하인들이 모두 저택의 커다란 홀에 모였다. 젊은 주인의 말을 듣기 위해서였다.

모여 있던 사람들은 주인이 손에 서류 뭉치를 들고 나오자 깜짝 놀랐다. 그것은 농장의 모든 일꾼들을 해방시켜주는 문서였다. 주인은 그 문서를 하나하나 읽으면서 당사자에게 건네주었다. 모두가 흐느껴 울었다.

많은 일꾼들이 주인 곁에 모여들어 제발 그들을 다른 곳으로 보내지 말아달라고 간청했다. 그러면서 아주 근심하는 얼굴로 노예 해방 문서를 반납하려 했다.

"우리는 지금보다 더 자유롭게 되기를 바라지 않습니다. 우리는 원하는 건 다 가지고 있습니다. 우리는 이 정든 집, 나리와 마님, 그 외의 모든 것을 떠나고 싶지 않습니다!"

"나의 좋은 친구들," 홀이 다소 잠잠해지자 조지가 말했다. "여러분이 나를 떠나야 할 필요는 없어. 우리 농장은 예전과 마찬가지로 많은 일꾼들을 필요로 해. 우리는 전과 마찬가지로 여러분이 그대로 남아주기를 바라고 있어. 하지만 여러분은 이제 자유인이 되었어. 나는 여러분과 합의한 대로 여러분에게 임금을 주겠어. 자유민의 좋은 점은, 내가 빚을 지거나 죽게 되더라도(이런 일은 언제든지 벌어질 수 있으니까) 팔려갈 염려가 없다는 거야. 나는 농장을 계속 운영할 계획이고 여러분에게 교육을 시킬 생각이야. 여러분이 읽고 쓰기를 배우려면 좀 시간이 걸리겠지. 하지만 여러분은 자유민으로서 여러분에게 주어진 권리를 어떻게 사용해야 하는지 배워야 할 필요가 있어. 여러분 모두 의욕적으로 교육에 임해줬으면 해. 나는 하느님 앞에서 여러분들을 충실히 가르칠 것을 맹세해. 자, 여러분, 위를 쳐다보고 자유의 축복을 주신 하느님께 감사 기도를 올려."

농장에서 오래 살면서 머리는 하얗게 세고 눈은 멀어버린 아주 늙은 흑인이 일어서서 떨리는 손을 들어올리며 말했다. "우리 모두 주님에게 감사 기도를 올립시다!" 그들은 모두 약속이나 한 듯이 무릎을 꿇었고, 노인은 아주 감동적이고 정성 어린 주 찬미 기도를 올렸다. 그 정직한 노인의 가슴에서 울려나오는 기도는 교회의 오르간과 종소리에 실린 주 찬미 기도보다 더 장엄하고 더 간절했다.

그들이 기도를 마치고 일어서자 또 다른 흑인이 감리교 찬송가를 불렀다. 가사는 이러했다.

환희의 해가 돌아왔다.
이제 구원된 죄인들이여, 집으로 돌아가라.

"한 가지 더 말해줄 것이 있어." 조지가 흑인들의 감사 인사를 진정시키며 말했다. "여러분은 우리의 선량한 친구 톰 아저씨를 기억하지?"

조지는 톰이 죽어가던 장면과 농장 사람들에게 사랑을 담아 전해준 작별 인사를 짧게 말해주었다. 그리고 이렇게 덧붙였다.

"여러분, 나는 그의 무덤에서 결심했어. 모든 노예를 해방시켜주고 단 한 명의 노예도 소유하지 않겠다고. 나 때문에 흑인들이 가족과 친구들과 헤어져서 톰 아저씨처럼 외롭게 죽어가는 일이 없게 하겠다고. 그러니 여러분이 앞으로 자유를 누릴 때마다 그것이 착한 톰 아저씨 덕분임을 기억하고 그의 아내와 자녀들에게 친절하게 대해주었으면 좋겠어. 톰 아저씨의 오두막을 볼 때마다 여러분의 자유를 생각해. 그 집이 여러분에게 하나의 기념비가 되어, 여러분이 그의 뒤를 따라 그처럼 정직하고 충실한 기독교인이 되기를 기원해."

45장
맺는말

작가는 전국 각지의 여러 독자들로부터 이 소설 속의 이야기가 진실이냐는 문의를 받았다. 이런 여러 질문들에 대해 작가는 단 한 번의 포괄적인 답변을 하고자 한다.

이 이야기를 구성하는 각개의 사건들은 상당 부분 사실이며, 그 사건들 중 많은 것들이 작가가 직접 목격한 것이거나 아니면 작가의 친한 친구들이 목격한 것이다. 작가와 친구들은 이 소설에 소개된 인물들에 상응하는 실제 인물들을 직접 보았다. 또한 등장인물들이 하는 말들도 작가가 직접 들었거나 작가에게 보고된 것들이다.

엘리자의 용모와 성품은 현실에서 그대로 가져온 것이며, 톰 아저씨의 철저한 충직성과 정직성, 경건함 등은 작가가 개인적으로 알고 있는 사항이다. 가장 비극적이고 낭만적이며 또 끔찍한 사건들도 현실에서 유사한 사례를 찾아볼 수 있다. 어머니가 아이를 안고 얼음이 떠 있는 오하이오 강을 건넌 사건은 잘 알려진 사실이다. 제2권에 나오는 '프루 할멈'의 이야기는 작가의 남동생이 직접 목격한 사건이다. 당시 뉴올리언스에서 대형 상사의 수금원으로 근무하고 있던 동생으로부터 성품이 포악한 농장주 리그리 이야기도 듣게 되었다. 동생은 수금 출장을 나갔다가 그의 농장을 방문한 얘기를 이렇게 써서 보냈다. "그는 실제로 나에게 그 주먹을 한번 만져보라고 했다. 그것은 네모난 쇳덩어리로, 마치 대장간의 망치 같았다. 그는 '흑인들을 하도 내리치다 보니 주먹이 이렇게 단단해졌다'고 말했다. 나는 그 농장을 떠나면서 긴 한숨을 내쉬었다. 악마의 소굴에서 벗어난 느낌이었다."

톰의 비극적 운명과 관련해서도 그와 유사한 사례가 아주 많다. 전국 각지에 그것을 증언해줄 살아 있는 증인들도 많다. 하지만 다음과 같은 사실을 기억해야 한다. 남부의 주들에서는 유색 인종이 백인 상대의 법정 소송에서 증언할 수 없다는 것이 법률적 원칙이다. 성질이 불같아서 자기의 이익을 돌보지 않는 주인과, 남자다움 또는 원칙에 입각하여 주인의 의지에 저항하는 노예 사이의 갈등은 얼마든지 있을 수 있다. 실제로 소유수의 인품 이외에는 노예의 목숨을 보호해주는 장치는 아무것도 없다. 너무나 충격적인 사건들이 일반 대중의 귀에까지 흘러들어가는데, 그 사건들에 대한 반응은 사건 자체보다 더 충격적이다. 다들 이렇게 말하는 것이다. "종종 이런 사건들이 발생할 수도 있지. 하지만 전체 상황을 대표하는 표본이라고는 할 수 없어." 만약 뉴잉글랜드의 법률상 스승이 가끔 도제를 때려죽여도 법정에 소환되지 않는다면, 과연 사람들은 똑같이 평온한 마음으로 대응할 수 있을까? "그건 희귀한 일일 뿐 전체 상황을 대표하는 표본은 아니야" 라고 말할 수 있을까? 이런 불공정은 노예제도 속에 내재한 것이다. 노예제는 그런 불공정이 없이는 존재하지 못한다.

아름다운 뮬라토나 쿼드룬 소녀들을 판매하는 후안무치한 일도 필호(號) 나포 사건 이후 널리 알려지게 되었다. 이 사건의 피고측 변호사인 호레이스 만의 연설에서 다음 내용을 인용하기로 한다. 그는 이렇게 말했다. "1848년에 범선 필 호(나는 이 배의 선원들 변호를 맡았다)를 타고 컬럼비아 지구를 달아나려 했던 일흔여섯 명 중에는 젊고 건강한 소녀들이 여러 명 있었다. 그들은 감정가들이 높은 가격을 매기는 매력적인 용모와 몸매를 갖고 있었다. 엘리자베스 러셀은 그런 소녀들 중 한 명이었다. 그녀는 곧 노예상인의 독아(毒牙)에 빠져들어 뉴올리언스 시장에서 팔릴 운명이었다. 그녀를 본 사람들은 그녀의 운명을 불쌍하게 여겨 그녀를 되사기 위해 천팔백 달러를 모금했다. 그런 기부를 하고 나면 돈이 한 푼도 남지 않을 사람도 있었다. 하지만 악마 같은 노예상인은 인정사정이 없었다. 그녀는 뉴올리언스로 보내졌다. 하지만 하느님이 자비를 베푸셔서 중간쯤 갔을 때 그녀는 갑자기 숨을 거두었다. 같은 무리에 에드먼슨이라는 이름을 가진 두 자매가 있었다. 그들이 뉴올리언스 시장으로 보내질 처지가 되자, 언니가 절반쯤 실성한 상태가 되어 소유주에게 하느님의 사랑을 봐서라도 두 자매를 살려달라고 호소했다. 소유주는 자매가 멋진 옷에 멋진 가구를 가지고 살게 될 거라고 농담을 했다. 그러나 언니가 말했다. '그것이 이승에서는 좋겠지만, 저승에 가면 무슨 소용이 있나요?' 어쨌든 그들은 뉴올리언스로 보내졌으나 그 후에 엄청난 가격을 지불하고 되사왔다." 이런 사례들을 볼 때 에멀린과 캐시는 현실에서 얼마든지 찾아볼 수 있는 사례가 아닌가?

작가는 또한 세인트클레어처럼 공정하고 관대한 사람이 실제로 있다는 사실도 지적해두고자 한다. 다음의 일화는 그것을 보여준다. 몇 년 전 남부의 한 젊은 신사가 총애하는 하인을 데리고 신시내티를 방문했다. 그 하인은 소년 시절부터 그 신사의 시종으로 일해왔다. 하인은 그 기회를 이용하여 자신의 자유를 얻어야겠다고 마음먹고 이런 일을 잘 주선해주는 퀘이커 정착촌으로 달아났다. 소유주는 그 사실을 알고 크게 분개했다. 신사는 언제나 하인에게 잘 대해주었고 하인의 충성심을 확신했기 때문에, 그 하인이 누군가의 사주를 받아서 달아났다고 판단했다. 그는 크게 화를 내며 퀘이커 정착촌을 찾아갔다. 그 신사는 아주 솔직하고 공정한 사람이었으므로 곧 퀘이커교도의 논리와 설명을 듣고 진정되었다. 그것은 그 신사가 한 번도 들어보거나 생각해본 적이 없는 논리였다. 신사는 즉시 퀘이커교도에게 말했다. 만약 그의 하인이 신사의 면전에서 자유로워지고 싶다는 의사를 밝힌다면 그를 풀어주겠다고. 그리하여 신사와 하인 간의 면담이 주선되었다. 젊은 주인은 잘못 내했던 적이 있었느냐고 네이턴에게 물었다.

"없었습니다, 나리." 네이턴이 말했다. "나리는 제게 언제나 잘해주셨습니다."

"그렇다면 왜 나를 떠나려 하느냐?"

"나리는 갑자기 돌아가실 수도 있습니다. 그러면 저는 어떻게 됩니까? 그걸 생각하면 차라리 자유인이 되는 게 낫다고 생각했습니다."

잠시 생각하더니 젊은 주인이 말했다. "네이턴, 내가 너의 입장이었더라도 똑같은 생각을 했을 거다. 너는 이제 자유야."

신사는 즉시 하인에게 해방문서를 써주고 퀘이커교도의 손에 상당한 돈을 쥐여주면서 하인이 새 출발 할 수 있도록 잘 써달라고 부탁했다. 또 젊은 하인에게 자상하고 지혜로운 충고의 편지도 써주었다. 그 편지는 한동안 작가의 손에도 들어온 적이 있다.

작가는 많은 경우에 남부의 개개인들이 고상하고 관대하며 인정미 넘치는 사람들이라는 사실이 제대로 전달되었기를 희망한다. 이런 사람들이 있기 때문에 우리는 인류에 대한 완전한 절망으로부터 구제된다. 하지만 세상일에 대해 잘 아는 사람들에게 이런 질문을 던지고자 한다. 과연 이런 사람들이 어디서나 흔하게 발견되는가?

작가는 여러 해 동안 노예제 관련 책자를 읽지 않았다. 그것을 자세히 탐구하기가 너무 고통스러웠고, 또 지식이 늘고 문명이 진전하면서 자연히 그 제도가 소멸될 것이라고 보았기 때문이다. 하지만 1850년의 규제법이 통과된 이래, 기독교인이면서 인간적인 사람들마저도 도망노예들을 도로 노예제로 밀어넣는 역할을 떠맡게 되었고, 또 그것을 선량한 시민의 의무로 여긴다는 얘기를 듣고 경악과 분노를 금치 못했다. 또 북부의 자유주에서 동정적이고 친절하고 예의 바른 사람들이 이 문제에 관한 기독교인의 의무가 무엇인지를 두고 많은 논의를 벌인다는 이야기를 듣고서, 노예제가 무엇인지 그들이 잘 모르고 있다고 생각하게 되었다. 만약 그들이 노예제를 잘 안다면 이런 문제가 토론될 이유가 없다고 판단한 것이다. 그래서 작가는 노예제의 실상을 '생생한 극적인 현실'로 제시해보겠다는 생각을 품게 되었다. 작가는 노예제의 좋은 점과 나쁜 점을 아주 공정하게 제시하려고 애썼다. 노예제의 좋은 점을 묘사하는 데 대해서는 그런대로 성공을 거두었다. 하지만 나쁜 점의 경우, 그 죽음과 어둠의 계곡에서 벌어지는 수많은 일들을 모두 다 묘사하기란 애당초 불가능한 일이었다.

남부의 고상하고 관대한 신사 숙녀 여러분, 노예제라는 극심한 시련 때문에 그대들의 미덕과 관대함과 고상함이 더욱 빛난다는 것을 나는 잘 안다. 나는 여러분에게 다음과 같이 호소해본다. 여러분도 마음 속에서, 그리고 개인적인 대화 속에서, 이 저주받을 제도에는 엄청난 슬픔과 해악이 깃들어 있다고 인정하지 않는가? 그런 슬픔과 해악은 이 소설에서 겨우 그림자만 다루어진 것이라고 생각하지 않는가? 그런 제도를 혁파할 수는 없는가? 인간은 무책임한 무한 권력을 누릴 수 있는 존재인가? 노예에게 증언의 법적 권리를 부정하는 노예제는 개개 노예주를 무책임한 폭군으로 만들지 않는가? 이런 제도의 현실적 결과가 무엇인지는 누구나 추측할 수 있지 않은가? 명예와 정의와 인정을 숭상하는 사람들 사이의 일반적인 감정이 있다면, 무도한 자, 잔인한 자, 타락한 자들 사이에도 또 다른 일반적 감정이 있는 게 아닐까? 그리고 무도한 자, 잔인한 자, 타락한 자들도 마음이 순수하고 선량한 자들 못지않게 많은 노예를 소유할 수 있지 않은가? 그런데 명예롭고 고상하고 정의로운 사람들이 이 세상에는 다수인가?

이제 노예무역은 미국 법에 의해 불법으로 규정되었다. 그러나 지금도 아프리카 연안에서 조직적으로 자행되고 있는 노예무역은 미국 노예제의 필연적인 부산물이다. 그 무역의 해악과 패륜과 공포를 과연 말로 다 할 수 있을까?

지금도 수천 명의 가슴을 찢어놓고, 수천 세대의 가족을 이산시키

고, 온순하고 힘없는 종족을 광기와 절망으로 내모는 잔인한 제도에
대하여, 작가는 이 책에서 그저 희미하게 그림자 정도만 묘사했을 뿐
이다. 이 저주받을 거래 때문에 어머니가 자식을 죽이는 경우도 있다.
그것을 증언해줄 사람들도 있다. 그들은 죽음보다 더 큰 슬픔을 당하
여 죽음에서 피난처를 얻고 있다. 미국 법률의 그늘 아래, 그리스도의
십자가 그늘 아래, 우리나라의 연안에서 매일 시시각각 벌어지는 저
끔찍하고 살벌한 현실에 필적할 만한 비극적 작품은 쓸 수도 없거니
와 말할 수도 구상할 수도 없다.

  미국의 선남선녀들이여, 이것을 사소한 일로 치부하여 가볍게 사죄
하고 이어 침묵 속에 묵인할 것인가? 겨울 저녁 벽난로 옆에서 이 책
을 읽는 매사추세츠, 뉴햄프셔, 버몬트, 코네티컷의 농부들이여, 메인
주의 강인하고 관대한 선원들과 선주들이여, 이것은 당신들이 용납하
고 격려할 사항인가? 뉴욕 주의 용감하고 관대한 사람들이여, 부유하
고 유쾌한 오하이오의 농부들이여, 드넓은 대초원 주들의 사람들이
여, 대답하라. 이것이 보호하고 용납할 만한 제도인가? 미국의 어머
니들이여, 자녀들의 요람 옆에서 인간을 사랑하고 동정하도록 배운
어머니들이여, 신성한 사랑에 의해 당신들은 자녀를 낳았다. 아이들
의 아름답고 순진무구한 어린 시절은 당신들의 기쁨이었다. 모성의
동정과 연민으로 당신들은 아이들이 커나가는 것을 지켜보았다. 아이
들이 좋은 교육을 받도록 옆에서 지켜보았다. 아이들의 영혼이 영원
히 선량하도록 당신들의 기도로 숨을 불어넣어주었다. 나는 여러분에
게 호소하는 바이다. 당신들과 똑같은 애정을 가졌으되 그들의 자녀
들을 보호하고 인도하고 교육하는 법적 권리를 갖지 못한 어머니를

불쌍하게 여겨주기를 바란다. 아이가 아프던 때를 기억하고, 결코 잊어버릴 수 없는, 죽어가는 아이의 눈동자를 기억하고, 아무런 도움도 주지 못해 가슴을 쥐어짜게 하던 아이의 마지막 비명을 기억하고, 텅 빈 요람과 적막한 유아실의 황량함을 기억하면서, 나는 여러분에게 호소하는 바이다. 미국의 노예무역에 의해 날마다 아이와 헤어지는 이 어머니들을 불쌍히 여겨주기를 바란다. 말하라, 미국의 어머니들이여, 이것이 과연 옹호하고 동정하고 묵인해야 할 제도인가?

자유주의 주민들은 이 제도와 관계가 없으며 아무것도 할 수 없다고 말하려는가? 하느님 앞에서 과연 이것이 진실인가? 그것은 진실이 아니다. 자유주의 사람들도 그것을 옹호하고 격려하고 참여했다. 자유주 사람들은, 자유주에는 노예제를 변명하는 교육이나 관습이 없다는 점에서 남부 사람들보다 하느님 앞에 더 죄가 많다고 할 것이다.

만약 자유주의 어머니들이 과거에 노예제에 대하여 엄격한 입장을 취했더라면, 자유주의 아들들은 노예를 거느리지도 소유하지도 않았을 것이다. 자유주의 아들들은 우리의 정부 기구에서 노예제를 확장하려 하는 것을 묵인하지도 않았을 것이다. 자유주의 아들들은 상거래에서 사람의 몸과 영혼을 상품처럼 판매하지 않았을 것이다. 북부 도시들의 상인들에 의해 잠정적으로 소유되고 또 판매되는 노예들도 많다. 그러니 노예제의 죄악과 책임이 오로지 남부에만 전가될 수 있는 것인가?

북부의 아버지와 어머니, 기독교인들은 남부의 동포들만 비난할 것이 아니라 그들 사이의 죄악을 반성해야 한다.

그렇다면 개인은 무엇을 할 수 있는가? 그것에 대하여 모든 개인은 판단을 내릴 수 있다. 모든 개인이 할 수 있는 한 가지 사항이 있다. 자기 자신이 지금 그것을 옳다고 느끼는지 성찰할 수 있는 것이다. 동정적 영향력의 분위기가 모든 사람을 감싸고 있다. 인정의 문제에 대하여 건전하고 정의로운 감정을 가진 사람은 인류에게 지속적인 시혜자가 될 수 있다. 그렇다면 당신은 이 문제에 대하여 어떤 공감을 느끼는지 살펴보라! 당신의 느낌은 그리스도의 공감과 일치하는가? 아니면 세속적 정책의 궤변에 휘둘리는가?

북부의 선남선녀 기독교인들이여, 당신들은 또 다른 힘을 갖고 있다. 당신들은 기도를 올릴 수 있다! 당신들은 기도를 믿는가? 아니면 기도는 의례적 습관 같은 것이 되어버렸는가? 당신들은 해외의 이교도들을 위해 기도를 올린다. 국내의 이교도들을 위해서도 기도를 올린다. 매매와 거래의 행불행에 의해 종교적 개선의 기회가 결정되는 저 고난 받는 기독교인들을 위해서도 기도를 올리기 바란다. 그들은 기독교의 도덕을 지키기가 대단히 어렵다. 그들에게 순교의 용기와 은총이 위로부터 내려오지 않는 한.

한 가지 더 언급할 사항이 있다. 우리 자유주의 땅에는 가족들과 헤어진 불쌍한 사람들이 유입되고 있다. 기적적인 신성의 도움으로 노예제의 질곡으로부터 도망쳐온 남녀들이다. 이들은 지식도 별로 없고, 많은 경우에 도덕적 훈련도 제대로 되어 있지 않다. 기독교와 도덕의 원칙을 깡그리 뒤엎어버리는 노예제 때문에 그렇게 된 것이다. 그들은 당신들 사이에서 피난처를 얻기 위해 왔다. 교육과 지식, 기독교를 찾아 왔다.

오, 기독교인들이여, 당신들은 이 불쌍한 사람들에게 무엇을 빚지고 있는가? 미국이 아프리카 종족에게 가한 잘못에 대한 보상으로, 미국의 기독교인들은 그들에게 뭔가 해주어야 하지 않겠는가? 교회와 학교의 문을 그들에게는 닫아야만 하겠는가? 국가가 앞장서서 그들을 쫓아내야 하겠는가? 그리스도의 교회가 그들에게 가해지는 모욕을 묵과하고, 도움을 청해 내뻗은 힘없는 손으로부터 고개를 돌려야 하겠는가? 그런 침묵으로써 그들을 자유주의 땅으로부터 내쫓는 잔인한 행동을 격려해야 하겠는가? 만약 그렇게 된다면 그것은 서글픈 광경이 아니겠는가? 만약 그렇게 된다면 이 나라는 전율하지 않겠는가? 국가의 운명은 연민과 동정심이 많은 하느님의 손에 있다는 것을 기억한다면 말이다.

당신은 이렇게 말할지도 모른다. "우리는 그들이 여기 있는 걸 원치 않는다. 그들을 다시 아프리카로 보내자."

신성이 아프리카에 그들을 위한 피난처를 마련해주었다는 사실은 정말 주목할 만한 것이다. 하지만 그렇다고 해서 그리스도의 교회가 이 버림받은 종족에 대해 갖고 있는 책임을 벗어버릴 사유는 되지 못한다.

라이베리아를 무식하고 경험 없고 반(半)야만적인 종족(노예제의 사슬로부터 방금 도망쳐온 종족)으로 채우는 것은 이 새로운 사업의 초창기에 부수되는 갈등과 투쟁의 시간을 영원히 연장시키는 것이 될 뿐이다. 북부의 교회는 고통 받는 이 불쌍한 자들을 그리스도의 정신으로 받아들여야 한다. 그들에게 기독교적인 사회와 학교의 교육을 베풀어야 한다. 그리하여 그들이 어느 정도 도덕적, 정신적 성숙함을 성취했을 때 비로소 라이베리아로 건너가게 해야 한다. 그러면 그들은 미국에서 배운 교훈을 거기서 잘 실천할 수 있을 것이다.

북부에는 이런 일을 하고 있는 비교적 소수의 사람들이 있다. 그 결과 전에 노예였던 사람들이 재산과 명성, 교육을 급속히 획득하고 있다. 그들이 처한 환경을 감안할 때 그들의 재능은 놀라운 것이다. 그들은 정직하고 친절하며 온유한 특징을 보였다. 영웅적인 노력과 극기심을 발휘했고 아직도 노예 상태에 있는 친척과 친구들을 사들이기 위해 모든 노력을 아끼지 않았다. 그들이 태어난 환경을 감안할 때 그런 노력은 정말 놀라운 것이다.

작가는 노예주들의 경계 선상에서 오랫동안 살아서 전에 노예였던 사람들을 목격할 기회가 많았다. 그들은 작가의 가정에 하인으로 들어오기도 했다. 그들을 받아줄 교육 시설이 없었기 때문에 작가는 가정 내 학교에서 작가의 자녀들과 함께 그들을 가르쳤다. 캐나다의 도망자들 사이에서 사목 활동을 하는 선교사들의 증언도 확보했는데, 그 내용도 작가의 체험과 일치했다. 작가가 보기에 흑인 종족의 능력은 놀라울 정도로 고무적이다.

해방노예의 첫번째 욕구는 일반적으로 말해서 교육을 받고 싶다는 것이다. 그들은 자녀들을 잘 교육시키기 위해서 뭐든지 다 하려고 한다. 작가가 직접 목격한 것과 그들을 가르친 교사들의 증언에 의하면, 그들은 아주 총명하고 빨리 배운다. 신시내티의 자선가들이 설립한 학교들이 이 사실을 증명한다.

작가는 다음과 같은 진술을 제시한다. 이것은 당시 오하이오 주 신시내티의 레인 신학교 교수였던 C. E. 스토*가 수집한 정보로 신시내티에 거주하는 해방노예들에 대한 자료이다. 흑인들은 특별한 도움이

나 격려가 없었는데도 높은 적응 능력을 보여주었다.

흑인들의 이름은 이니셜만 제시했다. 그들은 모두 신시내티 거주자들이다.

B.: 가구 제작자. 도시에 거주한 지 20년. 1만 달러의 재산을 갖고 있고 모두 자신의 손으로 벌어들인 것임. 침례교 신자.

C.: 완전 흑인. 아프리카에서 납치되어 뉴올리언스에서 팔림. 자유인이 된 지 15년. 600달러를 지불하고 스스로 자유를 사들임. 인디애나에 여러 필지의 농지를 소유하고 있음. 장로교 신자. 재산은 1만 5000~2만 달러. 모두 자신의 힘으로 번 것임.

K.: 완전 흑인. 부동산 거래인. 재산 3만 달러. 약 40세. 자유인이 된 지 6년. 자신의 가족을 위해 1800달러를 지불했음. 침례교 신자. 주인으로부터 유산을 물려받아 그것을 증식시켰음.

G.: 완전 흑인. 석탄 거래인. 약 30세. 재산은 1만 8000달러. 자신의 자유를 위해 두 번이나 돈을 지불했음. 한 번은 1600달러를 사기당했음. 자신의 노력으로 재산을 형성했음. 주인 밑에 있을 때 외부 고용을 나갔고 또 자신의 사업을 해서 돈을 모았음. 아주 선량하고 신사다운 친구임.

W.: 4분의 3 흑인. 이발사 겸 웨이터. 켄터키 출신. 자유인이 된 지 19년. 자신과 가족을 위해 3000달러 이상을 지불했음. 재산은 2만 달러로 모두 자신의 힘으로 모았음. 침례교의 집사.

---

* 작가의 남편인 캘빈 엘리스 스토(Calvin Ellis Stowe)를 말한다.

G. D. : 4분의 3 흑인. 미장이. 켄터키 출신. 자유인이 된 지 9년. 자신과 가족을 위해 1500달러를 지불했음. 60세로 최근에 사망. 재산 6000달러.

스토 교수는 이렇게 말했다. "G의 경우를 제외하고 이들은 모두 내가 몇 년 동안 개인적으로 알고 지낸 사람들이며, 내가 직접 알고 있는 사실을 진술한 것이다."

작가는 늙은 흑인 여자 한 사람을 알고 있다. 그녀는 작가의 아버지 집에 세탁부로 고용되었다. 이 여자의 딸은 노예와 결혼했다. 그 딸은 아주 활동적이고 유능한 여자였는데, 자신의 근검절약과 극기심으로 남편을 해방시키기 위한 돈 구백 달러를 모았다. 그녀는 돈을 버는 족족 그 돈을 남편의 주인에게 지불했다. 그런데 약정된 가격에서 백 달러가 남았을 때 그 주인이 사망했다. 그녀는 이미 지불한 돈을 한 푼도 돌려받지 못했다.

이런 것들은 노예가 자유인의 상태에서 보여주는 극기심과 정력, 인내력, 정직성의 무수한 사례들 중 일부에 지나지 않는다.

이런 흑인들은 온갖 불이익과 낙담에도 불구하고 아주 용감하게 행동하여 안정적인 부와 사회적 지위를 획득하는 데 성공했다. 오하이오 법에 의하면 흑인은 투표를 할 수 없다. 흑인들은 몇 년 전까지만 해도 백인 상대의 법정 소송에서 증인이 될 자격이 없었다. 이러한 사례는 오하이오 주에만 국한된 것이 아니다. 연방의 모든 주에서, 노예주의 족쇄를 벗어던진 다음 놀라운 정도의 의지를 발휘하며 독학하여 그럴듯한 사회적 지위를 성취한 흑인들을 많이 볼 수 있다. 목사 중에서는 패닝턴, 편집자 중에서는 더글러스와 워드의 경우가 잘 알려진 사례이다.

이 박해받은 종족이 온갖 불이익과 낙담 속에서도 이 정도를 해냈으니, 그리스도 교회가 주님의 정신으로 그들에게 도움을 베풀어준다면 지금보다 훨씬 더 많은 것을 성취할 것이다.

지금은 전 세계의 국가들이 변화의 소용돌이에 휘말려 요동치는 시대이다. 마치 지진처럼 강력한 힘이 온 세상을 휘감고 있다. 미국은 안전한가? 제 가슴에 아직 해결하지 못한 엄청난 불의를 안고 있는 나라들은 이런 격변의 요소를 갖고 있다.

이 강력한 힘은 무엇이기에 인간의 자유와 평등을 요구하는 이런 신음 소리를 모든 나라에서 모든 언어로 외치게 만드는가?

오, 그리스도의 교회여, 시대의 징후를 읽어라. 이 강력한 힘은 그분의 성령이 아니고 무엇이겠는가? 그분의 왕국은 이제 곧 다가올 것이고, 하늘에서와 같이 땅에서도 그분의 뜻이 이루어질 것이다.

하지만 누가 그분의 재림의 날을 기다릴 수 있을 것인가? "보아라, 이제 풀무불처럼 모든 것을 살라버릴 날이 다가왔다. 그분은 품꾼의 삯을 억울하게 계산하며, 과부와 고아를 압제하며, 나그네를 억울하게 하며, 주를 경외하지 아니하는 자들에게 속히 증언할 것이다. 그리고 압제자들을 산산조각 낼 것이다."*

이 말씀이야말로 엄청난 부정을 저지르는 나라에게 주는 무서운 말씀이 아니겠는가? 기독교인들이여! 그리스도의 왕국이 오기를 기도

---

* 「말라기」 3:19~20을 약간 바꾸어 표현한 것.

할 때마다 구원의 해가 '응징의 날'과 함께 온다는 예언서의 말씀을 어떻게 잊어버릴 수 있겠는가?

은총의 날이 아직 우리에게 남아 있다. 북부와 남부는 하느님 앞에서 죄를 지었다. 기독교 교회는 하느님 앞에서 해명해야 할 일이 많다. 불의와 잔인함을 보호하여 죄악을 공동의 재산으로 삼는다면 연방은 결코 구원되지 못할 것이다. 그보다는 참회와 정의, 자비를 애써 실천해야 한다. 왜냐하면 불의와 잔인함을 저질러 하느님의 분노를 사게 되는 지상의 법보다는, 맷돌을 바다에 가라앉게 만드는 영원의 법이 훨씬 더 강력하기 때문이다.*

---

* 「요한묵시록」 18:21. "또 힘센 한 천사가 큰 맷돌 같은 바윗돌을 들어서 바다에 던지며 말했습니다. '그 큰 도성 바빌론이 이렇게 던져질 것이니 다시는 그 모습을 찾아볼 수 없을 것이다.'"

세계사를 바꾼 가장 고귀한 소설

　해리엇 비처 스토의 『톰 아저씨의 오두막』은 19세기 후반에 미국과
유럽에서 도합 300만 부 이상이 팔린 공전의 베스트셀러로 성경 다음
으로 많이 팔린 책이다. 또한 작가의 사후에도 절판되지 않고 지속적
으로 출간되어 발표한 지 160년이 다 되어가는 지금까지도 여전히 전
세계 독자들의 사랑을 받고 있다. 이 책은 미국의 남북전쟁 이전에 미
국 국민들의 양심에 호소하여 낙타(노예제)의 등을 부러뜨린 '마지막
지푸라기'가 된 유명한 항의 소설이다.

　이 책은 지난 160년 동안 32개 국어로 번역되었으며 연극으로도 각
색되어 지속적으로 공연되었다. 하지만 한국에서는 아동문학으로 잘
못 인식되기도 했고, 또 19세기 말과 20세기 초에는 미국 지식인들에
의해 대중소설로 치부되면서 본격적인 연구가 이루어지지 못하기도

했다. 그러나 20세기 후반에 들어서면서 학자들에 의해 새로이 조명되기 시작했고, 1994년 미국 노턴 출판사에서 노턴 비평판으로 이 작품을 출간함으로써 미국문학의 정전으로 자리매김하게 되었다. 이 번역본은 바로 이 노턴 비평판을 완역한 것이다. 더불어 독자들의 이해를 돕기 위해『톰 아저씨의 오두막』초판본에 실린 해멋 빌링스의 삽화들을 선별하여 실었다.

『톰 아저씨의 오두막』속에는 작가가 직접 경험하거나 목격한 사건들이 많이 인용되어 있으므로 작품을 이해하기 위해서는 작가의 생애를 살펴보는 것이 중요하며, 또 1850년 당시 미국의 남부(노예주)와 북부(자유주) 사이에 어떤 쟁점이 있었는지도 미리 파악해두면 좋을 것이다. 또한 이 작품이 아동문학이 아니라 본격문학 작품이라는 점도 명확하게 인식해야 할 필요가 있다.

남북전쟁을 촉발시킨 그 조그만 여인

해리엇 엘리자베스 비처는 1811년 목사인 라이먼 비처의 일곱번째 아이로 태어났다. 형제는 모두 9남매였는데, 다섯 살 때 어머니 록사나가 출산 후유증으로 세상을 떠나면서 해리엇은 큰언니 캐서린의 보살핌을 받으며 성장했다. 특히 아버지가 재혼하고 캐서린이 하트퍼드 여학교를 설립하자 해리엇은 학생으로, 또 나중에는 교사로 이 학교에 몸담으며 큰언니의 영향을 많이 받았다. 교사로 재직할 당시의 해리엇은 남자친구 하나 없는 몽상적인 여성으로, 학교에서는 중급 수

UNCLE TOM'S CABIN;

OR,

LIFE AMONG THE LOWLY.

BY

HARRIET BEECHER STOWE.

VOL. I.

BOSTON:

JOHN P. JEWETT & COMPANY.

CLEVELAND, OHIO:

JEWETT, PROCTOR & WORTHINGTON.

1852.

1852년에 출간된 『톰 아저씨의 오두막』 초판본의 속표지.

연극으로 제작된 『톰 아저씨의 오두막』 포스터.

준의 프랑스어와 라틴어를 가르쳤다. 해리엇의 오빠 헨리 워드 비처는 예일대 신학대를 졸업한 후 부친과 마찬가지로 목사가 되었다.

록사나의 여동생이자 해리엇의 이모인 메리는 자메이카의 노예 농장주에게 시집을 가서 처음으로 노예제의 현장을 목격하게 되었다. 농장주인 남편은 그곳의 여자 노예를 상대로 혼혈아를 여러 명 낳아 기르고 있었는데, 그것을 참혹한 인권유린으로 생각하지 않고 오히려 법과 관습에 의해 허가된 자랑스러운 행위, 즉 노예 상품을 많이 생산하여 재산을 증식하는 행위로 여기고 있었다(제18장의 프루 에피소드 참조). 뉴잉글랜드 출신의 메리 이모는 그런 남편과 별거한 후 폐병으로 일찍 세상을 떠났다. 이 이모 이야기는 어린 해리엇이 노예제의 참상에 눈뜨게 했다.

아버지 라이먼이 오하이오 주 신시내티로 전근을 가게 되자 해리엇과 언니도 아버지를 따라가 그곳에 여학교를 설립했다. 당시 아버지가 교장으로 있던 신학교에는 캘빈 스토라는 교수가 있었는데, 그는 이미 결혼하여 엘리자라는 아내가 있었다. 해리엇은 이 엘리자와 아주 친해지면서 자연스럽게 스토 교수와도 알게 되었다. 그러다가 엘리자가 콜레라에 걸려 젊은 니이에 세상을 떠나자, 해리엇은 캘빈 교수와 결혼하게 된다.

아홉 살 연상의 남편 캘빈 교수는 몽상적인 데다 우울증 증세가 있는 우유부단한 남자였다. 남편은 자신이 옳다고 생각하는 문제도 남들과 싸우기가 싫어 그냥 자신의 의견을 접어버리는 유약한 남자였다. 이런 남편을 해리엇 비처 스토는 아이를 돌보듯이 감싸주었다. 겉으로는 남편의 의사를 존중하는 모양새를 취했지만 집안의 실제적인 가장은 그녀였다. 그래서 아버지 라이먼 비처는 해리엇이 아들로 태어나고 오빠 헨리 워드가 딸로 태어났더라면 더 좋았을 거라며 아쉬워하곤 했다. 『톰 아저씨의 오두막』에 등장하는 셸비 씨 부부의 성격이 해리엇 부부와 비슷한 점이 많다.

신시내티 시절에 해리엇 부부는 자신이 법적으로 자유인이라고 주장하는 흑인 여자를 하녀로 두고 있었다. 그런데 어느 날 시내에 나갔다가 돌아온 그 하녀가 사실을 실토했다. 자신은 켄터키 농장에서 도망친 노예인데, 주인이 지금 신시내티로 와서 그녀를 추적 중이라는 것이었다. 하녀는 해리엇에게 자신을 구해달라고 간청했다. 해리엇의 남편과 오빠 헨리 워드는 밤중에 이 하녀를 마차에 태워 오하이오 오지의 농장주에게 데려가 감춰줌으로써 추적이 중지될 때까지 피신시켜주었다(제9장의 버드 상원의원 에피소드 참조).

가난한 교수의 아내였던 해리엇은 가외 수입을 위해 각종 문예지에 단편소설을 기고하고 있었다. 그러던 중 1850년에 남편이 모교인 보든 대학의 교수로 임명되면서 뉴잉글랜드로 돌아왔는데, 그해 도망노예법이 반포되는 것을 보면서 그녀는 노예제에 항의하는 소설을 써야겠다고 결심하게 된다. 오빠인 헨리 워드 목사도 한번 써보라고 권유했다. 특히 오빠의 주선으로 만난 흑인 목사 조시아 헨슨의 삶은 '톰 아저씨'라는 인물을 창조하는 데 결정적인 계기가 되었다. 헨슨은 젊은 시절 노예였으나 캐나다로 도주한 후 자유의 몸이 되어 북부에서 목사로 목회 활동을 하고 있는 인물이었다. 이렇게 해서 해리엇 스토는 1851년에 노예제에 반대하는 신문인 〈내셔널 이러〉에 『톰 아저씨의 오두막』을 연재하고, 그다음 해인 1852년에는 두 권짜리 단행본으로 출간했다. 본 번역본에서 제1권과 제2권으로 구분한 것은 이 원전의 구분을 그대로 따른 것이다.

해리엇 스토는 자식을 둘이나 앞세우는 개인적 불행을 겪기도 했다. 1849년에 한 살이 채 안 된 어린 아들 새뮤얼을 콜레라로 잃었고, 1857년에는 다트머스 대학에 다니던 맏아들 헨리가 물에 빠져 열아홉의 나이로 목숨을 잃었다. 해리엇 스토는 이때 처음으로 하느님을 원망하며 죽고 싶은 심경을 토로했다고 한다. 그러나 『톰 아저씨의 오두막』에서 죽어가는 톰에게 모든 것을 하느님 손에 맡기며 영생을 바라보는 환희의 모습을 부여했던 작가가, 어떻게 하느님을 원망할 수 있겠는가. 한참 뒤에 마음의 평정을 얻은 해리엇은 큰언니 캐서린에게 이런 편지를 보냈다. "언니, 내게 속삭이는 이런 목소리를 들었어요. '너는 하느님을 믿지? 그분이 너를 사랑한다는 것을 믿지? 그분이 네 아들을 단 한 순간의 지체도 없이 영원으로 데려가셨는데 무엇을 고뇌하는 거지? 네 아들이 지금 어디에 있다고 생각하는 거지?'"

1861년 남북전쟁이 발발하자 해리엇은 북부의 편을 들어 맹렬한 유세를 펼쳤으며, 아들 프레데릭도 북군 대위로 참전했다가 의병제대했다. 1862년 11월 해리엇이 백악관의 링컨 대통령을 방문했을 때 대통령은 "당신이 이 엄청난 전쟁을 촉발시킨 책을 쓴 그 조그마한 여인이로군요"라고 말했다.

해리엇 스토는 『톰 아저씨의 오두막』 이외에도 여덟 편의 장편소설을 더 썼다. 남편 캘빈은 1886년 여든넷의 나이로 사망했고, 해리엇은 그보다 십 년 뒤인 1896년에 여든다섯의 나이로 하트퍼드의 집에서 눈을 감았다.

경제적 이득과 도덕적 원칙의 충돌

이 작품을 집필하게 된 직접적인 계기는 1850년에 반포된 도망노예법이었다. 이 법을 이해하기 위해서는 미국 노예제의 간략한 역사를 알아볼 필요가 있다.

북아메리카에 아프리카 노예들이 처음 들어온 것은 1619년이었다. 17세기 말에 이르자 남부의 담배 농장에서는 흑인 노예들을 주된 노동력으로 삼았다. 1776년 미국 독립 이후 주로 남부의 주들이 노예제를 지역 경제의 하부구조로 삼으면서 남부와 북부 사이에 위화감이 조성되었다. 이러한 남북 분열은 경제 구조의 변화와 서부 미개척지 확장 정책에 의해 더욱 악화되었다. 북부의 주들은 임금 노동에 바탕을 둔 경제 체제를 발달시킨 반면, 목면이 산업의 핵심이던 남부의 주들은 목면을 심고 따고 가공하는 목면 농사를 모두 흑인 노예들의 노동력에 의존하고 있었다. 목면 제조기와 기계식 수확기의 도입과 함께 남부의 목면 생산은 비약적으로 증가했다. 1791년에는 200만 파운드이던 생산량이 1860년에는 10억 파운드로 늘어났다. 그때까지 노예제를 필요악으로 마지못해 허용했던 남부의 정치인들과 교회 지도자들은 이제 그것을 필수적인 제도로 인정했고, 서부 확장 정책에서도 노예주를 확대하는 정책을 지지했다.

이처럼 남부는 노예제에 관한 한 매우 직접적이고 생생한 금전적 이해관계를 갖고 있었다. 그러나 북부는 도덕적 원칙이라는 추상적 인식만 있을 뿐 금전적 이익은 없었다. 1850년 당시 미국 남부의 노예들 가격은 대충 잡아도 1억 달러는 되었다. 만약 서부 미개척지 확장 정책에 따라 이 노예 재산을 아무 제약 없이 신생 주로 수출할 수 있다면 그 가격은 금세 두세 배 뛸 것으로 예상되었다.

이런 상황에서 서부 확장 정책은 남북의 의견 차이를 결정적으로 악화시켰다. 서부의 새로 획득한 땅을 노예주로 지정한다면 당연히 노예의 수요가 많아져서 기존 남부 노예주의 노예는 가격이 상승할 터였다. 반면에 북부는 해외 여러 나라에서 지탄받는 노예제가 신생 주에까지 확대되면, 아직도 노예제도를 시행할 뿐만 아니라 오히려 확대하는 미개국이라는 오명을 뒤집어쓸 것을 우려하고 있었다. 이 문제는 1819년에 미주리가 노예주로 연방에 가입하겠다고 요청하면서 본격화되는데, 이 위기는 1820~21년의 미주리협정에 의해 타결되었다. 루이지애나 남쪽 지방에서는 노예제를 존속시키고 북쪽 지방은 자유주로 하되 미주리는 예외를 두어 노예주로 인정한다는 내용이었다. 이리하여 노예주와 자유주의 경계, 또는 북부와 남부의 경계가 되는 메이슨딕슨 라인이 설정되었다.

미주리협정은 갖은 논란 속에서도 1850년까지 효력을 유지했으나 그 이후에는 더이상 버티기 어렵게 되었다. 남부와 북부의 관계가 너무나 악화되어 전쟁 이야기가 공공연하게 나돌고 있을 때, 새 지역인 캘리포니아를 자유주로 할 것인가 노예주로 할 것인가를 두고 남북은 또다시 첨예하게 대립했다. 이런 상황에서 나온 것이 도망노예법이었다. 캘리포니아를 자유주로 하고 컬럼비아 지구에서의 노예무역을 폐지하면서, 그에 대한 보상으로 노예주에서 자유주로 도망친 노예들을 엄격히 단속하는 법령이 통과된 것이었다.

이 법은 남북의 갈등을 완화하기는커녕 더욱 악화시켰다. 북부에서는 이 법 때문에 노예제에 대해 막연하게 생각해오던 사람들이 그 해악을 구체적으로 알게 되었다. 왜냐하면 그때까지는 자유주 사람들이 도망노예를 신고해야 할 의무는 없어서 노예들의 인권 침해를 직접 체험할 기회가 드물었기 때문이다. 1851년 2월, 보스턴의 한 식당에서 일하던 도망노예 샤드라흐의 강제 구인 문제가 불거지자 북부의 노예제 반대 인사들이 격분하기 시작했다.

바로 이런 시기의 어느 일요일, 해리엇 비처 스토는 메인 주 브런즈윅의 한 교회 예배에 참석했다. 예배가 끝나고 성가대의 합창이 시작될 때, 예배석에 앉아 있던 해리엇에게 어떤 환상이 보였다. 그것은 오빠를 통해 알게 된 헨슨 목사처럼 흰옷을 입은 늙은 노예가 포악한 백인 주인에게 매질을 당해 죽어가는 환상이었다. 그 포악한 주인은 자신이 직접 매질을 하지 않고 타락한 두 흑인 감독에게 대신 시켰다. 그 늙은 흑인 성자는 죽어가면서도 두 고문자를 용서해달라고 하느님에게 기도를 올렸다. 그 환상 속에서 죽어가는 흑인 성자는 톰 아저씨였고 고문을 가하는 두 감독은 삼보와 큄보였다. 사이먼 리그리라는 이름도 이때 나왔다.

이런 환상을 바탕으로 집필된 『톰 아저씨의 오두막』은 북부에서는 발간 즉시 칭송과 찬사를 받았으나 남부에서는 격렬한 부정적 반응을 일으켰다. 해리엇은 그런 비판과 부정에 대해서는 일절 무응답으로 일관했다. 브런즈윅에 체류하던 1852년 6월 말 남부에서 익명의 편지들이 날아들었다. 한번은 남편 캘빈이 개봉한 편지 봉투 안에서 잘린 흑인의 귀가 하나 떨어져 나왔다. 반항적인 흑인 노예의 귀에서 잘라낸 것이었다. 그것은 노예들의 반항심을 자극하는 원흉으로 지목된 해리엇에게 보낸 경고였다.

같은 시기에 오빠 헨리 워드는 뉴욕의 한 신문과 인터뷰하면서, 여동생이 갑작스러운 명성에 지나친 자부심을 갖게 되지 않을까 걱정된다는 말을 한 적이 있었다. 그 내용을 이웃인 하워드 부인으로부터 전해 들은 해리엇은 이렇게 말했다.

"어머나, 오빠는 그런 걱정은 하실 필요 없어요. 그 책은 내가 쓴 게 아니라는 걸 오빠가 모르기 때문에 그래요."

"뭐라고요?" 하워드 부인이 말했다. "당신이 『톰 아저씨의 오두막』을 쓰지 않았다고요?"

"네, 난 그저 내가 본 것을 적기만 했을 뿐이에요."

"당신은 남부에 가본 적이 없잖아요." 하워드 부인이 말했다.

"가본 적이 없지요. 하지만 그 모든 것이 환상처럼 하나하나 연달아서 내 눈앞에 나타났어요. 나는 그것을 말로 옮겨놓았을 뿐이에요."

이것은 해리엇이 하느님의 영감을 받아 『톰 아저씨의 오두막』을 썼다고 주장한 최초의 증언이다. 그 후 사십 년 동안 그녀는 이 소설이 하느님의 저작이지 자신의 작품이 아니라는 일관된 입장을 견지했다.

『톰 아저씨의 오두막』이 일으킨 사회적 파장은 깊고도 넓었다. 이 작품이 나온 이후 남부와 북부의 갈등은 전쟁이 아니면 더이상 해결할 수 없는 국면으로 치달았다. 1854년에는 캔자스-네브래스카 법이 통과되어 이 두 주의 지위 문제를 지역 주민의 자유투표에 맡기게 되었다. 이렇게 되자 이 지역은 남부와 북부가 각자의 세력을 확장하려는 각축장이 되었다. 마침내 1861년 4월 남부 연맹이 섬터 요새의 수비대를 향해 포탄을 발사함으로써 남북전쟁의 막이 올라, 4년 후인

1865년 4월 남부의 리 장군이 북부의 그랜트 장군에게 항복할 때까지 계속되었다.

노예제도, 가장 사악하고 거대한 농담

이 소설의 주 내용은 노예제에 대한 폭로와 고발이다. 이야기의 두 축은 톰 아저씨와 조지 해리스인데, 이들의 행동은 노예제에 대한 양극단의 태도를 보여준다. 조지는 철저한 저항을 지향하고, 톰 아저씨는 신앙에 입각한 복종을 실천한다. 이 두 사람을 작품의 독무(獨舞)라고 한다면 양극단 사이에는 많은 군무(群舞)가 있다. 스토 여사는 그것을 '코르 드 발레'라고 말했는데(제20장), 엘리자와 클로이, 루시, 프루, 톱시, 캐시 등이 그런 군무를 맡은 조연들이다. 이들이 없었더라면 조지와 톰의 독무는 절반의 성공에 그쳤을 것이며, 이들이 있었기 때문에 우리는 노예제에 반응하는 다양한 인간 행동을 엿볼 수 있는 것이다.

조연을 맡고 있는 사람들이 주로 흑인 여자라는 점을 감안할 때 우리는 이 작품의 제목에 대해 잠시 생각하게 된다. 제목에 나온 '톰 아저씨의 오두막'은 제4장에서만 구체적으로 묘사될 뿐 그 뒤에는 한두 번 언급되는 정도에 불과하다. 그런데도 작가는 왜 '오두막'을 소설의 제목으로 삼았을까? 여기에는 노예제에 대한 비판의 뜻이 숨겨져 있다. 클로이, 루시, 프루, 톱시, 캐시 등이 보여주는 바와 같이 노예제는 인간 사회의 가장 기본 단위인 가정을 파괴하는 최악의 가정 파괴

범이다. 그 흉악함에 대하여 작가는 제2장 마지막 부분에서 다음과 같이 통렬하게 비판한다.

아주 인도적인 한 법률학자가 이런 말을 했다. "인간을 최악으로 학대하는 방법은 그를 목매달아 죽이는 것이다." 아니다. 그보다 더 나쁘게 인간을 학대하는 방식이 있다. 그것은 노예제도이다.

앞에서도 간단히 언급했지만, 노예제는 북부와 남부의 교회 지도자들까지 갈라서게 만들었다. 남부의 교회 지도자에 대해 이 작품은 등장인물들의 발언, 두 목사의 대화, 세인트클레어 부부의 대화 등을 통해 예리한 비판을 가한다. 실제로 스토 여사는 이 소설의 초판본에서 뉴올리언스에서 노예제를 지지했던 목사 조엘 파커를 실명으로 공격했으나(제12장), 파커의 소송 제기로 인해 나중에 그의 이름을 책에서 삭제했다. 교회 지도자들뿐만 아니라 미스 오필리어, 세인트클레어, 마리 등 백인 가정의 나리와 마님들이 주고받는 대화에도 노예제에 대한 가해자의 입장과 의견이 기술되어 있다.

남부 사람들은 노예제가 반문명적인 것을 알고 있으면서도 자신들의 경제적 이익 때문에 그런 본심을 숨기고 다른 이유를 둘러댄다. 가령 성경에서 흑인 종족을 노예로 삼으라고 지시했다, 백인과 흑인은 원래 신분이 다르다, 흑인들이 자기 주제를 모르는 경우가 많다, 흑인은 자유인으로 있는 것보다 주인의 보살핌을 받는 노예 상태가 더 좋다 등이 그것이다. 소설에서는 마리 세인트클레어가 이런 입장을 대변한다. 반면에 미스 오필리어는 도덕적 원칙을 내세우는 북부 사람의 입장을 대변한다. 여기서 가장 관심을 끄는 인물은 오거스틴 세인트클레어이다. 그는 남부와 북부의 입장을 종합하면서 예리한 식견을 피력한다. 노예제의 찬반 양론에 대한 그의 논평은 광범위하면서도 심오하여, 도스토옙스키의 소설에 나오는 기독교 신자와 무신론자 사이의 치열한 논쟁을 연상시킨다.

노예제를 공격하는 작가의 또 다른 무기는 유머이다. 다 알다시피 유머는 슬픔을 감추는 가면이다. 우리는 이런 유머를 제1장의 제목에서부터 만나게 된다. 헤일리는 노예를 매매하면서 살아가는 사람인데, 자기 자신이 노예들을 인간적으로 다루는 사람이라고 망상한다. 작가는 '어떤 인정 많은 남자가 소개되는 장'이라는 냉소적 유머를 구사하면서 제1장에서 헤일리를 이렇게 비평한다.

자신의 인정 많음을 설명하는 노예상인의 태도가 너무나 그럴듯하고 독창적이어서 셸비 씨는 함께 웃지 않을 수 없었다. 어쩌면 이 책을 읽는 독자들도 웃음을 터뜨릴지 모르겠다. 요즘은 인정의 괴상한 형태가 아주 다양하게 나오기 때문이다. 소위 인정 많다는 사람들이 괴상하게 말하고 행동하는 방식은 끝이 없다.

블랙 샘의 연설, 미스 오필리어, 톰 로커와 마크스, 마리 세인트클레어, 다이나의 주방 묘사 등에서도 그런 유머를 느낄 수 있다. 이 유머의 작용 때문에 소설에 나오는 슬픈 이야기들은 더욱 슬픈 분위기를 띠게 된다. 왜 스토 여사는 이처럼 유머를 많이 구사했을까? 그것은 노예제가 결국 하나의 거대한 농담이라는 비평과 상통한다. 작품

속에서 세인트클레어는 노예제가 병 주고 약 주는 웃기는 제도라고 진단한다. 노예제 아래서 살아가는 노예는 결국 사악해질 수밖에 없다는 것이다. 사람을 물건 취급하면서 어떻게 그 물건에게서 사람다운 행동이 나오기를 바랄 수 있느냐는 것이다.

자신이 악이면서도 선이라고 생각하고, 선한 사람이 자신이 실은 악일지도 모른다고 생각하는 인간성의 이원적 시각은 『톰 아저씨의 오두막』의 전편을 관통하는 사상이기도 하다. 이와 관련하여, 우리는 같은 이름이 아주 대조적인 두 인물에게 부여되어 있음을 주목하게 된다. 가령 톰 아저씨와 톰 로커, 조지 해리스와 조지 셸비, 해리(엘리자의 아들)와 헨리크(세인트클레어의 조카. 해리와 헨리크는 모두 헨리라는 이름의 변형이다) 등이 그러하다. 인간은 사랑과 파괴의 능력을 동시에 갖추고 있다. 선한 사람도 노예제 아래에서 무책임한 절대 권력을 갖게 되면 얼마든지 악한 자가 될 수도 있고, 악한 사람일지라도 종교적 감화에 힘입으면 얼마든지 선한 사람으로 거듭날 수 있다. 선과 악에 대한 이런 이원적 입장은 노예제의 전망에도 그대로 적용된다. 노예제는 분명 해악인데도 파괴되지 않는 것은, 노예제 아래에 있는 선한 농장주들 때문이라고 작가는 말한다. 그들의 관대함 때문에 악덕 농장주의 잔인한 처사가 감추어진다는 것이다. 다시 말해 악이 선의 탈을 쓰고 있기 때문에 노예제가 존속할 수 있는 것인데, 그 악을 알면서도 아무것도 하지 않는 것(선한 사람의 부작위)은 결국 그 제도를 옹호하는 것이라고 주장한다.

여기서 이 작품의 단점으로 지적된 세 가지 사항을 간단히 살펴보기로 하자. 첫째는 너무 눈물을 자아내는 신파조의 감상적 소설이라는 점이다. 둘째는 엉클 톰이 거의 흑인 사도 바울 정도로 격상되어 있어 비현실적인 느낌을 준다는 지적이다. 셋째는 소설의 구성이 허약하다는 것이다.

눈물을 자아내는 감상주의 때문에 19세기 후반에서 20세기 사이의 지식인과 학자들은 높은 미학적 기준을 제시하면서 이 소설이 객관적 초연함을 지향해야 하는 '예술'의 경지와는 거리가 멀다고 판단했고, 그래서 『톰 아저씨의 오두막』을 대중적인 프로파간다 소설로 낮게 평가해버렸다. 그러나 눈물과 유머가 서로 길항작용을 하며 소설의 전체적인 분위기를 이끌고 있다는 점을 감안하면 반드시 눈물 일변도라고 볼 수는 없으며, 또 그 눈물의 진정성 여부를 먼저 판단해야지 독자로 하여금 눈물을 많이 흘리게 한다고 해서 일방적인 감상주의라고 볼 수는 없다.

기독교 얘기를 너무 많이 한다는 지적에 대해서는, 작가 자신이 "내가 쓴 것이 아니라 하느님이 불러준 것을 받아쓴 것"이라고 증언한 사실을 감안해볼 필요가 있다. 또한 톰의 헌신적인 희생에 대해서는 논평가의 종교적 입장에 따라 평가가 극명하게 갈린다. 가령 종교의 힘에 대해 별 관심이 없는 사람은, 톰을 가리켜 살아 있는 흑인의 전형이라기보다는 작가의 기독교 사상을 전달하는 꼭두각시에 지나지 않으며, 톰 아저씨를 피와 살을 가진 사람이 아닌 '걸어다니는 신약성서'로 제시하여 일종의 '신학적 테러'를 가한다고 혹평했다. 그러나 유대인으로서 평생 종교적 문제를 고민해온 독일 시인 하인리히 하이네는 톰에게서 깊은 감동을 받고서 "글도 제대로 못 읽는 엉클 톰이 평생 학문을 연구해온 나보다도 더 깊이 있게 성경을 이해하고 그것을 실천한 것을 보며 나는 깊은 부끄러움을 느낀다"고 토로했다.

소설의 구성에 대해서는, 작품의 두 축인 톰 아저씨의 이야기와 조지 해리스의 이야기가 끝까지 서로 연결되지 않는다는 점, 세인트클레어가 클럽에서 갑자기 칼 맞아 죽거나 셸비 씨가 전염병에 걸려 죽는 등 '데우스 엑스 마키나'(deus ex machina, 초자연적인 힘을 이용해 극을 끌어가는 수법. 소설의 등장인물이 갑자기 죽어줌으로써 스토리가 앞으로 전개되는 것)가 자주 나와 현실성이 떨어진다는 점, 작품 속에 등장하는 여러 가지 에피소드들이 서로 유기적 연결 관계를 이루지 못한다는 점 등이 지적되어왔다.

작품의 구성은 소설의 테크닉과 관련되는 문제인데, 1850년대의 미국문학은 아직 세계문학에서 변방의 위치에 있었다. 같은 시기의 유럽문학과 비교해보면 『톰 아저씨의 오두막』은 구성이나 기교 면에서 부족한 점이 많다. 그러나 소설은 기교만 가지고 되는 것이 아니다. 기교를 너무 강조하다 보면 소설의 진실(감동)을 간과하게 된다. 가령 헨리 제임스는 톨스토이의 『전쟁과 평화』가 서술자의 시점이 혼란스러운 소설이라고 하여 플로베르의 『보바리 부인』보다 낮게 평가했다. 그러나 이것은 기교의 측면에서만 그러하고, 실제로 『전쟁과 평화』는 그 진실 때문에 지난 400년 동안 소설이 발전해온 역사 속에서 가장 위대한 소설로 평가되고 있다. 이런 위대한 소설을 쓴 톨스토이 자신도 『톰 아저씨의 오두막』에 깊은 감동을 받아서 "하느님과 인간의 사랑이 물처럼 흐르고 있는 가장 고귀한 형태의 예술작품"이라고 평가했다.

그렇다면 『톰 아저씨의 오두막』을 예술작품으로 만들어주는 '진실'

은 무엇일까? 노예제는 이미 사라진 지 150년이나 된 제도이다. 이 소설이 평범한 작품이었다면 그 제도와 함께 사라졌을 것이다. 노예제라는 구체적 현상은 사라졌지만, 그 배경이 되었던 두 힘(경제적 이득과 도덕적 원칙)은 여전히 남아 있다. 이미 소설 속에서 세인트클레어 자신이 노예제를 영국의 자본주의 제도와 비교하고 있거니와, 자본주의 경제가 활발하게 전개되어온 19세기 이래, 경제적 이득의 추구는 불가피하게 도덕적 원칙과의 충돌을 불러일으켰다. 가령 돈이나 권력이 소수의 사람들에게 집중되어, 힘없는 사람들이 압제당하는 상황은 여전히 도처에서 발견된다. 이런 새로운 형태의 압제에 대하여 오늘을 살아가는 현대인은 다양하게 반응하고 있다.

우리 보통 사람은 이 소설을 읽으면서 톰 아저씨, 조지 해리스, 엘리자, 캐시, 프루, 클로이, 루시, 톱시 등에게서 우리의 자화상을 발견한다. "고전을 다시 읽음으로써 그 책 속에서 전보다 더 많은 내용을 발견하는 것은 아니다. 단지 전보다 더 많이 당신 자신을 발견하게 되는 것이다"라는 말처럼, 우리는 이들에게서 우리 자신의 다양한 모습을 발견하게 되는 것이다. 이런 진실한 인간성의 묘사와 생생한 감동이 이 소설을 예술의 경지로 끌어올리고 있다. 이 작품을 번역하면서 진실은 언제나 기교를 이긴다는 것을 다시 한번 확인할 수 있었다.

이종인

1811년	7월 14일 코네티컷 주 리치필드에서 아버지 라이먼 비처와 어머니 록사나 푸트 비처 사이의 9남매 중 일곱번째로 태어남.
1816년	어머니 사망.
1817년	아버지 재혼.
1823년	맏언니 캐서린 비처가 설립한 하트퍼드 여학교에 다님. 나중에 이 학교의 교사로 재직.
1832년	가족이 오하이오 주 신시내티로 이사를 감. 아버지 라이먼 비처가 신시내티에 있는 레인 신학교의 교장으로 취임.
1834년	『웨스턴 먼슬리 매거진』에 최초의 단편소설 게재.
1836년	캘빈 스토와 결혼. 쌍둥이 딸 해리엇과 엘리자가 태어남.
1838년	아들 헨리 태어남.
1840년	아들 프레더릭 태어남.
1843년	『메이플라워 The Mayflower』를 출간. 딸 조지아나 태어남.
1846~ 1847년	임신과 육아로 건강이 나빠져 버몬트의 온천수 치료소에서 15개월을 보내면서 원기를 회복함.
1848년	아들 새뮤얼 태어남. 남편 캐빈도 버몬트의 온천수 치료소에서 1년을 보냄.
1849년	아들 새뮤얼이 콜레라로 사망함.
1850년	메인 주의 브런즈윅으로 이사함. 남편 캘빈이 브런즈윅에 있는 보든 대학의 교수로 취임. 아들 찰스 태어남. 도망노예법이 반포되어 남부나 북부에서 모두 도망노예를 신고해야 하는 의무를 떠안게 됨. 해리엇 스토가 노예제에

반대하는 글을 쓰게 된 결정적 계기가 됨.

1851년　　『톰 아저씨의 오두막』을 노예제를 반대하는 신문인 〈내셔널
　　　　　이러 *The National Era*〉에 연재함.

1852년　　『톰 아저씨의 오두막』이 두 권짜리 단행본으로 출간됨.

1853년　　소설 속에 묘사된 사건들의 진실을 증명하기 위해『톰 아저
　　　　　씨의 오두막을 이해하는 열쇠*A Key to Uncle Tom's Cabin*』
　　　　　를 발간함. 노예제를 반대하는 작가의 자격으로 유럽 여행
　　　　　을 다녀옴.

1856년　　두번째 노예제 반대 소설인『드레드*Dred, A Tale of the*
　　　　　Great Dismal Swamp』 발간. 다시 유럽 여행을 함.

1859년　　세번째 유럽 여행. 장편소설『목사의 구애*The Minister's*
　　　　　Wooing』 발간.

1862년　　장편소설『오어 섬의 진주*The Pearl of Orr's Island*』 발간.

1863년　　코네티컷 주의 하트퍼드로 이사함.

1869년　　장편소설『정든 마을 사람들*Oldtown Folks*』 발간. 맏언니
　　　　　캐서린과의 공저로『미국 여성의 가정*American Woman's*
　　　　　Home』을 출간함.

1872년　　『샘 로슨의 옛 고향 노변정담*Sam Lawson's Oldtown Fireside*
　　　　　Stories』 출간.

1878년　　마지막 장편소설『포거넉 사람들*Poganuc People*』 출간.

1886년　　남편 캘빈 스토 사망.

1896년　　하트퍼드의 자택에서 숨을 거둠.

세계문학은 국민문학 혹은 지역문학을 떠나 존재하는 문학이 아니지만 그것
들의 총합도 아니다. 세계문학이라는 용어에는 그 나름의 언어와 전통을 갖고
있는 국민문학이나 지역문학의 존재를 인정하면서 그것을 넘어서는 문학의 보
편적 질서에 대한 관념이 새겨져 있다. 그 용어를 처음 고안한 19세기 유럽인들
은 유럽문학을 중심으로 그 질서를 구축했지만 풍부한 국민문학의 전통을 가지
고 있는 현대의 문학 강국들은 나름의 방식으로 세계문학을 이해하면서 정전
(正典)의 목록을 작성하고 또 수정한다.

한국에서도 세계문학 관념은 우리 사회와 문화의 변화 속에서 거듭 수정돼왔
다. 어느 시기에는 제국 일본의 교양주의를 반영한 세계문학 관념이, 어느 시기
에는 제3세계 민족주의에 동조한 세계문학 관념이 출현했고, 그러한 관념을 실
천한 전집물이 출판됐다. 21세기 한국에 새로운 세계문학전집이 필요하다는 것
은 명백하다. 우리의 지성과 감성의 기준에 부합하는 세계문학을 다시 구상할
때가 되었다.

문학동네 세계문학전집은 범세계적으로 통용되는 고전에 대한 상식을 존중하
면서도 지난 반세기 동안 해외 주요 언어권에서 창작과 연구의 진전에 따라 일어
난 정전의 변동을 고려하여 편성되었다. 그래서 불멸의 명작은 물론 동시대 세
계의 중요한 정치·문화적 실천에 영감을 준 새로운 작품들을 두루 포함시켰다.

창립 이후 지금까지 한국문학 및 번역문학 출판에서 가장 전문적이고 생산적
인 그룹을 대표해온 문학동네가 그간 축적한 문학 출판 경험을 바탕으로 새로운
세계문학전집을 펴낸다. 인류가 무지와 몽매의 어둠 속을 방황하면서도 끝내 길
을 잃지 않은 것은 세계문학사의 하늘에 떠 있는 빛나는 별들이 길잡이가 되어
주었기 때문이다. 우리가 자부심과 사명감 속에서 그리게 될 이 새로운 별자리
가 독자들의 관심과 애정에 힘입어 우리 모두의 뿌듯한 자산이 되기를 소망한다.

문학동네 세계문학전집 편집위원
민은경, 박유하, 변현태, 송병선, 이재룡, 홍길표, 남진우, 황종연

세계문학전집 064
톰 아저씨의 오두막 2

1판 1쇄 2011년 2월 25일
1판 10쇄 2026년 2월 20일

지은이 해리엇 비처 스토 | 옮긴이 이종인

책임편집 고우리 | 편집 이도겸 오동규 | 독자모니터 윤성의
디자인 엄혜리 송윤형 한충현 김민하 | 저작권 박지영 형소진 주은수 오서영 조경은
마케팅 정민호 서지화 한민아 이민경 왕지경 정유진 한경화 정경주 김혜원 김예진 이서진
브랜딩 함유지 박민재 이송이 박다솔 조다현 김하연 이준희
제작 강신은 김동욱 이순호 | 제작처 영신사

펴낸곳 (주)문학동네 | 펴낸이 김소영
출판등록 1993년 10월 22일 제2003-000045호
주소 10881 경기도 파주시 회동길 210
전자우편 editor@munhak.com
대표전화 031)955-8888 | 팩스 031)955-8855
문학동네카페 http://cafe.naver.com/mhdn
인스타그램 @munhakdongne | 트위터 @munhakdongne
북클럽문학동네 http://bookclubmunhak.com

ISBN 978-89-546-1392-7 04840
　　　978-89-546-0901-2 (세트)

www.munhak.com

● 문학동네 세계문학전집은 계속 출간됩니다